NARBEN

SALIM GÜLER

NARBEN

BE
Best Entertainment

Salim Güler

www.salim-gueler.de
https://www.facebook.com/salim.gueler.autor

Lizenzausgabe des BE Best Entertainment (ein Imprint des Belle Époque Verlags, Dettenhausen) mit freundlicher Genehmigung des Autors. Vertrieb über die Nova MD GmbH, Vachendorf.

Lektorat: Christiane Saathoff, www.lektorat-saathoff.de
Covergestaltung: Dennis Eid
Innenlayout und Schriftsatz: Hans-Jürgen Maurer

Herstellung: Custom Printing, Warszawa, Polen

ISBN: 978-3-96698-174-3

1

8. September, Köln

Zufall?

Nur zu gerne wollte Klaus daran glauben. Auch jetzt, während er sich die Krawatte band, redete er sich weiter ein, dass es nur ein dummer Zufall sein konnte.

»Alles okay?«, fragte ihn seine Frau.

»Ja, alles gut«, beschwichtigte Klaus.

»Du wirkst so angespannt«, entgegnete sie. Sie kannte ihn zu gut. Jedem konnte er etwas vormachen, die perfekte Fassade aufsetzen, aber nicht vor Monika, dafür waren sie zu lange verheiratet. Auch wenn sie weder die empathischste noch die feinfühligste Frau war, war er für sie wie ein offenes Buch.

»Du weißt doch, ich hasse diese Ansprachen«, lächelte Klaus und hoffte, dass sie nicht weiter nachbohren würde. Seine wahren Gedanken und Sorgen konnte er unmöglich mit ihr teilen. Vermutlich hätte sie ohnehin kein Interesse daran gehabt, sie lebten zwar zusammen, aber jeder führte sein eigenes Leben.

»Du?« Sie wirkte überrascht. »Du magst doch die Aufmerksamkeit. Es sollte dir ein Leichtes sein, die Menge für dich zu begeistern.« Sie nahm ihm seine Worte nicht ab, das war deutlich zu sehen. »Die Krawatte sah auch schon mal besser aus.« Sie lächelte und richtete den feinen Stoff am Knoten. »Was wärst du nur ohne mich?«

»Ein hoffnungsloser Fall«, schmunzelte er und drückte ihr einen Kuss auf die Lippen.

Monika löste die kurze Umarmung. Gefühle zeigen war nie ihre Stärke gewesen.

»Ich muss«, sagte er und schaute auf seine Armbanduhr.

»Ich werde vermutlich schon im Bett sein, wenn du zurückkommst, die Kopfschmerzen machen mich heute fertig.«

»Ruh dich aus. Morgen gehts dir bestimmt besser.«

»Ich denke auch. Diese Migräneanfälle sind echt nervig.« Sie lächelte, aber ihre Miene wirkte angestrengt. Eine Eigenschaft, die er an ihr bewunderte. Obwohl sie seit Jahrzehnten mit Migräneattacken zu kämpfen hatte, zeigte sie das nach außen nie. Sie versuchte immer stark zu sein, auch in Momenten, in denen es absolut in Ordnung gewesen wäre, Schwäche zu zeigen.

»Wo ist Zoe?«

»Sie müsste noch auf ihrem Zimmer sein. Warum?«

»Dann schau ich mal kurz bei ihr vorbei.«

Seine Frau warf ihm einen seltsam fragenden Blick zu, sagte aber nichts.

»Ich liebe dich.«

»Sei nicht albern«, antwortete sie. Dass sie sich noch immer Gedanken machte, war allerdings nicht zu übersehen. Sie schien ihm nicht zu glauben, dass alles gut war. Er lächelte ihr zu und verließ das Badezimmer, um zu Zoe zu gehen.

Ihre Tür war wie immer geschlossen, also klopfte er an, bevor er sie öffnete und das Zimmer betrat.

Zoe saß am Schreibtisch und war in ihren Laptop vertieft. Sie hatte Kopfhörer auf.

»Süße, hörst du wieder laut Musik?«, machte er sich bemerkbar.

»Hallo, Papa. Quatsch. Ich höre einen Podcast, wenn ich laute Musik hören würde, hätte ich sicherlich nicht gehört, was du gerade gesagt hast.«

Zoe stand auf und umarmte ihren Vater.

»Was soll ich diesem Argument entgegensetzen. Ich muss gleich los. Gehst du heute noch weg?«

»Vielleicht.«

»Also ja.«

»Nein, steht echt noch nicht fest.«

»Ihr jungen Dinger.«

»Ach komm, tu doch nicht so. Als ob du in meinem Alter immer brav zu Hause gewesen wärest. Mama hat mir da die wildesten Geschichten erzählt.«

»Sie übertreibt gerne. Musst du morgen nicht arbeiten?«

»Klar, aber erst um neun.«

»Dann mach nicht so spät, hörst du? Lehrjahre ...«

»... sind keine Herrenjahre«, unterbrach sie ihn und grinste bis über beide Ohren.

»Was hältst du davon, wenn wir mit Mama nächstes Wochenende wegfahren?«

»Find ich gut. Etwas Wellness wäre nicht schlecht.«

»Super. Dann machen wir das. Organisierst du was?«

»Wenn du die Kreditkarte zückst?«

»Deal.«

Zoe schenkte ihm ein ehrliches Lachen und er drückte sie kurz an sich. Sie beide hatte schon immer etwas Besonderes verbunden. Als Eltern hatten er und Monika vieles bei Zoe richtig gemacht. Sie war ehrgeizig und intelligent, dennoch fröhlich und sehr bodenständig. Dass sie ein Volontariat bei einer Zeitung machte, weil sie Ideale hatte, bestärkte Klaus nur in der Einschätzung seiner Tochter.

Sie sollte alle Freiheiten haben und das tun dürfen, was sie sich wünschte. Es war das Gegenteil von dem, was er in seiner Jugend erlebt hatte. Für seinen Vater hatte von Anfang an festgestanden, welchen Weg Klaus einschlagen würde, deshalb hatte er selbst als Vater entschieden, dass Zoe ihren Träumen nachjagen durfte.

Als er sich von seiner Tochter verabschiedete, beschlich ihn ein seltsames Gefühl, ein Gefühl von Endlichkeit. Das war natürlich völliger Unsinn, dennoch war dieses Gefühl da.

Es gibt keinen Grund, anzunehmen, dass es ein Abschied ist, dachte er, aber er wurde dieses schwere Gefühl einfach nicht los.

Im Auto hörte er Radio. Nach dem Lied kamen die Nachrichten. Es ging um zwei Morde an Politikern. Noch immer hatte die Polizei keine Anhaltspunkte, wer der oder die Täter sein könnten.

»… die Polizei geht nicht davon aus, dass es eine Verbindung zwischen den beiden Morden gibt«, schloss der Radiosprecher seinen Bericht.

Klaus schnaubte. Hatte die Musik ihm eben noch geholfen, sich zu beruhigen, war die Anspannung plötzlich wieder zurück. Kleine Schweißperlen bildeten sich auf seiner Stirn. Er wischte sie mit der rechten Hand weg und seine Gedanken schweiften ab, die Nachrichten nahm er nur noch wie von Ferne wahr. Instinktiv umfasste er das Lenkrad fester. Er hatte Angst!

»Das ist nur Zufall«, versuchte er sich zu beruhigen.

Aber du glaubst nicht an Zufälle!

Es war schon erstaunlich, da wurden zwei Politiker, die Einfluss in ihrer Partei hatten und bekannt waren, auf brutale Weise ermordet und die Polizei wollte keine Hinweise auf die Täter haben? Klaus konnte sich das schwer vorstellen, vermutlich wollten die Behörden ihr Wissen bloß nicht mit der Öffentlichkeit teilen.

Aber seit den beiden Morden waren viele seiner Parteifreunde vorsichtig geworden, was er gut verstehen konnte. Keiner kannte die Beweggründe für die Morde. Waren sie politisch motiviert?

Klaus glaubte nicht daran, da die beiden Opfer unterschiedlichen Parteien angehörten und weil sich ihm kein politisches Motiv erschließen wollte, aber er war kein Polizist, um das wirklich beurteilen zu können.

Was ihn in seiner Meinung, dass es keine politischen Morde waren, allerdings bestärkte, war die Tatsache, dass bis heute kein Bekennerschreiben aufgetaucht war.

Und wegen etwas anderem …

Wäre ein Bekennerschreiben bei einem politisch motivierten Mord nicht selbstverständlich? Was brachte denn ein solcher Mord ohne ein Bekennerschreiben oder eine Botschaft, welche Motivation sich dahinter verbarg?

»Nein, das ist etwas Persönliches«, dachte er laut und musste sich plötzlich schütteln.

Das Display seines Handys, das in der Mittelkonsole lag, leuchtete auf. Zoe hatte ihm eine WhatsApp-Nachricht geschickt.

Ich habe das perfekte Wellnesshotel gefunden!

Als Antwort schickte er ihr eine Sprachnachricht, da er während der Fahrt niemals eine Nachricht tippen würde:

»Super. Ich hoffe, du sprengst nicht unser Budget.«

Ich doch nicht. Schau dir das an, der Preis ist absolut fair.

In der Nachricht war ein Link, der ihn über den Safari-Browser seines iPhones zu der Website des Wellnesshotels führte. Die Bilder gefielen ihm, der Preis war auch angemessen, aber nichts anderes hatte er von Zoe erwartet, schließlich kannte er sie.

Auch wenn er immer scherzte, dass sie es nicht übertreiben solle, wusste er, dass Zoe im Unterschied zu ihrer Mutter sehr bodenständig und ausgiebigem Luxus nicht zugeneigt war. Seiner Karriere in der Politik kam dieses Verhalten nur entgegen. Das Letzte, was er gebrauchen konnte, waren Meldungen darüber, dass seine Tochter ein ausschweifendes Leben führte, aber so waren sie die perfekte Vorzeigefamilie und seiner Karriere innerhalb der Partei stand nichts im Wege.

Im Gegensatz zu dem Leben seiner Tochter war seines schon sehr früh klar vorgezeichnet gewesen. Seinem Vater gehörte ein mittelständisches Unternehmen und er war, wie jetzt auch Klaus, in der CDU aktiv gewesen. Es gab nur einen kleinen Unterschied: Klaus war viel erfolgreicher als sein Vater, worauf er und sein Vater sehr stolz waren.

»Siehst du, Junge, die harte Schule hat sich ausgezahlt«, sagte sein Vater immer zu ihm, weil er vermutlich wusste, dass er ein sehr strenger – oft ein zu strenger Vater – gewesen war.

»Dann buch das mit Mamas Kreditkarte«,

nahm er seine Antwort als Sprachnachricht auf, worauf er viele Herzchenemojis zurückbekam. Mit solch einfachen Gesten verstand es seine Tochter immer wieder, ihn um den Finger zu wickeln. Er fühlte sich gut und die düsteren Gedanken an die beiden Politikermorde verschwanden. Zumindest für eine Weile, bis sein Handy klingelte.

»Eine unbekannte Nummer«, dachte er laut und überlegte, ob er den Anruf annehmen sollte.

»Hallo, Lau hier«, nahm er den Anruf dann doch an. Schließlich konnte es jemand von der Veranstaltung sein.

Der Anrufer antwortete nicht, aber Klaus hörte ein Knacksen in der Leitung.

»Hallo, wer ist da?«

Wieder ein Knacken, dann ein Geräusch, als würde jemand schwer atmen.

»Hallo, ich kann Sie nicht verstehen. Haben Sie vielleicht schlechten Empfang?« Klaus warf einen kurzen Blick auf sein Handydisplay, er jedenfalls hatte sehr guten Empfang.

Statt einer vernünftigen Antwort hörte er wieder nur angestrengtes Atmen und ein Knacken.

»Hören Sie, ich kann Sie nicht verstehen. Rufen Sie mich bitte an, wenn Sie besseren Empfang haben.« Klaus wollte auflegen, doch dann hörte er eine Stimme.

»Das sollten Sie nicht tun.«

»Wer sind Sie?« Er spürte, wie Adrenalin durch seine Adern schoss und sein Mund eigenartig trocken wurde.

»Wenn Ihnen etwas an Ihrer Familie liegt, fahren Sie ...«

»Wer sind Sie? Was wollen Sie von mir?«

»In einer Stunde am ...«, antwortete die Stimme und nannte einen Ort, dann wurde der Anruf beendet.

Klaus war wie versteinert, er starrte auf die Fahrbahn und in seinem Kopf herrschte plötzlich eine entsetzliche Leere.

Der Schock saß tief!

Dann ein Hupen.

Gerade noch rechtzeitig konnte er das Lenkrad herumreißen und verfehlte nur um Haaresbreite den Gegenverkehr.

Seine Stirn und seine Hände waren nass vom Angstschweiß, sodass er beschloss, kurz am rechten Straßenrand zu halten. Er schaltete die Warnblinker ein und ließ den Kopf nach hinten gegen die Kopfstütze fallen, dann schaltete er den Motor aus und sah, wie seine rechte Hand zitterte.

Er warf einen Blick in den Rückspiegel und registrierte, dass seine Augen weit aufgerissen waren. Er sah leichenblass aus, als hätte er einen Geist gesehen.

»Das war nur ein Spinner, der dir Angst machen wollte, reiß dich zusammen«, versuchte er sich selbst Mut zu machen, aber seine zittrige Hand sagte ihm, dass es ihm nicht gelang.

So kannte sich Klaus gar nicht, er gehörte eher zu den Menschen, die selbstbewusst durchs Leben gingen und die kaum etwas aus der Fassung brachte.

»Beruhig dich«, ermahnte er sich erneut und versuchte, durch bewusstes, langsames Atmen wieder die Kontrolle über sich zu erlangen.

Wie ein Kapitän auf rauer See, dachte er und schloss die Augen.

Kurz darauf schrak er hoch. Ein Klopfen!

Er schaute aus dem Beifahrerfenster und sah, dass jemand ans Fenster klopfte. Er ließ die Scheibe herunter.

»Alles okay?«, hörte er einen jungen Mann fragen. Ihm war, als würde die Stimme von weit her kommen, aber der Mann stand direkt neben seinem Auto. Das war eigentlich unmöglich.

»Alles gut. Ich habe kurz telefoniert, weil mein Autotelefon nicht ging«, antwortete er nach einer gefühlten Ewigkeit. Es dauerte lange, bis er eine adäquate Antwort parat hatte.

»Verstehe, vielleicht sollten Sie weiterfahren und eine Parkbucht suchen. In der Dunkelheit ist Ihr dunkles Fahrzeug schlecht zu sehen, trotz der Warnblinker. Hier wird gerne schon mal gerast.«

»Werde ich machen, danke für den Hinweis.«

»Ist wirklich alles in Ordnung?«, fragte der Mann noch einmal zweifelnd und warf einen Blick ins Innere des Wagens. »Ich kenne Sie doch.«

»Woher?«, erwiderte Klaus etwas irritiert, da er den Mann nicht kannte.

»Sie sind doch Klaus Lau. Der Spitzenkandidat der CDU.«

»Ja, ja. Der bin ich.« Es war mehr ein Reflex als eine bewusste Antwort. Klaus konnte keinen klaren Gedanken mehr fassen, der Anruf hatte ihn komplett aus der Bahn geworfen. Er stand vollkommen neben sich, bloß wegen dieses lächerlichen Anrufs!

»Mein Vater ist ein großer Fan von Ihnen. Er glaubt, dass Sie das Zeug haben, ganz groß rauszukommen. Kann ich ein Foto mit Ihnen machen? Er wird sich sehr freuen.«

Nein, können Sie nicht, hätte Klaus am liebsten entgegnet, aber trotz seiner Lethargie und des Schocks, der ihm immer noch in den Knochen steckte, setzten die Automatismen ein, auf die er sich immer hatte verlassen können. Auch unter höchstem Druck war er plötzlich wieder der Profi, der nur eins im Sinn hatte: seine Karriere.

»Aber nur ein Foto. Ist es okay, wenn ich im Wagen bleibe?«

»Klar«, nickte der junge Mann und bückte sich etwas. In der rechten Hand hielt er ein Handy, er machte damit ein Selfie. »Danke, echt cool. Und wie gesagt, Sie sollten weiterfahren.«

»Werde ich machen. Grüßen Sie Ihren Vater.«

»Darauf können Sie wetten.«

Klaus hob die Hand zum Gruß und ließ das Fenster wieder hochfahren.

»Alles gut«, sagte er zu sich. Seine Hände zitterten kaum noch und das trockene Gefühl im Hals ließ auch nach. Warum er sich von diesem Anruf derart hatte ängstigen lassen, konnte er sich nicht erklären. Er dachte überhaupt nicht daran, seine Route zu ändern.

Also startete er den Wagen, atmete noch einmal ein und aus, dann schaute er in die Rückspiegel, setzte den Blinker und drückte aufs Gaspedal.

Mit jedem Meter, den Klaus zurücklegte, kamen die Sicherheit und die Ruhe zurück, und in Gedanken machte er sich über sich selbst lustig, dass er sich wegen eines derart lächerlichen Anrufes so hatte ängstigen lassen.

»Das war bloß ein Spinner«, lachte er und schüttelte den Kopf, doch tief in ihm meldete sich eine zweifelnde Stimme, weil er nicht an Zufälle glaubte. Das beruhte auf seiner Lebenserfahrung.

Woher weiß er, dass du Familie hast?, überlegte er, wischte diese Frage aber sofort beiseite, da er als Politiker in der Öffentlichkeit stand und somit jeder wissen konnte, dass er Familienvater war.

Trotz der ungeplanten Pause lag er noch gut in der Zeit und würde seinen Auftritt nicht verpassen, er hasste Unpünktlichkeit.

Kurz darauf bog er von der Straße ab, in wenigen Minuten würde er sein Ziel erreicht haben. Sein Handy blinkte auf.

»Bestimmt Zoe«, sagte er zu sich und nahm sein Handy aus der Mittelkonsole. »Sicherlich hat sie gebucht.«

Doch als er aufs Display schaute, musste er schlucken. Es war nicht Zoe. Die Nachricht stammte von einer unbekannten Nummer. Es war eine SMS.

Du glaubst also, ich würde scherzen? Ich weiß nicht, ob das ZOE gefallen wird. Aber noch kannst du es schaffen!

Reflexartig ließ Klaus das Handy fallen, die Nachricht hatte ihm einen schmerzhaften Stich versetzt.

»Nur ein Spinner«, versuchte er die aufkommende Angst wieder unter Kontrolle zu bekommen, aber der Gedanke, dass ein Wahnsinniger seiner Tochter etwas antun könnte, half nicht, sich zu beruhigen.

»Du musst die Polizei anrufen. Die können die Nummer zurückverfolgen.«

Doch schnell ließ er den Gedanken fallen, er wollte kein Aufsehen erregen. Negative Presse war das Letzte, was er gerade gebrauchen konnte, schließlich standen einige wichtige Entscheidungen innerhalb der Partei an und sicherlich würden die Parteifreunde Abstand zu ihm nehmen, wenn sie erführen, dass ihn jemand bedrohte.

Politik war ein knallhartes Geschäft, noch schmutziger und unehrlicher als das Lenken eines Unternehmens. Für Schwäche war da kein Platz.

Wer sind Sie? Was wollen Sie von mir?

antwortete Klaus und brach damit seinen Vorsatz, keine Nachrichten während der Fahrt zu schreiben. Diese Antworten war ihm die Person schuldig. Wie konnte ein völlig Fremder erwarten, dass er um diese Zeit an den verlassenen Ort fuhr, der ihm vorhin genannt worden war?

Und wenn es eine Frau ist?, überlegte er. Nein, dieser Gedanke war total unsinnig. Solche Scherze erlaubten sich nur Männer.

Was, wenn es ein Parteifreund war, der ihn ausmanövrieren wollte?

Nein, auch das schloss er aus. In der Politik kämpfte man zwar mit allen erdenklichen Mitteln, dass aber einer von der CDU zu solch miesen Tricks greifen würde, konnte und wollte Klaus sich nicht vorstellen.

Sein Handy blinkte und er wusste, dass die unbekannte

Person ihm wieder geschrieben hatte. Sein Blick wanderte zum Display, dann öffnete er die Nachricht und las sie.

Sie sind nicht in der Position, Fragen zu stellen. Nutzen Sie meine Gutmütigkeit nicht aus.

»Was bildet sich dieser Idiot ein?«, platzte er heraus. Inzwischen hatte er den Parkplatz des Veranstaltungsortes erreicht. Er stellte den Motor aus. Die Wut half ihm, nicht erneut in Panik zu geraten.

»Du darfst dich nicht kleinkriegen lassen!« Er beeilte sich, eine wütende Antwort zu verfassen – auch aus Sorge, dass er einknicken und von dem Geschriebenen Abstand nehmen könnte, wenn er jetzt zögerte.

Drohen Sie mir oder meiner Familie nie wieder! Sonst gehe ich zur Polizei. Ihre Handynummer und Ihre Nachricht habe ich gesichert.

Er steckte das Handy ein und stieg aus dem Wagen aus, dann betrat er das Gasthaus, wo er heute einen Vortrag vor Parteifreunden halten sollte.

Bevor er in den Saal ging, fragte er nach der Toilette. Er musste sich unbedingt frischmachen, sein Gesicht vom Schweiß befreien, er klebte wie Schmutz an seinen Wangen, so kam es ihm jedenfalls vor.

Nachdem er sein Gesicht gewaschen hatte, schaute er sich im Spiegel an und richtete seine Krawatte. Er wirkte noch immer etwas blass. Seine Augen waren müde und schwer und etwas in ihm sagte, dass er die Rede absagen und nach Hause fahren, den Abend bei seiner Familie verbringen sollte.

Dass das vollkommen unmöglich war, war ihm im selben Augenblick klar, dafür war der Vortrag, war dieser Abend viel zu wichtig, als dass er ihn hätte abblasen können, nur weil ihm gerade danach war, bei seiner Familie zu sein.

»Für den Erfolg muss man Opfer bringen«, hatte sein Vater ihm immer wieder zu verstehen gegeben. Damals, als Jugendlicher, hatte er diese Worte nicht verstanden, doch heute wusste er, dass sein Vater recht hatte.

Das Handy in seiner Jackentasche vibrierte. Er nestelte es heraus und sah, dass der Unbekannte ihm erneut geschrieben hatte. Doch statt die Nachricht zu lesen, steckte er das Handy zurück in die Jackentasche.

Vier Stunden später saß er zufrieden in seinem Wagen. Die Veranstaltung, seine Rede war ein voller Erfolg gewesen. Er hatte reichlich Hände geschüttelt und nicht wenige hatten ihm mitgeteilt, dass sie ihn gerne auf Bundesebene in der Partei sehen würden. Ein Gedanke, der Klaus sehr gefiel, sah er sich doch zu Höherem berufen.

»Langsam zahlt sich das Ganze aus«, sagte er zu sich, während er den Gurt anlegte und den Motor startete. »Warum sollte ich nicht ein Ministeramt bekleiden?«

Er nickte und versuchte den Gedanken zu visualisieren, etwas, was er schon früh gelernt hatte.

»Sie müssen sich Ihre Gedanken, Ideen und Ziele bildlich vorstellen und verinnerlichen, dann können Sie jedes Ziel erreichen. Vergessen Sie nicht, am Ende sind es auch nur Menschen, die ähnliche Ziele bereits erreicht haben. Warum nicht auch Sie?«, hatte sein BWL-Professor ihm vor Jahren gesagt. Etwas, woran sich Klaus bis heute hielt, er glaubte fest daran.

Er nahm sein Handy aus der Jackentasche und sah, dass Zoe ihm eine Nachricht geschrieben hatte. Die Gesichtserkennung seines Mobiltelefons entsperrte das Gerät, aber statt Zoes Nachricht erschien eine neue SMS von dem Unbekannten. Klaus musste schlucken und seine gute Laune war wie weggefegt, als hätte ein Wirbelsturm sie fortgerissen.

Die SMS enthielt einen Anhang, es war ein Foto von Zoe.

»Du Mistkerl«, rief er.

Die Nachricht dazu umfasste nur fünf Wörter:

Das war ein großer Fehler!

»Zoe!« Seine Tochter hatte ihm doch vorhin erst eine Nachricht geschickt. Er öffnete WhatsApp, aber die Nachricht war schon über drei Stunden alt. Es war die Bestätigung, dass sie das Wellnesshotel gebucht hatte.

Klaus zögerte keine Sekunde und rief Zoe an. Das Freizeichen ertönte, aber seine Tochter nahm das Gespräch nicht an.

Panik überfiel ihn. War es doch ein Fehler gewesen, nicht auf den Erpresser zu hören? Denn nichts anderes als Erpressung war es gewesen, was der Anrufer da veranstaltet hatte.

Klaus wollte sich gar nicht ausmalen, was wäre, wenn dieser Mann seiner Tochter etwas angetan hätte.

»Geh doch ran«, sagte er voller Sorge. Seine Handflächen begannen zu schwitzen.

Inzwischen hatte es bestimmt mehr als zwanzigmal geklingelt.

Er überlegte, ob er seine Frau anrufen sollte, aber vermutlich schlief sie, und wenn sie einen Migräneanfall hatte, wollte er sie nicht wecken. Ganz davon zu schweigen, ihr unnötig Sorgen zu machen, also wählte er erneut Zoes Nummer.

»Geh ran«, murmelte er, während die schlimmsten Ängste in ihm heraufkrochen und seinem Verstand die übelsten Streiche spielten.

Aber Zoe nahm den Anruf nicht entgegen.

»Wollte sie sich nicht mit einer Freundin treffen?«, überlegte er laut. Es war jetzt kurz nach Mitternacht, also durchaus möglich, dass sie noch in irgendeiner Bar abhing.

Aber in welcher? Und vor allem mit welcher Freundin?

Verdammt, du weißt so wenig über ihre Freunde!, machte er sich Vorwürfe. Natürlich wusste er, warum das so war. Seine Karriere, sein Unternehmen und die Partei nahmen viel zu viel Zeit in Anspruch, da blieb kaum Gelegenheit, sich auch noch mit den Freunden seiner Tochter zu beschäftigen.

»Instagram!« Das war eine Idee. Er hatte einen Instagramaccount, weil er ihn für seine politische Karriere benötigte. Dass er von diesen sozialen Netzwerken an sich nichts hielt, war eine andere Sache, aber als Politiker kam er um diese Medien, die seinem Empfinden nach voller Fakenews, Hass und Vorurteile war, leider nicht herum.

Er öffnete das Profil seiner Tochter und schaute in ihren Storys nach, aber die letzte Story hatte sie vor vier Stunden gepostet.

Aus ihrem Zimmer!

Sein Magen zog sich zusammen, er presste den rechten Arm auf den Bauch.

Noch immer wollte er seine Frau nicht anrufen, sondern wählte ein weiteres Mal die Nummer seiner Tochter, jedoch mit dem gleichen vernichtenden Ergebnis. Zoe nahm den Anruf nicht an.

Seine Stirn war inzwischen von kalten Schweißperlen bedeckt.

Klaus überlegte, ob er die Polizei anrufen oder lieber doch erst nach Hause fahren sollte, immerhin war es möglich, dass sie das Handy auf lautlos gestellt hatte und schon schlief.

»Sie schläft bestimmt«, sprach er sich Mut zu und startete den Motor, aber die Schwere, die wie Blei auf ihm lastete, verdrängte den tröstlichen Gedanken. Er fuhr los und kurz darauf klingelte sein Handy.

»Verdammt, Zoe, warum gehst du nicht ans Handy«, nahm er das Gespräch mit einem Mix aus Erleichterung und Wut an.

»Sie hätten auf mich hören sollen«, sagte eine Stimme, die ganz klar nicht zu Zoe gehörte.

»Was haben Sie mit meiner Tochter gemacht?«, platzte Klaus heraus. Gleichzeitig hatte er das Gefühl, als würde jemand seinen Hals langsam zudrücken.

»Sie sind nicht in der Position, Forderungen zu stellen«, antwortete die Stimme. Sie klang tief und kalt.

Gnadenlos.

»Was wollen Sie von mir?«

»Ihnen eine zweite Chance geben, Ihren Fehler wiedergutzumachen.«

»Was für einen Fehler?« Klaus verstand nicht, vielmehr wollte er nicht verstehen. Wie konnte dieser Tag, der so erfolgreich verlaufen war, in solch einem Desaster enden?

»Sie hören mir nicht zu«, wurde die Stimme ungehalten.

»Bitte, geht es meiner Tochter gut?«

»Wenn Sie Ihre Tochter lebendig sehen wollen, folgen Sie meinen Anweisungen.«

»Ja, ja. Aber bitte tun Sie ihr nichts. Sie hat mit all dem nichts zu tun«, flehte Klaus. Dabei wusste er nicht einmal, was der Entführer überhaupt von ihm wollte.

Natürlich weißt du das! Denk an die beiden anderen Politikermorde. Er will dich töten!

»Es ist allein Ihre Schuld. Das Leben Ihrer Tochter liegt in Ihren Händen. Sie haben genau vierzig Minuten.«

»Wofür?«

»Um das zu tun, worum ich Sie gebeten habe.«

Ein Klacken verriet Klaus, dass der Anrufer aufgelegt hatte. Das Hemd unter seinem Jackett war komplett durchgeschwitzt, fieberhaft überlegte er, was er tun sollte.

»Du solltest zur Polizei gehen.« Aber das war leichter gesagt als getan, aus den unterschiedlichsten Gründen, vor allem aber, weil er Angst um das Leben von Zoe hatte. Er bemerkte nicht, dass er sich schon eine ganze Weile mit dem Zeigefinger gegen die Stirn tippte, immer wieder, wie ein Specht am Baumstamm.

»Du kannst nicht zur Polizei gehen. Wer immer dieser Psycho ist, er wird Zoe töten. Du hast nur vierzig Minuten!«

Aber würde er Zoe wirklich gehen lassen, wenn sich Klaus auf einen Deal einließe?

Sein Handy blinkte und er sah, dass er eine SMS von dem Erpresser bekommen hatte.

Wenn Sie in vierzig Minuten nicht am vereinbarten Ort sind, alleine, dann verspreche ich Ihnen, dass ich Ihre Tochter töten werde! Ein Einsatz der Polizei wäre das Todesurteil für Ihre Tochter!

Klaus schluckte. Er konnte unmöglich die Polizei rufen, also blieb ihm nichts anderes übrig, als loszufahren und das Beste zu hoffen.

Dreißig Minuten später erreichte er sein Ziel, er verlangsamte das Tempo. Sein Herzschlag hätte jeden Technobeat in den Schatten gestellt und seine Gedanken kreisten noch immer um die eine Frage: Was war diesem Mann widerfahren, dass er einen solchen Hass auf Politiker hatte, dass er bereit war, sie zu töten?

Eine Antwort darauf hatte er nicht, obwohl es da ein paar Dinge gab, die es vielleicht erklärt hätten, aber er wollte sich mit diesen Möglichkeiten nicht näher beschäftigen.

In kurzer Distanz sah er das verlassene Gebäude, eine alte Industrieanlage. Laut Navigationsgerät war er am Ziel. Er stoppte den Wagen, stieg aber noch nicht aus.

Plötzlich blendeten ihn Scheinwerfer, es waren die Frontlichter eines Fahrzeugs.

Klaus dachte an seine Waffe, die leider sicher verwahrt zu Hause im Safe lag. Das Einzige, was er zu seiner Verteidigung hätte benutzen können, war ein Taschenmesser.

»Rede mit ihm«, versuchte er sich Mut zu machen, während er ausstieg.

Fast gleichzeitig mit ihm stieg ein Mann aus dem anderen Fahrzeug aus. Er kam auf ihn zu.

»Wo ist meine Tochter?«, fragte Klaus. Er zitterte am ganzen Körper, doch das war nebensächlich, seine Sorge galt allein seiner Tochter.

»Sie ist in Sicherheit und sie wird leben«, antwortete der Mann, der nun etwa fünf Meter vor ihm stand. Klaus konnte sein Gesicht sehen, aber er erkannte den anderen nicht, daher schloss er aus, dass es sich um eine persönliche Fehde handelte.

»Danke«, versuchte Klaus freundlich und besonnen zu erscheinen. Es war ein einfaches Wort, das manchmal Großes bewirken konnte. Gleichzeitig überlegte er fieberhaft, was er sagen könnte, um sein eigenes Leben zu retten, diesen Psychopathen davon abzubringen, ihn zu töten. »Wenn Sie wollen, können wir in Ruhe über alles reden, ich ...«, versuchte Klaus an das Gewissen des Mannes zu appellieren.

Der andere antwortete jedoch nicht, sein Blick wirkte ernst, seine Augen strahlten tödliche Entschlossenheit aus.

»Was ...«, konnte Klaus noch irritiert sagen, bevor er einen Schuss hörte und ein nie da gewesener Schmerz durch seinen Körper jagte. Er brach zusammen und alles um ihm herum wurde schwarz.

2

»Jungs, ihr werdet nicht glauben, wer vor zwei Tagen in den heiligen Hallen dieses Imbisses war«, begann Walter nicht ohne Stolz zu erzählen. Inzwischen war es weit nach Mitternacht und die Polizeibeamten Lasse Brandt und Emre Aydin saßen noch immer im Imbiss ihres Freundes Walter und unterhielten sich angeregt.

»Elton John?«, scherzte Brandt.

»Ist nicht gerade Ed Sheeran auf Tournee? War der echt hier?«, fragte Aydin. Er war der jüngere Partner von Brandt bei der Kölner Kriminalpolizei.

»Nein, aber warum sollte er nicht?«, reagierte Walter schnippisch, es war ihm deutlich anzusehen, dass er eine andere Reaktion erwartet hatte.

»Na, dann spann uns nicht länger auf die Folter.« Brandt konnte sein Grinsen kaum mehr unterdrücken, es machte ihm immer wieder Spaß, den hünenhaften Imbissbudenbesitzer auf die Schippe zu nehmen.

»Mit euch kann man echt keine ernsten Gespräche führen. Egal, ihr wärt eh nie drauf gekommen. Peter Walsh war hier.«

»Echt?«, fragte Aydin. Brandt sah, wie Bewunderung in Aydins Augen aufblitzte. Er selbst nahm die Nennung dieses Namens viel nüchterner hin. Sie beide kannten Peter Walsh und am Ende war er auch nur ein Mensch, selbst wenn er früher ein Top-Geheimdienstagent gewesen war.

»Ja, mit seinem Schwager Marc, der unbedingt Walters berühmte Currywurst essen wollte. Ihr kennt doch Marc?«

»Klar, der hat doch wie Tolga Trisomie 21, das Downsyndrom. Ein ganz lieber Kerl, ich durfte ihn letztes Jahr kennenlernen. War Joe dabei?«

»Logisch, ich habe die beiden auch noch nie getrennt voneinander gesehen. Ich muss gestehen, dieser Walsh ist schon beeindruckend, allein seine Aura ist was Besonderes.«

»Wieso bist du ihm nicht gleich um den Hals gefallen?«, scherzte Brandt.

»Nur kein Neid. Er hat es einfach drauf. Ich wünschte, es gäbe mehr Helden wie ihn auf der Welt. In der heutigen Zeit können wir nicht genug von Menschen wie ihm haben«, entgegnete Walter und das Strahlen in seinen Augen verriet Brandt, dass er seine Worte ernst meinte.

»Immerhin hat Walsh Lasse und mir das Leben gerettet. Wie er damals auf diesen Helikopter gesprungen ist, das war schon ganz großes Kino«, pflichtete Aydin Walter bei und fuhr an Brandt gerichtet fort: »Da kannst du noch so oft ins Gym gehen, aber so was schaffst du niemals.«

»Woher willst du das wissen? Ja, er hat unser Leben gerettet, dafür bin ich ihm sehr dankbar, aber das gehört zu seinem Beruf, so wie es unser Beruf ist, anderen den Arsch zu retten.«

»Lasse ist doch nur neidisch«, scherzte Walter und stützte seine beiden Hände auf seine umfangreiche Hüfte.

»Was hat er denn hier gewollt? Ich würde ihn gerne mal wieder treffen. Irgendwie habe ich mich nie richtig bei ihm bedankt. So jemanden könnten wir bei der Kölner Polizei gut gebrauchen.« Aydin konnte das Schwärmen nicht lassen.

»Keine Ahnung. Er kam aus der Ukraine, davor war er in Osaka. Er ist ja sehr verschwiegen, was seine Arbeit anbelangt. Joe ist da viel gesprächiger. Der hat sich übrigens mit eurem Kollegen Fischer kurz getroffen.«

»Hacker unter sich«, lachte Aydin.

Lutz Fischer arbeitete in der Informationsbeschaffung der Kölner Kripo und war ein absoluter IT-Crack, womit er den beiden Beamten bei ihren Ermittlungen schon oft geholfen hatte. Es war für Brandt und Aydin ein offenes Geheimnis, dass er zudem ein exzellenter Hacker war.

»Macht doch einen Peter-Walsh-Fanclub auf, die Tutus spende ich.«

Bevor die beiden anderen etwas erwidern konnten, klingelte Brandts Handy, er nahm das Gespräch an. Das Telefonat war kurz.

»Lass mich raten, ein Toter?« Aydin presste die Lippen zusammen, seine Mimik verriet, dass er gerade gar nicht in der Laune war, den kleinen Currywurstimbiss zu verlassen.

»Leider. Wir müssen los.«

»Wenn die Pflicht ruft, ruft die Pflicht«, sagte Walter und die beiden Beamten verabschiedeten sich von ihm.

»Wissen wir schon, wer das Opfer ist?«, fragte Aydin, als sie im Wagen saßen.

»Einige Kollegen und die Spurensicherung sind vor Ort. Das Opfer heißt Klaus Lau.«

»Lau? Der CDU-Politiker?«, unterbrach Aydin seinen Kollegen.

»Genau der.«

»Mist, glaubst du, das hat etwas mit den beiden Politikermorden zu tun?«

»Woher soll ich das wissen? Lass uns erst mal zum Tatort.«

»Wo wurde er denn ermordet?«

»Auf einem verlassenen Fabrikgelände in Longerich.«

»Was, wenn Walsh deswegen zurück ist?«

»Wegen Morden an Politikern? Kann ich mir bei seinem Lebenslauf schwer vorstellen. Du hast doch gehört, was Walter gesagt hat, er war in der Ukraine und in Japan. Jede Wette, dass er in einem länderübergreifenden Fall oder so ermittelt.« Auch wenn Brandt den Hype um Walsh nicht verstehen konnte, schätzte er ihn und zollte dem, was er tat, höchsten Respekt. Zumal es schien, dass Walsh hohe moralische Ansprüche an sich selbst und seine Aufträge stellte.

»Vermutlich hast du recht.«

»Der erste vernünftige Satz, den du von dir gibst.«

»Ganz schön arrogant«, moserte Aydin.

»Quatsch, aber ich habe kein Problem damit, meinen Kollegen zu loben, wenn er etwas Richtiges sagt.«

»Vor allem dann, wenn es dich betrifft. Du bist schon ein Narzisst.«

»So ein Quatsch.«

»Doch.«

»Nein!«

»Siehste. Du weißt, dass ich recht habe und deswegen echauffierst du dich gerade so.«

»Seit wann kennst du denn so ein Wort?«

»Witzig.«

Brandt lachte, auch Aydin musste schmunzeln. So oft die beiden auch aneckten oder sich stritten, am Ende waren sie die besten Freunde, was zu Beginn ihrer Zusammenarbeit nicht der Fall gewesen war. Brandt hatte lange gebraucht, bis er sich Aydin gegenüber geöffnet hatte.

Nur wenig später erreichten sie das verlassene Fabrikgelände. Jede Menge Dienstfahrzeuge standen bereits dort.

»Was hast du für uns?«, fragte Aydin Alexander Rech, den Leiter der Spurensicherung.

»Eine Leiche«, war Rechs trockene Antwort. »Das Opfer wurde aus nächster Nähe erschossen.«

»Der Tatort lässt nicht unbedingt auf eine Zufallstat schließen«, kommentierte Brandt. Er ließ seinen Blick über die Umgebung wandern. Dass Lau zufällig hier aufgekreuzt war, war sehr unwahrscheinlich.

»Davon gehe ich auch aus. Gut möglich, dass er seinen Mörder kannte.«

»Habt ihr ein Handy gefunden?«

»Leider nicht, was aber nicht heißt, dass wir es nicht finden. Vielleicht liegt es hier noch irgendwo.«

»Das glaubst du doch selbst nicht, oder? Der Mörder wird es mitgenommen haben.«

»Wahrscheinlich. Wollt ihr mich noch weiter mit sinnlosen Fragen löchern oder darf ich meine Arbeit weitermachen?«

»Lass dich von uns nicht abhalten«, nickte Brandt und trat mit Aydin ein paar Schritte zurück. Rech schien keine gute Laune zu haben, was eigentlich selten der Fall war, denn er gehörte zu den lockeren Kollegen im Team. Für Brandt, der wie Aydin ursprünglich aus Hamburg kam, war Rech der typische Kölner. Immer für einen Spruch zu haben und wegen seiner guten Laune geschätzt. Aber heute erinnerte er ihn eher an einen Berliner Muffel.

Die Leiche lag nur wenige Meter von ihnen entfernt, einige Kollegen von der Spurensicherung waren dort beschäftigt. Brandt trat hinzu und beugte sich herunter, um sich den Toten etwas genauer anzuschauen.

»Sieht nach einem Streit aus«, hörte er eine Stimme, die er gerade am wenigsten hören wollte. Es war Eugen Kramer, der Fallanalytiker der Kölner Polizei und eine Person, mit der Brandt so gar nicht konnte, weil Kramer keine Gelegenheit ausließ, alle Welt durch seine Kompetenz zu beeindrucken.

»Gut möglich«, antwortete Brandt dennoch, ihm war eben derselbe Gedanke gekommen.

»Einen Auftragsmord schließe ich aus. Das Opfer wird diesen Ort bewusst angesteuert haben, sicherlich war er mit dem Mörder hier verabredet. Vielleicht Schwarzgeld, organisiertes Verbrechen.«

»Was ist mit den Parallelen zu den anderen beiden Politikermorden?«, fragte Aydin, er wirkte deutlich skeptischer als Brandt.

»Eher unwahrscheinlich. Ich kenne zwar die Akten nicht, aber soweit ich das in den Medien verfolgt habe, kann man ausschließen, dass sich Täter und Opfer kannten.«

»Mag sein, aber ich finde es etwas verfrüht, das auszuschließen«, blieb Aydin bei seinem Standpunkt.

»Das sowieso«, kam Brandt Kramer zuvor, dem sichtlich ein Satz auf den Lippen lag, den er aber für sich behielt.

»Wer hat es der Polizei gemeldet?«, fragte Brandt, er wollte sich mit dem Zeugen unterhalten. Es war schon befremdlich, dass sich jemand um diese Zeit in der Gegend aufhielt, was den Zeugen jedoch nicht zwangsläufig verdächtig machte.

»Es war ein anonymer Anrufer«, antwortete Kramer.

»Ich bin mir nicht sicher, aber war das nicht bei den anderen Morden auch der Fall?«, fragte Aydin.

»Da liegst du richtig.«

»Vielleicht steht der Mord ja doch in einem Zusammenhang mit den Politikermorden«, überlegte Aydin laut. Brandt sah ihm an, dass er versuchte, eine Verbindung zwischen den Taten herzustellen.

»Wir sollten unbedingt weitere Informationen über die anderen Fälle einholen«, schlug Brandt vor und Aydin nickte. »Komm, schauen wir uns etwas um.«

»Findest du es nicht seltsam, dass jemand einen bekannten Politiker ermordet, dann die Polizei anruft, aber keine Botschaft hinterlässt? Man tötet doch nicht aus purer Mordlust gerade Politiker?«

»Bei deren schlechtem Image würde mich das nicht einmal wundern«, konnte sich Brandt einen bissigen Kommentar nicht verkneifen, aber er dachte wie Aydin. Trotzdem war es zu früh, um auf irgendetwas zu schließen. Die Tat lag noch nicht lange zurück, es war also durchaus denkbar, dass der Mörder seine Motive noch kundtun würde, vermutlich zuerst bei der Presse.

So oder so, dieser weitere Mord würde nicht dazu dienen, Deutschland in den nächsten Wochen friedlicher werden zu lassen.

Brandts Blick blieb auf dem sandigen Boden, der mit wildem Gras bewachsen war, hängen. »Reifenspuren«, sagte er mehr zu sich als zu Aydin.

»Davon muss man ausgehen, Kollege. Der Täter wird schon mit einem Wagen hergekommen sein, das Beamen wurde noch nicht erfunden.«

»Witzig.« Brandt schüttelte den Kopf. »Warum hat sich Lau darauf eingelassen, sich mit dem Mörder hier zu treffen?«

»Er muss ihn gekannt haben.«

»Oder er wurde erpresst. So oder so, wir brauchen unbedingt die Akten der anderen Fälle. Ich habe das nur am Rande verfolgt, da du aber tiefer in der Materie drin bist, würde ich vorschlagen, dass du dich darum kümmerst.«

»Witzig. Gib doch einfach zu, dass du keine Lust auf den Schreibkram hast.«

»So ein Quatsch.« Brandt versuchte ein Lächeln zu unterdrücken. Selbstverständlich hatte er keine Lust auf den Schreibkram, aber so offensichtlich wollte er das seinem Kollegen nicht auf die Nase binden. Die Anforderung von Akten aus anderen Polizeidienststellen, vor allem, wenn sie nicht im selben Bundesland waren, konnte je nach Dienststelle ziemlich nervig sein.

»Ich machs, keine Angst, aber es wäre schön, wenn du einfach mal ehrlich zugeben würdest, dass du keine Lust auf den Papierkram hast.«

»Warum sollte ich? Lass uns noch etwas rumschauen. Ich frag mich, ob diese Einfahrt auf das Gelände die einzige ist.«

Brandt hatte eine Taschenlampe aus dem Dienstfahrzeug mitgenommen, und obwohl die Polizei mobile Flutlichter aufgestellt hatte, war er froh, dass er seine Taschenlampe dabeihatte.

Das Fabrikgelände erweckte den Eindruck, als wäre es seit Jahren verlassen. Wenn sich Brandt nicht irrte, begann nicht weit von dem Grundstück entfernt das Longericher Wäldchen. Es war erstaunlich, wie weit die Natur sich ihr Hoheitsgebiet zurückgeholt hatte. Die Mauern waren von Pflanzen überwachsen und überall wuchsen wilde Sträucher und einige Bäume, die mit Sicherheit nicht von Menschenhand gepflanzt worden waren.

Die Natur holt sich alles zurück, dachte Brandt.

Aber es gab nichts, was ihnen hätte helfen können, in dem

Mordfall weiterzukommen. Nur der Verdacht, dass sie es hier nicht mit einem Mord im Affekt zu tun hatten, wurde bestärkt. Der Mörder musste die Tat geplant und das Opfer bewusst hierhergelockt haben. Damit stellte sich erneut die dringende Frage: Warum hatte sich Klaus Lau darauf eingelassen?

Erpressung. Nichts anderes ergab für ihn derzeit Sinn und es konnte zudem ein starkes Motiv sein. Wenn es so war, würden sie nur herausfinden müssen, warum und von wem Lau erpresst worden war.

»Wir sollten die Ehefrau aufsuchen«, sagte Brandt.

»Um diese Zeit?«

Es war inzwischen schon weit nach Mitternacht.

»Spätestens morgen früh wird es ganz Deutschland wissen. Es wäre nicht verkehrt, vorher mit der Frau gesprochen zu haben.«

Aydin nickte. »Dann sollten wir uns die Anschrift besorgen. Ich rufe Fischer an.«

»Sehr gut. Es gefällt mir, wenn du mitdenkst, ich hatte schon die Befürchtung, dass du in deiner Zeit beim Innendienst eingerostet bist.«

Es war noch nicht lange her, dass Aydin für eine Weile im Innendienst gearbeitet hatte – aus verschiedenen Gründen. Doch seit Kurzem waren sie wieder als Partner auf Verbrecherjagd. Auf dem Weg zurück zum Wagen liefen sie ihrer Chefin Kristina Bender fast in die Arme.

»Hallo. Zu euch wollte ich.«

Die beiden begrüßten die Chefin.

»Was ist los?«, fragte Brandt.

»Sicherlich habt ihr von den beiden anderen Politikermorden gehört.«

»Ich nur am Rande, Aydin weiß mehr als ich.«

»Auch wenn es verfrüht ist, von einem Zusammenhang zu sprechen, habe ich bereits angeordnet, dass wir die Fallakten bekommen.«

»Welche Dienststellen sind dafür zuständig?«

»Das weiß ich noch nicht. Sollte morgen früh vorliegen. Leider gibt es noch etwas, vielleicht wisst ihr es schon.«

»Das wäre?«

»Die Presse hat Wind davon bekommen. Ein anonymer Anrufer bei der BILD-Zeitung und dem Express.«

»Mist«, rutschte es Brandt heraus. »Wir wollten eben Laus Ehefrau aufsuchen. Würde mich nicht wundern, wenn die ersten Journalisten vor ihrem Haus lungern.«

»Davon müssen wir ausgehen. Im Präsidium gehen gerade jede Menge Anrufe und E-Mails ein, außerhalb der Absperrung hier habe ich auch schon Medienvertreter gesehen. Ich habe angeordnet, dass wir die Absperrung erweitern. Es dürfen keine Bilder vom Tatort an die Öffentlichkeit gelangen.«

»Dann sollten wir keine Zeit verlieren und Fischer um die Anschrift bitten.«

»Das braucht ihr nicht, ich kenne sie. Aber bitte geht sehr sensibel vor. Klaus Lau war ein Schwergewicht in der CDU von NRW und ihr wisst ja, welcher Partei unser Präsidium nahesteht.«

Bevor Brandt etwas erwidern konnte, hörte er eine Stimme. Es war eine Frauenstimme, sie klang ängstlich. Er drehte sich in die Richtung, aus der die Stimme kam. Eine Frau näherte sich ihnen und endlich verstand er, was sie rief.

»Bitte helfen Sie mir!«

3

Irgendwo …

Niemand.

Niemand ist unschuldig!

»Jetzt sind es drei«, sage ich, als ich in den Spiegel schaue.

»Ja, drei, Damian«, antwortet mein Spiegelbild. Dabei huscht ein Lächeln über sein Gesicht. Auch mein Spiegelbild ist Damian, deshalb lächelt er so selbstsicher. Er und ich sind eins, und seit ich Damian bin, ist nichts mehr, wie es war. Es ist wie eine zweite Geburt. Nein, nicht wie, es ist eine. Ich bin ein neuer Mensch. Wer ich früher war, ist unwichtig, denn jetzt bin ich Damian.

Damian bedeutet: der Mächtige. Und das bin ich. Mit jedem weiteren toten Politiker werde ich noch mächtiger.

Das bedeutet mir sehr viel.

Zu wissen, dass Klaus Lau tot ist, hat enorme Glücksgefühle in mir ausgelöst. Lange habe ich auf diesen Tag hingearbeitet. Es ist nicht leicht, jemandem das Leben zu nehmen.

»Aber sie haben es verdient, alle drei. Sie waren korrupt und arrogant, sie hielten sich für bessere Menschen, aber alle waren sie schuldig.«

Ich atme tief ein und aus.

»Die Welt will mein Manifest! Bald wird man verstehen, warum sie sterben mussten.« Meine Gedanken schweifen in eine andere Zeit, aber schnell hole ich sie in die Gegenwart zurück, es gibt noch viel zu tun. »Noch müssen sie sich aber gedulden, noch ist mein Werk nicht vollbracht.«

Ich schaue in den Spiegel und sage mit ernster Miene: »Vier.«

4

Köln

Brandt hatte Bender überreden können, die verstörte junge Frau nicht sofort ins Krankenhaus zu fahren, sondern die Unterstützung der Rettungssanitäter vor Ort in Anspruch zu nehmen, um sie zu beruhigen, damit sie sich gleich mit ihr unterhalten konnten.

Das mochte sich herzlos anhören, aber nur so konnten sie sicherstellen, dass sie möglichst viele Informationen über den Tatvorgang erhielten. Wenn die junge Frau erst einmal im Krankenhaus wäre und der behandelnde Arzt keine Vernehmung erlaubte, riskierten sie, dass wichtige Informationen verloren gingen. Das wollte Brandt um jeden Preis verhindern.

»Ist sie vernehmbar?«, fragte Brandt einen der Rettungssanitäter, die sich um die junge Frau kümmerten.

»Ja, aber nur ein paar Minuten. Sie sollte ins Krankenhaus.«

»Nach unserem Gespräch.« Brandt warf Aydin einen kurzen Blick zu, damit er ihm folgte.

»Guten Abend«, sprach Aydin die junge Frau an. Sie war höchstens zwanzig, nach Brandts erstem Eindruck, und trug eine Jogginghose und ein T-Shirt.

Brandt hielt sich bewusst zurück, da Aydin der Einfühlsamere von ihnen war und genau dieses Talent war jetzt gefordert. Noch wussten sie nicht, wer die junge Frau war, aber dass sie hier zufällig gefangen gehalten wurde, wollte Brandt nicht glauben.

Die junge Frau schaute erst zu Aydin, dann zu Brandt.

»Ist das mein Vater?«, fragte sie. Ihre Augen glänzten feucht, aber sie wirkte gefasst. Sie hatte also bereits das weiße Leichentuch auf dem Boden gesehen, das den Leichnam inzwischen bedeckte.

»Wer ist Ihr Vater?«, fragte Aydin.

»Klaus Lau.«

Das ergibt Sinn, befand Brandt, aber gleichzeitig stellte sich ihm die Frage, warum man Laus Tochter entführt und dann freigelassen hatte. Dass sie entführt worden war, um Druck auf den Vater auszuüben, war naheliegend. Vermutlich war das auch der Grund, warum Lau diesen einsamen Ort aufgesucht und nicht die Polizei gerufen hatte.

»Ist das mein Vater?«, fragte die Tochter erneut. Ihre Blicke wanderten zwischen Brandt und Aydin hin und her und blieben dann bei Aydin hängen.

Der presste die Lippen zusammen und fast wirkte es auf Brandt, als hätte er einen Kloß im Hals, als er antwortete: »Ja. Wir müssen Ihnen leider mitteilen, dass Ihr Vater ermordet wurde.«

Der Blick der Tochter wurde starr und schien ins Nichts zu gehen, sie sagte nichts, sie wirkte wie versteinert. Dann schluckte sie und eine Träne löste sich aus ihrem rechten Auge und wanderte ihre Wange herunter. »Er ist meinetwegen gestorben«, sagte sie, dann schluchzte sie auf. Weitere Tränen flossen.

Aydin nahm ein Taschentuch und reichte es der jungen Frau – eine Geste, die Brandt oft bei seinem Kollegen beobachtet hatte und die diesmal überhaupt nicht so kitschig anmutete wie in manch anderer Situation.

Die Tochter tupfte sich die Tränen aus den Augen. »Er ist meinetwegen gestorben«, wiederholte sie.

»Das dürfen Sie nicht denken«, versuchte Aydin ihr diesen furchtbaren Gedanken zu nehmen. Er war in Brandts Augen auch völlig unbegründet.

»Warum sonst? Ich wurde entführt und dann haben sie ihn hierhergelockt, um ihn zu töten.«

»Können Sie sich an die Entführung erinnern?«, fragte Brandt. Er wollte der jungen Frau Glauben schenken. Dass man sie als Köder benutzt hatte, um Lau in den Hinterhalt zu locken, klang absolut plausibel.

Die junge Frau antwortete nicht sofort, ihr Blick war in die Ferne gerichtet. »Ich will meinen Vater sehen«, sagte sie dann.

»Das ist ausgeschlossen«, erklärte Brandt und kam damit Aydin zuvor, der es ihr vielleicht ermöglicht hätte. Er war manchmal zu freundlich und zuvorkommend. Der Tochter in diesem Moment die Leiche ihres Vaters zu zeigen, hätte sie womöglich traumatisiert.

»Er ist mein Vater, ich muss ihn sehen«, blieb sie hartnäckig. Diesmal warf sie Brandt einen Blick zu, der geradezu wütend wirkte.

Eine Tochter, die vermutlich immer bekommt, was sie will, und ihren Vater um den kleinen Finger wickelt, weil sein Beruf es ihm nicht erlaubt, viel Zeit mit ihr zu verbringen, dachte Brandt unwillkürlich. Doch so vorschnell durfte er nicht urteilen, schließlich kannte er sie nicht und in diesem Augenblick war sie zu aufgewühlt. Sie war entführt und ihr Vater auf brutale Weise ermordet worden, dafür hielt sie sich ganz schön tapfer. Brandt hatte da schon ganz andere Szenen erlebt.

»Frau Lau, in Ihrem eigenen Interesse können wir das nicht erlauben. Sie werden noch Gelegenheit bekommen, sich von Ihrem Vater zu verabschieden. Bitte versuchen Sie sich an die Entführung zu erinnern, jeder noch so kleine und unbedeutende Hinweis kann uns helfen, dem Täter auf die Spur zu kommen. Haben Sie vielleicht etwas Ungewöhnliches gehört? Eine Stimme, mehrere Stimmen, oder haben Sie etwas gesehen?«

»Ich weiß nichts. Ich lag in meinem Bett, und als ich aufwachte, war ich hier.«

Betäubt!, schoss es Brandt durch den Kopf.

»Wann sind Sie ins Bett gegangen?«, erkundigte er sich. Er wollte rekonstruieren, wann sie entführt worden war. Immerhin musste sich der Täter Zutritt zum Anwesen der Familie verschafft haben, eventuell war er dabei beobachtet worden.

»Ich war schon kurz nach 21 Uhr im Bett. Eigentlich wollte ich mich mit einer Freundin treffen, aber sie hat abgesagt. Ich habe im Bett ferngesehen und gedöst. Als ich zu mir kam, war ich hier.«

»Schlafen Sie bei offenem Fenster?«

»Ja, warum?«

Brandt antwortete nicht, er hielt es für möglich, dass sich der Täter über das Fenster Zugang zu ihrem Zimmer verschafft hatte. Wenn die Tochter geschlafen hatte, war es sehr gut möglich, dass sie nichts mitbekommen hatte. Dennoch war ein solches Vorgehen für den Täter nicht ohne Risiko. Brandt musste sich unbedingt das Haus der Familie anschauen.

»Können Sie uns die Stelle zeigen, wo Sie aufgewacht sind?«

»Ich denke schon«, sie nickte.

»Danke«, antwortete Aydin. Brandt winkte derweil ein paar Kollegen von der Spurensicherung zu ihnen.

Die beiden Beamten, einschließlich eines Sanitäters und der Spurensicherung, folgten der jungen Frau in das verlassene Fabrikgebäude.

»Hier war es«, sagte die Tochter. Sie hatte die Arme vor der Brust verschränkt, ihre Augen waren weit aufgerissen, als würde sie sich vor etwas ekeln.

Erstaunlicherweise erweckte sie ansonsten keinen ängstlichen Eindruck, sie wirkte noch immer gefasst. Entweder war sie viel stärker, als Brandt annahm, oder sie stand unter Schock und es dauerte noch, bis sie die ganze Tragweite dieser Tragödie realisieren würde.

»Vielen lieben Dank, das haben Sie sehr gut gemacht«, sagte Aydin freundlich, dann wandte er sich an den Sanitäter. »Sie können die Dame ins Krankenhaus fahren.«

»Mach ich.«

»Nein, ich will nach Hause zu meiner Mutter«, erwiderte die Tochter.

»Sie stehen unter Schock. Sie sollten sich unbedingt untersuchen lassen. Wir werden Ihre Mutter informieren, versprochen«, antwortete Aydin.

»Nein, ich will zu meiner Mutter«, beharrte sie.

»Wir können Sie gut verstehen, aber glauben Sie uns, Sie tun weder sich noch Ihrer Mutter damit einen Gefallen. Mein Kollege und ich werden gleich zu ihr fahren und sie informieren. Sie wird Sie im Krankenhaus aufsuchen.«

»Sie verstehen gar nichts«, wurde die Tochter laut. »Ich bin volljährig, mir geht es gut und ich will zu meiner Mutter. Sie können mir das nicht verbieten.«

Brandt überlegte kurz, aber die Tochter hatte recht. Er hätte sie natürlich zwangseinweisen können, aber mit welcher Begründung?

»Gut, fahren wir gemeinsam zu Ihrer Mutter«, schlug er dann vor.

Die Tochter nickte nur. Der Sanitäter schien nicht besonders glücklich über diese Antwort zu sein, schwieg aber.

Knapp vierzig Minuten später erreichten die beiden Beamten mit der Tochter die Wolfgang-Müller-Straße in Marienburg. Es hatte Brandt einiges an Überredungskunst gekostet, bis Bender ihrem Vorgehen zugestimmt hatte.

Natürlich wäre es besser gewesen, die beiden hätten sich alleine mit der Mutter unterhalten, weil die Gefahr bestand, dass die Schilderungen der Tochter sie komplett aus der Bahn werfen würden. Doch sie hatten keine andere Wahl, selbst Bender hatte die Tochter nicht davon überzeugen können, sich im Krankenhaus behandeln zu lassen.

Die Tochter betätigte die Türklingel, da ihre Hausschlüssel in ihrem Zimmer lagen.

Das Haus war sehr modern, es zeigte, dass hier jemand wohnte, dem es finanziell sehr gut ging, der aber nicht unbedingt zu den ganz Reichen der Stadt zählte. Gerade der Kölner Stadtteil Marienburg war über die Stadtgrenzen hinaus für seine Villenkolonien bekannt.

Ein Zaun schützte das Anwesen vor neugierigen Blicken, vor der Haustür war eine Kamera angebracht. Andere Kameras hatte Brandt nicht gesehen, aber das musste in der Dunkelheit nichts bedeuten. Wenn sie Glück hatten, gab es noch weitere Kameras, die womöglich etwas aufgezeichnet hatten.

Nur wenige Sekunden nach dem Klingeln wurde die Tür geöffnet.

»Zoe, warum hast du keinen Schlüssel?«, fragte eine sichtlich verschlafene Frau, es konnte nur die Mutter sein. Noch schien sie nichts zu ahnen, da ihre Worte eher vorwurfsvoll als besorgt klangen.

»Mama ...«, brachte Zoe nur heraus, dann fing sie an zu weinen. Ihre Mutter nahm sie in die Arme.

»Was ist los?« Nun schwang deutliche Sorge in ihrer Stimme mit.

»Frau Lau, wir sind von der Kölner Kriminalpolizei. Dürfen wir kurz eintreten?«, antwortete Aydin.

»Ja, bitte. Was ist denn passiert? Hat meine Tochter etwas angestellt?« Die Mutter schien noch immer nicht das Ausmaß der Tragödie zu ahnen. Ein Blick ins Internet hätte gereicht, um zu wissen, was sich abgespielt hatte.

Auf dem Weg zum Wohnort der Laus hatte Brandt einige Online-Auftritte der Zeitungen aufgerufen, weil er in Erfahrung bringen wollte, was die Presse wusste. Deswegen hatte er Aydin gebeten zu fahren, sonst fuhr er. Doch die Medien hatten ebenso wenig echte Hinweise auf den aktuellen Fall wie sie. Offensichtlich hatte der Täter der Öffentlichkeit noch keine Gründe für seine brutale Tat geliefert.

Die Beamten folgten der Mutter und Zoe ins Haus bis ins Wohnzimmer. Das moderne Ambiente der Außenansicht setzte sich im Inneren fort. Eine klare, zeitgenössische Linie. Hier hatte sich jemand Gedanken gemacht.

»Möchten Sie mir jetzt verraten, was los ist?« Die Mutter warf Brandt einen prüfenden Blick zu, ihre Stirn war in Falten gelegt und sie massierte sich kurz die linke Stirnhälfte. Für Brandt sah es so aus, als wäre sie nervös oder litte unter Spannungskopfschmerz.

Aydin schaute zur Seite, damit war für Brandt klar, dass ihm die unrühmliche Rolle als Überbringer der furchtbaren Nachricht zuteilwürde. Er überlegte kurz, ob er die Mutter bitten sollte, Zoe in ihr Zimmer zu bringen, um ungestört mit ihr reden zu können, aber so, wie er die Tochter einschätzte, würde sie daran etwas auszusetzen haben, was dem weiteren Gespräch sicherlich geschadet hätte.

»Frau Lau, wir müssen Ihnen leider mitteilen, dass Ihr Mann heute Nacht ermordet wurde.«

»Wie bitte? Das kann unmöglich sein, er ist …«, antwortete die Mutter, dann unterbrach sie sich und schwieg.

»Sie haben Papa ermordet«, sagte Zoe schließlich und drückte sich noch enger an ihre Mutter.

Die war wie versteinert, als könnte sie nicht glauben, was sie gerade gehört hatte, als wäre das alles ein böser Scherz.

»Wir können verstehen, wie schwer das in diesem Moment für Sie ist, aber leider müssen wir Ihnen ein paar Fragen stellen«, versuchte Brandt, die Frau aus ihrer Lethargie zu holen.

Solche Gespräche gehörten zu den Dingen, die er an seinem Beruf hasste, aber das bedeutete nicht, dass er deswegen nicht im Interesse der Ermittlungen vorgehen würde. Je schneller sie nach einer Tat Informationen und Hinweise sammelten, desto größer war die Wahrscheinlichkeit, dass sie für den Fall verwertbar waren.

Die Mutter schluckte, dann schaute sie Brandt an und er erkannte, dass sie realisiert hatte, was geschehen war. Dennoch wirkte ihr Blick seltsam ruhig, als wäre ihr selbst in dieser schweren Stunde ihre Würde sehr wichtig.

»Schatz, magst du auf dein Zimmer gehen?«

Zoe nickte nur, dann löste sie die Umklammerung und wischte sich die Tränen vom Gesicht. Ohne ein weiteres Wort zu verlieren, entfernte sie sich.

»Warum mein Mann? Er hat doch so viel Gutes getan.«

»Genau das versuchen wir herauszufinden, dafür benötigen wir Ihre Hilfe.«

»Glauben Sie, dass es etwas mit den anderen Morden zu tun hat, mit den anderen beiden Politikern?« Die Frau wirkte nun deutlich gefasster, ihr Blick strahlte noch immer diese Würde aus, obwohl es in ihrem Inneren vermutlich gerade ganz anders aussah. Aber wer konnte schon in die Seele eines Menschen schauen?

»Das wissen wir noch nicht. Ist Ihnen bekannt, ob Ihr Mann in letzter Zeit Probleme hatte?«, fragte Brandt.

»Probleme?«

»Nun, gab es Personen, die ihn angegriffen haben? Nicht körperlich, verbal«, führte Aydin Brandts Gedanken weiter. Sie waren ein perfekt eingespieltes Team, stellte Brandt wieder einmal fest.

»Welcher Politiker mit Ambitionen hat keine Feinde?«

»Gab es nicht vielleicht ungewöhnliche Drohungen? Manchmal werden solche schlimmen Taten angekündigt.«

»Nein, und wenn, mein Mann hatte die Angewohnheit, nie über solche Dinge mit uns zu reden. Er wollte uns nicht ängstigen.«

Brandt verstand. Wie es schien, hatte sich die Frau nie wirklich für die Karriere ihres Mannes interessiert. Das Haus und die Einrichtung sagten ihm jedoch, dass Lau sein Vermögen sicherlich nicht in der Politik gemacht hatte.

»Ist Ihr Mann Unternehmer?«, fragte er daher.

»Ja, es ist ein Familienunternehmen. Er hat es von seinem Vater übernommen, der vor einigen Jahren die Geschäftsführung abgegeben hat. Aber auch hier muss ich Sie enttäuschen. Ich war nie in die Geschäfte meines Mannes involviert, trotzdem kann ich mir schwer vorstellen, dass ein Konkurrent ihn töten würde.«

Ehefrau von Beruf, dachte Brandt unwillkürlich.

»Sind auf dem Grundstück Kameras angebracht?«

»Ja, vor der Eingangstür.«

»Nirgendwo anders?«

»Nein. Hier wohnt man recht sicher. Warum?«

Wie es schien, ahnte die Mutter noch immer nicht, dass ihre Tochter entführt worden war. Sie hatten es ihr zwar auch nicht deutlich gesagt, aber es war naheliegend, denn wer ging schon in Jogginghose und T-Shirt zu einer Party. Lag ihre Ahnungslosigkeit also am Schock, weil der Schmerz über den Verlust ihres Mannes zu tief saß, oder ging sie tatsächlich davon aus, dass ihre Tochter das Haus aus freien Stücken verlassen hatte?

»Dürfen wir uns die Aufzeichnungen der Überwachungskamera anschauen?«

»Das läuft über eine externe Sicherheitsfirma. Ich kann Ihnen gerne die Kontaktdaten schicken.«

»Danke.«

»Aber wofür brauchen Sie das? Glauben Sie ... Wurde Zoe entführt?« Die Mutter unterbrach sich und schlug die Hand vor den Mund, offensichtlich hatte sie das Naheliegende realisiert. »Oh mein Gott.« Der Schreck stand ihr ins Gesicht geschrieben. »Dann habe ich es mir also nicht eingebildet.«

»Was?«, fragte Aydin.

»Die Gestalt am Fenster.«

5

9. September

Psyche.

Die menschliche Psyche ist mir fremd, obwohl sie einen Teil, sogar einen großen Teil meiner selbst bestimmt. Ich habe viel über sie gelesen, über sie nachgedacht und mich mit ihr auseinandergesetzt, aber am Ende kam ich immer zu demselben Resultat: Es ist das Extreme, was die Psyche antreibt, was sie wirklich fördert und am Ende widerstandsfähig macht.

Eigentlich schlafe ich schlecht, aber gestern nicht. Gestern habe ich geschlafen wie ein Baby. Ein herrliches Gefühl. Ich bin zwar spät ins Bett gegangen und jetzt ist es 8 Uhr morgens, doch ich fühle mich fit.

Ich bin im Bad, jeden Tag stehe ich um diese Uhrzeit auf, wenn nicht sogar früher.

Das letzte Mal, dass ich mehrere Stunden am Stück geschlafen habe, war, als ich den anderen von der Liste getilgt habe. Der Tod dieser elenden Kerle schenkt mir also innere Ruhe, warum sonst sollte ich so gut schlafen? Aber noch habe ich nicht die vollkommene Ruhe erreicht, noch ist mein Werk nicht vollbracht.

»Damian, ich brauch dich noch eine Weile«, sage ich zu meinem Spiegelbild. Ich sehe dort nicht mich, sondern Damian, der so ganz anders ist als ich. Er ist mutig, tapfer und hat vor niemandem Angst, auch nicht vor seinen eigenen Dämonen.

Die eigenen Dämonen sind schlimm.

Aber ich weiß, dass das, was Damian tut, das Richtige ist. Diese Männer haben es nicht anders verdient, sie belügen die Menschen und das aus einem einzigen Grund: Um ihren eigenen Vorteil daraus zu ziehen. Aber Damian wird dieser Verlogenheit ein Ende setzen.

Ich ziehe mich aus und gehe unter die Dusche. Ich dusche kalt, schon seit sehr langer Zeit halte ich das so, denn nur so spüre ich mich und vergesse nicht. Die Kälte erinnert mich daran, wie die Menschen wirklich sind.

Ich glaube, ich mag die Menschen nicht.

»Nein, ich hasse sie!«

Im Gegensatz zu vielen anderen dusche ich kurz. Nicht etwa, weil ich an die Umwelt denke, was derzeit ja sehr im Trend liegt, sondern weil ich keinen Grund darin sehe, länger zu duschen. Sauberer wird man dadurch auch nicht.

Ich steige aus der Dusche, trockne mich ab, mache mich fertig und ziehe mich an. Dann gehe ich in die Küche und setze einen Kaffee auf. Ohne Kaffee kann man mich vergessen. Er ist meine Droge. Ich trinke gerne Kaffee und davon reichlich, manchmal bis zu zehn Tassen am Tag.

Der Duft des frischgemahlenen Kaffees erfüllt meine Nase und ich kann es kaum abwarten, dieses kostbare dunkle Gebräu zu trinken. Im Gegensatz zu vielen anderen esse ich selten etwas zum Frühstück, in diesem Moment würde ich auch keinen Bissen herunterbekommen. Nein, mir reichen zwei Tassen Kaffee morgens vollkommen aus.

Endlich ist der Kaffee fertig und ich fülle meinen Becher. Logisch, dass ich ihn schwarz trinke. Nicht weil Schwarz meine Lieblingsfarbe ist, das wäre albern, oder weil ich glaube, dass die Menschen eine schwarze Seele haben, so wie ich, sondern weil er mir schwarz am besten schmeckt. Manchmal sind die Dinge ganz einfach.

Ich setze mich an den Tisch, starte den Laptop, nehme wieder einen Schluck aus dem Becher und surfe durchs Internet. Mich interessieren vor allem die Onlineseiten der Nachrichtensender. Immerhin habe ich gestern einigen von ihnen geschrieben oder sie angerufen, um sie auf mein neuestes Meisterwerk aufmerksam zu machen.

Wobei, ein Meisterwerk war es nicht gerade. Der Hund wurde aus nächster Nähe erschossen.

Ich muss schmunzeln über die Narren von den Medien, die nach meinen Beweggründen suchen. Irgendwie gefällt es mir, dass sie über mich schreiben, ohne mich zu kennen, allerdings nicht, weil ich gerne im Rampenlicht stehe. So ein Mensch bin ich nicht. Das Rampenlicht hat mich nie gereizt, im Gegensatz zu den Widerlingen auf meiner Liste, sie genießen ihre Bekanntheit als Politiker. Ich spüre Genugtuung, weil ich die Öffentlichkeit an der Nase herumführe und die Medien glauben, dass sie mich kennen.

»Was für Dummköpfe!«

Auch wenn es mir manchmal in den Fingern juckt, ihnen die Wahrheit zu sagen, muss ich sie noch im Unklaren lassen, aber es wird der Tag kommen, da wird die ganze Welt die Wahrheit erfahren. Es wird auch der Tag sein, an dem ich mit einem großen Knall aus diesem verhassten Leben scheiden werde.

6

Zoe hatte kein Auge zugetan.

Ihre Mutter hatte sie in der vergangenen Nacht auf ihr Zimmer geschickt, damit sie sich mit den beiden Beamten alleine unterhalten konnte, und obwohl sie zu gerne gehört hätte, was die beiden zu sagen hatten, hatte Zoe nichts erwidert und war auf ihr Zimmer gegangen. Anschließend waren die Polizisten noch kurz zu ihr gekommen und hatten sich umgeschaut, aber nicht länger mit ihr gesprochen. Danach war ihre Mutter kurz bei ihr gewesen, um mit ihr zu reden.

Seitdem hatte sie das Bett nicht verlassen, hatte sich von einer Seite zur anderen gewälzt, immer mit derselben Frage: Warum musste Papa sterben?

Irgendwann war sie dann doch kurz eingeschlafen, aber selbst im Schlaf hatte die Frage sie beschäftigt. Jetzt, wo sie wach war, kreisten ihre Gedanken um eine weitere Frage: Warum bin ich noch am Leben?

Zwei Fragen, auf die sie keine Antwort hatte, deren Beantwortung sie aber rastlos umtrieb. Wie die oder der Entführer es geschafft hatten, sie unbemerkt aus dem Zimmer zu verschleppen, war ihr zwar noch immer schleierhaft, aber sie vermutete, dass sie betäubt worden war. Alles andere ergab aus ihrer Sicht keinen Sinn, und das konnte nur bedeuten, dass man sie beobachtet und auf eine Gelegenheit gewartet hatte, um sie zu betäuben. Sie hatte ihr Fenster auf Kipp, somit war es für Profis sicherlich kein Problem, auf diesem Wege in ihr Zimmer zu gelangen.

Dass es nur Profis gewesen sein konnten, stand für sie außer Frage. Wer sonst sollte ein Interesse daran haben, ihren Vater zu ermorden? Er war ein einflussreicher Politiker, zwar auf regionaler Ebene, aber mit Ambitionen, die bis auf Bundesebene reichten. So jemand musste zwangsläufig Feinde haben.

Ein kurzes Klopfen holte sie aus ihren Gedanken, sie erschrak.

Die Tür öffnete sich und ihre Mutter trat ein.

»Zoe«, flüsterte sie leise.

»Ja«, machte sich Zoe bemerkbar und hob den Oberkörper vom Bett.

»Du solltest etwas essen.«

»Ich habe keinen Hunger.«

»Das mag sein, aber du musst etwas essen, das wird deinen Kreislauf stabilisieren.«

»Lass mich noch ein bisschen schlafen.«

»Nein, steh bitte auf. Die Situation ist für uns beide nicht leicht, aber wir müssen jetzt ein paar Entscheidungen treffen.«

»Entscheidungen?« Zoe verstand nicht. Ihr Vater war vor einigen Stunden ermordet worden, und ihre Mutter faselte etwas von Entscheidungen. Konnte sie wirklich so kaltherzig sein oder stand sie noch unter Schock?

Zoe befürchtete das Erste. Ihre Mutter war schon immer durch und durch eine rational denkende und handelnde Person gewesen. Gefühle zeigen war noch nie ihre Stärke, dass aber der Mord an ihrem Ehemann sie derart kaltließ, konnte Zoe sich kaum vorstellen. Nicht einmal ihre Mutter war so gefühllos.

Monika Lau schaute ihre Tochter ein wenig überrascht an, es schien, als hätte sie nicht mit so einer Antwort gerechnet. Doch dann sammelte sie sich und antwortete: »Wie es weitergeht. Das mit Papa ist schlimm, aber es hängt jetzt sehr viel von uns beiden ab.«

»Was hängt von uns ab? Papa wurde ermordet und du willst einfach zur Tagesordnung übergehen«, wurde Zoe laut.

»Das stimmt doch gar nicht, Kind. Aber Papa stand in der

Öffentlichkeit und wir haben ein Unternehmen, da können wir nicht einfach so tun, als würde die Welt stehenbleiben.«

»Doch, wenigstens für ein paar Tage«, blaffte Zoe und legte sich wieder ins Bett. Sie drehte sich um, da sie ihre Mutter nicht sehen wollte. Ihre Worte, ihre berechnende Art waren das Letzte, was sie in dieser Situation ertragen konnte, egal ob sie recht hatte oder nicht.

»Zoe, wir müssen jetzt zusammenhalten. Die nächsten Tage und Wochen werden nicht leicht. Die Presse wird sich auf uns stürzen. Versteh doch bitte, dass ich dich von all dem fernhalten möchte. Ich habe mit Vater gesprochen.«

»Was heißt das?«, schnaufte Zoe in ihr Kissen.

»Wir wollen, dass du die nächsten Wochen bei deinen Großeltern verbringst, damit du aus der Schusslinie bist.«

»Ich möchte alleine sein.« Zoe war zu schwach, um sich mit ihrer Mutter zu streiten. Den Gedanken, dass sie nur ihr Wohl im Sinn hatte, konnte sie gerade nicht an sich heranlassen.

»Aber ...«, entgegnete die Mutter, doch dann hielt sie inne. Das Nächste, was Zoe spürte, war die rechte Hand ihrer Mutter, die ihren Kopf streichelte.

»Ich liebe dich, Zoe, vergiss das bitte nicht.«

Zoe war zu keiner Antwort fähig. So sehr sie auch dagegen ankämpfte, die Gefühle übermannten sie und sie fing an zu weinen. Ihr Schluchzen wurde immer lauter und hemmungsloser.

»Ich bin für dich da.« Noch immer streichelte ihre Mutter ihr übers Haar. Es half, dass sie sich beruhigte. Ein wenig zumindest. »Ruh dich noch ein bisschen aus. Ich bring dir nachher etwas zu essen.«

»Danke«, antwortete Zoe. Ihre Mutter gab ihr einen Kuss auf die Stirn, dann verließ sie ihr Zimmer und Zoe drückte ihr Gesicht ins Kissen, weil sie nicht weiter weinen wollte, doch sie konnte ihre Gefühle nicht kontrollieren.

Sie hatte schon immer zu ihrem Vater ein besseres Verhältnis als zu ihrer Mutter gehabt. Sie war seine kleine Prinzessin gewesen. Vermutlich ein Schicksal, das sie mit vielen Töchtern teilte.

Dass er plötzlich nie mehr bei ihr sein, ihr mit Rat und Tat zur Seite stehen würde, wollte ihr Verstand nicht akzeptieren. In ihren Träumen hatte sie sich immer vorgestellt, wie ihr Vater sie eines Tages zum Altar führen würde, aber auch das würde niemals geschehen.

»Wieso?«, schluchzte sie und musste an das Wellnesshotel denken, das sie für die Familie gebucht hatte. »Dämliches Hotel!« Der Gedanke daran war völlig absurd, sie schüttelte sich.

Einen solchen Herzschmerz hatte sie nie zuvor erlebt, ihr Körper bebte, alles in ihr wollte, dass sie ihre Angst und ihren Kummer hinausschrie, aber mehr als Tränen und ein verzweifeltes Schluchzen erlaubte sie ihrem Körper nicht.

»Du musst stark sein, hörst du? Im Leben wird dir nichts geschenkt«, hatte ihr Vater ihr immer gesagt. Sie hatte sich den Rat zu Herzen genommen, aber ob es ihr jedes Mal gelang? Vermutlich nicht so oft, wie sie es sich gewünscht hätte.

Nie hatte sie so viel Ehrgeiz gehabt wie ihr Vater, dennoch hatte sie Ziele. Sie wollte etwas verändern in dieser Welt voller Egoisten. Dass sie eine aktive Befürworterin der Fridays-for-Future-Bewegung und Fan von Greta Thunberg war, war daher nur folgerichtig. Die Welt benötigte dringend Veränderungen, ansonsten würde die Menschheit immer schneller auf den Abgrund zurasen. Ihr Vater hatte sie dabei unterstützen wollen. »Zoe, wenn ich auf Bundesebene Einfluss habe, werde ich mich für die Umwelt einsetzen, versprochen. Du solltest in die CDU eintreten, dann könntest du in meinem Team sein.«

Damals hatte sie sich dagegen entschieden, in eine Partei einzutreten, weil sie gehofft hatte, als Journalistin durchstarten zu können, und sie war der naiven Ansicht, dass Journalisten überparteilich sein mussten, damit sie bei ihrer Arbeit nicht in Interessenkonflikte gerieten.

Ihr Vater hatte ihren Idealismus immer bewundert und

gefördert, ihre Mutter hingegen hatte sie gedrängt, BWL oder Volkswirtschaft zu studieren, damit sie eines Tages die Firma übernehmen könnte. Davon hatte Zoe natürlich nichts gehalten und sie war sehr erleichtert, dass ihr Vater nicht in dieselbe Kerbe wie ihre Mutter geschlagen und ihr stattdessen erlaubt hatte, ihre Träume zu leben.

Doch jetzt war er nicht mehr da, für wen sollte sie ihre Träume also in die Tat umsetzen?

Dass sie jemals wieder lächeln oder glücklich sein könnte, hielt sie in diesem Moment für ausgeschlossen. Eine Schwermut legte sich über sie, die sie fast erdrückte, als würde ein großer Stein auf ihr liegen, den sie unmöglich anheben konnte.

Ihre Augen wurden schwer und sie schlief ein, aber es war ein unruhiger Schlaf. Im Traum sah sie, wie sie im Bett lag. Dann betrat jemand das Zimmer. Zu spät bemerkte die schlafende Zoe, dass ein Fremder bei ihr war. Da packte er sie, Zoe versuchte sich zu wehren, aber vergebens. Er betäubte sie, schleppte sie zu seinem Wagen und sperrte sie in den Kofferraum. Dann fuhr er mit ihr weg, an einen dunklen Ort. Während der Fahrt erwachte sie aus der Betäubung und hämmerte gegen den Kofferraumdeckel, immer wieder. Doch der Fahrer dachte gar nicht daran, das Tempo zu verlangsamen. Irgendwann hielt er an und Zoe stoppte das Hämmern. Ihr Herz raste und fieberhaft überlegte sie, wie sie sich befreien könnte.

Dann wurde der Kofferraum geöffnet, der Mann starrte sie an. Er trug eine Maske. Er war groß und kräftig. Als wäre sie ein Federgewicht, hob er sie hoch. Sie wagte kein Wort zu sagen, so sehr war sie von der Angst gelähmt.

Der Mann trug sie in ein heruntergekommenes Gebäude, es stand auf einem verlassenen Fabrikgelände, das erkannte sie, da der Mann sie nicht erneut betäubt hatte.

Schließlich betraten sie einen Raum, er war grau und dunkel, aber eine kleine Lampe brannte, was sie etwas erstaunte. Warum sollte in einem verlassenen Fabrikgebäude eine Lampe brennen?

Der Mann legte sie auf den Boden, dann nahm er eine Spritze und setzte sie an ihrem Oberarm an. Zoe war noch immer unfähig, sich irgendwie zu wehren.

»Bitte nicht, bitte lassen Sie mich gehen«, flehte sie schwach, dabei berührte sie seine Hand.

»Ruhig, dir wird nichts geschehen«, sagte der Mann und drückte ihre Hand weg, als er ihr das Betäubungsmittel spritzte. In diesem Moment sah sie, dass der Mann etwas auf seinem rechten Arm hatte. Ein Tattoo!

Zoe zitterte, als sie erwachte.

»Hab ich das wirklich gesehen oder war das nur ein Traum?«, fragte sie sich, weil dieses kleine Detail alles veränderte.

7

Verantwortung.

Ein einfaches Wort, das sehr mächtig ist. Zu oft habe ich negative Erfahrungen mit diesem Wort gemacht, weil viele es dafür nutzen, ihrer Position oder vielmehr ihrer eigenen Person mehr Bedeutung beizumessen.

Wirkliche Verantwortung kennen diese Menschen nicht, was sie kennen, ist der Missbrauch ihrer Position. Das beste Beispiel dafür sind die heutigen Politiker. Wo sonst wird die Perversion, nein die Vergewaltigung des Wortes Verantwortung deutlicher?

Es läuft mir kalt den Rücken herunter, wenn ich daran denke. Ich hasse Politiker und ich bin überzeugt davon, dass die Welt ohne sie sicherer und glücklicher wäre. Was haben sie denn je für uns einfache Leute getan? Am Ende denken sie nur von Wahlperiode zu Wahlperiode und verlangen von uns, dass wir schön brav unser Kreuzchen machen, damit sie wiedergewählt werden, nur um später ihre Wahlversprechen nicht einzulösen. Es gibt keine Menschengruppe, die verlogener ist.

Ob ich übertreibe?

Ich denke nicht. Sicherlich habe ich persönliche Gründe für meinen abgrundtiefen Hass, aber mal ehrlich, wer hat nicht schon einmal einem Politiker den Tod gewünscht?

Gerade sitze ich in einem Café in Mannheim und schaue auf den Wasserturm. Das Wetter hat angenehme 24 Grad und die Sonne scheint. Der September meint es gut mit den Mannheimern.

Es ist 14 Uhr und die Terrasse des Cafés ist sehr gut besucht, was mich nicht wundert. Der Ausblick ist auch wirklich schön. An sich finde ich Mannheim ziemlich langweilig, dennoch hat es mich heute in diese hässliche Arbeiterstadt verschlagen, wo die Menschen glauben, dass man durch Weintrinken etwas Besseres wäre. Ich habe mir selbstverständlich ein Pils bestellt. Die Kellnerin hat mir bei der Bestellung einen seltsamen Blick zugeworfen, aber ansonsten freundlich reagiert. Alles andere hätte mich auch gewundert, schließlich erwartet sie doch am Ende ein ordentliches Trinkgeld.

Da kommt meine Verabredung.

»Wartest du schon lange?«, fragt er mich.

»Nein, setz dich doch.«

Nach einer herzlichen Begrüßung nimmt er mir gegenüber Platz.

»Wie fühlst du dich?«, fragt er.

»Gut. Und du?«

»Auch. Es gibt keinen Grund, sich nicht gut zu fühlen.«

Ich nicke, weil er recht hat. Die Sonne scheint und die Welt hat dank mir eine Sorge weniger, wie kann man sich da nicht gut fühlen?

Wenn da nicht diese verdammten Albträume wären!

Die Kellnerin kommt und mein Freund Cosmo gibt seine Bestellung auf. Er heißt wirklich Cosmo, was so viel wie »der Schöne« bedeutet. Seine Eltern haben bei der Namensgebung nicht übertrieben. Cosmo ist ein schöner Mann. Dafür mangelt es ihm etwas an Intelligenz, was bei ihm aber nicht weiter auffällt. Sein Charme macht das mehr als wett.

Die Kellnerin scheint jedenfalls von seinem Aussehen angetan zu sein, sie streicht sich übers Haar und lächelt ihm zu. Bei mir war sie deutlich reservierter, was mir persönlich besser gefallen hat. Ich bin nicht eifersüchtig, warum auch? Ich weiß, was ich kann, und ich mag Cosmo.

»Hast du die Zeitung gelesen?«, fragt er mich.

»Nein, warum?«

»Ein weiterer Politiker wurde ermordet«, sagt er.

»Echt? Welcher?«, frage ich und tue, als wüsste ich von nichts.

»In Köln. Klaus Lau. Er war im Kölner Stadtrat. Hatte Ambitionen und viele sahen ihn schon auf Bundesebene.«

»Auf Bundesebene? Hätte er nicht erst mal versuchen sollen, sich auf Landesebene zu behaupten?«, spotte ich.

»Dass du immer so gemein sein musst. Das ist der dritte Mord an einem Politiker. Findest du das nicht seltsam?«

»Ich sehe schon, du witterst eine Story«, lache ich.

»Klar, da steckt mehr dahinter. Ich muss nur die Zusammenhänge verstehen.«

»Vielleicht gibt es keine.«

Jetzt lacht Cosmo, sein Lachen wird durch die Kellnerin unterbrochen, die plötzlich vor uns steht und Cosmo seinen Kaffee reicht. Das Dauergrinsen auf ihrem Gesicht will nicht verschwinden, am liebsten möchte ich ihr ins Gesicht schlagen, um ihre Mimik wieder geradezurichten. Cosmo allerdings scheint es zu mögen, das ist seinem ausgeprägten Narzissmus und seiner Eitelkeit geschuldet.

»Gefällt sie dir?«, frage ich ihn.

»Wer?«

Er scheint nicht mit so einer Frage gerechnet zu haben, weil er mich überrascht, na ja, eher etwas dämlich anschaut.

»Was ist so schwer an meiner Frage? Gefällt dir die Tussi?«, wiederhole ich. Wenn er es immer noch nicht verstanden hat, kann ich ihm nicht helfen.

»Nein, aber sie ist freundlich.«

»Freundlich also.« Ich muss lachen, schließlich kenne ich ihn zu gut, um zu wissen, dass die Kellnerin genau seinem Beuteschema entspricht. Vermutlich hätte er sie längst um ihre Telefonnummer gebeten, wenn ich nicht dabei gewesen wäre. »Mich wunderts, dass du sie nicht kennst.«

»Warum?«

»Das ist doch deine Location hier, oder nicht?«

»Ja, schon. Aber ich glaube, sie ist neu, und so oft bin ich auch nicht hier.«

Den ersten Teil seines Satzes glaube ich ihm, den zweiten

nicht. Ich bin zwar nicht so bewandert, was die Mannheimer Szene angeht, aber die wenigen Male, die ich hier war, haben gereicht, um zu wissen, dass dieses Café am Wasserturm der Hotspot der Mannheimer Schickeria ist. Das meine ich auch gar nicht abwertend, vermutlich wäre es ebenso mein Stammcafé, wenn ich in dieser langweiligen Stadt wohnen würde, aber das tue ich nicht, das würde mir im Traum nicht einfallen. Dass ich mich hier mit Cosmo treffe, hat einen rein beruflichen Grund.

»Entspann dich, mir ist dein Liebesleben total egal, deswegen bin ich ja nicht hier. Lass uns lieber über das Berufliche sprechen«, baue ich dem schönen Cosmo eine Brücke, die er dankend annimmt, sein Blick spricht jedenfalls Bände.

»Das sollten wir. Ich würde gerne das Projekt mit dir umsetzen, weil ich niemanden kenne, der sich in Social Media und Webdesign so gut auskennt wie du. Und mein Kunde braucht das ganze Paket.«

»Du meinst die Mannheimer FDP?«

»Genau, die haben das bisher stiefmütterlich behandelt. Aber anscheinend haben sie jetzt genügend finanzielle Mittel, um etwas Vernünftiges auf die Beine zu stellen, hoffentlich mit deiner Unterstützung. Wenn wir uns denn einig werden.«

»Sei unbesorgt, wir werden uns schon einig«, schmunzle ich. Cosmo kann nicht ahnen, dass ich dieses Projekt sogar kostenlos annehmen würde, denn der Nächste auf meiner Liste ist ein Politiker von der Mannheimer FDP.

8

»Schön, dass ihr alle da seid.« Mit diesen Worten begann Bender das Meeting. »Wie ihr seht, sind wir heute eine größere Runde. Das ist der Bedeutung unseres aktuellen Falles geschuldet.«

Es geschah selten, dass Bender Kollegen zu Besprechungen einlud, die nicht Teil ihres eigentlichen Teams waren. Soweit Brandt es überblicken konnte, waren sie diesmal fast zwanzig Personen im Besprechungsraum. Einige Gesichter kannte er nicht, wahrscheinlich waren es Kollegen von außerhalb.

»Bevor ihr Fragen stellt, vier der Anwesenden sind vom BKA. Sie werden uns wertvolle Hinweise zu den beiden anderen Taten, die eventuell in Verbindung mit unserem Fall stehen könnten, geben.«

Bender schaute in die Runde und wie so oft wirkte sie auch diesmal hochgradig angespannt, was Brandt auf ihren ungeheuren Ehrgeiz zurückführte. Immerhin war Kristina Bender die jüngste Leiterin der Kölner Mordkommission. Brandt arbeitete schon einige Jahre unter ihr und musste ihr höchste Professionalität bescheinigen.

»Rech, möchtest du bitte anfangen?« Sie nahm einen Schluck aus ihrem Kaffeebecher.

Rech nickte. »Ich kann derzeit nur erste Informationen geben, da wir noch abschließende Analysen aus der kriminalistischen Ballistik und der Rechtsmedizin abwarten müssen. Aber nach den bisherigen Erkenntnissen wurde Klaus Lau aus nächster Nähe erschossen.«

»Habt ihr schon eine Uhrzeit?«, wollte ein Kollege wissen.

»Vermutlich um Mitternacht herum, da um kurz nach Mitternacht ein Anruf bei der Polizei einging, wodurch wir von dem Mord erfuhren. Die Zeit passt auch zu den Merkmalen an der Leiche, die auf den Todeszeitpunkt schließen lassen.«

»Wahrscheinlich konnte man den Anruf nicht zurückverfolgen?«

»Nein, das Gespräch war zu kurz.«

»Aber soweit ich den Vorbericht gelesen habe, gab es keinen Zeugen, oder?«, fragte ein anderer Kollege.

»Genau. Entweder wollte der Anrufer anonym bleiben oder es war der Täter selbst. Vielleicht können die Kollegen vom BKA etwas dazu sagen. Wie war es bei den zwei Morden zuvor?«

Rechs Blick wanderte zu den vier Beamten, die nebeneinandersaßen.

»Wir müssen davon ausgehen, dass es derselbe Täter war, da sich bei den beiden vorherigen Fällen das gleiche Muster zeigt. Ein Team von Experten wertet den Anruf aus.«

»Dann kann es doch nur ein politisch motivierter Mord gewesen sein«, bemerkte nun Maike Schmoll, die Jüngste im Team von Bender und neuestes Teammitglied. Bevor sie zu ihnen gekommen war, hatte Aydin diese Rolle bekleidet. Schmoll arbeitete Bender direkt zu, daher verwunderte es nicht, dass sie neben der Chefin saß.

»Für solche Annahmen ist es zu früh, es fehlt das typische Muster einer politisch motivierten Tat, eine Botschaft, eine Rechenschaft für die Tat.«

»Muss es die denn geben? Bei den NSU-Morden gab es auch keine Botschaft. Ist der Tod nicht Botschaft genug?«, gab Schmoll zu bedenken.

»Wir vom BKA halten es für verfrüht, von politisch motivierten Taten zu sprechen.«

Schmoll wollte etwas erwidern, aber Bender berührte ihren Oberarm und Schmoll verkniff sich die Frage. Vermutlich wollte sie nicht unnötig Zeit mit Spekulationen verlieren, was Brandt sehr begrüßte. Er war noch nie ein Freund von langen

Besprechungen gewesen. Er wollte auf die Straße und den Täter fassen, bevor er weiter mordete.

»Welche Hinweise und Spuren habt ihr am Tatort sichergestellt?«, fragte Bender und brachte die Diskussion wieder auf Linie.

»Wir haben Reifenspuren sichergestellt. Es müssen mindestens zwei Fahrzeuge zur Tatzeit am Tatort gewesen sein. Leider konnten wir vor Ort keine eindeutig verwertbaren Spuren sicherstellen. Auch nicht in dem Raum, in dem die Tochter sich befand.«

»Was ist mit den Fesseln?«, fragte Aydin.

»Die sind noch im Labor. Aber wie es scheint, ist der oder sind die Täter äußerst professionell vorgegangen.«

»Profis. Was sonst. Wir haben es hier mit Terroristen zu tun«, sagte ein Kollege aus der Informationsbeschaffung.

»Für Spekulationen ist es in der Tat zu früh, aber sicherlich können die Kollegen vom BKA helfen, einiges aufzuklären. Wobei auch ich schon eine Hypothese habe, die uns dem Täter näher bringen wird«, mischte sich Kramer in die Diskussion ein. Bisher hatte er wortlos zugehört.

»Könnt ihr anhand der Reifenabdrücke auf das Fahrzeug schließen?«, fragte Bender und ignorierte Kramers Bemerkung.

»Wir sind dabei, sie auszuwerten, aber alles deutet auf einen Mittelklassewagen hin«, antwortete Rech.

»Was ist mit der Waffe?«

»Wir haben eine Patronenhülse gefunden. Man hat einmal aus kurzer Distanz auf das Opfer geschossen, die Kugel traf ihn von vorne ins Herz. Nur wenige Sekunden nach dem Eintritt des Projektils in den Körper wird das Opfer gestorben sein. Ein sauberer Schuss. Wir gehen von einer Neun-Millimeter-Waffe aus. Aber auch hier müssen wir die Analyse aus der kriminalistischen Ballistik abwarten.«

Brandt hörte aufmerksam zu. Es war immer offensichtlicher, dass hier Profis am Werk waren. Ein sauberer Schuss aus kurzer Entfernung, das sprach nicht für einen Amateur. Auch wenn man glauben mochte, dass jeder Anfänger einen Menschen aus kurzer Distanz ohne Probleme erschießen könnte, wusste Brandt aus seiner langjährigen Tätigkeit, dass den meisten Morden, die aus dem Affekt heraus geschahen oder von Personen verübt wurden, die nie zuvor einen Menschen getötet hatten, keine sauberen Schüsse zugrunde lagen.

Er jedenfalls ging stark davon aus, dass der Täter das Herz hatte treffen wollen, damit das Opfer sofort starb.

»Was ist mit dem Mobiltelefon, wurde das gefunden?«, fragte Schmoll.

»Leider nicht. Vermutlich hat der Täter es mitgenommen und vernichtet oder gibt es dazu neue Erkenntnisse?« Rech warf Lutz Fischer aus der Informationsbeschaffung einen kurzen Blick zu.

»Da wir das Handy weder orten noch erreichen konnten, müssen wir davon ausgehen, dass es vernichtet wurde. Wir haben die Handynummer des Opfers von der Ehefrau erhalten und beim Provider einen Verbindungsnachweis beantragt. Sobald uns etwas vorliegt, gebe ich euch Bescheid.«

»Gut. Von meiner Seite aus wars das fürs Erste. Alle weiteren Informationen in der nächsten Besprechung oder als elektronische Post«, sagte Rech und spielte damit den Ball zurück zu Bender.

»Danke«, nickte sie und schaute dann zu Fischer, der etwas in seinen Laptop tippte. Er war meistens die einzige Person, die den Besprechungsraum mit Laptop betrat, weil er von dort mithilfe des angeschlossenen Beamers Inhalte an die Wand projizierte, falls Bender dies wünschte. »Fischer, wie schaut es bei dir aus?«

»Ihr müsst euch noch gedulden. Klaus Lau stand in der Öffentlichkeit, nutzte rege die sozialen Medien. Mein Team ist gerade dabei, seine Profile auf Anhaltspunkte oder verdächtige Posts zu überprüfen. Es wäre möglich, dass sich der Täter dort bereits negativ geäußert hat. Derzeit stimmen wir uns mit dem BKA und den anderen betroffenen Polizeidienststellen ab. Falls zwischen den drei Morden eine Verbindung besteht, ist es wahrscheinlich, dass der Täter auch auf den Profilen der anderen Opfer etwas gepostet hat.«

»Sehr gut. Das könnte ein entscheidender Hinweis sein.«

»Wo die Kollegen vom BKA schon einmal hier sind, würde mich interessieren, ob das bei den anderen sozialen Profilen der Opfer bereits geschehen ist.« Fischers Blick wanderte zu den BKA-Beamten.

»Wir sind dran, aber uns liegen dazu noch keine genauen Erkenntnisse vor«, antwortete der Beamte. Brandt bemerkte das Unbehagen des Kollegen. Konnte es sein, dass das BKA diese Idee noch gar nicht umgesetzt hatte und jetzt kalt erwischt wurde, sich aber nicht die Blöße geben wollte? Er hielt das nicht für unwahrscheinlich. Es wäre nicht das erste Mal, dass sie mit dem BKA aneinandergerieten. Immer wieder hatte er mit der übergeordneten Dienststelle Kompetenzstreitereien gehabt, weil das BKA glaubte, Informationen zurückhalten zu müssen.

Aber nicht alle in dem Laden sind egoistisch, meldete sich eine innere Stimme und mit einem Mal waren die Erinnerungen an Ansgar David wieder da, einen guten Freund. Er war ein durch und durch anständiger Mensch gewesen, doch leider hatte er bei einem Einsatz sein Leben verloren. Es müsste viel mehr Menschen wie ihn auf dieser Welt geben, die gerade wieder einmal bewies, dass Anstand immer weniger zählte.

»Dann wird es Ihnen gewiss entgegenkommen, wenn Lutz Fischer die Arbeit koordiniert«, schlug Bender vor – nicht ohne Hintergedanken, mutmaßte Brand. Sie vertraute Fischer und wollte den Überblick behalten, vor allem aber glaubte sie sicherlich wie Brandt fest daran, dass, wenn es eine Verbindung gäbe, Fischer diese finden würde.

Lutz Fischer hatte seine Fähigkeiten auf dem Gebiet der IT bereits unzählige Male unter Beweis gestellt. Er war ein ehemaliger Hacker, der sich schließlich für eine Karriere bei der Polizei entschieden hatte. Dass er noch heute für die gerechte Sache hackte, wussten bei der Kölner Polizei die allerwenigsten, unter ihnen Aydin und Brandt. Und Brandt würde das niemals an die große Glocke hängen, dafür schätzte er seinen Kollegen viel zu sehr und bisher hatte Fischer auch nie etwas Illegales getan. Vielmehr stellte er seine exzellenten Programmier- und Computerkenntnisse in den Dienst der Wissenschaft und der Polizei.

»Dem sollte nichts im Wege stehen«, antwortete der BKA-Beamte. Er wirkte angespannt, fast etwas konsterniert, als würde ihn diese Bitte überrumpeln.

»Danke. Fischer, hast du noch was?«

»Derzeit nicht.«

»Dann seid ihr die nächsten«, sagte Bender und schaute zu Brandt und Aydin.

»Wir haben uns gestern Nacht mit der Tochter und der Ehefrau unterhalten. Die Tochter kann sich leider an nichts erinnern. Sehr gut möglich, dass sie unter Schock stand. Aber sie hat sich gegen eine ärztliche Untersuchung gewehrt«, begann Brandt. »Wir gehen davon aus, dass der Täter die Tochter betäubt und dann im Auto zum Tatort gebracht hat. Er muss sie in ihrem Zimmer überrumpelt haben. Sowohl das Fenster als auch eine Terrassentür standen offen, wegen der Hitze.«

»Und sie hat nicht bemerkt, dass sich jemand Zutritt zu ihrem Zimmer verschafft hat?«, unterbrach der BKA-Beamte ihn.

»Hat sie nicht. Sie war im Bett, der Fernseher lief und sie hat gedöst. Ihr Zimmer liegt im Erdgeschoss und ihr Bett ist in der linken Ecke des Zimmers positioniert, sodass sie die Terrassentür von dort aus nicht zwangsläufig im Blick hat. Der Täter konnte sich demzufolge unbemerkt Zutritt verschaffen, wenn sie nicht ständig rüber zur Tür geschaut hat. Wir halten es für möglich, dass er beim Betreten des Zimmers ein Betäubungsgas benutzt hat, das schnell wirkte.«

Brandt wandte seinen Blick nicht von dem Beamten ab, er wartete auf eine Reaktion, aber der andere nickte nur.

»Sicherlich klären Sie uns gleich über die beiden anderen Morde auf«, konnte sich Brandt dennoch einen Kommentar nicht verkneifen, denn bisher hatte der Kollege nur durch Fragen geglänzt, viel hatte er zu dem aktuellen Fall noch nicht beigesteuert.

»Was hat die Ehefrau erzählt?«, fragte Bender.

»Sie glaubt, dass sie eine Gestalt am Fenster gesehen hat, konnte dies aber nicht näher verifizieren. Sie hatte den ganzen Abend über mit einem Migräneanfall zu tun. Es war deutlich zu sehen, dass sie geschockt war. Brandt und ich werden sie und die Tochter in den nächsten Tagen erneut aufsuchen«, antwortete Aydin. »Vielleicht bringt uns die Kameraaufzeichnung weiter.«

»Was für eine Aufzeichnung?«, fragte Schmoll. Im Gegensatz zu den anderen Kollegen hatte Aydin noch keinen Bericht geschrieben, weil sie sehr spät das Anwesen der Laus verlassen hatten.

»Der Eingangsbereich der Villa wird durch eine Kamera überwacht. Ich habe heute Morgen die Sicherheitsfirma kontaktiert, bei der die Aufnahmen gespeichert werden. Im Laufe des Tages sollten wir eine digitale Kopie der Aufzeichnung bekommen. Fischer ist bereits informiert. Wir haben die Frau nach politischen Feinden oder Problemen im Unternehmen befragt, aber auch hier wollte oder konnte sie keine Angaben machen. Möglich, dass sie sich nicht für die Karriere ihres Mannes interessiert hat, möglich aber auch, dass ihre Aussage dem Stress geschuldet war. Wir hoffen, beim nächsten Gespräch mehr Informationen zu erhalten. Außerdem wollen wir nicht ausschließen, dass die Spurensicherung auf dem Anwesen verwertbare Spuren findet.«

»Wie ich die bisherige Vorgehensweise des Täters einschätze, sollten wir uns nicht allzu viele Hoffnungen machen. Mein Team ist seit einer Stunde vor Ort, ich stoße nach der Besprechung dazu und halte euch auf dem Laufenden«, ergänzte Rech. Er hatte diese Tatsache in seinen vorherigen Ausführungen nicht angesprochen, vermutlich weil er Brandt und Aydin nicht vorgreifen wollte.

»Verstehe. Dann machen wir mit Kramer weiter. Wie ist deine Einschätzung zu dem aktuellen Fall?«, fragte Bender.

Kramer richtete sich auf, schaute in die Runde und Brandt wusste, was nun folgen würde: Der Fallanalytiker würde sich gegen die Stuhllehne fallen lassen, um künstlich Spannung zu erzeugen, und dann in gewählten Worten seine Meinung zum Besten geben. Kramer konnte nicht anders und Brandt war schon jetzt genervt von dem Gehabe, das sich nun genau so abspielte.

»Es handelt sich um einen sehr interessanten Fall, jedenfalls aus Sicht der Fallanalyse. Vieles deutet auf einen eiskalten Mord hin, begangen von einer Person, zu der Klaus Lau in Kontakt stand. Die Entführung jedoch und die beiden vorangegangenen Morde geben diesem Fall eine Schärfe, die Fragen aufwirft, zum Beispiel: Stehen die Morde in einem Zusammenhang oder nutzt der Täter die anderen beiden Politikermorde, um die Ermittlungen in die falsche Richtung zu lenken?« Kramer beugte sich vor, schob die Brille hoch und sein Blick wanderte durch den Besprechungsraum.

So sehr Kramers Art Brandt nervte, er musste ihm Recht geben. Dass der Täter eine falsche Fährte legen wollte, konnte durchaus möglich sein. Dieser Option hatten sie bisher viel zu wenig Beachtung geschenkt. Auch wenn er es nicht mit Bestimmtheit sagen konnte, waren die Opfer bei den vorherigen Morden nicht erpresst worden, so wie bei Lau durch die Geiselnahme der Tochter. Vielleicht war das bei den anderen aber auch einfach nicht nötig gewesen. So oder so, Brandt war gespannt, was das BKA dazu zu sagen hatte, und vor allem, wer die leitenden Ermittler bei den vorangegangenen Morden waren, schließlich mussten sie sich mit diesen Kollegen nicht nur abstimmen, sondern auch eng mit ihnen zusammenarbeiten.

Da Brandt wusste, welche Dienststellen für die Ermittlungen zuständig waren, hoffte er auf bestimmte Kollegen, die er kannte und mit denen er gut klarkam. Ob sich sein Wunsch erfüllen würde, würde Bender sicherlich noch früh genug preisgeben.

»Sollte dieser Fall nicht in Verbindung zu den beiden anderen Morden stehen, sehe ich eine hohe Wahrscheinlichkeit, dass wir den Mörder im Bekanntenkreis der Familie finden. Sehr gut möglich, dass es ein Geschäftspartner ist, der aufgrund wirtschaftlicher Interessen diesen gewagten Schritt gegangen ist. Die Kollegen Brandt und Aydin haben ausgeführt, dass das Bett der Tochter sowohl ungünstig zum offenen Fenster als auch zur offenen Tür stand. Dieser Hinweis könnte darauf hindeuten, dass der Täter dies wusste und seine Kenntnisse der häuslichen Gegebenheiten für seine Tat genutzt hat. Dadurch würde sich der Verdacht erhärten, dass wir es mit einem Täter aus dem Bekanntenumfeld zu tun haben.«

Brandt nickte in Gedanken, auch das klang nachvollziehbar. Ebenso war es denkbar, dass der Täter ein Profi war und das Anwesen vorher ausspioniert hatte. Es gab zu viele offene Fragen.

»Oder mit einem Profi«, ergänzte Schmoll und sprach damit Brandts Gedanken aus. Schmoll, die sonst eher die Ruhige im Team war, machte heute einen für ihre Verhältnisse geradezu redseligen Eindruck. Überhaupt wirkte sie ausgesprochen gut gelaunt, woran das liegen mochte, konnte Brandt nicht sagen. Es fiel ihm nur auf.

»Auch das wäre, wie ich bereits ausgeführt habe, denkbar. Der Fall erlaubt es noch nicht, sich auf ein bestimmtes Täterprofil oder einen Täterkreis festzulegen. Dennoch würde ich den Schwerpunkt der Ermittlungen auf das Umfeld von Klaus Lau legen.«

»Gut«, schaltete sich Bender in das Gespräch ein. Ihr Blick wanderte zur Uhr an der Wand. »Ich denke, wir sollten jetzt die Kollegen vom BKA zu Wort kommen lassen. Gleichzeitig möchte ich eine Telko zu den Kollegen von der Kripo Frankfurt und Lübeck aufbauen, in deren Zuständigkeitsgebiet die anderen beiden Morde fallen. Fischer, kannst du dich bitte darum kümmern?«

»Kann ich machen«, nickte Fischer. Kramer schaute etwas irritiert, es schien, als fühlte er sich abgewürgt, aber zu Brandts Erstaunen sagte er nichts, nur seine Schultern fielen ein und er nahm wieder seine gewohnte Sitzposition mit krummem Rücken ein.

»Oh«, ließ Fischer aufhorchen. »Das Sicherheitsunternehmen hat die Kameraaufzeichnung geschickt.«

9

Lübeck

»Sind wir startklar?«, fragte Willy Klausen, der Leiter der Lübecker Mordkommission.

»Sind wir. Wir warten nur noch auf ein Zeichen von den Kölner Kollegen«, antwortete Tim, der seit Kurzem die IT-Abteilung bei der Lübecker Kripo leitete.

»Sehr gut. Kristina Bender meinte, dass auch die Kollegen vom BKA in Köln dabei sind. Wollen wir hoffen, dass sie uns weitere Hinweise liefern.«

»Die?« Arndt Schumacher machte eine abwertende Geste. Er war der leitende Ermittler in diesem Fall, zusammen mit Elke Henschel. Bisher hatten die Kollegen vom BKA nicht gerade damit geglänzt, sich nützlich zu machen. Sie sogen bloß Informationen auf, teilten aber nur wenig ihres eigenen Wissens.

»Sei doch nicht immer so negativ«, erwiderte Ole, der die Leitung der Spurensicherung innehatte. »Vielleicht liegt es auch an deiner Art, dass die vom BKA Informationen zurückhalten.«

»Witzig«, bemerkte Arndt, er wusste, dass Ole sich nur einen kleinen Scherz erlaubte, da sich beide sehr gut verstanden. Ole war eben berüchtigt für seine trockenen Sprüche, die man einfach mit Humor nehmen musste, denn er meinte es nicht böse.

Willy holte Luft und wollte etwas sagen, als das Telefon klingelte. Tim nahm das Gespräch an.

»Alles klar, ich logge mich ein. Du kannst das Video remote an mich streamen, dann sehen wir das alle hier. Mein Laptop ist am Beamer angeschlossen«, sagte Tim und beendete das Gespräch.

»Gehts los?«, fragte Willy. Er wirkte angespannt, immerhin hatte dieser Fall inzwischen bundesweit für Aufsehen gesorgt und der öffentliche Druck wurde immer größer, die Presse klebte wie eine Zecke an ihrem Chef.

»Ja, die Kollegen haben eine Kameraaufzeichnung, die sie mit uns teilen wollen. Ich werde das remote streamen und auf den Beamer bringen.«

»Gut.«

Alle Blicke waren auf Tim gerichtet, der etwas in die Tastatur seines Laptops hämmerte. Dann erschien plötzlich ein Bild an der Wand, gleichzeitig hörten sie über die Lautsprecher der Spinne, so nannten sie intern die Telefonkonferenzanlage, eine Stimme.

»Lutz Fischer hier. Tim, hast du das Bild?«

»Ja, hat geklappt. Wir sind so weit.«

»Sehr gut. Erst mal herzlichen Dank, dass ihr es einrichten konntet, kurzfristig zur Telko zu erscheinen«, hörten sie Bender sagen.

»Wir danken für die Einladung. Schließlich liegt es in unser aller Interesse, dass wir uns so gut wie möglich abstimmen«, erwiderte Willy. »Wie wollen wir vorgehen?«

»Ich denke, es wäre optimal, wenn Fischer und Tim übernehmen. Vielleicht liefert die Kameraaufzeichnung wichtige Hinweise«, schlug Bender vor.

»Das hört sich gut an. Dann machen wir das so.«

»Eine Frage«, machte sich Arndt bemerkbar. »Wer leitet von eurer Seite die Ermittlungen? Arndt Schumacher hier. Elke und ich haben den Fall für die Lübecker Kripo übernommen.«

»Super. Das freut Emre und mich«, hörten sie nun eine bekannte Stimme. »Brandt hier. Mein Kollege und ich sind in Köln die leitenden Ermittler. Ich denke, dass wir mit unserer Abstimmung keine Schwierigkeiten haben werden.«

»Das denke ich auch«, lachte Arndt, Brandt stimmte ein. Arndt war beruhigt. Seit sie vor einigen Jahren schon einmal gemeinsam in einem Fall ermittelt hatten, war er mit Brandt und Aydin befreundet. Und nichts war für die Arbeit angenehmer, als wenn man die Kollegen der anderen Dienststelle kannte und gut mit ihnen stand, das erleichterte die Zusammenarbeit ungemein, gerade wenn Kompetenzrangeleien drohten.

Arndt war ein Polizist der alten Schule. Er hatte seinen Beruf von der Pike auf gelernt, er hatte auf der Straße im Streifendienst begonnen und dementsprechend dachte und handelte er noch heute. Er hasste Bürokratie und da Brandt in dieser Hinsicht ähnlich tickte, arbeitete er sehr gerne mit ihm und Aydin zusammen.

»Moin, Jungs, und auch ein Moin an alle anderen Kollegen«, sagte Elke Henschel.

»Hallo, Elke«, hörte Arndt, wie mehrere antworteten.

»Ein Hallo an alle«, gab Bender zurück. »Ich denke, wir sollten anfangen.«

»Dem ist nichts hinzuzufügen«, nickte Willy und nahm einen Schluck aus seinem Becher.

»Tim, bist du so weit?«, fragte Fischer.

»Ja, du kannst starten.«

»Ich werde langsam vorspulen und nur die relevanten Szenen, die für die Tatzeit infrage kommen, abspielen.«

»Okay.«

Arndts Blick war auf die weiße Leinwand gerichtet, wohin der Beamer die Kameraaufzeichnung projizierte.

Aufmerksam verfolgten er und die Kollegen die Aufzeichnung.

»Stopp«, sagte Arndt.

»Hast du was gesehen?«, fragte Tim und die Aufzeichnung stoppte.

»Vielleicht. Was war da hinten rechts?«

»Lutz, kannst du ein paar Sekunden zurückspulen und den Filmausschnitt hinten rechts vergrößern?«

»Das sollten wir hinkriegen. Gib mir ein paar Sekunden.«

Arndt hasste es, zu warten, aber welche Wahl hatte er. Ob da tatsächlich etwas war oder ob er sich geirrt hatte, konnte er nicht mit Bestimmtheit sagen, aber einen Versuch war es allemal wert.

Die Aufzeichnung lief diesmal noch langsamer ab und da sah er es wieder. Da war etwas.

»Das ist doch ein Mann«, hörte er Brandt sagen, der ihm damit zuvorkam. »Kannst du es bitte noch weiter heranzoomen und die Qualität erhöhen?«

»Ich bin dran.«

Und wieder war Warten angesagt. Arndts Blick wanderte zu Willy, der nicht minder angespannt war als er. Auch Elke, die zu seiner Rechten saß, wirkte hoch konzentriert. Bisher hatten sie nur im Dunkeln gestochert. Der Täter hatte ihnen keine Hinweise geliefert, was darauf schließen ließ, dass sie es mit einem Profi zu tun hatten. Aber für einen terroristischen Anschlag fehlte das Bekennerschreiben, sodass das Lübecker Team auch einen Auftragsmord in Betracht zog.

»Schärfer kriege ich es auf die Schnelle nicht hin. Aber ich werde mich nachher noch mal dransetzen, vielleicht kann mir Tim helfen.«

»Klar.« Tims Freude war nicht zu übersehen. Auch zwischen den beiden IT-lern war eine Freundschaft entstanden.

»Das wäre sehr gut. Ich denke, wir stimmen darin überein, dass es sich bei dem Täter um einen Mann handelt, der vermutlich größer als einen Meter achtzig ist«, kommentierte Brandt das Standbild, auf dem man allerdings nur den schmalen Ausschnitt einer Person von hinten erkannte. Zu Identifikationszwecken war das Bild unbrauchbar.

»Davon gehe ich auch aus. Vielleicht kriegen das Lutz und Tim schärfer. Außerdem haben wir noch nicht die restliche Aufzeichnung gesehen«, hörten sie Aydin sagen.

»Dann spule ich weiter, wenn keine weiteren Fragen sind. Das Bild und die Szene habe ich gesichert.«

»Dann geht es weiter, oder, Willy?«, schaltete sich Bender ein.

»Von unserer Seite aus geht das in Ordnung.« Willy nickte.

Die Aufzeichnung wurde langsam vorgespult, aber sie zeigte keinen weiteren Hinweis auf den Täter. Für Arndt war damit klar, dass der Mann vermutlich Kenntnis von der Kamera gehabt und sich außerhalb ihres Aufzeichnungsradius bewegt hatte. Dass sie dennoch ein Stück seines Körpers auf der Aufzeichnung hatten, war somit ein glücklicher Zufall. Und noch etwas anderes war nun klar: Sie hatten es mit einem Profi zu tun, daran zweifelte Arndt immer weniger. Drei Morde an drei Politikern in so kurzer Zeit, wer da keinen Zusammenhang sah, war einfach naiv.

»Das wars. Ich glaube, wir haben nichts übersehen. Aber ich werde die Aufzeichnung noch durch eine spezielle Software jagen, vielleicht ist uns doch etwas entgangen.«

»Mach das. Danke«, hörten sie Bender sagen.

»Auch von unserer Seite besten Dank. Gute Arbeit. Alles andere solltest du mit Tim abstimmen«, schlug Willy vor.

»Das machen wir. Ich ruf dich nachher an.«

»Mach das«, antwortete Tim.

»Nach der Besprechung schicke ich euch einen Bericht über den aktuellen Stand unserer Ermittlungen, wäre super, wenn du mir auch einen Bericht über euren Stand der Ermittlungen schicken könntest. Und ich würde vorschlagen, dass wir jetzt den Kollegen vom BKA das Wort übergeben«, übernahm wieder Bender.

»Das können wir so machen.« Willy nickte wieder, was Arndt insgeheim zum Schmunzeln brachte, schließlich hatten sie nur eine Telefon- und keine Videokonferenz und Bender konnte sie nicht sehen.

»Auch seitens des BKA herzlichen Dank für die Einladung zur Besprechung. Darf ich kurz meine beiden Kollegen und mich vorstellen? Einige hier kennen uns noch nicht«, meldete sich ein BKA-Beamter zu Wort, dessen Stimme Arndt bekannt vorkam, er glaubte auch zu wissen, wer es war.

»Zu meiner Rechten sitzt Fabio Fox«, fuhr der Mann fort.

»Und zu meiner linken Clemens Schaar. Mein Name ist Tamme Sowa.«

Arndt fühlte sich in seiner Annahme bestätigt, er hatte bereits auf Sowa getippt, mit dem er bisher zweimal telefonisch und einmal persönlich Kontakt gehabt hatte. Sowa war kleiner als er, vermutlich um die ein Meter fünfundsiebzig, aber sein Ego hielt locker mit der Größe eines Basketballspielers mit. Seine Arroganz hatte Arndt schon das ein oder andere Mal zur Weißglut gebracht und es war nur Elke zu verdanken, dass er sich nicht vergessen hatte.

Jede Wette, der trägt wieder Anzug, dachte er, weil er bei ihrer ersten Begegnung schon durch seine schicke Kleidung aufgefallen war. Arndt hingegen war eher der T-Shirt-und-Jeans-Typ.

»Dann klären Sie uns doch bitte auf, was das BKA weiß«, hörten sie Bender sagen.

»Ich fürchte, dass ich Sie enttäuschen werde, da wir nicht viel mehr Informationen haben. Was wir …«

»Haben oder nicht teilen wollen?«, unterbrach Brandt ihn scharf. »Wir haben drei tote Politiker und wie es ausschaut keine wirklichen Hinweise. Sie sind doch eng mit den Nachrichtendiensten vernetzt, ich kann mir kaum vorstellen, dass man in Deutschland drei Politiker töten kann, ohne dass das BKA oder die Geheimdienste davon Wind bekommen.«

»Wir brauchen Ihre Unterstützung, deswegen sind wir hier. Dass wir keine Informationen teilen wollen, entbehrt jeder Grundlage.«

»Dann teilen Sie uns doch Ihren aktuellen Informationsstand mit«, unterstützte Arndt Brandts Worte.

»Das wollen wir, wenn wir aussprechen dürfen«, reagierte Sowa gereizt. »Es wäre natürlich gut, wenn die Kollegen aus Frankfurt bei dieser Schalte dabei wären, oder wird das heute nichts mehr?«

Jetzt, wo Sowa es ansprach, wunderte das auch Arndt. Immerhin hatte Willy ihnen vor der Besprechung mitgeteilt, dass sich auch ein Team der Kollegen aus Frankfurt in die Telko einwählen würde, weil der zweite Mord in deren Zuständigkeitsgebiet fiel. Welche Beamten in dem Fall ermittelten, wusste Arndt nicht.

»Die Kollegen sind noch immer unterwegs, in einer dringenden Angelegenheit. Gerade eben kam die Nachricht, dass sie sich nicht in die Telko einklinken können«, hörten sie Fischer erklären. »Aber ich werde ihnen das Gesprächsprotokoll senden und bei Bedarf können wir jederzeit eine weitere Telko vereinbaren.«

»Das ist nicht optimal, aber gut.« Sowa schien tief Luft zu holen, so jedenfalls hörte es sich an.

»Was wir gesichert teilen können, ist, dass alle drei Politiker erschossen wurden. Beim Mord in Lübeck und Köln fand die Exekution aus nächster Nähe statt und das Projektil traf das Herz, was zum sofortigen Tod führte. Beim zweiten Mord, dem in Frankfurt, wurde die Lunge getroffen. Das Opfer starb, kurz nachdem das Projektil die Lunge durchbohrt hatte.«

»Glauben Sie, es war Zufall, dass beim zweiten Opfer die Lunge getroffen wurde?«, fragte Aydin.

»Das wissen wir nicht. Es wäre möglich. Ebenso kann es sein, dass der Täter von seiner ersten Tat ablenken wollte.«

»Warum sollte er das? Soweit ich es Willys Bericht entnommen habe, wurde auch beim Opfer in Lübeck eine Neun-Millimeter-Waffe benutzt, sodass wir davon ausgehen müssen, dass mit derselben Waffe geschossen wurde. Ich vermute, dass auch das Opfer in Frankfurt mit einer Neun-Millimeter-Waffe erschossen wurde«, hakte Bender nach. Etwas schien sie zu wurmen, Arndt hörte das deutlich an ihrer Stimme.

»Es sieht danach aus. Wir haben erst heute Morgen den vorläufigen Bericht der Spurensicherung von dort erhalten. Aber vieles deutet darauf hin, dass bei dem ersten und dem dritten Mord dieselbe Waffe und die gleiche Munition mit der gleichen Geschossform genutzt wurden.«

»Und was ist mit dem zweiten Mord?«, erkundigte sich Willy.

»Die Auswertung hat ergeben, dass zwar eine Neun-Millimeter-Waffe, aber eine andere Geschossform als bei den anderen beiden Morden genutzt wurde.«

Arndt wollte seinen Ohren nicht trauen.

»Warum sollte der Täter eine andere Geschossform nutzen?«, fragte er daher.

»Vielleicht haben wir es mit zwei Tätern zu tun«, meldete sich Brandt, Arndt schoss im selben Moment der gleiche Gedanke durch den Kopf.

10

Ihn zu töten, wird mir ein besonderes Vergnügen sein. Dass Cosmo, der Schönling, ausgerechnet einen Deal von der Mannheimer FDP an Land gezogen hat, ist ein glücklicher Zufall, denn so erhalte ich ganz einfach Zugriff auf die Datenbank der Partei. Natürlich ahnen sie das nicht, schließlich wollen sie nur jemanden, der ihre Social-Media-Kanäle aufhübscht. Mehr Reichweite und Likes.

Ich muss schmunzeln, weil diese Idioten nicht wissen, dass sie sich einen Trojaner ins Haus geholt haben. Und wie Odysseus werde auch ich eine tödliche Überraschung für sie parat halten. Jedenfalls für einen von diesen verdammten Liberalen.

Wie kann man nur so eine Partei von Verrätern wählen? Als Lindner, dieses Sackgesicht, den Schwanz eingezogen hat und die Koalitionsverhandlungen platzen ließ, weil er glaubte, als großer Sieger aus der Sache hervorzugehen, war das nichts anderes als Verrat an seinen Wählern und an Deutschland. Vor allem aber an seinen Wählern! Wie kann man nicht Teil einer Regierung sein wollen? Ist das nicht der Sinn einer Partei?

Mir ein Rätsel, aber streng genommen juckt es mich nicht die Bohne, schließlich wähle ich nicht. Warum auch? Hat denn je eine Partei etwas Gutes bewirkt? Nein, ganz sicher nicht, vor allem wenn die Parteien wieder auf Wahlen zusteuern. Bald wird im Osten gewählt und wenn man sich anhört, was die Parteileute in diesem Zuge von sich geben, überkommen mich Brechreiz und Fremdschämen.

Und das Schlimmste, auch bei den Regierungsparteien hört es sich an, als wären sie in der Opposition und die Dinge würden besser werden, wenn man sie wählte! Hallo? Ihr verdammten Bürokraten seid doch längst in der Regierung! Ich hoffe, der Osten erteilt den etablierten Parteien einen fetten Denkzettel, am besten einen, der Kretschmer und Co. ein K. o. beschert, aber ich fürchte, dass am Ende alles beim Alten bleiben wird.

Dreckspolitiker!

Von Cosmo habe ich mich schon vor Stunden verabschiedet. Er hatte es eilig, weil er irgendein Date hat, mit einer Zwanzigjährigen. Was ein über vierzig Jahre alter Mann von einer Zwanzigjährigen will, ist mir schleierhaft. Warum sich so ein junges Ding allerdings auf ihn einlässt, kann ich mir denken. Es ist das Abenteuer und er sieht gut aus, außerdem hat er das nötige Kleingeld. Eigentlich müsste Cosmo gar nicht arbeiten, seine Eltern sind vermögend, trotzdem hat er vor einigen Jahren eine Consultingfirma gegründet. Das mag ich an ihm, er ruht sich nicht auf den Lorbeeren seiner Eltern aus, er verdient sein eigenes Geld. Nur seine Schwäche für junges Gemüse werde ich nie verstehen.

Egal, er hat mir inzwischen die Zugänge für die Server der Mannheimer FDP geschickt, zumindest für die Server, die in direkter Verbindung mit deren Website und deren Social-Media-Inhalten stehen. Dass ich über diese Zugänge Zugriff auf sämtliche Server und damit auf das gesamte Netzwerk der Mannheimer FDP haben werde, weiß Cosmo allerdings nicht. Muss er auch nicht.

Ich sitze auf der Terrasse eines Cafés am Marktplatz, einer bekannten deutschen Kette, nicht die amerikanische. Ich sitze ganz hinten, sodass mir niemand auf den Laptop schauen kann.

Da das Wetter noch sehr angenehm ist, herrscht buntes Treiben auf der Straße. Immer wieder fahren Straßenbahnen vorbei und läuten, damit sie nicht aus Versehen jemanden überfahren. Dass hier noch kein Unfall passiert ist, kann ich mir kaum vorstellen. Es sind einfach zu viele Menschen hier und nicht wenige machen einen eher unkonzentrierten Eindruck. Sie gehen, als wären sie in der Fußgängerzone, dabei fährt hier eine Straßenbahn, die vielleicht nur heimtückisch darauf wartet, einen von ihnen zu erwischen. Irgendwie würde ich es spannend finden, wenn ich Zeuge solch eines kleinen Unfalls wäre.

Ich schüttele den Kopf, weil ich weiß, dass ich nicht ehrlich zu mir bin.

Egal!

Schon wieder werde ich abgelenkt. Ein Mann um die fünfzig betritt die Bühne. Er gehört ganz augenscheinlich zu den Verlierern unserer Gesellschaft. Seine Kleidung, sein hagerer Körper und die Lücken im Gebiss verraten ihn, ohne dass er auch nur ein Wort mit mir gesprochen hat.

Kleider machen Leute, an dem Spruch ist schon was dran. Ich frage mich, welches Leben dieser Mann geführt hat, bevor ihm das Schicksal so übel mitgespielt hat. Dass er sich für dieses Los aus freien Stücken entschieden hat, kann ich mir schwer vorstellen, aber in der heutigen Zeit würde mich selbst das nicht wundern. Jetzt betritt dieser Kauz – ich denke, das umschreibt sein Aussehen am besten – unsere kleine Terrasse. Gut, es ist die Terrasse des Cafés, aber solange ich hier sitze, ist es auch irgendwie meine Terrasse. Obwohl ich die anderen Gäste nicht kenne, hat man doch das Gefühl, aus der gleichen Schicht zu stammen. Und da haben wir es wieder: Kleider machen nicht nur Leute, sie kennzeichnen auch, wohin man gehört.

Meistens jedenfalls.

Der Kauz öffnet die rechte Hand und streckt sie vor. »Gib mir zwei Euro«, spricht er eine Frau um die fünfzig an. Die Stimme des Mannes ist schwach, er scheint zu stottern. Ob das gespielt oder authentisch ist, weiß ich nicht.

Die Frau dreht ihren Kopf weg und ignoriert den Kauz. Doch der lässt sich davon nicht beeindrucken, er schwankt wie eine Boje auf hoher See vor der Frau, die Hand ausgestreckt, und nuschelt erneut: »Gib mir zwei Euro.«

Die andere Frau neben ihr schaut den Mann abwertend, fast wütend an. »Es gibt nichts«, sagt sie dann und der Kauz scheint zu begreifen, dass er hier auf verlorenem Posten steht, also wankt er weiter zum nächsten Tisch, dort sitzt ein Pärchen und ist mehr mit sich als mit dem Kauz beschäftigt.

»Gib mir zwei Euro«, sagt der Kauz und starrt dabei die Freundin des jungen Mannes an.

»Verpiss dich«, brüllt der junge Mann. Mancher auf der Terrasse erschrickt, ich sehe das am Gesichtsausdruck der Leute, aber nicht die Boje, sie schwankt unbeeindruckt, fragt jedoch nicht weiter nach, sondern torkelt zum nächsten Tisch.

»Versuch es gar nicht erst. Du solltest mal deine Alkoholsucht in den Griff bekommen. Wir beide wissen doch, dass dir die zwei Euro, die ich dir geben werde, nicht helfen werden«, sagt die Person an einem anderen Tisch. Ein Mann Ende vierzig.

In seinen Worten und seinem Tonfall liegt keine Schärfe, kein Vorurteil, es ist vielmehr eine Feststellung.

In Gedanken gebe ich dem Mann recht. Solange der Kauz bettelt, wird sich in seinem Leben nie etwas ändern, weil ihm das Betteln nicht helfen wird, sich seinen Problemen, von denen er eine Menge zu haben scheint, zu stellen.

»Ich weiß«, antwortet der Kauz. »Gib mir zwei Euro.« Er hält weiter seine Hand ausgestreckt hin. Der Mann schüttelt den Kopf, gibt ihm aber die zwei Euro.

»Mancher will eben nichts ändern«, sagt er noch, aber der Kauz ignoriert ihn, er scheint zufrieden, denn sein Torkeln ähnelt plötzlich kaum mehr der Bewegung einer Boje auf rauer See.

Jetzt tritt der Kauz an mich heran, und bevor er überhaupt ein Wort sagen kann, drücke ich ihm fünf Euro in die Hand und erkläre: »Dein größter Fehler war es nicht, dass du gefallen bist, weil dir das Leben böse mitgespielt hat, sondern dass du das als Ausrede nutzt, um nicht wieder auf die Beine zu kommen. Du hast dich selbst aufgegeben, weil das der leichtere Weg ist.«

Der Kauz schluckt, er schaut mich an und plötzlich steht er still wie eine Säule, die fest im Boden verankert ist. Von der Boje und der rauen See ist nicht mehr viel zu erkennen.

Er starrt mich an, ich glaube, er möchte mir etwas sagen, tut es aber nicht. Vielleicht haben meine Worte ihn berührt, vielleicht aber auch nur die fünf Euro. Doch dann dreht er sich um und torkelt einfach weiter.

Manch einer kann eben nicht aus seiner Haut, denke ich.

»Der wird niemals aus seinem Tief hochkommen, wenn er durchs Betteln Geld bekommt«, sagt die Frau, die ihren Kopf weggedreht hat.

»Es wird eben immer schlimmer. Kannst du dich daran erinnern, dass Rentner vor dreißig Jahren Flaschen aus Mülleimern gefischt haben?«, fragt ihre Sitznachbarin.

»Nein, was für eine Schmach. Da arbeitet man ein Leben lang und trotzdem reicht die Rente nicht. Und dann kommt so ein versoffener Schmarotzer und verlangt zwei Euro. Deckspack«, rutscht es der anderen Frau heraus.

Am Ende ist mir das völlig egal. Ich lebe mein Leben und das ist kompliziert genug. Dieses Funktionierenmüssen ist nicht immer einfach. Deshalb gibt es, so krass es sich anhören mag, auch bei mir Überschneidungen mit dem Leben des Kauzes. Wobei ich der Meinung bin, dass ich mich niemals so gehen lassen würde.

Egal, was dir passiert?, meldet sich eine kritische Stimme in meinem Kopf.

Ja! Egal, was passieren wird, antworte ich mir selbst mit einem Selbstbewusstsein, das so nicht immer da gewesen ist. Oder sagen wir, es war schon immer da, aber es hatte sich eine Zeit lang in die hinterste Ecke meines Bewusstseins verkrochen.

Glücklicherweise haben sich die Zeiten geändert, es war kein leichter Weg und ich habe diesen Weg nicht alleine beschritten. Aber seit ich zu mir gefunden habe, ist alles klar, so klar, dass ich manchmal mit der Hand gegen meine Stirn schlage, weil ich es all die Jahre nicht gesehen habe.

Die einfachen Antworten sind doch meistens die logischsten und besten. Und auf viele Probleme gibt es solch eine einfache Antwort, wie zum Beispiel die, dass die Personen auf meiner Liste sterben müssen.

»Ist der Platz neben Ihnen noch frei?«, spricht mich eine junge Frau an. Wie alt mag sie sein? Höchstens zwanzig, wenn überhaupt. Eigentlich passt mir das gar nicht, schließlich möchte ich mich gleich in das FDP-Netzwerk hacken, um ein paar Informationen zusammenzukratzen, aber heute gebe ich meiner sozialen Ader nach.

»Klar.«

»Danke, das ist sehr nett«, sagt sie und zu meiner Überraschung nimmt sie den Stuhl, der mir gegenübersteht, und stellt ihn neben mich, sodass sie neben mir sitzen kann.

»Bitte nicht falsch verstehen, aber ich hasse es, gegen eine Wand zu schauen«, sagt sie.

»Ich auch«, schmunzle ich. Ich mag ihre ehrliche Art. Sie scheint kontaktfreudig zu sein. Ich vermute, dass sie Studentin ist. »Bist du von hier?«, frage ich sie.

»Ja. Du?«

»Nein, bin zu Besuch.«

»Und, gefällt dir Mannheim?«

»Ist eine nette Stadt, vor allem die Quadrate sind irgendwie lustig. Daran muss man sich erst einmal gewöhnen«, antworte ich. Ich will ihr nicht zu viel über mich verraten, erst recht nichts darüber, was mich tatsächlich in diese Stadt treibt.

»Das ist überhaupt nicht kompliziert. Wenn man erst mal das System durchschaut hat, ist das mit den Quadraten sogar ein großer Vorteil. Ich mag Mannheim, kann mir gar nicht vorstellen, woanders zu leben. Auch für Studenten ist das eine tolle Stadt, vor allem hat unsere Uni einen einzigartigen Ruf.«

»Habe ich schon gehört. Also studierst du? Lass mich raten, BWL?«

»Stimmt, jedenfalls fange ich an«, tut sie überrascht, was

mir zeigt, dass sie wirklich noch sehr jung ist. Ihr Aussehen erfüllt einfach das Klischee einer BWL-Studentin. Sie ist hübsch und achtet auf ihr Äußeres. Markenkleidung scheint ihr wichtig zu sein. »Wie lange bleibst du?«, fragt sie.

»Ein paar Tage.«

»Falls du Tipps brauchst, vor dir steht eine, die von sich behaupten kann, dass sie die besten Ecken der Stadt kennt.«

»Na, wenn das so ist. Wo kann man denn lecker essen gehen?«

»Hier am Marktplatz, wenn du gerne Türkisch magst. Ansonsten finde ich auch die Restaurants im Engelhorn ganz nett, aber etwas hochpreisiger. Wenn du es szeniger magst, empfehle ich dir die Schwetzingerstadt, vor allem die Seckenheimer Straße. Da findest du bestimmt was.«

»Danke, ich werde mein Glück versuchen.« Ich lächle sie an. Sie lächelt verlegen zurück und streicht sich über die Haare, um sie dann hinters Ohr zu schieben, sodass ihr schlanker Hals sichtbar wird.

Flirtet sie mit mir?, überlege ich, will diese kleine Szene jedoch nicht überbewerten.

»Berichte mal, wenn du magst. Ich bin morgen wieder hier.«

»Wenn ich es morgen herschaffe, mache ich das«, bleibe ich weiterhin freundlich und werfe ihr einen etwas genaueren Blick zu. Sie ist hübsch. Obwohl sie sich sexy kleidet, sieht man an ihrem Gesicht, dass sie noch jung ist, viel zu jung für mich.

Aber sicherlich exakt Cosmos Beuteschema, denke ich. Der hätte bestimmt längst nach ihrer Nummer gefragt.

Nun ist es nicht so, dass ich nicht mit einem ähnlichen Gedanken spielen würde, immerhin hat sie mir ein paar Steilvorlagen geliefert, trotzdem halte ich mich zurück. Optisch gefällt sie mir, wem würde sie nicht gefallen? Sie strahlt all das aus, was wir mit der Jugend in Verbindung bringen. Eine Frucht, die es zu pflücken gilt. Aber ich bin nicht wegen schnellem Sex oder einer Romanze hier. Meine Gründe sind viel bedeutender und dürfen keine Hindernisse erfahren.

»Bist du gerne in Cafés?«, fragt sie mich. Ich spüre, dass sie diese Konversation um jeden Preis aufrechterhalten will, dabei sollten ihr sämtliche Sensoren sagen, dass ich garantiert die falsche Person bin, auf die sie sich einlassen will. Sie sollte sich jemanden in ihrem Alter suchen.

»Meistens ja. Es ist interessant, die Leute zu beobachten«, lasse ich sie an etwas Persönlichem teilhaben. Es ist nicht gelogen. Ich sitze gerne in Cafés, nicht unbedingt, weil ich ein Kaffeejunkie bin, was ja stimmt, sondern vielmehr, weil ich tatsächlich gerne den Menschen zuschaue. Das hat nichts mit spannen zu tun, aber es ist schon faszinierend, was für unterschiedliche Gestalten einem über den Weg laufen, vor allem jetzt, wo das Wetter schön ist und man auf der Terrasse sitzen kann. Oft frage ich mich, was diese Kreaturen denken, ob sie überhaupt etwas denken oder ob sie nur noch damit beschäftigt sind, zu funktionieren. Denn das müssen wir doch letzten Endes alle. Funktionieren!

»Cool. Genauso ist es bei mir auch. Nirgends trifft man unterschiedlichere Menschen als hier. Oder eben Gleichgesinnte. Vor allem in diesem Café. Wenn du nach rechts gehst, kommst du auf die Planken, da beginnt das angeblich schönere Mannheim, wenn du aber nach links gehst, kommst du Richtung Neckarstadt, und du siehst ja schon, dass es da eine deutlich höhere Ausländerquote gibt. Aber genau das gefällt mir, diese Ecke ist total lebendig, voller Charme und authentisch, nicht so kühl oder steif. Voller Kreativität.«

»Bist du ein kreativer Mensch?«, frage ich. Ihre Aussage über die Aufteilung der Mannheimer Innenstadt lasse ich unkommentiert, aber was sie beschreibt, ist mir bereits aufgefallen, als ich vom Wasserturm hierher gegangen bin. Und das Café am Marktplatz hat mich wahrscheinlich aus diesen Gründen, die die junge Frau genannt hat, in seinen Bann gezogen. Schon komisch, dass wir ähnlich denken. War das vielleicht der Grund, dass wir beide dieses Café aufgesucht haben, eben weil wir ähnlich denken? Es heißt ja nicht umsonst, gleich und gleich gesellt sich gern.

»Geht so, ich male gerne und singe in einer Band. Noch jedenfalls.«

»Noch?«

»Na ja, wenn ich jetzt anfange zu studieren, werde ich keine Zeit mehr für diese Hobbys haben. So langsam muss ich lernen, Verantwortung zu übernehmen.«

»Lass mich raten? Das haben dir deine Eltern eingeredet, oder? Vermutlich ist auch das Studium gar nicht deine Idee.«

Sie antwortet nicht sofort, ihr Blick wandert zu ihrem Milchkaffee, sie rührt mit dem Löffel darin herum, aber sie trinkt nichts davon.

»Doch, schon, ich will ja mal einen guten Job haben und so. Es gibt einfach zu viele gute Musiker und mit Malen kann man auch kein Geld verdienen.«

»Sicher? Wenn man es nicht versucht, wird man es nie erfahren«, entgegne ich.

»Mag stimmen. Aber wenn ich einen guten Job habe, kann ich doch noch immer malen.«

»Da hast du recht. Am Ende ist es deine Entscheidung. Aber nur ein Hinweis aus eigener Erfahrung: Ich habe auch viel zu lange auf andere gehört und meine Wünsche und Bedürfnisse hintangestellt. Heute bereue ich das. So, ich muss leider weiter. Hat Spaß gemacht, sich mit dir zu unterhalten.«

»Danke, mit dir auch. Wäre schön, wenn wir uns morgen treffen, dann kannst du ja berichten, wie du die Seckenheimer Straße fandest. Ich bin um die gleiche Uhrzeit hier.«

»Ich versuche es«, antworte ich und stehe auf, packe meinen Laptop in die Tasche und will gehen.

»Ach übrigens, ich heiße Natalie«, ruft sie mir noch nach, als ich schon ein paar Schritte weg bin. Ich antworte ihr nicht, drehe mich auch nicht um, sondern gehe weiter.

Unter anderen Umständen …, denke ich und muss zugeben,

dass ich mich sehr geschmeichelt fühle, dass so eine junge Frau, fast noch ein Mädchen, offensichtlich auf mich steht. Wem würde das nicht schmeicheln? Gerade wenn man selbst älter als dreißig ist.

Wegen des Gespräches habe ich viel Zeit verloren, aber es hat mir gutgetan, daher bereue ich es nicht, dass ich dadurch meinem Zeitplan hinterherhinke. Kurz denke ich darüber nach, ein weiteres Café anzusteuern, entscheide mich aber, lieber aufs Hotelzimmer zu gehen, um dort ungestört meiner Arbeit und meinen Recherchen nachgehen zu können.

Mein Hotel liegt in den Quadraten. Es ist ein Dreisternehotel einer internationalen Kette. Die Nacht mit Frühstück kostet mich 79 Euro. Ich strecke das Geld nur vor, durch meinen Deal mit Cosmo kann ich die Kosten locker decken. Für das Projekt habe ich eine Woche veranschlagt. Deswegen bucht mich Cosmo auch öfter, weil er weiß, dass ich zeitlich flexibel bin und er sogar kurzfristig auf mich zurückgreifen kann. Trotzdem liefere ich immer sehr gute Ergebnisse ab. Ich habe ihn jedenfalls weder in Sachen Terminmanagement noch bei der Qualität meiner Arbeit je enttäuscht. Ich weiß, dass ich mehr Geld, viel mehr Geld verdienen könnte, wenn ich mehr Aufträge an Land ziehen und einen höheren Tagessatz berechnen würde. Aber Geld bedeutet mir nichts. Wofür es horten? Ich habe niemanden, dem ich es vererben könnte. Und da ich nicht mehr lange zu leben habe, gibt es noch weniger Gründe, gierig zu sein. Sollen doch die anderen gierig sein, ich habe meine eigenen Prioritäten.

Die Presse glaubt sie übrigens zu kennen.

Sie halten mich entweder für einen Terroristen oder eine durchgeknallte kranke Persönlichkeit. Das belustigt mich, weil vielleicht beides in gewisser Weise auf mich zutrifft. Aber auch das ist egal, wichtig ist nur eins: dass ich mein Ziel nicht aus den Augen verliere. Und eins ist sicher: Ich bin kein Monster! Ich bin ein Mensch, der nie klarer gedacht hat, weil er die Wahrheit erkannt und, noch wichtiger, akzeptiert hat.

Wer kann das schon von sich behaupten? Wenn wir ehrlich sind, sicherlich die wenigsten.

Eine Klatschpresse glaubt, ich wäre ein Islamist, ein Taliban. Ich finde diesen Gedanken amüsant und ehrlich gesagt würde es mich nicht stören, wenn ich einer wäre. Islamisten, vor allem Fundamentalisten, opfern ihr Leben für eine höhere Sache. Ob die Sache richtig oder falsch ist, ist völlig unwichtig. Entscheidend ist, dass sie bereit sind, das vermeintlich Kostbarste zu geben, was sie besitzen: ihr Leben!

Wer kann denn von sich behaupten, dass er so selbstlos ist?

Das Rätsel zu lösen, wer oder was ich bin, dafür bleibt noch viel Zeit. Einige Journalisten haben nicht unrecht mit ihren Behauptungen, sie haben gut recherchiert, oder sagen wir mal, gut geschlussfolgert. Aber die Wahrheit kann nur ich offenbaren, niemand anderer. Und wenn alles nach Plan läuft, wird diese Wahrheit am Tage meines Todes alle Medien und somit alle Menschen erreichen.

Ich hoffe, dass mich das unsterblich macht. Obwohl mir sogar das völlig egal ist, denn wenn ich tot bin, bin ich tot. Alles andere ist die naive Vorstellung derer, die Angst haben, dass nach dem Tod nichts mehr kommt.

Inzwischen sitze ich am Schreibtisch in meinem Hotelzimmer und habe meinen Laptop über das Netzkabel an das Stromnetz angeschlossen. Ich logge mich über das Hotelnetz ins Internet ein, öffne eine spezielle Software, die ähnlich wie der Tor-Browser einen bestimmten Zweck hat, nämlich anonym im Internet zu surfen.

Mit dem Tor-Browser gelangt man ins Darknet, aber mit meiner kleinen Software kann ich auch im normalen WWW anonym surfen, das ist wichtig. Schließlich will ich das Netzwerk der Mannheimer FDP infiltrieren, dabei darf ich keine Spuren hinterlassen, die auf mich zurückzuführen sind.

Ich liebe die digitale Welt. Nie war es einfacher, sich in ein System einzuhacken und dort für Unruhe zu sorgen.

Nur Idioten überfallen heute noch Juweliere oder Banken vor Ort. Durch gezieltes Hacken kann man solchen Unternehmen einen viel größeren Schaden zufügen. Erst letztens wurde publik, dass ein sehr bekannter Juwelier Hackern eine Million Euro in Bitcoins überwiesen hat, weil diese die gesamten Kundenstammdaten und das Netzwerk des Unternehmens gehackt und lahmgelegt hatten.

Digitale Daten sind reines Gold.

Aber genug geschwafelt. Ich muss mich konzentrieren, die Pflicht ruft. Ich öffne mehrere Programme, die ich noch benötige, dann öffne ich einen Browser und logge mich darüber in die Server ein, deren Daten mir Cosmo geschickt hat. Ab jetzt lasse ich meine kleinen Hackerprogramme für mich arbeiten. Immer wieder muss ich einen Code eintippen und mit der Zeit gelingt es mir, Zugriff auf das gesamte Netzwerk der Mannheimer FDP zu bekommen.

Es ist erschreckend, wie simpel es abgesichert ist, ein einfaches Single-sign-on und ein paar symmetrische Verschlüsselungen. Wer immer ihr Dienstleister ist, den sollten sie schleunigst austauschen.

Vielleicht werde ich das Cosmo vorschlagen, das dürfte sein Projektvolumen vergrößern und ihn erfreuen, denn dadurch gibt es für ihn mehr Geld. Im Gegensatz zu mir ist Cosmo dem Geld sehr zugetan.

Keine dreißig Minuten hat es gedauert, bis ich vollen Zugriff auf das Netzwerk habe. Ich klicke mich durch verschiedene Profile, bis ich endlich bei dem angelangt bin, das mich interessiert.

Ich öffne eine Datei.

»Privat! Vertraulich«, lese ich und schmunzle. Die Datei enthält sehr wertvolle Informationen über Alwin Vogel, vor allem, wo Alwin wohnt.

Alwin ist mein nächstes Opfer. Und wenn alles nach Plan läuft, wird er den morgigen Tag nicht mehr erleben.

Manchmal kann alles so einfach sein. Herrlich!

11

»Ganz ehrlich, diesem arroganten BKA-Schnösel Sowa hätte ich gerne meine Meinung gegeigt«, murrte Brandt noch immer gereizt, als er und Aydin bereits wieder in ihrem Büro waren. »Der hat doch nur Informationen gesaugt, aber nichts Wertvolles beigesteuert.«

»Na ja, immerhin wissen wir, dass unterschiedliche Geschossformen genutzt wurden«, schien Aydin wie so oft etwas Positives zu suchen.

»Du Scherzkeks, dafür brauchen wir doch nicht das BKA. Da hätte ein Anruf bei den Kollegen in Frankfurt genügt. Aber diese subtilen Spielchen sind dir leider fremd.«

»Was für subtile Spielchen?« Aydin verzog das Gesicht, als könnte er Brandt nicht folgen.

»Der hat uns in die Eier getreten und wir haben uns noch artig bei ihm dafür bedankt. War klar, dass du das nicht gesehen hast. Du musst härter werden.«

»Was hat das damit zu tun? Bender hat die Besprechung anberaumt und die Kollegen vom BKA eingeladen.«

»Nicht ganz, die haben sich über das Präsidium selbst eingeladen. Du magst vielleicht auf der Polizeihochschule gewesen sein und intellektuell die meisten hier in die Tasche stecken, aber manchmal sind deine Naivität und Gutgläubigkeit echt rührend.«

»Du musst deine schlechte Laune nicht an mir auslassen«, reagierte Aydin eingeschnappt und presste die Lippen zusammen.

Natürlich hatte er damit auf seine Weise recht, Brandt war sauer und deshalb nicht wirklich diplomatisch. Die Besprechung hatte kaum neue Erkenntnisse gebracht und Brandt war wütend auf Bender, da sie seinen Vorschlag abgelehnt hatte. Er hatte eine kleine Runde gewollt, ohne das BKA und die vielen anderen Abteilungen, mit denen sie während ihrer Ermittlungen kaum Kontakt haben würden, aber Bender hatte sich dagegen entschieden. Und jetzt musste Aydin als Wutablassventil herhalten.

»Ich habe keine schlechte Laune«, versuchte er dennoch, diesen Vorwurf nicht auf sich sitzen zu lassen, aber Aydin lachte, was Brandt nur noch mehr reizte. »Ich meine das ernst.«

»Dafür kenne ich dich zu gut. Du bist sauer. Aber das bringt doch nichts. Wir sollten uns lieber auf die Ermittlungen konzentrieren. Warum rufen wir Arndt und Elke nicht einfach an und stimmen uns mit ihnen ab. Immerhin leiten sie die Ermittlungen für die Kripo Lübeck.«

Kaum hatte Aydin das ausgesprochen, klingelte Brandts Bürotelefon.

»Brandt, Kölner Kriminalpolizei«, meldete er sich.

»Arndt hier. Ich dachte, ich rufe mal an.«

»Na, wenn das kein angenehmer Zufall ist!«, antwortete Brandt, seine Stimmung hellte sich merklich auf und er drückte den Knopf, damit der Anruf über Lautsprecher zu hören war. »Ob du es glaubst oder nicht, ich hatte gerade genau den gleichen Gedanken und wollte euch anrufen.«

»Eigentlich war es meine Idee. Hallo, Arndt«, machte sich Aydin bemerkbar.

»Und Kollege Brandt will wieder die Lorbeeren einheimsen, das sieht ihm ähnlich«, lachte Arndt. Brandt musste schmunzeln, weil er sich nun eingestehen konnte, dass er durch seine Wut tatsächlich etwas übers Ziel hinausgeschossen war.

»Ist Elke auch bei dir?«, fragte Brandt.

»Bin auch da, Jungs. Einer muss den Hanseaten ja bändigen«, antwortete Elke und Brandt konnte ihr Lächeln bei diesen Worten aus ihrer Stimme heraushören. Elke und Arndt arbeiteten seit einigen Jahren zusammen und soweit Brandt informiert war, waren sie seit dem vergangenen Jahr ein Paar.

»Gut, dann lasst uns noch mal alles auf den Tisch legen, was wir haben. Vielleicht ist vorhin in der Besprechung etwas untergegangen, es waren zu viele Leute. Mich würde interessieren, ob das BKA euch noch andere Hinweise geliefert hat, schließlich ermittelt ihr schon länger als wir. Wenn ich mich recht entsinne, wurde Nils Holm am 11. Juni ermordet. Richtig?«, sagte Brandt.

»Das stimmt. Die Vorgehensweise ist okay für uns. Leider hat uns das BKA bisher wenig genutzt. In der aktuellen Fallakte, die Willy euch zuschicken wird, findet ihr sämtliche Hinweise seitens des BKA.«

»Sehr gut. Und Bender schickt euch unsere Fallakte. Erzählt doch noch mal, was ihr genau wisst.«

Natürlich hatte Brandt vorhin in der Besprechung jede Menge Details erfahren, aber er fand, es könnte nicht schaden, wenn er es ein zweites Mal von Arndt und Elke persönlich hörte. Die beiden Lübecker wechselten sich bei der Erzählung ab und am Ende musste Brandt ernüchtert feststellen, dass auch sie keine wirklich heiße Spur hatten.

Danach schilderten er und Aydin den Stand ihrer Ermittlungen. Arndt und Elke hörten aufmerksam zu und stellten immer wieder Fragen.

»Wenn wir ehrlich sind, gibt es doch einige Ungereimtheiten«, begann Arndt, nachdem Brandt seine Erzählung beendet hatte. »Weder beim Lübecker Mord noch beim Frankfurter war es notwendig, dass der Täter eine Person aus dem familiären Umfeld entführen musste, um die Zielperson in die tödliche Falle zu locken. Und dann gibt es noch das Rätsel der abweichenden Geschossform beim Frankfurter Mord. Würde so wirklich ein Profi vorgehen? Spricht das nicht eher für einen Amateur, der bei seinen Plänen plötzlich mit unerwarteten Ereignissen umgehen musste?«

»Unerwartet?«, hakte Aydin nach.

»Profis halten sich immer an ihren Plan, sie wissen, wie sie ihr Opfer töten müssen, es kommt auf keinen Fall zu einer Abweichung vom Plan. Aber Amateure neigen zur Improvisation, wenn sie das Gefühl haben, dass sie ihren Plan nicht durchziehen können. Ich glaube wie du, Arndt, wir können ausschließen, dass es sich um einen Auftragsmord handelt«, erklärte Brandt.

»Das denke ich inzwischen auch. Ein bedauerlicherweise gutes Beispiel für einen Auftragsmord, der von Profis durchgeführt wurde, ist der Mord an dem Georgier vor Kurzem in Berlin. Er wurde aus kurzer Distanz erschossen. Bestimmt habt ihr davon gehört«, sagte Arndt.

»Wer hat das nicht. Ein Bekannter vom Nachrichtendienst geht davon aus, dass Russlands Geheimdienst GRU dahintersteckt. Das Schlimme ist, dass unsere Nachrichtendienste nichts davon mitbekommen haben, das untermauert die hohe Professionalität und die Annahme, dass der russische Geheimdienst damit zu tun hat. Den Täter wird man niemals finden, der ist doch längst in Russland untergetaucht«, antwortete Aydin.

»Ein politischer Mord, durchgeführt von russischen Behörden in Deutschland, das muss man sich mal auf der Zunge zergehen lassen«, war Arndts trockener Kommentar. Brandt konnte darüber ebenfalls nur den Kopf schütteln. Dass so etwas in Deutschland möglich war, war erschreckend. In den USA beispielsweise würde es sicher nicht passieren, dass die Russen einen Mord ohne Zustimmung der amerikanischen Geheimdienste durchführen könnten, dachte Brandt. Deutschland war in der Hinsicht ein Entwicklungsland. Leider.

»Gut, wenn wir uns darauf einigen, dass es kein Auftragsmord war und dass kein Geheimdienst dahintersteckt, stellt sich die Frage, welcher Täterkreis infrage kommt. Holm war bedeutender SPD-Politiker in Schleswig-Holstein, Lau war Mitglied der CDU. Man könnte meinen, dass es sich um einen rechtsextremen Hintergrund handelt, aber wenn ich richtig informiert bin, ist das Opfer in Frankfurt Mitglied der AfD«, brachte Brandt das Gespräch wieder auf ihren aktuellen Fall zurück.

»Das stimmt. Dennoch sollten wir einen rechtsextremen Hintergrund nicht ausschließen. Ludwig Wolf galt als gemäßigter AfD-Politiker. Er hat sich dafür eingesetzt, den völkischen Flügel der AfD aus der Partei auszuschließen.«

»Was ist mit Islamisten? Gibt es einen Grund, warum Islamisten diese Politiker ermorden sollten? Habt ihr da etwas herausgefunden?«, fragte Brandt. Da sie selbst noch am Beginn ihrer Ermittlungen standen, konnte es nicht schaden, zu erfahren, ob die Lübecker Kollegen Hinweise darauf hatten.

»Es klingt skurril, aber in der Tat hat sich Wolf vor einigen Jahren dafür stark gemacht, dass in Offenbach eine Moschee gebaut wird«, antwortete Arndt, sehr zur Überraschung von Brandt.

»Jemand von der AfD macht sich für den Bau einer Moschee stark?«, fragte Aydin sichtlich überrascht.

»Nicht ganz. Damals war Wolf noch in der CDU aktiv, erst vor einigen Jahren ist er zur AfD gewechselt«, erklärte Elke.

Das ergab für Brandt deutlich mehr Sinn und brachte eine andere Frage mit sich, die er sogleich stellte: »Was ist mit Holm? Stand er auch mit der islamischen Szene in Deutschland in Kontakt?«

»Nicht wirklich. Aber die SPD hat sich letztes Jahr gegen den Bau einer Moschee in der Altstadt gestellt, was ein Motiv für eine islamistische Tat sein könnte. Aber es steht im Widerspruch zu Wolf.«

»Nicht unbedingt. Vielleicht hat ein Islamist es ihm übel genommen, dass er zur AfD gewechselt ist«, gab Aydin zu bedenken. »Es wäre interessant zu wissen, ob Klaus Lau Verbindungen zur Islamszene hatte oder sich kritisch geäußert hat. Ich werde Fischer bitten, sich darum zu kümmern.«

»Gute Idee, mach das. Dann nehmen wir auch die Islamisten in unseren Verdächtigenkreis auf«, antwortete Arndt, aber wirklich überzeugt klangen seine Worte nicht. Brandt wurde das Gefühl nicht los, dass Arndt den Täter in rechtsextremen Kreisen vermutete.

»Wir dürfen die Option Einzeltäter nicht außen vor lassen«, wandte Elke ein. »Es wäre doch möglich, dass eine einzelne Person, die einen Hass auf Politiker hegt, wahllos Jagd auf sie macht. Das würde auch erklären, warum es zu Fehlern bei den Morden kommt.«

»Das wäre möglich, aber ich kann mir schwer vorstellen, dass der Täter quer durch Deutschland reist, um wahllos Politiker zu töten«, entgegnete Brandt. »Der logistische Aufwand wäre zu groß. Einzeltäter halten sich oft an Orten auf, die sie gut kennen. Das mit den Islamisten passt irgendwie auch nicht. Immerhin wissen wir, dass die Person, die Zoe entführt hat, nicht wie ein typischer Islamist aussieht.«

»Wir haben den Täter nur von hinten gesehen, mit einer Jacke, und sicherlich wird er sein Gesicht verdeckt haben. Daraus zu schließen, dass er kein Islamist ist, finde ich etwas schräg«, erwiderte Aydin.

»Gut. Der Punkt geht an dich«, gestand Brandt ein.

Aydins Telefon klingelte, er ging kurz an seinen Schreibtisch und nahm das Gespräch an.

»Echt? Brandt und ich sind gerade in einer Telko mit den Lübecker Kollegen, sollen wir euch dazuholen?«

Brandt vermutete, dass sich die Frankfurter Kollegen endlich meldeten, da sie leider nicht an der Besprechung hatten teilnehmen können.

»Gut, ich ruf euch gleich an und hol euch in die Telko«, mit diesen Worten beendete Aydin das Gespräch.

»Sind das die Frankfurter Kollegen?«, fragte Brandt.

»Genau. Ich hol sie in unsere Telko. Ich denke mal, das ist auch in eurem Sinne«, antwortete Aydin.

»Na klar. Vielleicht haben sie ja neue Hinweise, die uns helfen können«, stimmte Arndt zu.

Aydin wählte die Nummer der Kollegen und holte sie so in die Telefonkonferenz.

»Hallo miteinander. Linus Rosenbaum und Axel Krause am Apparat«, hörten sie die Begrüßung der Frankfurter Kollegen. Brandt kannte die beiden von verschiedenen Polizeiveranstaltungen.

Das Frankfurter Team hätte unterschiedlicher nicht sein können. Axel war eher der lockere Typ und von seiner Art her erinnerte er an Rech. Linus hingegen passte überhaupt nicht in das Bild eines Kriminalpolizisten. Er war vermögend. Soweit Brandt wusste, war Linus' Vater Unternehmer, aber Linus hatte sich für eine Polizeikarriere entschieden, wie zuvor schon sein Onkel. Er war durch und durch eitel, dagegen war Brandts Eitelkeit ein Kindergeburtstag. Trotzdem verstand Brandt sich sehr gut mit beiden und konnte nichts Negatives über sie sagen. Dass jemand reich war, schloss nicht aus, dass er ein guter Polizist war, Reichtum disqualifizierte nicht, auch wenn Brandt wusste, dass es in ihren Reihen einige Kollegen gab, die das ganz anders sahen. Doch er war noch nie ein Mensch gewesen, der sich von Vorurteilen leiten ließ, er nahm sich das Recht heraus, sich selbst ein Urteil zu bilden. Dass Axel und Linus in diesem Fall mit ihnen zusammenarbeiten würden, war sicher eine gute Sache.

Nachdem sich alle begrüßt hatten, übernahm Brandt die einführenden Worte für die Frankfurter.

»Wir haben uns eben mit den Lübecker Kollegen abgestimmt und auf den neuesten Stand gebracht. Leider wart ihr vorhin in der Besprechung nicht zugegen, daher freut es mich umso mehr, dass ihr jetzt dabei seid. Wollt ihr uns kurz über eure Erkenntnisse informieren? Wir sind gerade dabei, Hinweise zu suchen, die Details zu dem Täter beisteuern können. Bisher gehen wir davon aus, dass wir es bei allen drei Morden mit hoher Wahrscheinlichkeit mit demselben Täterkreis zu tun haben«, erklärte Brandt.

»Verstehe«, antwortete Linus, um gleich hinzuzufügen: »Dann haben wir vermutlich gute Nachrichten für euch, die hoffentlich helfen können, auch eure Morde aufzuklären.«

»Dann schieß mal los«, sagte Aydin neugierig.

War das der Grund, warum die Frankfurter Kollegen nicht an der Besprechung teilgenommen hatten? Es wäre mehr als ein glücklicher Zufall, wenn die Frankfurter Hinweise hätten, die ihnen helfen würde, den oder die Täter zu finden. Gerade vor dem Hintergrund, dass der erste Mord bereits am 11. Juni geschehen war, schien vieles darauf hinzudeuten, dass sie dem Täter nicht so leicht auf die Schliche kommen würden und Gefahr liefen, dass sich die Ermittlungen wie Kaugummi hinzogen.

»Wir haben den Täter«, antwortete Linus schlicht und Brandt fiel es schwer, sein Erstaunen zu verbergen.

12

11. September, Köln

Zoe hatte ihre Mutter überzeugen können, sie nicht zu ihren Großeltern nach München zu schicken. Heute fühlte sie sich auch etwas besser, der gestrige Tag war sehr schlimm gewesen. Sie hatte die ganze Zeit nur geheult, vermutlich lag es daran, dass sie erst da so richtig realisiert hatte, dass sie ihren Vater nie wiedersehen würde.

Ihre Mutter hatte Trost im Alkohol gefunden. Zoe hatte sich gegen diese einfache Lösung gewehrt. Am vergangenen Tag hatten ein paar Fahrzeuge der Presse in der Nähe ihres Hauses gestanden, sie hatte das vom Fenster ihres Zimmers aus beobachtet. Jetzt waren sie verschwunden. Zoe vermutete, dass ihre Mutter ihre Kontakte hatte spielen lassen.

Gerade saß sie an ihrem Laptop und versuchte sich ein wenig abzulenken, was ihr aber mehr schlecht als recht gelang. Ihre Gedanken schweiften immer wieder ab.

»Wie konnte der Täter in mein Zimmer gelangen, ohne dass ich es bemerkt habe«, fragte sie sich und machte sich gleichzeitig Vorwürfe. »Wenn ich nicht entführt worden wäre, würde Papa noch leben.«

Sie fror plötzlich, dabei waren die Fenster zu, draußen schien die Sonne und es waren mindestens 26 Grad. Zudem trug sie einen Hoodie, es gab also keinen Grund, zu frieren.

Sie fuhr sich mit den Händen über die Arme, aber es half nicht. Sie fror noch immer und der Gedanke, dass sie für den Tod ihres Vaters verantwortlich war, ließ sie nicht los.

»Nein, das darfst du nicht denken. Wer immer das war, er wollte Papa tot sehen«, suchte sie einen Halt, um nicht noch tiefer in das finstere Loch zu stürzen.

Zoe schluckte. Es fühlte sich an, als hätte jemand einen

tonnenschweren Stein in ihrem Magen versenkt. Dieses Gefühl der Schuld würde sie jeden Tag begleiten und ein vernünftiges Leben, das es erlaubte, die Trauer irgendwann zu überwinden, unmöglich machen.

»Außer du findest den Mörder und bringst ihn um«, dachte sie laut und knirschte mit den Zähnen. Sie rümpfte die Nase und überlegte, wie sie das anstellen könnte. Dass sie fähig wäre, den Mörder ihres Vaters zu erschießen, daran zweifelte sie keine Sekunde. Ihr Vater besaß eine Waffe, die im Safe deponiert war, den Mitteln stand also nichts im Wege, aber wie sollte sie den Mörder finden? Sie war doch nur eine junge Frau.

Ob ihr Traum am vergangenen Tag einen realen Ursprung hatte? Sie musste wieder an die Bilder denken. Das alles hatte sich so wirklich angefühlt, dass sie bis gestern mit dem Gedanken gespielt hatte, zu glauben, was sie geträumt hatte. Doch inzwischen überwogen die Zweifel. Sie war nicht im Kofferraum des Wagens aufgewacht, das war unmöglich, da sie erst in dem verlassenen Gebäude zu sich gekommen war, das stand außer Frage. Und das mit dem Tattoo hatte sie sich bestimmt auch nur eingebildet. Soweit sie wusste, gab es dafür einen Fachbegriff: Posttraumatischer Stress.

»Ich muss was tun, sonst drehe ich durch!«

Sich auf die Polizei zu verlassen, brachte ihr keine Ruhe. Das Problem war, sie hatte überhaupt keine Ahnung, wo sie anfangen sollte.

»Das Tattoo! Was, wenn es doch kein Traum war?« Sie schüttelte den Kopf. Tattoos waren heutzutage sehr verbreitet, nichts Besonderes, daher glich die Suche nach einem Mann mit einem Tattoo der berühmten Suche nach der Nadel im Heuhaufen.

Da hatte sie eine andere Idee: »Die Kameraaufzeichnung. Vielleicht sieht man da was. Und selbst wenn nicht, es könnte mir helfen, mich zu erinnern.«

Ihr Handy klingelte. Eigentlich klingelte es seit gestern un-

unterbrochen, deshalb hatte sie es auf lautlos gestellt. Auf dem Display sah sie, dass Nicole Zeller anrief. Sie war eine Kollegin aus der Zeitungsredaktion, wo Zoe ein Volontariat machte. Nicole war ein alter Hase und soweit Zoe wusste, dreiunddreißig Jahre alt. Sie mochte Nicole, sie war sehr gut in ihrem Beruf und ein wenig bewunderte Zoe sie, sie wollte später genauso erfolgreich sein.

»Hallo«, nahm Zoe das Gespräch an. Bisher hatte sie keinen der Anrufe angenommen, weil sie wusste, worum es ging. Um Beileidsbekundungen, aber dafür hatte sie keinen Nerv.

»Hallo, Zoe, ich hoffe, ich störe nicht.«

»Nein, aber mir ist gerade nicht so nach Reden.«

»Das kann ich sehr gut verstehen. Mir tut das ungemein leid mit deinem Vater. Mein herzlichstes Beileid.«

»Danke.« Zoe schluckte und versuchte die Tränen zurückzuhalten, aber sie merkte, wie sich ein fetter Kloß in ihrem Hals bildete.

»Nimm dir all die Zeit, die du brauchst. Denk ja nicht daran, zu früh zur Arbeit zu kommen, hörst du?«

»Danke.« Mehr brachte Zoe noch immer nicht heraus und sie bereute schon jetzt, das Gespräch angenommen zu haben. Sie war noch nicht bereit, mit anderen über ihren Schmerz und ihre Situation zu reden. Dabei gab es etwas in ihr, das sie genau dazu drängte, das ihr sagte, dass sie nur so den Schmerz überwinden und nach vorne schauen könnte. Sich einigeln war die schlechteste Option.

Wenn es doch so einfach wäre, auf diese Stimme zu hören. *Ablenkung, du brauchst Ablenkung!,* ermahnte sie sich.

»Ich rufe noch wegen etwas anderem an.« Nicoles Stimme wurde leiser, sie wirkte vorsichtig, als würde es ihr schwerfallen, die nächsten Worte zu sagen.

»Weswegen?«

»Ich hoffe, du verstehst das jetzt nicht falsch. Aber dein Vater war ein bekannter Politiker und du hast doch von den anderen Politikermorden gehört. Als Zeitung müssen wir dem nachgehen, auch wenn ich da wirklich starkes Bauchweh habe, weil es dein Vater ist. Aber ich wollte dir das unbedingt persönlich erzählen.«

Diese Worte trafen Zoe schwer, sie rang nach Luft. Es war, als hätte Nicole sie mit der Faust in die Magengrube geschlagen. Es war ihr unmöglich, zu antworten.

»Zoe, bist du noch da?«, fragte Nicole.

»Ja, ja«, stammelte Zoe und versuchte, einen klaren Gedanken zu fassen. »Ich verstehe das, aber irgendwie trifft mich das gerade doch unerwartet«, gestand sie.

Angriff ist die beste Verteidigung!

»Ich verstehe das, aber sei unbesorgt, ich werde sehr behutsam vorgehen. Das Ansehen deines Vaters wird keinen Schaden nehmen.«

»Warum tut jemand so etwas Schlimmes?«, brach es aus Zoe heraus. Tränen lösten sich aus ihren Augen und liefen ihre Wangen herunter.

»Das weiß ich nicht, aber ich werde es herausfinden, versprochen. Dein Vater war einflussreich, vielleicht hatte er Feinde.«

»Und was ist mit den anderen Politikermorden? Es kann doch kein Zufall sein, dass drei Politiker in so kurzer Zeit ermordet wurden.« Langsam bekam Zoe ihre Nerven in den Griff. Bereits vor dem Mord an ihrem Vater hatte sie über die anderen Morde gelesen, die Zeitung, für die sie arbeitete, hatte ausführlich darüber berichtet. Daran, dass ihr Vater die Nummer drei sein könnte, hatte sie damals keinen Gedanken verschwendet.

»Davon gehe ich auch aus. Vielleicht gelingt es uns, endlich eine Verbindung zu finden. Die Polizei ist leider keine echte Hilfe, da sie eine Informationssperre verhängt hat.«

»Eventuell kann ich helfen. Immerhin ist es mein Vater«, schlug Zoe vor. Es wirkte wie ein Befreiungsschlag. Raus aus dem mentalen Loch.

»Ich weiß nicht, ob das eine gute Idee ist. Du bist die Tochter. Ich glaube, du würdest dir keinen Gefallen tun. Ich habe Ludwig vorgeschlagen, dass wir ein Detektivbüro einschalten. Ich kenne da jemanden, der ist verdammt gut. Aber vermutlich wird das unser Budget sprengen.«

»Von wem redest du? Und warum sollte Ludwig das nicht bewilligen?«, fragte Zoe. Ludwig Busche war der Chefredakteur der Zeitung und trotz seiner Position und obwohl er weit über fünfzig Jahre alt war, duzten sich Zoe und er. Das war bei ihnen in der Redaktion so üblich.

»Von Peter Walsh.«

»Peter Walsh? Muss man den kennen?«

»Nein, muss man nicht. Aber wenn du mich fragst, ist er die einzige Person, der ich zutraue, den Mörder zu finden.«

»Woher kennst du ihn?«, fragte Zoe. Der Name machte sie neugierig, vor allem, weil Nicole so viel von ihm hielt. Wenn er tatsächlich den Mörder ihres Vaters ausfindig machen könnte, musste man doch seine Dienste in Anspruch nehmen.

»Ich habe vor einigen Jahren eine Story über den Terroranschlag auf das Kölner Präsidium geschrieben und bei meinen Recherchen bin ich immer wieder auf Peter Walsh gestoßen. Er war nie offiziell in die Ermittlungen eingebunden, aber laut meinen Nachforschungen war er hauptverantwortlich dafür, dass die Terroristen und Hintermänner geschnappt oder getötet wurden. Leider durfte ich den Artikel nicht veröffentlichen, da angeblich keine echten Beweise vorlagen, die bestätigten, dass Walsh tatsächlich dieser Superheld war. Ich vermute, dass unser Herausgeber Angst vor einer Unterlassungsklage hatte, wahrscheinlich hat auch das Kölner Polizeipräsidium seine Finger mit im Spiel gehabt. Das wurmt mich noch immer. Dass ausgerechnet dieser Walsh uns mal helfen könnte, hätte ich niemals für möglich gehalten. Aber es sieht ganz danach aus, als würde sich dieser Wunsch genauso in Luft auflösen, wie mein Artikel von damals.«

»Warum?«

»Ich sagte ja, er ist teuer. Das sprengt garantiert unser Budget.«

»Hast du seine Kontaktdaten?«

»Klar, der betreibt ja eine Detektei. Warum?«

»Gib mir die Daten. Mein Vater war vermögend, ich buche Walsh. Koste es, was es wolle.«

»Bist du sicher?«

»Ich war nie sicherer. Ich will das Schwein haben, das mich entführt und meinen Vater ermordet hat.«

»Du wurdest entführt?«

»Ja, aber an das meiste erinnere ich mich nicht. Die Polizei glaubt, dass ich betäubt wurde.«

»Hängt das mit dem Attentat auf deinen Vater zusammen?« Zoe konnte Nicoles journalistische Neugierde deutlich heraushören. Ihre Kollegin hatte den Ruf, für ihren Job schon mal moralische Grenzen zu überschreiten und nicht besonders feinfühlig zu sein. Genau dieses Gefühl drängte sich bei Zoe in diesem Moment auf, aber sie sprach es nicht an. Sie brauchte ihre Kollegin.

»Ich erzähl dir das in Ruhe, wenn wir uns treffen. Gerade habe ich keinen Kopf für so etwas. Behalte das bitte für dich.«

»Klar, meine Lippen sind versiegelt. Das Wichtigste ist, dass du dir Zeit nimmst. Sobald du glaubst, reden zu müssen, meld dich einfach. Jeder Mensch verarbeitet Trauer anders. Als meine Oma gestorben ist, habe ich mich in die Arbeit gestürzt, das hat mir geholfen. Aber ich denke nicht, dass ich ein guter Maßstab bin.«

Zoe lag ein böser Spruch auf der Zunge, weil sie es schon frech fand, den Tod ihrer Großmutter, die sicher in hohem Alter verstorben war, mit dem Mord an ihrem Vater zu vergleichen. Zoe hatte keine Gelegenheit gehabt, sich vorab mit dem Tod ihres Vaters auseinanderzusetzen, weil der Abschied von ihm auf die für sie brutalstmögliche Weise geschehen war.

»Schickst du mir bitte die Kontaktdaten von Peter Walsh?

Bitte«, sagte Zoe, sie ging auf Nicoles Bemerkung zur Trauerarbeit nicht ein.

Wie es schien, hatte niemand von der Presse darüber berichtet, dass sie entführt worden war, sonst hätte Nicole das sicher gewusst. Gut möglich, dass die Polizei diese Information nicht geteilt hatte, um Zoe zu schützen, das jedenfalls nahm sie an. Aber das war gerade zweitrangig. Sie brauchte den Kontakt zu Peter Walsh.

»Gut. Aber wenn du einen Termin organisierst, will ich dabei sein, okay?«

»Okay«, antwortete Zoe. Insgeheim hatte sie längst entschieden, dass sie das von dem Gespräch abhängig machen würde. Schließlich konnte sie nicht wissen, was Walsh von Nicole hielt und ob er überhaupt mit der Presse zusammenarbeiten würde.

Zoe hingegen würde sich ausschließlich als die Tochter vorstellen. Welcher Detektiv würde seine Dienste nicht der Tochter, deren Vater gerade ermordet wurde, anbieten, vor allem, wenn sie ihn großzügig bezahlte.

»Es ist zwar schade und traurig, Zoe, aber mit Geld kannst du alles kaufen«, hatte ihr Vater immer gesagt. »Und wenn jemand nicht verkauft oder dir seine Dienste verweigert, biete einfach mehr. Jeder Mensch verlangt seinen Preis.«

Und dass Walsh seinen Preis hatte, daran zweifelte sie keinen Augenblick. Sie würde diesen Preis herausfinden. Endlich ein Hoffnungsschimmer.

Nicole nannte ihr die Nummer, dann fügte sie noch hinzu: »Versuch die schwache und verzweifelte Tochter zu geben, die sich nichts sehnlicher wünscht als Gerechtigkeit. Das zieht bei Männern immer.«

»Danke für den Rat.« Zoe schüttelte den Kopf, Nicoles Handeln entpuppte sich als immer berechnender.

»Gerne. Und denk an unsere Abmachung, ich will bei dem Termin dabei sein.«

»Wie könnte ich das vergessen«, reagierte Zoe etwas gereizt, so allmählich war es zu viel des Guten. »Ich versuche noch etwas zu schlafen, ich fühle mich sehr schlapp.«

»Mach das und melde dich, wenn du etwas brauchst oder News hast.«

»Mach ich und grüß mir alle. Sag ihnen, dass es mir leidtut, dass ich bisher nicht auf die Anrufe und Nachrichten geantwortet habe.«

»Wird erledigt. Ich glaube, die haben größtes Verständnis dafür. Wir hören uns.«

»Ja.« Zoe beendete das Gespräch, dann wählte sie die Nummer von Peter Walsh. Ihr Herzschlag erhöhte sich und die Anspannung stieg. Sollte Walsh tatsächlich der Mann sein, der den Mörder ihres Vaters finden und ausschalten würde?

Sie wollte den Mörder tot sehen, das stand für sie fest, aber das konnte sie unmöglich Nicole verraten.

»Jeder hat seinen Preis, auch Walsh«, flüsterte Zoe, als sie das Freizeichen hörte und darauf wartete, dass Walsh den Anruf annahm.

13

Mannheim

Schicksal!

Was für ein hässliches Wort. Ich glaube, Feiglinge benutzen dieses Wort am liebsten. Und Versager.

Ich habe nie an die Macht des Schicksals geglaubt, glücklicherweise, ansonsten würde ich heute nicht da stehen, wo ich stehe. Zunächst hatte es das Leben nämlich nicht gut mit mir gemeint. Dabei ist dieses »Nicht-gut-Gemeint« reine Definitionssache.

Sicherlich gibt es Menschen, die hat das Leben noch heftiger gefickt als mich. »Das Leben« – am Ende ist es doch gleichbedeutend mit diesem dummen Wort »Schicksal«. Es gibt Menschen, die hat das Leben heftig gefickt. In allen Stellungen, ohne Gleitcreme.

In den Kreisen, aus denen ich komme, ist dein Leben längst vorgeschrieben, ehe du überhaupt zur Welt kommst. Meine Eltern haben zur untersten sozialen Schicht gehört. Ich will nicht jammern, weil ich glaube, dass ich trotzdem eine gute Kindheit hatte. Meine Eltern waren jedenfalls keine Arschlöcher, nicht so, wie die von vielen anderen. Meine waren einfach nur arm und damit war auch ich arm.

Was Armut bedeutet, habe ich allerdings erst auf dem Gymnasium gemerkt, als ich dreizehn Jahre alt war und in der Klasse immer mehr Wert auf Markenkleidung gelegt wurde. Natürlich konnte ich da nicht mithalten und das war Grund genug, mich zu mobben. »Resterampe« war noch einer der freundlicheren Spitznamen, die man mir zurief. Aber ich habe versucht, das nicht an mich heranzulassen, habe auf cool gemacht oder auch mal mitgelacht. Dabei habe ich mich überhaupt nicht nach Lachen gefühlt. Am liebsten hätte ich mich irgendwohin verkrochen und geweint. Das habe ich mir aber verboten, diese Mobber sollten nicht gewinnen. Ich wollte es ihnen heimzahlen, indem ich schwor, nie mehr arm zu sein, wenn ich erwachsen wäre. Und das ging nur über Bildung, so weit hatte ich das schon in jungen Jahren begriffen. Also lernte ich und war fleißig, da war es kein Wunder, dass ich in der Schule zu den Klassenbesten gehörte und Einser-Noten mein Zeugnis durchzogen.

Es war ein langer Weg mit bösen und niederschmetternden Überraschungen. Wehmütig denke ich an diese Zeit zurück. Ich vermisse die kleine, naive Person, die sich gegen alle gestellt hat, vor allem gegen das Establishment und die Einstellung, dass jemand aus der untersten Schicht für immer dazu verdammt sein muss, in der Unterschicht zu schmoren. Doch irgendwann wurde diese kleine Person ihrer Naivität beraubt.

Mit Fleiß kann man vermutlich alles erreichen, wenn einen das Schicksal, nein, das Leben, nicht fickt. Unerwartet!

Mein Leben ist nie linear verlaufen, es gab Momente, da war ich voller Glück und positiver Energie, voller Hoffnung. Und dann gab es Momente, in denen ich alles infrage gestellt habe, aber dank der Hilfe anderer bin ich endlich an dem Punkt angelangt, dass ich weiß, was Leben wirklich bedeutet: Sich in den Dienst einer höheren, einer gerechten Sache zu stellen.

Seitdem habe ich auch meine Einstellung zu Geld, Karriere und allem Weltlichen verändert. Geld kann einen Menschen nicht glücklich machen. Niemals. Aber es kann helfen, bestimmte Ziele zu erreichen. Wichtig ist, dass nicht das Geld einen beherrscht, sondern dass man selbst das Geld beherrscht. Klingt hochtrabend, ist es aber nicht. In meinem Fall nutze ich meine finanziellen Möglichkeiten, um meine Mission zu erfüllen, denn es gibt noch einige auf meiner Liste, die das Zeitliche segnen müssen, weil sie jedes Recht auf Leben verwirkt haben.

Dass ich einmal Menschen töten würde, hätte ich nie für

möglich gehalten. Wobei – es sind Politiker und die sind keine Menschen. Sie sind die Ausgeburt der Hölle. Wegen ihrer Machtbesessenheit, ihres Egoismus und ihrer Gier geht es den Menschen überall auf der Welt schlecht. Für mich sind Politiker wie Ratten, man muss sie auslöschen, aber leider vermehren sie sich unaufhörlich. Ich kann gar nicht in Worte fassen, wie sehr ich diese ekelhafte Gattung von Menschen, diese elenden Hunde, hasse. Und genau deswegen bin ich entschlossen, jeden auf meiner Liste zu töten. Ausnahmslos.

In den letzten Tagen habe ich viel recherchiert und eine Menge über Alwin Vogel in Erfahrung gebracht. Ich weiß, dass er seit seinem sechzehnten Lebensjahr Mitglied der FDP ist, dass er zwei Kinder hat und seit fünfundzwanzig Jahren verheiratet ist. Nach außen hin scheint er eine Bilderbuchehe zu führen, aber ich weiß, dass dem nicht so ist.

Alwin, der Schlingel, hat eine Geliebte und das seit gut zehn Jahren. Sie wohnt in Ludwigshafen und weiß, dass er verheiratet ist. Das scheint sie aber nicht die Bohne zu interessieren. Ich frage mich, wer hier das wahre Miststück ist, Alwin oder diese Schlampe von Frau, die einen verheirateten Mann verführt. Ich denke, irgendwie sind beide schlechte Menschen, aber nur Alwin steht auf meiner Liste, da muss ich genau sein.

Es ist schon Wahnsinn, was das Internet alles über uns weiß. Über den FDP-Server bin ich nicht nur an Alwins Privatdaten gekommen, sondern auch an seine E-Mail-Anschriften. Eine kleine Spammail hat gereicht und ich konnte mich problemlos in seinen E-Mail-Account hacken, danach habe ich die Kontrolle über seine Profile in den sozialen Medien übernommen und da Alwin ein Androidhandy besitzt, war es ein Leichtes, mich auch in sein Smartphone einzuhacken.

Alwin hat es mir aber auch zu leicht gemacht. Seine Passwörter begannen alle mit den Vornamen seiner Kinder und den Zahlen 1234 gefolgt von dem Sonderzeichen %.

Die Menschen behaupten immer, dass sie sehr viel Wert auf ihre Privatsphäre legen würden, aber lustigerweise ist

123456 das meistgenutzte Passwort und jeder postet auf Facebook oder Instagram allen möglichen Scheiß über sich. Seelenpornografie frei Haus! Die Leute machen es einem heutzutage sehr leicht, sie auszuspionieren und in ihre Privatsphäre einzudringen. Mich jedenfalls freut das.

Gestern war ich bei ihm zu Hause, habe mir das Haus, das Grundstück und die Nachbarschaft angeschaut. Einen weiteren Fehler wie bei Lau darf ich mir nicht erlauben, das würde mich sehr ungehalten machen. Und keiner will mich derart ungehalten erleben.

Diesmal muss, nein, diesmal wird alles glattgehen! Dass die Tochter von Lau, diesem dreckigen Feigling, entführt werden musste, war so nicht geplant, es war Plan B, nein, Plan C, weil es nie einen Plan B gab. Wofür auch?

War ja nicht notwendig, dennoch hatte ich die Tochter natürlich in meinem Plan berücksichtigt, aber eher als Fußnote. Wie gesagt, sie sollte an sich nie entführt werden. Ich bin schließlich keine Bestie, ich töte und entführe nicht wahllos. Aber ich hoffe, dass Zoe das Ganze schnell verarbeiten wird. Jedenfalls hat sie einen gefestigten und starken Eindruck auf mich gemacht, als ich während meiner Recherchen auch sie zwangsläufig beobachten musste.

Ich glaube, bei Alwin wird es nicht nötig sein, eines der Kinder zu entführen. Ihn muss ich nicht zu einem verlassenen Fabrikgelände führen. Er wird an einem anderen Ort sterben. Ich habe Alwin so heftig an den Eiern, der weiß das gar nicht. Und das Beste ist, er ist selbst schuld daran! Er kann nicht anders, als mich da zu treffen, wo ich es mir wünsche, und genau dort wird er sterben. Denn ich habe Zugriff auf sein Handy und darauf sind jede Menge Fotos von dieser Schlampe. Ich kann mir schwer vorstellen, dass Alwin will, dass seine liebe Frau davon erfährt.

Es ist mir unbegreiflich, wie schwanzgesteuert manche Männer sein können. Aber auch für die Ehefrau habe ich kein Verständnis. Warum schaut sie nicht mal in das Handy ihres

Mannes? Wie kann man einem Menschen so blind vertrauen? Aber ich habe schon öfter beobachtet, dass Menschen sich nicht an das Handy ihres Partners trauen, weil es ein Vertrauensbruch wäre.

So ein Quatsch! Dann darf man sich auch nicht wundern, wenn der Partner einen hinterm Rücken verarscht, so wie Alwin es seit zehn Jahren mit seiner treudoofen Frau tut. Müsste ich Alwin nicht erschießen, hätte ich der Frau die Fotos längst gemailt, aber so gibt es für mich keinen Grund dafür. Wie gesagt, ich bin kein Arschloch, warum sollte ich die Frau leiden lassen?

Auf der anderen Seite könnte ich ihr nach erfolgreicher Durchführung meines Plans die Fotos trotzdem schicken, damit sie ihre Trauer besser bewältigen kann. Einem toten Ehemann, der einen jahrelang betrogen hat, weint man doch keine Träne nach, oder?

Irgendwie traue ich das seiner Ehefrau aber zu. Sie macht auf mich nicht gerade einen selbstständigen Eindruck. Ganz anders als die beiden Kinder, die wirken taff, vor allem das eine. Aber genug philosophiert und spekuliert, weder die Ehefrau noch die Kinder sollen mich interessieren. Ich bin in Mannheim, um jemanden zu töten, der es absolut verdient hat. Und der Plan kann nicht schiefgehen.

Ich schmunzle, mein Plan ist wirklich genial. Ich klappe den Laptop zu, stehe vom Schreibtisch auf, ziehe mich an und verlasse mein Hotelzimmer, schließlich möchte ich ins Café am Marktplatz, weil ich dort erwartet werde.

Von meinem Hotel zum Marktplatz sind es nur wenige Gehminuten, das gefällt mir an Mannheim. Es ist zwar eine Großstadt, aber gefühlt spielt sich das eigentliche Leben nur in einem kleinen Radius ab. Man erreicht die Hotspots bequem zu Fuß. Ob gebürtige Mannheimer, vor allem aus der Oststadt, den Marktplatz als Hotspot bezeichnen würden, darf vielleicht bezweifelt werden, aber für mich ist er einer. Nirgends macht es mehr Freude, Menschen zu beobachten.

Als ich das Café erreiche, sitzt Natalie bereits an einem Tisch auf der Terrasse und winkt mir zu. Ich lächle, winke aber nicht.

»Hallo«, begrüßt sie mich mit einem breiten Lächeln, ihre Augen strahlen und ich deute ihre Körpersprache dahingehend, dass sie sich wirklich freut, mich zu sehen.

»Hallo. Möchtest du etwas trinken?«, frage ich, schließlich weiß ich, was sich gehört. Ich bin deutlich älter und als Student ist man eh immer pleite.

»Ich kann mir selbst was holen, danke«, sagt sie und will aufstehen.

Aber ich mache eine Handbewegung. »Bitte, bleib sitzen. Du musst den Platz freihalten. Was möchtest du?«

Sie lächelt und gibt ihre Bestellung auf. Und ich glaube ihr, dass es nicht gespielt ist, dass sie ein wenig peinlich berührt ist. Sie scheint nicht viel Erfahrung damit zu haben, eingeladen zu werden. Was ich mir bei ihrem Aussehen kaum vorstellen kann. Hübsche Frauen werden doch ständig eingeladen. Meine Gedanken sind bei Cosmo, der sie längst in ein sündhaft teures Restaurant wie den Kleinen Rosengarten oder das Opus ausgeführt hätte, um ihr zu imponieren. Ich bin und war nie so ein Mensch. Und mein Gefühl sagt mir, dass Natalie keine Frau ist, die es darauf anlegt, eingeladen zu werden, weil sie sich von materiellen Dingen beeindrucken lässt. Ich hoffe, ich irre mich nicht, weil ich gerne das Gefühl zulassen würde, dass ich sie nett finde, wäre da nicht die Sorge, dass ich allem, was meinen großen Plan behindern könnte, aus dem Weg gehen muss. Gefühle wären ein großes Problem. Wobei es naiv ist, zu glauben, dass diese junge hübsche Frau Gefühle für mich hätte, ich fühle mich vielmehr geschmeichelt, dass sie mich offensichtlich nett oder interessant findet.

Mit zwei Getränken in der Hand stoße ich zu ihr und reiche ihr ihren Cappuccino.

»Danke, das ist sehr lieb von dir. Ich hoffe, du weißt, dass das nicht nötig gewesen wäre. Die nächste Runde geht auf mich.«

»Alles gut. Habe ich gerne gemacht. Wie war dein Tag?«

»Ganz entspannt. Habe mich mit Freunden getroffen, vorher war ich noch mit meinem Vater bei Engelhorn. Der Gute hat in letzter Zeit zu viel gegessen und braucht neue Anzüge.« Sie lacht und ich muss zugeben, dass ich ihr Lächeln unheimlich süß finde.

»Da hat sich dein Papa bestimmt gefreut, dass du ihm geholfen hast.«

»Darauf kannst du wetten. Papa hat so gar keinen Geschmack, was Klamotten anbelangt. Ohne Mama und mich wäre er aufgeschmissen.«

»Verstehe.« Eigentlich ist mir das total egal, aber ich muss wenigstens so tun, als würde mich das interessieren.

»Und wie war dein Tag?«

»Auch ganz entspannt. Ich hatte heute Projektbesprechung«, antworte ich ihr. Je weniger sie über mich weiß, desto besser.

»Und weißt du schon, wie lange das Projekt noch dauern wird?«, will sie wissen und ich glaube, Sorge in ihrer Stimme zu hören, eventuell bilde ich mir das aber auch nur ein. Bereits gestern, als wir uns das erste Mal im Café trafen, hat sie mir diese Frage gestellt, und als ich ihr sagte, dass es noch etwas dauern könne, hat sie mich erwartungsvoll angestrahlt.

All das würde Cosmo reichen, um auf Angriff zu gehen, aber ich bin nicht Cosmo. Mein Aussehen mag es vielleicht nicht verraten, aber ich bin sehr schüchtern, wenn es um Gefühle geht. Ich bin da nicht so geübt, daher hoffe ich, dass sich das hier irgendwie von selbst löst oder weiterentwickelt.

»Leider nicht, am Stand von gestern hat sich nichts geändert.«

»Verstehe. Warst du noch in der Seckenheimer Straße?« Sie rührt mit dem Löffel in ihrem Cappuccino und mir fällt auf, dass sie noch keinen Schluck aus ihrer Tasse getrunken hat.

»Das habe ich nicht mehr geschafft. Möchtest du nicht deinen Cappuccino trinken, bevor er kalt wird?«

Sie fühlt sich ertappt, lächelt verlegen, schaut zur Seite und gönnt sich einen Schluck. Das sind die Momente, in denen ich merke, wie jung, naiv und unerfahren sie ist. Das Leben scheint sie noch nicht gefickt zu haben, sie scheint voller Hoffnungen zu sein. Ich möchte ihr diese rosarote Brille zwar nicht abnehmen, aber ich bin überzeugt, dass sie früher oder später auf jemanden treffen wird, der ihr das Herz brechen wird. Natalie, so schön sie ist – oder gerade weil sie so schön ist –, wird genau solche Personen anziehen und einer von ihnen verfallen.

»Hast du schon zu Abend gegessen?«

»Noch nicht.«

»Dann habe ich eine super Idee. Wieso gehen wir nicht nach unserem Kaffee zusammen zur Seckenheimer Straße? Ich kenne da ein süßes Restaurant, wo wir was essen können. Und du kannst dir endlich mal die Straße anschauen, sonst fürchte ich, wird das nie was.« Sie spricht so schnell, dass sie fast ihre Worte verschluckt.

»Warum nicht«, antworte ich, ärgere mich aber etwas, dass ich ihr eine solche Steilvorlage geliefert habe. Eigentlich hatte ich vor, heute Abend diesem schmierigen FDP-Politiker Alwin Vogel ein paar Nachrichten zu schreiben mit Bildern von ihm und seiner Schlampe, um ihn ins Schwitzen zu bringen. Morgen wollte ich ihn dann an einen bestimmten Ort bitten, wo er endlich ins verdammte Gras beißen kann.

Aber gerade ist es mir einfach nicht möglich, Natalies Vorschlag abzulehnen, weil ich ihre Gesellschaft mag. Auch jemand wie ich, der sich einer höheren Sache verschrieben hat, ist nicht gefeit gegen die Versuchungen des Herzens.

Das ist eine schöne Umschreibung, das Wort »Gefühle« möchte ich so früh nicht dafür verwenden.

»Super«, strahlt sie und gönnt sich einen großen Schluck aus ihrer Tasse, als würde sie das Café so schnell wie möglich verlassen wollen. Als sie die Tasse abstellt, streift ihre Hand wie zufällig meinen Oberarm.

Ich tue so, als hätte ich nichts bemerkt, aber mir entgeht nichts und jetzt mag ich auch nicht mehr an Zufall glauben. Ich bin sicher, dass sie mich mag!

Wäre da nicht diese verdammte Mauer, die ich selbst um mich herum aufgebaut habe, weil ich ein höheres Ziel habe. Und auf dem Weg zur Erlangung dieses Ziels haben Gefühle keinen Platz. Wie auch, wenn ich doch am Ende in der Selbsterlösung die Freiheit finden werde.

Echt schwierig gerade, vielleicht mache ich es mir aber auch nur selbst zu schwer. Ich habe keine ehrliche Antwort auf die Frage, was ich am besten tun sollte. Egal, ich werde mich einfach treiben lassen und nach dem Abendessen wird jeder seiner Wege gehen. Dann werde ich noch immer genug Zeit haben, Alwin, dem Schlawiner, die Schlinge um den Hals zu ziehen.

Das hört sich nach einem guten Plan an.

Nun ja, vielleicht ist es kein Plan, aber wenigstens eine annehmbare Kompromisslösung.

Ich bekomme einen Anruf auf dem Handy, jedenfalls sehe ich, dass das Display aufleuchtet, da ich den Ton abgestellt habe.

»Ein Kumpel?«, fragt Natalie, weil sie wohl den Namen auf dem Display gesehen hat.

»Nein, jemand vom Projekt. Die lernen das nie. Ich habe Feierabend, da gehe ich nicht ans Handy.« Ich drehe das Handy um, damit man das Display nicht mehr sieht. Den Anruf nehme ich nicht an.

»Das finde ich gut, dass du so konsequent bist.« Sie nimmt einen weiteren großen Schluck aus ihrer Tasse, ich tue es ihr gleich, weil ich das Café verlassen und mir diese angeblich so tolle Straße mit den urigen Cafés und den Restaurants anschauen möchte.

Die nächsten Minuten reden wir über Belangloses, aber ich bin nicht ganz bei der Sache, weil ich an den Anruf denken muss und mich mein schlechtes Gewissen plagt, dass ich ihn nicht angenommen habe.

Du darfst nicht immer so hart zu dir sein, ermahne ich mich, der Sache nicht mehr Gewicht zu verleihen als nötig.

»Wollen wir?«, frage ich Natalie. Wir haben ausgetrunken und es gibt keinen Grund, länger hierzubleiben. Außerdem, je früher wir zum Essen gehen, desto früher komme ich ins Hotel zurück, um doch noch eine Nachricht mit speziellem Inhalt zu verschicken.

»Klar. Wir müssen nur noch zum Parkhaus.«

»Parkhaus?«, frage ich.

»Mein Auto. Ich habe hier im Parkhaus geparkt.«

»Ah, verstehe. Dann los«, antworte ich. Für einen Moment bin ich überrascht, dass sie ein Auto hat, doch dann ärgere ich mich über meinen dummen Gedanken. Allein Natalies Äußeres lässt darauf schließen, dass sie nicht aus einfachen Verhältnissen kommt, da gehört es sicherlich auch dazu, dass sie ein Auto von ihren Eltern bekommen hat.

Ich schüttele insgeheim den Kopf über meine Naivität, schließlich müsste gerade ich es besser wissen, doch Natalie hat es für einen kurzen Augenblick geschafft, dass ich wirklich alles um mich herum vergessen habe. Eigentlich eine schöne Sache, wenn ein Mensch das möglich macht, oder?

Mir ist etwas unheimlich.

Vor mir selbst.

Keine fünfzehn Minuten später befinden wir uns schon auf der Seckenheimer Straße und spazieren an den Häusern entlang. Die meiste Zeit redet Natalie, ich beschränke mich auf das aufmerksame Zuhören. Ihre idealistische Art gefällt mir, sie ist frei von Sorgen, so wirkt es jedenfalls.

Ich frage mich, was wohl aus mir geworden wäre, wenn ich in einem vermögenden Elternhaus groß geworden wäre, wenn einiges anders gelaufen wäre, als es ist. Ob aus mir ein anderer Mensch geworden wäre?

Ich weiß es nicht und es ist müßig, sich darüber Gedanken zu machen. Wir können die Vergangenheit nicht ändern, aber korrigieren. Genau das ist seit Langem mein Ziel.

Wieder kommt mir dieses verdammte Wort in den Sinn: Schicksal!

War es Schicksal, dass ich ausgerechnet dieses Café aufgesucht habe, um Natalie zu begegnen?

»Was ist los?«, fragt sie mich und erst jetzt fällt mir auf, dass ich den Kopf schüttle, weil ich mich wieder so sehr in meine Gedanken hineingesteigert habe.

»Alles gut, ich musste gerade an einen langweiligen Witz denken«, versuche ich die Situation zu retten, dabei galt mein Kopfschütteln dem Schicksal.

Ich will nicht glauben, dass es das gibt. Die beste Alternative, die mir einfällt, ist, dass jeder sein Schicksal selbst in der Hand hat. Jemand, der daran glaubt, dem Schicksal hilflos ausgeliefert zu sein, ist für mich nach wie vor jemand, der zu feige ist, sich den Widerständen des Lebens zu stellen.

»Was für ein Witz?«, fragt Natalie.

»Hab ihn schon wieder vergessen. Ich bin echt schlecht im Witzeerzählen.«

»Ich auch«, kichert sie. »Dieses Restaurant meinte ich. Es wird dir gefallen. Komm.«

Wir betreten das Restaurant. Es ist ein Mix aus Café und Restaurant und wirkt sehr individuell, als würde es jemandem gehören, der viel auf Reisen war und sich in die Strände der Welt verliebt hat. Mir gefällt es. Wir nehmen Platz und schon kommt der Kellner. Er begrüßt Natalie mit Küsschen auf die Wangen, was mir sagt, dass sie hier nicht nur bekannt, sondern vermutlich Stammgast ist. Mir soll es recht sein, wenn das Essen so gut ist wie die Location, haben wir alles richtig gemacht.

Ich entschuldige mich, um kurz auszutreten. Mein Weg führt zur Toilette, ich muss meine Hände waschen, schließlich war ich draußen, habe Dinge angefasst und es ist eine Marotte von mir, dass ich mir immer die Hände waschen muss, bevor ich Essen anfasse. Auf der Toilette nehme ich mein Handy und sehe, dass ich vier Anrufe in Abwesenheit und drei WhatsApp-Nachrichten habe. Ich tippe eine Antwort.

Mach dir keine Sorgen, alles läuft nach Plan. Ich melde mich. Schreib mir nicht mehr.

Danach wasche ich meine Hände und gehe zurück zu Natalie. Wir schauen uns die Speisekarte an, bestellen eine Vorspeise und eine Flasche Weißwein. Sie sucht den Wein aus. Da sie aus einer Weingegend kommt, kennt sie sich besser aus als ich, was mir auch überhaupt nicht unangenehm ist. Am Ende ist es nur Alkohol.

»Und, gefällt es dir hier?«, fragt sie und schaut mich mit großen Augen an.

»Ja, finde ich sehr nett. Man merkt, dass der Besitzer viel Wert auf das Innendesign legt.«

»Nicht nur das, vieles hat er von seinen Reisen mitgebracht. Ich bin sehr gerne hier, das Essen ich auch sehr lecker.«

Der Kellner bringt die Flasche Wein, öffnet sie und schenkt uns beiden ein Glas ein, dann stellt er sie auf den Tisch und fragt, ob wir wissen, was wir essen wollen.

»Ich schon, was ist mit dir?«, fragt Natalie.

»Was nimmst du?«, frage ich sie. Sie bestellt etwas Vegetarisches und spontan, wie ich bin, bestelle ich das Gleiche.

Wir stoßen an und nehmen einen Schluck aus dem Glas. Der Weißwein ist nicht schlecht, ich lobe sie für die Auswahl, sie freut sich merklich. Jetzt taut sie richtig auf, was mir sehr gefällt. Ich habe ja seit gestern den Verdacht, dass sie mich zu mögen scheint, aber sicher bin ich nicht. Ich hoffe, der Alkohol hilft ihr, mir Klarheit zu verschaffen. In solchen Dingen bin ich nicht so bewandert wie Cosmo. Ich muss mich langsam herantasten, das mit dem Vertrauen ist eine meiner Schwächen, muss ich gestehen.

Kurz bevor das zweite Glas geleert ist, kommt unser Hauptgericht. Es riecht vielversprechend, was daran liegen mag, dass ich wirklich Hunger habe. Es ist irgendetwas mit Hummus. Dass ich gerne Fleisch esse, muss ich Natalie ja nicht auf die Nase binden, wofür auch?

Sie wartet darauf, dass ich davon koste, und da ich sie nicht enttäuschen will, probiere ich. »Echt lecker«, stelle ich ehrlich fest.

Sie lächelt und nimmt ebenfalls einen Bissen von der Hauptspeise, währenddessen schenke ich nach und wir reden wieder über Belanglosigkeiten.

»Darf ich dich was fragen?«

»Klar, schieß los.«

»Bist du schon vergeben?« Das war direkt, aber eine Frage in der Art hatte ich erwartet, jetzt wird es endlich interessant. Wie gesagt, ich bin schüchtern, aber wenn mir jemand eine Steilvorlage serviert, nehme ich dankbar an, dann schwindet meine Schüchternheit. Es ist eben der Einstieg, der mir oftmals schwerfällt. Aber diesen Part hat Natalie mit Bravour übernommen.

»Glücklicher Single«, antworte ich ihr. »Und du?«

»Ich bin auch Single, aber eigentlich eher der Beziehungsmensch. Es ist einfach schöner zu zweit. Findest du nicht?«

Ich muss insgeheim schmunzeln, sie ist noch so jung und erzählt mir, dass sie ein Beziehungsmensch sei. Was weiß sie denn vom Leben?

»Ich bin da sehr entspannt, wenn es passiert, dann passiert es. Ich glaube, Liebe kann man nicht erzwingen.«

Sie nickt und gibt mir recht. Wie zufällig will sie genau im selben Moment zur Weinflasche greifen wie ich, um nachzuschenken. Unsere Hände berühren sich für den Bruchteil einer Sekunde. Das Gefühl, das mich plötzlich überkommt, ist komisch, aber auch schön.

Vermutlich liegt es am Alkohol, dass ich ihr zugetan bin. Jedenfalls muss ich mir eingestehen, dass ich große Lust auf sie habe. Jetzt wird es Zeit, dass ich das Heft in die Hand nehme.

»Hattest du schon mal etwas mit einer älteren Person?«, frage ich sie.

»Ja, aber das hielt nicht lange. Die in meinem Alter sind meistens viel zu kindisch, das mag ich nicht. Ich brauche jemanden, der weiß, was er will, von dem ich noch etwas lernen kann. Ich bin sehr experimentierfreudig, musst du wissen.« Sie kichert und ich lächle, ihre Antwort gefällt mir. Ich mag es im Bett ebenfalls wild und experimentierfreudig. Langweilig kann jeder.

»Das ist schön, so ticke ich auch. Magst du führen oder geführt werden?«

»Ich lasse mich gerne beherrschen. Langsam wird es interessant.« Diesmal nimmt sie einen großen Schluck aus dem Glas, ich tue es ihr gleich. »Das ist auch der Grund, warum ich keine jungen Küken mag. Die können das nicht. Bist du dominant?«

»So dominant, wie du es magst«, grinse ich und meine Hand wandert in ihre Richtung. Als ich ihre Hand berühre, zieht sie sie nicht weg. »Schön, dass wir uns kennengelernt haben.«

»Ja, das finde ich auch«, sagt sie und streichelt über meinen Handrücken. Mir gefällt das sehr und das Kribbeln in meinem Bauch wird immer stärker, ebenso meine Lust.

Ich will sie und ich glaube, sie will mich auch. Besser kann es nicht laufen. Rein optisch fühle ich mich ihr, wenn ich ganz ehrlich bin, nämlich nicht ebenbürtig. Finanziell ohnehin nicht. Mit ihren Eltern kann ich garantiert nicht mithalten, aber ich bin nicht mittellos, wie meine Eltern es ihr Leben lang waren. Durch das Informatikstudium wirft meine Selbstständigkeit genug Geld ab, das reicht locker, um zwei Personen zu ernähren.

Warum zwei?, frage ich mich.

Ich ertappe mich bei dem Gedanken, dass ich mir mehr mit ihr vorstellen kann. Ich! Nein, das wird nicht passieren, das darf nicht passieren. So unvorsichtig bin ich doch gar nicht. Ich muss immer die Kontrolle behalten, auch über meine Gefühle. Mein Plan darf durch nichts ins Wanken geraten und erst recht nicht darf ich riskieren, dass der Plan meiner Gefühle wegen scheitert.

Niemals! Das würde ich mir nie verzeihen. Ich bin zu weit gegangen, als dass ich jetzt alles über Bord werfen könnte.

»Du wirkst nachdenklich«, sagt sie. Es ist komisch, aber wieder ertappt sie mich bei meinen Gedanken. Sie scheint sehr sensibel zu sein, was mir gefällt.

»Das liegt daran, dass wir uns gleich trennen müssen«, hole ich einen Satz aus der tiefsten Schmalzkiste.

»Das müssen wir doch nicht.« Sie schmunzelt verlegen, dann beugt sie sich zu mir vor und drückt mir einen kurzen Kuss auf die Lippen. Das hatte ich nicht erwartet und ich frage mich, ob sie wirklich so devot ist, weil sie ziemlich rangeht.

Ich revanchiere mich und beuge mich ebenfalls zu ihr rüber, mein Kuss ist etwas intensiver und sie zieht sich nicht zurück, auch dann nicht, als ich meine Zunge einsetze. Für ihr junges Alter kann sie sehr gut küssen.

»Wenn du willst, können wir das auf meinem Hotelzimmer fortsetzen«, gehe ich in die Offensive. Sie nickt und ich beschließe, zu zahlen. Den Nachtisch gibt es auf dem Zimmer.

Als wir dort sind, betrete ich das Bad. Natalie denkt, dass ich mich frisch machen will, aber das ist nur die halbe Wahrheit. Ich will mir beweisen, dass meine Gefühle nicht über mich bestimmen, dass mein Vorhaben höchste Priorität hat. Ich öffne die E-Mail-App und schicke Alwin Vogel eine Nachricht mit Anweisungen, dazu noch ein paar pikante Fotos, die ich von seinem gehackten Handy gezogen habe.

»Nichts ist wichtiger als der Plan. Mein Leben ordnet sich ihm komplett unter. Mit letzter Konsequenz«, sage ich zu mir, während ich mich ausziehe. Dann betrete ich das Zimmer, weil auch jemand wie ich das Recht auf Spaß hat.

Natalie liegt bereits nackt auf dem Bett und ich grinse bis über beide Ohren. Heute Abend werde ich die Tochter von Alwin ficken und morgen töte ich dieses dreckige Politikerschwein.

14

12. September, Köln

Die Frankfurter Kollegen hatten ihren Mörder. Brandt und Aydin brachte das nur bedingt weiter. Sie standen in ihrem Büro und starrten auf die Wand, auf der sie jede Menge Notizzettel mit Querverweisen angebracht hatten.

»Wenigstens wissen wir, dass der Mord an dem AfD-Politiker Ludwig Wolf nicht in Verbindung zu den anderen beiden Morden steht, das dürfte unseren Ermittlungen etwas Druck nehmen. Die Presse stürzt sich erst einmal auf den Mörder von Wolf.«

»Der erstaunlicherweise gar kein politisches Motiv hat.«

»Wieso erstaunlicherweise?«, hakte Brandt nach. »Nur weil ein Politiker erschossen wurde, muss doch nicht immer ein politisches Motiv dahinterstecken.«

»Na komm, seien wir ehrlich. Die meisten Menschen glauben das, immerhin war das auch unser erster Gedanke.«

»Nicht unserer, deiner«, korrigierte Brandt.

»Jetzt belügst du dich selbst. Gestern hast du noch gesagt, wir müssten die Überprüfung des Alibis des Frankfurter Tatverdächtigen abwarten.«

»Ja, du Keks«, erhob Brandt seine Stimme. »Weil ich meine Arbeit gründlich mache. Wenn der Täter für die Tatzeit des Kölner Mordes kein Alibi gehabt hätte, wäre uns nichts anderes übrig geblieben, als weiterhin anzunehmen, dass der Mord an Wolf in Verbindung zu den anderen steht. Konnte ja keiner ahnen, dass es sich um ein Eifersuchtsdrama handelt.«

»Laut Statistik sind verschmähte Liebe und Eifersucht die häufigsten Mordmotive.«

»Was wäre ich nur ohne dein Hochschulwissen«, lachte Brandt und klopfte Aydin auf die Schulter. »Lass uns noch mal mit der Frau von Klaus Lau sprechen«, schlug er vor. Die Ehefrau war bisher der wichtigste Anhaltspunkt, an den sie anknüpfen konnten. Der Mord lag inzwischen ein paar Tage zurück und Brandt hoffte, dass Frau Lau ihre Nerven nun besser im Griff hatte und sich vielleicht an Dinge erinnerte, die ihnen halfen, dem Täter einen Schritt näher zu kommen.

Die kleine Hoffnung, die er vor einigen Tagen gehabt hatte, als die Frankfurter Kollegen erwähnten, dass sie einen Tatverdächtigen hätten, hatte sich leider in Luft aufgelöst. Der Verdächtige hatte recht schnell gestanden, dass er Wolf aus Eifersucht erschossen habe, weil dieser ihn seit zwei Jahren hingehalten und vor drei Monaten endgültig aufs Abstellgleis gestellt habe. Damit war der junge Mann, der nun zum Mörder geworden war, nicht klargekommen.

Brandts Telefon klingelte, er hob den Hörer ab. Es war Fischer, der leider keine guten Nachrichten hatte.

»Bist du sicher, dass man das Bild nicht schärfer kriegt?«, fragte Brandt. Fischer verneinte, versprach aber, es noch einmal mithilfe einer anderen Software zu filtern und zu versuchen, die Bildqualität zu erhöhen.

»Ich glaube, wir werden kein besseres Bild von der Person erhalten, die Zoe entführt hat«, sagte Brandt zu Aydin, nachdem er das Gespräch beendet hatte.

»Lass uns doch auch noch einmal mit ihr sprechen, wenn wir schon bei der Mutter sind. Sie stand damals ganz offensichtlich unter Schock, vielleicht erinnert sie sich inzwischen doch an etwas.«

»Das war der erste kluge Vorschlag von dir.«

»Witzig. Dein permanentes Sticheln sagt mir, dass du Stress hast. Und zwar mit Frauen, vermutlich mit Ylva.«

Brandt presste die Lippen zusammen, seinem besten Freund konnte er einfach nichts vormachen, aber ihm war gerade nicht danach, über Ylva und seine Probleme zu sprechen.

»Komm«, sagte er stattdessen und verließ das Büro kommentarlos.

»Sehe schon, der taffe Lasse tut sich wieder schwer damit, über seine Gefühle zu sprechen, vor allem, wenn es um Ylva geht.«

»Das stimmt nicht, aber am Ende darf ich mir von dir wieder anhören, dass ich schuld wäre.«

»Wenn du das denkst, wird es wohl so sein. Was hast du angestellt? Du hast dich doch nicht getrennt?«

»Nein, das nicht. Aber in letzter Zeit habe ich das Gefühl, dass es das Beste wäre. Wir haben unterschiedliche Lebensziele.«

»Du hast doch einfach nur Angst, den nächsten Schritt zu gehen.«

»So ein Quatsch, schließlich wohnen wir schon zusammen.«

»Das ist aber nur der Beginn, der nächste Schritt wäre viel mehr. Ylva will Kinder und heiraten.«

»Hat Nina dir das verraten?«

»Das muss sie gar nicht, das will doch jede vernünftige Frau.«

»Aber doch nicht so schnell. Wir leben noch gar nicht so lange zusammen.«

»Na ja, der Jüngste bist du nicht gerade. Die fünfzig klopft schon lautstark an.«

»Scherzkeks.« Brandt schüttelte den Kopf, dabei hatte Aydin gar nicht so unrecht. Immerhin war er mittlerweile neunundvierzig Jahre alt und nächstes Jahr war es wirklich so weit und er würde fünfzig werden. Trotzdem fühlte er sich gar nicht alt und er fand, dass er deutlich jünger aussah, was er vor allem guten Genen, einer gesunden Ernährung und sehr viel Sport zuschrieb.

Seine kurzen blonden Haare hatten keinerlei Grauansatz, er hatte weder Geheimratsecken noch lichtes Haar und kaum Falten. Warum also sollte er sich an einer Zahl wie der fünfzig orientieren oder Entscheidungen davon abhängig machen?

Brandt fühlte sich unter Druck gesetzt, was ihm überhaupt

nicht gefiel. Aber tief in seinem Herzen wusste er, dass es am Ende nur die Angst vor der Entscheidung war, die ihn in Panik versetzte, und dass es eben diese Angst war, die ihm einredete, er wäre noch nicht so weit, in den Hafen der Ehe einzulaufen. Vor Jahren war er am Tag der Hochzeit von seiner damaligen Verlobten sitzengelassen worden. Sie war mit einem sehr guten Freund von ihm durchgebrannt. Bis heute nagte dieses einschneidende Erlebnis an ihm, auch wenn er es anderen gegenüber nicht eingestehen wollte, und seitdem glaubte er, dass er ohne Trauschein glücklicher wäre. Aber wie es schien, traf das nicht auf Ylva zu.

»Das Alter ist ein Fakt, das weißt du genauso gut wie ich.«

»Können wir uns bitte auf den Fall konzentrieren? Ich bin gerade echt nicht in Stimmung, über Ylva zu sprechen.«

»Wie du meinst. Auch wenn du es nicht verdient hast, du kannst mich jederzeit anrufen, wenn du doch noch reden möchtest.«

»Keine Sorge, ich werde davon keinen Gebrauch machen.«

»Ich weiß«, antwortete Aydin und schaute zu Boden. Brandt glaubte, Enttäuschung aus seiner Stimme herauszuhören, ging darauf jedoch nicht ein.

Jetzt zählte nur der Fall. Das mit Ylva würde sich schon einrenken, das hoffte er zumindest. Tief in seinem Herzen fand er das Angebot von Aydin aber furchtbar nett. Es gehörte zu den Eigenschaften, die er an seinem neunzehn Jahre jüngeren Kollegen so schätzte, dieses Herzliche und Hilfsbereite. Und vor allem, dass Aydin offen über Gefühle sprechen konnte. Damit hatte sich Brandt schon immer schwergetan, aber besonders schwer, nachdem seine Verlobte ihn verlassen und er bei einem Einsatz einen sehr guten Freund und Kollegen verloren hatte.

»Haben Sie den Mörder?«, fragte Monika Lau gleich zu Beginn ihres Gesprächs im Wohnzimmer ihres Wohnhauses.

»Wir stehen noch am Anfang der Ermittlungen«, antwortete

Brandt. Er hatte das Gefühl, dass Frau Lau deutlich gefestigter wirkte als noch bei ihrer ersten Begegnung. Das gab ihm Hoffnung für die nächsten Fragen. »Aber wir hoffen, dass Sie uns noch den einen oder anderen Hinweis geben können.«

»Ich?« Monika Lau wirkte überrascht, sie zog die Augenbrauen zusammen. Brandt musterte sie eingehend. Sie war groß, vermutlich größer als einen Meter fünfundsiebzig, und sehr schlank, fast schon mager. Aus den Unterlagen von Fischer wusste er, dass sie achtundvierzig Jahre alt war. Einige Schönheitsoperationen und viel Botox oder Ähnliches sollten ganz offensichtlich helfen, die Zeichen des Alters aufzuhalten. Man musste kein Experte sein, um das zu bemerken, so blieb beispielsweise ihre Stirn beim Sprechen unnatürlich steif. Frau Lau hatte langes braunes Haar, sie benutzte ein wohlriechendes Parfüm und trug hochwertige Designerkleidung. Alles in allem eine sehr attraktive Frau, aber sie wirkte streng, wie jemand, der mit sich selbst nicht im Reinen und sich gegenüber sehr kritisch war.

»Nun, Sie kannten Ihren Mann besser als vermutlich irgendeine andere Person, da ist es doch naheliegend, dass er mit Ihnen über mögliche Probleme gesprochen hat«, erklärte Aydin.

Frau Lau lachte, es war ein abwertendes, überhebliches Lachen, das geradezu spöttisch klang.

»Ich habe meinen Mann mit achtzehn Jahren kennengelernt, ein Jahr später haben wir geheiratet. Aber eines können Sie mir glauben, mein Mann hat nie über seine Probleme gesprochen, das wäre in seinen Augen nicht männlich gewesen.«

Aydin nickte und schaute kurz zu Brandt. Der verstand diesen kleinen Wink, aber er fand, dass Aydin ihm unrecht tat, wenn er in Klaus Laus Verhalten eine Parallele zu ihm sah, so ein Mensch war er nicht. Er sprach schon über sich und seine Probleme, aber eben nicht so offen und freiherzig, wie sein Kollege es tat. Das hatte in Brandts Augen auch sehr wenig mit Männlichkeit, sondern vielmehr mit Lebenserfahrung und Persönlichkeit zu tun.

»Dann fassen wir es anders: Es wäre doch möglich, dass er in letzter Zeit etwas verschlossener oder gereizter war«, hakte Brandt nach, so schnell wollte er sich nicht geschlagen geben.

»Es tut mir leid, aber Sie verschwenden Ihre kostbare Zeit. Meinem Mann hat man nie angesehen, ob ihn etwas beschäftigt, immerhin war ich dreißig Jahre mit ihm verheiratet.«

Brandt glaubte das nicht, kein Mensch konnte seine Gefühle oder seine Stimmung eiskalt verbergen. Vermutlich war die Frau einfach viel zu sehr mit sich selbst beschäftigt, als dass sie ihrem Mann zugehört oder sich um ihn gekümmert hätte. Ylva merkte es immer sofort, wenn Brandt mit schlechter Laune nach Hause kam.

»Wenn Sie etwas über meinen Mann erfahren wollen, sollten Sie mit seiner Sekretärin sprechen. Sie hat die meisten Termine für ihn organisiert.«

»Können Sie uns ihre Kontaktdaten geben?«, bat Aydin und schrieb mit, was Frau Lau diktierte.

»Hat Ihr Mann in den letzten Tagen eine größere Geldsumme abgehoben?«, wollte Brandt wissen, ihm war eine Idee gekommen. Es war sehr unwahrscheinlich, aber was, wenn Lau erpresst worden war? Nachdem die Frankfurter Kollegen ihren Mörder hatten, musste Brandt zumindest in Erwägung ziehen, dass ihr Fall nicht in direkter Verbindung zu dem in Lübeck stand.

»Nein, nicht dass ich wüsste. Warum sollte er?«

»Und wie sieht es mit Schulden aus? Hat er sich eine größere Summe Geld geborgt?«

Frau Lau schaute Brandt entgeistert an, als könnte sie nicht glauben, dass er diese Frage stellte. »Sieht es hier etwa so aus, als ob wir Geldprobleme hätten? Ich weiß ja nicht, wie Sie Ihre Ermittlungen angehen, aber man muss nicht besonders intelligent sein, um zu sehen, dass es sich hier um eine politische Tat handelt. Die politische Haltung meines Mannes war jemandem ein Dorn im Auge. Schauen Sie sich nur den Mord an Walter Lübcke in Kassel an. Sie sollten Ihre Ermittlungsprioritäten überdenken.«

»Können Sie uns denn einen Ansprechpartner bei der CDU nennen?«, fragte Aydin.

»Sprechen Sie mit seiner Sekretärin Helene Mück. Sie kann Ihnen alle Fragen beantworten.« Ihr Blick wanderte zum Fenster, während sie ihre Arme vor dem Oberkörper verschränkte.

»Vielen Dank«, antwortete Brandt und gab Aydin ein Zeichen, zu gehen.

Gerade als sie aus der Haustür waren, lief ihnen Zoe Lau in die Arme.

»Hallo. Sie sind doch die beiden Polizisten, die mich nach Hause gefahren haben.«

»Hallo«, sagte Aydin. »Das sind wir.«

»Warum waren Sie bei uns? Haben Sie den Mörder gefasst?« Ein kurzer Hoffnungsschimmer huschte über ihr Gesicht.

»Nein, wir hatten gehofft, dass Ihre Mutter weitere Hinweise für uns hat«, gestand Aydin.

»Meine Mutter?« Zoe schüttelte den Kopf. »Sie lebt in ihrer eigenen Welt. Mama hat sich nie für Papas Karriere interessiert. Warum auch, solange sie genug Geld für ihre Bedürfnisse hatte. Und dass er in die Politik ging, um etwas zu bewegen, hat sie nie ernst genommen. Ich schon und ich bin mir sicher, dass es irgendein Politikerhasser war. Bestimmt derselbe wie in Lübeck. Wussten Sie, dass man den Mörder von Ludwig Wolf geschnappt hat?«

»Wir sind im Bilde«, antwortete Brandt und war verblüfft, wie gut informiert die Tochter war. Gleichzeitig beunruhigte ihn das, denn es weckte eine Sorge. »Sie machen aber keine Dummheiten, oder?«

»Dummheiten? Was meinen Sie damit?«

»Nun, wir wissen, dass Sie ein Volontariat bei einer Zeitung machen. Sie recherchieren doch nicht auf eigene Faust?«

»Nein, das muss ich gar nicht. Aber mich allein auf die Polizei verlassen und tatenlos zusehen wie meine Mutter werde ich bestimmt auch nicht.«

»Haben Sie einen Detektiv angeheuert?«, kam Aydin Brandt mit der naheliegenden Frage zuvor. Er hoffte es nicht, denn das würde bedeuten, dass es jemanden gäbe, der womöglich ihre Ermittlungen behindern oder gar durch seine Nachforschungen dafür sorgen würde, dass der Täter unbeabsichtigt gewarnt würde.

»Nicht einen, den Besten.«

»Ich glaube, Sie tun sich keinen Gefallen damit«, sagte Brandt. Er wollte der jungen Frau auf freundliche Weise klarmachen, dass sie diesen Gedanken schnell fallen lassen sollte.

»Das denke ich nicht. Wenn jemand den Mörder meines Vaters findet, dann Peter Walsh.«

»Peter Walsh?«, sagte Aydin und kam Brandt wieder zuvor. Seine Augen wurden groß, er wirkte nicht minder überrascht als Brandt – mit dem Unterschied, dass Brandt es deutlich besser verbergen konnte.

»Ja, Sie kennen ihn?«

»Nicht wirklich«, beeilte sich jetzt Brandt mit einer Antwort, bevor Aydin etwas erwidern konnte, was Zoe nicht zu interessieren hatte. »Sind Sie sicher, dass Peter Walsh, ein ehemaliger US-Geheimdienstagent, Ihnen bei der Suche nach dem Mörder Ihres Vaters helfen wird? Der arbeitet doch eigentlich nur für Behörden.«

»Tja, da kennen Sie meine Überredungskünste nicht. Mit Speck fängt man Mäuse.«

»Können Sie uns seine Kontaktdaten geben?«

»Nein, das darf ich nicht.« Auf einmal wirkte sie hektisch. Ob sie die Wahrheit sagte oder sich das Ganze gerade ausgedacht hatte, konnte Brandt nicht sagen. Immerhin wusste sie von Walsh, was schon seltsam genug war. Aber dass Walsh sich vom Geld locken lassen würde, konnte sich Brandt nicht vorstellen.

»Zurück zu Ihnen. Können Sie sich inzwischen vielleicht an Details Ihrer Entführung erinnern?«

»Nein, kann ich nicht. Außer, dass ich geträumt habe, dass der Entführer ein Tattoo hatte.«

»Haben Sie das geträumt oder tatsächlich gesehen?«, bohrte Aydin nach.

»Ich habe es geträumt, aber es wirkte ziemlich echt. Ein Tattoo am Handgelenk. Ich glaube, es war der rechte Arm.«

»Und sonst irgendwelche Details? Irgendetwas anderes?«

»Nein, leider nicht.«

»Falls Ihnen doch etwas einfällt, rufen Sie uns bitte sofort an und warten Sie nicht darauf, bis wir Sie aufsuchen. Hier ist unsere Karte.« Brandt reichte ihr seine Visitenkarte, da er bei ihrem ersten Besuch nur der Mutter eine Karte gegeben hatte.

»Danke.«

Brandt nickte, Aydin verabschiedete sich, dann gingen die beiden Beamten zu ihrem Dienstfahrzeug, um zur Sekretärin von Klaus Lau zu fahren.

»Glaubst du ihr?«, fragte Aydin.

»Nicht wirklich.«

»Aber woher kennt sie dann Peters Namen.«

»Aus der Redaktion. Sie arbeitet doch für dieselbe Zeitung wie dieses Biest Nicole Zeller. Bei dem Anschlag auf das Polizeipräsidium saß sie uns die ganze Zeit im Nacken und hatte Peters Namen auch erwähnt.« Brandt kam mit Journalisten selten klar, weil sie ihm nur im Weg standen und seiner Meinung nach Ermittlungen eher behinderten als halfen, sie voranzubringen. Und mit dieser Zeller hatte er erst recht seine Probleme, sie war wie eine Zecke, die sich an ihren Wirt heftete und ihn aussaugte, bis sie ihre Story hatte. »Außerdem, glaubst du wirklich, dass jemand wie Walsh mit Geld zu ködern ist? Der hat mir jedenfalls nicht den Eindruck gemacht, als würde er auf Geld stehen.«

»Ich kann es mir schwer vorstellen, aber irgendwie wäre es auch cool.«

»Du schon wieder.« Brandt verdrehte die Augen. »Es wäre ein Armutszeugnis, wenn wir Walshs Hilfe brauchten, um den Mörder zu fassen. Dieses Fanclubgetue von dir ist echt kindisch.«

»So meinte ich das gar nicht. Jede Hilfe wäre doch gut, bevor weitere Morde geschehen. Und ich bin kein Fan, du tust mir wirklich unrecht. Du bist doch bloß sauer, weil dich die Mutter eben eiskalt auseinandergenommen hat.«

»So ein Quatsch.«

»Doch, als sie dir die Leviten gelesen hat wie einem Schuljungen und dir erklärt hat, wie man zu ermitteln hat, warst du für einen Augenblick ganz schön baff.«

»Du hängst, mein Lieber.« Brandt schüttelte den Kopf, dabei hatte Aydin gar nicht so unrecht, auch wenn er mal wieder deutlich übertrieb. »Wenn Walsh ermittelt, werden wir es bestimmt bald erfahren. Es gibt keinen Grund, warum er nicht mit uns in Kontakt treten sollte.«

»Auf jeden Fall ist er in Köln. Walter hat ihn gesehen, also ist es gar nicht so unwahrscheinlich.«

»Wir werden sehen«, antwortete Brandt, er war inzwischen von der A4 auf den östlichen Zubringer gefahren, da ihr Ziel in Deutz lag.

»Glaubst du, der FC kann sich diese Saison in der Ersten Liga halten?«, fragte Aydin. Brandt verfiel unwillkürlich in lautes Lachen. »Alles gut?«

»Wie kommst du denn jetzt auf das Thema?«

»Na ja, nachdem du die ganze Zeit so launisch bist und ich Stille im Auto hasse, dachte ich, ich versuche es mal mit Sport, damit kann man dich immer aus der Reserve locken.«

Statt zu antworten, lachte Brandt weiter. Das mochte er an Aydin. Er schaffte es immer wieder, dass Brandts schlechte Laune verflog.

»Ich hoffe doch«, antwortete er. »Vor allem will ich es für Rech hoffen, sonst haben wir unter seiner Laune zu leiden.« Rech war, seit er denken konnte, bekennender FC-Fan und der Abstieg hatte ihm schwer zugesetzt, daher war die Freude über den Aufstieg bei ihm so ungemein groß.

Ein paar Minuten später betraten sie den Empfangsbereich der Firma Lau Motorenteile.

»Guten Tag, die Herren. Wie kann ich Ihnen helfen?«, fragte sie der junge Mann am Empfang. Er machte einen freundlichen und lockeren Eindruck.

»Guten Tag. Wir sind von der Kölner Kriminalpolizei und möchten uns kurz mit Helene Mück unterhalten.«

»Darf ich Ihre Namen erfahren?«

Brandt kam seiner Bitte nach und der Mitarbeiter griff zum Telefonhörer, nach den Dienstausweisen fragte er erst gar nicht.

»Frau Mück bittet Sie in ihr Büro. Ich bringe Sie hin«, sagte der junge Mann und stand von seinem Platz auf. Er war groß, schlank, sportlich und hatte ein markantes Gesicht. Sicherlich jemand, den viele Frauen nicht von der Bettkante schubsen würden.

»Wie gut kannten Sie Herrn Lau?«, fragte Brandt, während sie auf den Fahrstuhl warteten.

»Nicht sonderlich gut. Habe ihn kaum zu Gesicht bekommen. Aber er war ein guter Chef, wenn Sie darauf hinauswollen. Wir sind alle in tiefer Trauer, zumal wir auch nicht wissen, wie es weitergehen wird. Es gibt da so Gerüchte«, antwortete der Mann und lächelte verlegen. Dann kam der Fahrstuhl und sie stiegen ein.

»Was für Gerüchte?«

»Dass das Unternehmen verkauft und zerschlagen werden soll.« Die Stimme des Mitarbeiters senkte sich, als würde er befürchten, dass Wanzen im Fahrstuhl angebracht wären.

»An wen?«

»An einen Wettbewerber aus Süddeutschland. Schiffer heißt die Firma. Die sind noch eine Nummer größer als wir. Sie sind bei allen großen Automarken als Zulieferer gesetzt, aber sie sind scharf auf unsere Technologie. Unser Chef hat sich immer standhaft geweigert, die Firma zu verkaufen.«

Der Fahrstuhl blieb stehen und sie stiegen aus. Die Beamten folgten dem Mann und blieben vor einer Tür stehen. Er klopfte kurz an, öffnete die Tür und eine Frau, vermutlich Helene Mück, steuerte auf die Beamten zu.

»Guten Tag, die Herren. Mein Name ist Helene Mück. Sie wollten mich sprechen?«

»Guten Tag, das ist mein Kollege Emre Aydin und mein Name ist Lasse Brandt, wir sind von der Kölner Kriminalpolizei und würden uns gerne fünf Minuten mit Ihnen unterhalten.«

»Danke, Toni, du kannst uns jetzt alleine lassen«, sagte sie zu dem jungen Mann, der nickte und sich entfernte. Mück bat die beiden Beamten, ihr zu folgen. Sie betraten einen Besprechungsraum und setzten sich.

»Möchten Sie etwas trinken?«

»Ein Wasser wäre nett«, antwortete Aydin. Brandt lehnte höflich ab.

»Hat Toni nach Ihren Ausweisen verlangt?«, fragte Mück, öffnete einen Schrank, nahm eine kleine Flasche Wasser heraus, öffnete sie und reichte sie Aydin, der sich bedankte. Dann nahm auch sie Platz.

»Hat er nicht«, erwiderte Brandt und holte seinen Dienstausweis heraus, um ihn der Frau zu reichen. Sie wirkte sehr selbstbewusst, sie war einen Kopf kleiner als er, etwas kräftiger und hatte ernste Gesichtszüge. Alles in allem machte sie den Eindruck, als wäre sie eine Beißerin, die alles Unangenehme von ihrem Chef fernhielt. Zumindest wirkte sie nicht wie eine der vielen Sekretärinnen, denen Brandt in seinen langen Dienstjahren schon über den Weg gelaufen war und bei denen das Aussehen mehr zählte als die Kompetenz.

Aydin reichte ihr ebenfalls seinen Ausweis.

»Toni ist manchmal zu freundlich«, sagte sie und schaute sich beide Ausweise an, dann gab sie sie zurück. »Wie kann ich Ihnen helfen?«

»Es geht um Klaus Lau. Wir ermitteln in dem Mordfall und seine Ehefrau hat uns an Sie verwiesen. Uns interessiert, ob Herr Lau sich in den letzten Tagen merkwürdig oder anders als sonst verhalten hat.«

»Nein, er war wie immer. Mir wäre das sicher aufgefallen. Wenn Sie darauf hinauswollen, dass er erpresst wurde, muss ich Sie leider enttäuschen, das hätte ich gewusst. Ich arbeite ...« Sie unterbrach sich, dann sagte sie: »Ich habe zehn Jahre für ihn gearbeitet und ich behaupte, dass Herr Lau mir vertraute.«

»Hat er vielleicht seltsame Nachrichten erhalten. Nachrichten, die mit seiner politischen Karriere in Verbindung stehen?«

»Welcher Politiker mit Ambitionen bekommt die nicht? Heute kann jeder eine despektierliche E-Mail oder einen Post schreiben, dazu braucht man nicht mal besonders viel Mut. Aber ich kann mich nicht daran erinnern, dass eine dieser Nachrichten eine tatsächliche Bedrohung darstellte.«

»Haben sich solche Nachrichten in letzter Zeit gehäuft?«

»Nicht, dass ich wüsste.«

»Wurden sie archiviert?«, erkundigte sich Aydin.

»Ja, das haben wir immer gemacht.«

»Dürfen wir sie uns anschauen?«

»Ohne Beschluss? Das halte ich kaum für möglich.«

»Sie wissen, dass wir den Beschluss bekommen werden. Es sollte doch auch in Ihrem Interesse sein, den kurzen administrativen Weg zu gehen. Sie wollen sicher nicht unnötig viel Zeit mit solchem Papierkrieg verschwenden. Immerhin geht es hier um Ihren Chef, der ermordet wurde«, versuchte Brandt an ihre Loyalität gegenüber Lau zu appellieren, denn bisher wirkte sie sehr pflichtbewusst und kontrolliert.

Mück antwortete nicht sofort, aber Brandt spürte, dass er einen Nerv getroffen hatte. »Gut, aber nichts ausdrucken. Sie können sich die Nachrichten am Computer anschauen. Für alles andere benötigen wir einen Durchsuchungsbeschluss.«

»Danke, das hilft uns sehr. Wir haben erfahren, dass ein Wettbewerber sich für das Unternehmen interessiert.«

»Woher?« Ihre Stimme wurde scharf und unbewusst ruckte sie mit ihrem Oberkörper ein Stück nach vorne auf die Beamten zu.

»Hat der Wettbewerber versucht, Herrn Lau unter Druck zu setzen?« Brandt ignorierte ihre Frage, weil er Toni nicht in Bedrängnis bringen wollte, vermutlich hatte er mehr erzählt, als er durfte.

»Nein, das waren immer faire Gespräche. Und mehr als Gespräche waren es ohnehin nie. Die Firma wird nicht verkauft.« Es fehlte nur noch, dass sie ein »Basta« zur Bekräftigung hinzufügte. »Ich kann mir schwer vorstellen, dass die Geschäftsleitung von Schiffer einen Auftragskiller auf ihn gehetzt hat, das wäre vollkommen hirnrissig. Dieser sinnlose Mord war politisch motiviert. Die Presse sieht das genauso, vor allem, weil die Überschneidungen zu dem Lübecker Mord doch auffällig sind.«

»Können wir uns jetzt die E-Mails anschauen?«, fragte Brandt, da er ebenso wenig glaubte wie sie, dass die Konkurrenz einen Auftragsmord angeordnet haben könnte.

»Sofort, ich logge mich kurz ins System ein«, antwortete Mück und setzte sich an den Computer, der am Kopf des Besprechungstisches stand. Sie tippte etwas in die Tastatur und schaute dann auf. »Sie können.« Sie erhob sich und Aydin nahm statt ihrer Platz.

Er öffnete den einzigen Ordner, der auf dem Bildschirm zu sehen war. Vermutlich hatte Mück ihn auf den Desktop verschoben, damit die Beamten nichts anderes öffneten.

Brandt und Aydin lasen sich die E-Mails durch.

»Was ist das?«, fragte Brandt, als er die Überschrift einer E-Mail las.

15

Lübeck

Arndt hatte die Hoffnung, dass mit Unterstützung der Kölner Kripo endlich Fahrt in ihren Fall käme. Leider konnten sie nicht mehr auf die Mitarbeit der Frankfurter Kollegen hoffen, denn die hatten ihren Mörder und daher keinen Grund, weiter zu ermitteln. Es gab genug andere Verbrechen, um die sich die Frankfurter kümmern mussten. Die Welt war grausam und das Verbrechen machte keine Pause, auch nicht an Sonn- und Feiertagen. Viele blendeten das aus, weil sie genug eigene Sorgen hatten und weil es sie nur zermürben würde. Für Arndt war das alles Alltag, sein Job brachte es mit sich, dass er sich jeden Tag mit dem Unrat dieser Welt, nichts anderes waren Verbrecher in seinen Augen, herumschlagen musste.

Vielleicht war es nur ein Gefühl, aber in letzter Zeit drängte sich die Erkenntnis immer stärker in sein Bewusstsein, dass die Kälte und Brutalität der Menschen mit jedem Tag schlimmer wurden. Vielleicht lag es aber auch an seinen neuen persönlichen Lebensumständen, dass er das so empfand. Er lebte jetzt seit einigen Monaten mit seiner Kollegin Elke Henschel zusammen und sie bedeutete ihm mehr, als er in Worte fassen konnte. Dass sie jetzt zu ihm gehörte, war wie ein Geschenk, welches er niemals mehr hergeben wollte. Hinzu kam, dass plötzlich Themen in den Vordergrund rückten, mit denen er eigentlich abgeschlossen hatte: Heirat und Kinder!

Konnte man denn heute noch Kinder in die Welt setzen, bei all dem, was täglich geschah? Er hatte keine ehrliche Antwort darauf. Mit Sebastian hatte er bereits einen Sohn aus erster Ehe, aber er wusste, dass Elke Kinder liebte und sich eigene wünschte. Durfte er so egoistisch sein und ihr diesen Wunsch vorenthalten?

Vor allem, was würde er tun, wenn Elke sich von ihm trennen würde, weil ihr Kinderwunsch zu groß war?

Arndt verdrängte diesen Gedanken schnell. Auch wenn er taff, bisweilen sogar machohaft rüberkam, würde es ihn furchtbar treffen, wenn er Elke verlieren würde, das wusste er. Selbst die härtesten Männer waren in ihrem Kern weich.

»Wo bist du mit deinen Gedanken?«, fragte Elke. Sie saßen im Auto und waren auf dem Weg Richtung Grömitz. Elke berührte seine rechte Hand am Lenkrad und streichelte sie. Arndt konnte nicht in Worte fassen, wie sehr ihn das beruhigte und wie gut es seine negativen Gedanken vertrieb.

»Bei dem Fall. Ich hoffe, der Zeuge in Grömitz ist keine Finte, so wie die vielen anderen Hinweise, denen wir bis jetzt nachgegangen sind«, antwortete er. Seine wahren Gedanken konnte er ihr unmöglich offenlegen. Es waren reine Gedankenspiele, warum sollte er sie in Sorge versetzen oder gar dazu verleiten, daran zu zweifeln, dass er ihr Mann fürs Leben war.

»Sicher? Du schienst mit deinen Gedanken sehr weit weg zu sein.« Elke wirkte nicht gerade überzeugt.

»Mich nervt das Ganze allmählich. Erst recht, seit wir wissen, dass der Anschlag auf den Frankfurter Politiker nicht in Zusammenhang mit unserem und dem Kölner Fall steht. Wenn man mal bedenkt, wie viel Arbeit wir da reingesteckt haben. Alles vergebens.«

»Aber das ist ja nichts Neues, so funktioniert Polizeiarbeit eben, das solltest du doch wissen. Sei nicht immer so streng mit dir. Wir finden den Täter, das haben wir bisher immer getan. Und mit der Hilfe von Lasse und Emre werden wir dem Mörder vermutlich noch schneller auf die Spur kommen.«

»Das will ich hoffen. Auf ein zweites NSU-Desaster kann Deutschland gut verzichten.«

»Bis jetzt deutet nichts auf ein rechtsradikales Motiv hin.«

»Auf ein persönliches aber auch nicht. Nils Holm und Klaus Lau stehen in keiner Verbindung zueinander und sie gehören unterschiedlichen Parteien an. Außerdem gibt es noch kein Bekennerschreiben, was ebenfalls gegen deine Vermutung spricht.«

»Die Suche nach einem Bekennerschreiben sollten wir schnell abhaken. Vielleicht ist das bei Islamisten die Regel, aber weder bei persönlich motivierten Anschlägen noch bei politischen ist ein solches Schreiben maßgebend. Beim Mord an Walter Lübcke aus Kassel gab es auch kein Bekennerschreiben. Das ist das Wesen von rechtsextremen Taten, das war auch bei den NSU-Morden so.«

»Möglich, aber was ist mit Breivik, dem rechtsradikalen Massenmörder aus Norwegen, oder Christchurch? Und nicht zu vergessen Patrick Crusius, der in El Paso zweiundzwanzig Menschen tötete, Breivik verehrte und sogar ein ganzes Manifest verfasst hat?«, entgegnete Arndt.

»Das ist aber nicht in Deutschland passiert. Mir ist kein Fall aus Deutschland bekannt, bei dem es ein Manifest oder Bekennerschreiben gab. Außerdem haben sich weder Lau noch Holm öffentlich für Migranten starkgemacht, wie es Lübcke aus Kassel getan hat. Es gibt einfach zu wenig Anhaltspunkte, um von einem rechtsradikalen Motiv auszugehen. Was zusätzlich dagegenspricht: Ihre Namen tauchen auf keiner dieser Nazi-Listen auf. Das BKA hat das verneint.«

»Ich traue Tamme Sowa keinen Millimeter über den Weg. Der erzählt uns nicht die Wahrheit. Was, wenn die beiden doch auf der Todesliste der Nazis stehen, das BKA uns das aber nicht mitteilt, weil sie sich dadurch einen Vorteil erhoffen?«

»Und warum sollten sie das tun?«

»Weil sie den Täter fassen und die Lorbeeren für sich beanspruchen wollen.«

»Jetzt übertreibst du«, lachte Elke. »Aber wir sind uns einig, dass es keine Islamisten sein können, oder?«

»Ich denke, ja«, nickte Arndt. Derzeit sprach noch weniger für Islamisten als für Rechtsradikale.

Inzwischen hatten sie Grömitz erreicht, Arndt parkte vor der Zielanschrift. Der September erfreute auch die Ostseeregion mit Sonnenschein und 22 Grad, es fühlte sich noch ein bisschen nach Sommer an, als die beiden Beamten aus dem Auto stiegen.

Sie betraten die Kneipe. Außer ihnen waren nur ein Wirt und ein Gast zugegen. Arndt trat an die Theke.

»Moin. Wir sind von der Lübecker Kriminalpolizei und möchten mit Henning Schmitt sprechen.«

»Das ist doch unser Wirt«, lachte der Gast, der neben Arndt an der Theke saß und ließ einen ordentlichen Schluck kühles Pils in seinen Rachen laufen. Er wirkte deutlich angetrunken – und das um diese Zeit.

»Sind Sie endlich da!«, sagte der Wirt. »Ich hatte mich ja schon gestern Abend bei Ihren Kollegen gemeldet, als guter Bürger ist das, denke ich, meine Pflicht.«

»Lass mich raten, es geht um den Mord an Nils. Schlimme Sache, aber das war abzusehen, der Nils hat es seinen Feinden ja ganz schön leicht gemacht«, mischte sich der Gast wieder in das Gespräch ein.

»Sie kannten Herrn Holm?«, fragte Elke und drehte sich zu dem Gast.

»Na logisch. Er und ich sind seit Jahren Stammgäste hier, nicht, Henning?«

»Das stimmt. Es macht mich fassungslos, was da geschehen ist.«

»Hat Herr Holm Ihnen etwas anvertraut? Wurde er bedroht oder hatte er Angst?«, fragte Arndt. Er hatte sich bereits in den ersten Minuten des Gesprächs von dem Gedanken verabschiedet, den Wirt alleine zu befragen. Vielleicht war der redselige Gast sogar das, was man einen glücklichen Zufall nannte.

»Nils war sehr eigensinnig. Er hatte vor niemandem Angst, der hat sich doch mit allen angelegt, auch mit diesem braunen Gesindel.«

»Wen meinen Sie damit?«, hakte Arndt nach. Lag er mit seiner Annahme, dass sie es mit einem rechtsradikalen Hintergrund zu tun hatten, doch richtig?

»Na, den Carsten, der ist doch bei der NPD. Die haben sich andauernd in den Haaren gehabt.«

»Und wie heißt dieser Carsten weiter? Wissen Sie, wo wir ihn finden?«

»Klar doch, der hängt immer in der Kneipe zwei Straßen weiter ab. Dieser faule Idiot. Ist nur am Saufen, statt sich einen Job zu suchen.« Der Gast schüttelte den Kopf und leerte sein Glas. »Machst du mir noch ein Pils, Dicker?«, sagte er zu dem Wirt und Arndt fragte sich unweigerlich, ob der Gast tatsächlich keine Parallelen zwischen sich und diesem Carsten sah. Nur ohne Parteibuch.

»Darf ich Sie nach Ihrem Namen fragen?«, meldete sich Elke zu Wort.

»Wollen Sie auch ein Bier?«, fragte Schmitt die Beamten.

»Nicht während des Dienstes«, entgegnete Elke. Arndt hingegen hätte nichts gegen ein Pils gehabt, nicht nur, weil er gerne Bier trank, sondern auch, weil es das Gespräch lockerer gemacht hätte. Viele Menschen waren redseliger, wenn sie tranken, gerade wenn der Fragende mittrank. Arndt hatte schon manch wertvollen Hinweis auf diesem Weg erhalten.

Schmitt brummte etwas, was Arndt nicht verstehen konnte.

»Ich heiße Thomas Krüger«, antwortete der Gast. »Ich wohne direkt über der Kneipe, das ist sehr praktisch.« Krüger lachte und nahm das neue Glas mit dem frisch gezapften Pils, um es sofort an den Mund zu setzen und sich einen großen Schluck zu gönnen. »Nichts geht über ein ordentliches Pils. Letzte Woche war ich in Heidelberg. Eine schöne Stadt, da müssen Sie mal hin, aber dieses Weingetrinke, neenee, das ist nichts für mich. Ach ja, zu Ihrer Frage. Carsten heißt mit Nachnamen Purzel. Nicht lachen, er heißt wirklich so. Dafür kann er ja nichts.« Weder Arndt noch Elke lachten, Krüger dafür umso lauter, bis er sich unterbrach und die Lachtränen vom Gesicht wischte, um weiterzusprechen. »Carsten hatte es aber auch nicht leicht, der Arme. Seine Frau wurde vor zehn Jahren von Asylanten vergewaltigt und ermordet. Das hat ihn komplett aus der Bahn geworfen und in die Arme der NPD getrieben. Seitdem hat er einen Hass auf die bürgerlichen Parteien, weil sie den Mörder seiner Ansicht nach nicht hart genug bestraft haben.«

»Sie wissen, dass in Deutschland die Gerichte für die Verurteilung von Straftätern zuständig sind, nicht Politiker?«

»Na, so sicher wäre ich mir da nicht. Es ist schon erstaunlich, mit welcher Milde kriminelle Asylanten behandelt werden, das kann man nicht abstreiten. Ich weiß nicht, was ich getan hätte, wenn man meine Frau auf so brutale Weise ermordet hätte.«

»Dafür müsstest du erst mal verheiratet sein«, warf der Wirt ein, er wirkte genervt. Ob es daran lag, dass er mit Krüger nicht einer Meinung war, oder ob es einen anderen Grund hatte, konnte Arndt nicht einschätzen.

»Ist auch gut so. Mit mir hält es eh keiner aus«, lachte Krüger und trank einen besonders großen Schluck aus dem Glas.

»Und jetzt verrate ich Ihnen auch, warum ich Carsten zutraue, dass er Nils ermordet hat.«

»Und warum glauben Sie das?«

»Nils hat den Mörder von Carstens Frau verteidigt, als Pflichtverteidiger.«

Arndt horchte auf, das wäre ein sehr glaubhaftes Motiv. Hatten sie endlich ihren Mörder? War es möglich, dass Carsten Purzel auf einem Rachefeldzug war und seine Wut auf Politiker auf derart brutale Weise auslebte?

16

»Was wollte die Polizei von dir?«, fragte Zoes Mutter, als diese gerade in ihr Zimmer gehen wollte.

»Nichts«, antwortete Zoe und versuchte, sich ihre schlechte Laune nicht anmerken zu lassen.

»Dafür, dass sie nichts wollten, hast du dich aber lange mit denen unterhalten.«

»Warum interessiert dich das plötzlich?«

»Weil du meine Tochter bist und ich dich schützen will.«

»Ich kann mich selbst schützen, ich bin volljährig.«

»Sei nicht so garstig, Zoe. Wir müssen zusammenhalten. Was glaubst du, was die Polizei tun wird, wenn sie keinen Verdächtigen findet?«

Zoe verstand nicht, worauf ihre Mutter hinauswollte, sie schaute sie irritiert an und etwas lag ihr auf der Zunge, aber sie sagte nichts.

»Sie werden uns verdächtigen. Wusstest du, dass die meisten Morde von Menschen aus dem nahen Umfeld des Opfers verübt werden?«

»Jetzt übertreibst du, aus welchem Grund sollte jemand glauben, wir könnten Papa etwas antun?« Zoe schüttelte den Kopf. Was immer gerade im Kopf ihrer Mutter vor sich ging – es hatte nichts mit der Realität zu tun, und auf keinen Fall wollte sie ihr noch Futter geben, diese wirren Gedanken zu bestärken.

»Ich überdenke nur alle Eventualitäten. Bitte sprich dich mit mir ab, bevor du nächstes Mal mit der Polizei redest.«

»Ja, Mama«, nickte Zoe, sie wollte nicht länger über diesen unsinnigen Gedanken diskutieren.

»Wer ist eigentlich dieser Peter?«, fragte ihre Mutter, als Zoe schon zwei Schritte gemacht hatte.

»Niemand, ein Kollege.« Bevor ihre Mutter weiter nachbohren konnte, entfernte sich Zoe. Wie es schien, hatte ihre Mutter am Küchenfenster gelauscht, es war auf Kipp, sie selbst hatte es auf Kipp gestellt, ehe sie das Haus verlassen hatte.

Nachdem Zoe ihr Zimmer betreten hatte, schloss sie die Tür ab, sie wollte nicht mehr mit ihr reden, sie war viel zu aufgewühlt, um jetzt mit ihrer Mutter vernünftig zu diskutieren.

Der kleine Spaziergang vorhin hatte ihr gutgetan und ihr geholfen, ihre Gedanken zu sortieren, aber das kurze Gespräch mit ihrer Mutter hatte sie wieder ratlos gemacht.

»Mist«, rutschte es ihr heraus, weil es ihr noch immer schwerfiel, ihre Enttäuschung zu akzeptieren. Nach dem Gespräch mit den zwei Beamten wollte das Gefühl, dass dieser Peter Walsh der richtige Mann für diesen Auftrag war, erst recht nicht schwinden. Aber Peter Walsh hatte weder ihren Anruf angenommen noch auf ihre unzähligen Nachrichten reagiert.

»Vermutlich ist es nicht mal seine Nummer«, sagte sie verärgert zu sich selbst, als sie sich an ihren Schreibtisch setzte. Nicole hatte jedoch geschworen, dass es seine Nummer sei und dass sie ihn damals auch unter dieser Nummer erreicht habe. Komischerweise gab es im Internet keine Webseite mit den Kontaktdaten der Detektei oder sonst einen Hinweis, dass Peter Walsh tatsächlich als Detektiv arbeitete.

Vielleicht hat er sich zur Ruhe gesetzt, suchte Zoe nach einer Erklärung, die helfen würde, ihre schlechte Laune zu vertreiben.

»Lass dich nicht hängen. Du willst doch eine Top-Journalistin werden, also recherchiere selbst, oder willst du, dass Nicole das tut und womöglich Unwahrheiten über deinen Vater verbreitet?«

Zoe öffnete die oberste Schublade und holte ein Filofax heraus.

»Papa hat schon immer alles in dieses kleine Büchlein eingetragen, vielleicht finde ich dort einen Hinweis auf den Täter.«

Zoe war fest entschlossen, sich selbst auf die Suche nach dem Mörder zu machen, und sie setzte große Hoffnung in dieses Buch. Sie las die ersten Seiten und dann fand sie etwas, was ihr merkwürdig vorkam. Einen Namen.

17

Lügen!

Wir alle lügen und wir alle leugnen, dass wir lügen, was wieder eine Lüge ist. Die Lüge ist heute so selbstverständlich wie essen, trinken und die Luft zum Atmen. Irgendwo habe ich einmal gelesen, dass das Lügen ein Abbild unserer Gesellschaft sei, dass eine moderne Gesellschaft und das soziale Miteinander bisweilen von Lügen abhängig seien. Sie sollen helfen, Streit zu vermeiden.

Ich bin mir da nicht so sicher. Klar, es tut oft weh, die Wahrheit zu hören, aber wenigstens weiß man, woran man ist, man muss sich keine Taktik überlegen und man braucht keinen Gedanken daran zu verschwenden, ob die gehörten Worte wahr oder gelogen sind. Ich persönlich würde die Wahrheit der Lüge immer vorziehen.

Dennoch bediene ich selbst mich auch der Lüge. Meine Liaison mit Natalie basiert auf einer Lüge, die ich unmöglich aufklären kann. Jedoch nicht, weil ich Angst habe, dass sie mich hassen könnte, wenn sie die Wahrheit erführe, nein, es ist vielmehr, um sie zu schützen.

Die Nacht mit ihr wahr sehr schön, keine Frage, das ändert aber aus meiner Sicht wenig an meiner Einstellung und gar nichts an meinen Plänen. Bei ihr scheint es anders zu sein. Sie vermittelt mir den Eindruck, diese eine Nacht hätte alles verändert. Sie spricht von gemeinsamen Unternehmungen bis hin zu Reisen. Dabei kennt sie mich doch gar nicht, obwohl sie einmal sagte: »Es ist, als würde ich dich ewig kennen.«

Was für ein Satz!

Nein, du kennst mich erst ein paar Tage, das ist die Wahrheit. Die Wahrheit ist aber auch, dass ich dich mag, sehr sogar, und die verdammte Wahrheit ist darüber hinaus, dass ich deinen Vater töten werde!

Warum musst du auch seine Tochter sein?

Hätte ich das zu Beginn meiner Recherchen herausgefunden, bevor ich nach Mannheim kam und bevor ich dich zufällig im Café kennengelernt habe, hätte ich mich nie auf dich eingelassen, weil ich weiß, wie es enden wird.

Ich werde deinen Vater töten, es wird dir das Herz brechen und du wirst hoffen, dass ich in dieser schweren Stunde für dich da sein werde, aber das werde ich nicht tun können. Ich werde Mannheim verlassen und du wirst nie wieder ein Wort von mir hören.

Wenn es denn so einfach wäre!

Ich will es mir nicht eingestehen, aber eine schwache Stimme in meinem Herzen sagt mir, dass es schön ist, dich bei mir zu haben, und dass ich dich gut behandeln soll. So gut, wie ich auch behandelt werden möchte. Das wäre absolut und fair.

Aber wann ist das Leben schon fair?

Ich schüttle den Kopf, um diesen Zwiespalt in mir abzuschütteln, schließlich darf sich meinen Plänen nichts in den Weg stellen, erst recht nicht meine Gefühle.

»Du bist stark. Keine Änderung so kurz vorm Ziel«, sage ich zu mir, als ich mich im Badezimmer frischmache. Mein Handy liegt rechts von mir, ich sehe, wie der Bildschirm aufleuchtet. Eine Nachricht.

Ich senke den Kopf, da ich neugierig bin, wer mir geschrieben hat, ich habe eine kleine Hoffnung, die sich erfreulicherweise erfüllt.

Die Nachricht ist von Natalie. Ich nehme das Handy in die Hand und öffne die Nachricht.

Hey, war sehr schön gestern. Ich hoffe, wir sehen uns heute.

Dass sie dem Text unzählige Herz- und Kussemojis hinzugefügt hat, finde ich irgendwie süß, vermutlich liegt das an ihrer unschuldigen, naiven Art. Natalie ist eine junge Frau, die noch glaubt, die Welt wäre ein angenehmer Ort. Ich habe diesen Glauben vor langer Zeit verloren, und erst seit Kurzem versuche ich, mich langsam mit dem Leben zu versöhnen, aber oft ist mir kalt, kalt wegen der vielen bösen Menschen.

Du bist auch böse, du tötest Menschen, mache ich mir sofort Selbstvorwürfe.

»Nein, ich töte dreckige Politiker«, sage ich laut. Darin liegt ein himmelweiter Unterschied. Manchmal, wenn ich voll schlechter Gedanken bin, wünsche ich mir, dass ich allmächtig wäre, der Präsident der ganzen Welt, dann würde ich den Befehl geben, alle Politiker auf Erden zu töten. Ich glaube, niemand würde dieses Dreckspack vermissen.

Doch, Natalie, huscht eine Mahnung durch meine Gedanken.

Es ist zum Mäusemelken, auf der einen Seite freue ich mich sehr über ihre süße Nachricht, auf der anderen Seite gelingt es dieser reizenden Göre immer wieder, mir Zweifel in den Kopf zu setzen.

Nein, ich darf diese Zweifel nicht haben, um keinen Preis, denn es geht hier nicht nur um mich, zu viel steht auf dem Spiel. Daher ignoriere ich ihre Nachricht und mache mich im Bad weiter fertig. Anschließend setze ich mich an den Laptop und schaue, ob Alwin Vogel mir geantwortet hat.

Hat er nicht!

Wut steigt in mir auf, ich schaue mir die gesendete Nachricht an und stelle fest, dass er sie nicht gelesen hat. Schnell öffne ich ein anderes Programm, weil ich überprüfen will, ob die Nachricht im Spam-Ordner des Empfängers gelandet ist. Ist sie nicht.

Selbstverständlich habe ich meine Nachricht über einen speziellen E-Mail-Client geschrieben, alles völlig anonym und über verschiedene VPN-Tunnel, damit man sie nicht zurückverfolgen kann.

Und es gibt noch eine Besonderheit an der E-Mail. Sie löscht sich, sobald der Empfänger versucht, sie auszudrucken, zu speichern oder weiterzuleiten. Und sie löscht sich, nachdem er geantwortet hat. Öffnet er die E-Mail und antwortet nicht, löscht sie sich auch, um sich eine Stunde später erneut zu versenden. Das ist quasi Snapchat für Hackerprofis. Es gibt auch E-Mail-Dienste, die Ähnliches können, für den eher unbewanderten Internetnutzer, der nicht will, dass seine E-Mails irgendwo zu lange gespeichert werden, oder der möchte, dass sie sich nach dem Lesen löschen. Eines dieser Programme heißt SecretINK, aber für meine Ansprüche ist das natürlich nichts.

In der digitalen Welt gibt es streng genommen nichts, was unmöglich ist, es spielt sich ja alles nur mit 1 und 0 ab. Man kann alles umsetzen, wenn man gut programmieren kann und Geduld hat. Beides beherrsche ich. Wobei ich zugeben muss, das mit der Geduld ist gelogen. Oft fehlt sie mir, nur bei meinem Auftrag nicht, den werde ich erfüllen. Egal wie lange es dauert und koste es, was es wolle.

Meine Wut, dass Alwin noch nicht geantwortet hat, will nicht abklingen.

»Sehr unfreundlich, Alwi, vor allem wo wir doch fast eine Familie sind«, sage ich und ziehe dabei eine Grimasse. Aber welche Wahl habe ich? Ich muss mich gedulden, bis dieser Dreckskerl sich meldet, so sieht es jedenfalls der Plan vor.

Leider kenne ich mich besser, ich kann nicht warten.

»Zwei Stunden kriegst du noch, dann komme ich«, beschließe ich und ziehe mir etwas an, um zum Frühstück zu gehen. Nicht weil ich gerne frühstücke oder wirklich Hunger habe, sondern weil das Frühstück im Preis der Hotelübernachtung enthalten ist.

Als ich mein Handy in die Hand nehme, leuchtet das Display erneut auf. Ich ertappe mich bei dem Gedanken, dass ich beobachtet werde, was natürlich lächerlich ist. Ich weiß, wer der Absender ist: Natalie.

Ich öffne die Nachricht und es ist tatsächlich Natalie.

Wollen wir gemeinsam frühstücken?

Wieder hat sie unzählige Emojis angefügt. Das Angebot ist in der Tat verlockend. Alwi lässt mich hängen, sodass ich Zeit habe. Warum also nicht mit ihr frühstücken? Außerdem würde mir das die Möglichkeit geben, ihr ein paar Fragen zu Alwi zu stellen. Immerhin ist sie die Tochter, vielleicht weiß sie, warum ihr Vater nicht geantwortet hat. Dafür bin ich sogar bereit, das bezahlte Frühstück sausen zu lassen.

Guten Morgen, Süße. Du hast mich ertappt. Frühstück hört sich gut an. Hast du einen Vorschlag?

Die Antwort lässt nicht lange auf sich warten.

Wir können am Marktplatz lecker türkisch frühstücken oder an der Seckenheimer ins Café Kult. Wie lange brauchst du? Ich kann sofort los, wenn das okay für dich ist.

Dann lass uns ins Kult. In dreißig Minuten?

Ja. Freue mich!!!

Und wieder hat sie unzählige Kuss- und Herzemojis angefügt. Ich antworte ebenfalls mit einem Kussemoji, da sie das ganz offensichtlich mag. Das große Herzsymbol, das sie mir schickt, bestätigt meine Annahme.

Mein Hotel liegt genau zwischen dem Marktplatz und der Seckenheimer, ich habe so gesehen den perfekten Ausgangspunkt gewählt, alles ist fußläufig schnell erreichbar. Laut Navigationsapp dauert der Fußweg zu dem Café Kult keine zehn Minuten, sodass ich mich nicht stressen muss. Dass Natalie schon in dreißig Minuten dort sein kann, liegt daran, dass sie bei ihren Eltern wohnt, deren großzügige Villa in der Oststadt an den Luisenpark grenzt. Ich habe ihr Anwesen gründlich beobachtet. Zur Not wäre sogar eine Entführung möglich. Man müsste sich nur Zugang über den Luisenpark verschaffen, was keine echte Hürde darstellt.

Das alles birgt eine gewisse Ironie: Da lerne ich eine wirklich liebe und heiße Schnitte kennen, die mich tatsächlich zu mögen scheint und zudem aus sehr gutem Hause kommt, aber statt mich ins gemachte Nest zu setzen, bin ich dabei, ihren Vater zu töten.

Das Leben ist manchmal verdammt kompliziert und hinterhältig, keine Frage. Aber leicht wäre langweilig und passt nicht zu mir. Mein Leben war noch nie einfach, warum sollte es das jetzt sein?

Wie immer bin ich pünktlich und zu meinem Erstaunen ist Natalie sogar vor mir da. Vielleicht war sie schon in der Stadt und hat nur darauf gehofft, dass ich mir Zeit für sie nehme. Würde mich nicht wundern.

Sie begrüßt mich, indem sie mir direkt einen Kuss auf den Mund drückt. Wie es scheint, möchte sie, dass die ganze Welt weiß, dass sie zu mir gehört, oder ich zu ihr. Ich umarme sie.

»Schön, dass es geklappt hat«, sagt sie und wir nehmen auf der Terrasse Platz, immerhin sind draußen bereits über 20 Grad.

Kaum sitzen wir, kommt auch schon die Kellnerin und reicht uns die Karte. Wir bestellen unsere Getränke.

»Und, kannst du was empfehlen?«, frage ich sie.

»Eigentlich alles. Ich esse total gerne Avocado-Toast.«

»Gut, dann bestelle ich das auch«, beschließe ich und öffne gar nicht erst die Menükarte. Die Kellnerin ist wirklich auf Zack, denn kaum habe ich die Karte aus der Hand gelegt, ist sie bei uns.

Wir geben die Bestellung auf und sie entfernt sich, nur um

kurz darauf mit unseren Getränken zurückzukommen. Die Terrasse ist nur zur Hälfte besetzt, viele hat es trotz des angenehmen Wetters ins Innere des Cafés gezogen, was mir nur recht ist, so gibt es wenigstens kaum ungebetene Zuhörer.

»Hast du noch gut geschlafen?«, frage ich sie.

»Geht so, ich musste die ganze Zeit an unsere Aktion denken. Da sieht man, warum ich auf Ältere stehe. Mit Jüngeren wäre das bestimmt nicht so aufregend, und mit dir ist es noch viel aufregender. Irgendwie passt das so gut mit uns beiden. Findest du nicht auch?« Sie redet wie ein Wasserfall, sie wirkt aufgedreht. Von der Schüchternheit der ersten Tage ist wenig zu spüren, vermutlich ist sie durch ihre Gefühle gehypt.

»Ja, das finde ich auch. Es passt super, weil ich auf Jüngere stehe.«

»Du kannst dich bei mir bedanken«, schmunzelt sie.

»Ach, und warum?«

»Na, wenn ich mich nicht neben dich gesetzt hätte, hätten wir uns nie kennengelernt.«

»Das stimmt«, nicke ich, weil sie recht hat. »Glaubst du, das mit uns könnte mehr werden?« Ich bin gespannt, was sie sagt, ob sie das alles nur als großes Abenteuer sieht oder sich tatsächlich in mich verschossen hat.

»Ich hoffe doch. Es war kein Witz, als ich sagte, du kommst mir so bekannt vor, als würde ich dich schon ewig kennen. Ich fühle mich neben dir frei, bei dir kann ich ganz ich selbst sein. Das Gefühl hatte ich so noch nie.«

»Das hast du sehr schön gesagt, ich finde auch, dass das mit uns bestens harmoniert. Auch sexuell, was sehr wichtig ist.«

»Oh ja, Sex ist mir sehr wichtig. Aber du musst mir glauben, dass ich noch nie so schnell Sex hatte, ich bin keine Bitch.«

»Das glaube ich dir«, beruhige ich sie und ihre Gesichtszüge entspannen sich. »Ich frage mich nur, was deine Eltern dazu sagen werden. Der Altersunterschied ist bestimmt nicht einfach zu erklären. Du bist erst zwanzig und ich fünfunddreißig.«

»Na und. Du siehst aus wie Ende zwanzig. Warum sollten meine Eltern was dagegen haben, dass ich glücklich bin? Gerade Papa soll mir nicht mit Moral kommen«, entgegnet sie. Ihre Antwort überrascht mich, ich höre Wut und Enttäuschung heraus, doch ich beschließe, nichts zu sagen, da ich nicht den Eindruck erwecken will, allzu neugierig zu sein. Sie wird mir schon verraten, warum sie das eben gesagt hat, da sie mir vertraut und sicherlich ihr Herz ausschütten will. Menschen sind sehr redselig und Natalie erst recht.

Die Kellnerin bringt unser Frühstück.

»Ich hoffe, es schmeckt dir«, sagt sie und schaut mich erwartungsvoll an.

Diesen Blick kenne ich von gestern Abend und er gefällt mir sehr. Ihre großen blauen Augen wirken so verträumt und in diesem Augenblick fällt es mir schwer, ihr nicht jeden Wunsch zu erfüllen.

Ich probiere. »Sehr lecker«, sage ich. Sie schmunzelt und fängt auch an zu essen. Das Gespräch bewegt sich in seichtere Gewässer und ich bereue, dass ich ihre Steilvorlage mit dem Vater nicht genutzt habe, um ihr weitere Fragen zu stellen.

Da ist sie wieder, meine Ungeduld!

»Hast du heute viel zu tun?«, fragt sich mich.

»Warum? Möchtest du Zeit mit mir verbringen?«

»Ja, sehr gerne sogar. Aber nur, wenn du Zeit hast, ich will mich nicht aufdrängen.«

»Das tust du nicht. Niemals«, lächele ich und greife nach ihrer Hand. Sie ist kleiner als meine, obwohl Natalie mit ihren vermutlich knapp ein Meter fünfundsiebzig größer ist als die meisten Frauen. Ich streichle ihre Hand, es scheint ihr zu gefallen.

»Und, hast du noch Zeit? Ich hätte da eine Idee ...« Ihr breites Grinsen verrät sie.

»Das ist eine sehr geile Idee, aber leider muss ich arbeiten«, antworte ich und sehe sofort die Enttäuschung in ihrem Gesicht. Sie ist kein Mensch, der seine Gefühle verbergen kann, wahrscheinlich will sie das auch gar nicht. Ich wünsche ihr, dass sie das auch nie wird tun müssen.

»Schade«, rutscht es ihr heraus. »Wie lange musst du denn arbeiten?«

»Das weiß ich leider nicht, könnte länger dauern. Je nachdem, wie gut wir mit dem Projekt vorankommen.«

»Und heute Abend? Ich kann auch sehr spät.«

»Sagen deine Eltern nichts, wenn du zwei Tage hintereinander nicht zu Hause übernachtest?«

»Mach dir da keinen Kopf.« Sie macht eine abwertende Handbewegung. »Meine Mutter ist auf Sardinien und mein Vater bestimmt bei seiner Schlampe von Freundin.«

»Eine Freundin? Sind deine Eltern geschieden?«, reagiere ich schnell, ich möchte mir den Schock nicht anmerken lassen. Schließlich weiß ich, dass die Eltern offiziell nicht geschieden sind, was aber nicht heißt, dass sie nicht trotzdem getrennt leben. Ich kenne mich in solchen Kreisen nicht aus, aber ich weiß, dass Geld manche Dummheit rechtfertigt. Wer sagt denn, dass die Frau nicht auch von der Schlampe weiß, ihren Mann aber dafür finanziell bluten lässt.

Das wäre für mich eine Katastrophe.

»Nein, das musst du für dich behalten. Meine Mutter weiß nichts davon. Das würde sie nicht verkraften«, erklärt mir Natalie. Sie kann nicht wissen, wie sehr mich diese Worte beruhigen, weil es mir bestätigt, dass mein Plan doch noch aufgehen kann.

»Und woher weißt du das?«

»Ich habe so meine Quellen«, bleibt sie vieldeutig, doch dann fügt sie hinzu: »Meine beste Freundin hat die beiden turtelnd in Cannes gesehen. Sie war dort mit ihrem Freund. Ich wollte ihr das nicht glauben, aber sie hat mir ein Foto geschickt. Zum Glück ist sie keine Tratschtante. Papa weiß nicht, dass ich es weiß. Ich will diese Bombe auch nicht platzen lassen, aber wenn er mir deinetwegen Steine in den Weg legt, bleibt mir keine Wahl. Du siehst, ich bin auf alle Eventualitäten vorbereitet.« Jetzt strahlen ihre Augen nicht mehr, sie wirkt verletzt und ihre Worte klingen so leer und schwach. Ich habe Mühe, zu glauben, dass das hier meine naive und idealistische Natalie ist. Das passt so gar nicht zu ihr.

»Weiß dein Bruder davon?«

»Mein Bruder? Woher weißt du, dass ich einen Bruder habe?«, fragt sie, sie schaut mich irritiert an und ich beiße mir für diese Unachtsamkeit auf die Zunge. Wenn ich alleine wäre, würde ich mich ohrfeigen, aber ich bin nicht alleine. Also muss eine Ausrede her, schnell, bevor sie noch misstrauischer wird.

»Süße, das hast du mir gestern Nacht auf dem Hotelzimmer erzählt, du hast wohl einen kleinen Filmriss«, lächle ich und gebe meinem Tonfall etwas leicht Spöttisches, ich will nicht, dass sie unsicher wird. Logischerweise kann ich ihr unmöglich verraten, dass ich ihre Familie ausspioniert habe, dass ich in Wahrheit anders heiße, als sie glaubt, und vor allem, dass ich der Mörder ihres Vaters sein werde. »Vielleicht hätten wir die dritte Flasche nicht leeren sollen.«

Sie lacht und wirkt leicht verlegen, ihre Wangen röten sich. »Jetzt, wo du es sagst, erinnere ich mich.« Natürlich ist das gelogen, aber es ist offensichtlich, dass sie sich nicht die Blöße geben und eingestehen will, dass sie lieber weniger trinken sollte.

Schon vorhin hatte sie vorgeschlagen, ein Gläschen Sekt zu trinken, was ich jedoch abgelehnt habe. Keine Ahnung, ob das an der Region liegt, aber mir ist aufgefallen, dass hier verhältnismäßig viel getrunken wird. Ich nehme mir heraus, das beurteilen zu können, denn ich reise viel und es gibt kein Bundesland, das ich noch nicht besucht habe. Mich würde es nicht wundern, wenn Studien meine Gedanken untermauern.

»Wie lange weißt du das schon?«, frage ich sie. Ich will diesen kleinen Fauxpas rasch überspielen, aber es soll mir eine Mahnung sein, ab jetzt vorsichtiger zu sein. So ein Fehler darf mir nicht erneut passieren. Es zeigt, dass ich eben auch nur ein Mensch bin, und Menschen machen Fehler. Nur: Ich hasse Fehler, vor allem wenn ich die Ursache dieser Fehler bin.

»Seit zwei Monaten. Die ersten Wochen waren echt hart. Am liebsten hätte ich Papa zur Rede gestellt, aber dann habe ich mir eine Erklärung überlegt und mit Sarah gesprochen. Männer brauchen nun mal Bestätigung und Sex und Mama gibt Papa beides nicht. Sie ist mehr mit sich selbst beschäftigt und wie Papa viel unterwegs, aber mehr zum Vergnügen, während Papa die Kohle ranschafft. Kein Wunder, dass er sich seine Bestätigung woanders holt.« Sie hebt die Schultern und fügt hinzu: »Gut, dass ich ihn nicht zur Rede gestellt habe, so habe ich was gut bei ihm.«

»Glaubst du, dass er deine Mutter noch liebt?«

»Ja, sehr sogar. Und Mama ihn auch, sonst würde ich das Geheimnis gar nicht erst mit mir rumschleppen. Findest du das scheiße von mir?«

»Nein, ganz und gar nicht. Das ist sehr weitsichtig. Vermutlich ist es wirklich so, dass dein Vater die Bestätigung braucht und sich diese bei jüngeren Frauen holt.«

»Was auch sonst? Ich habe die Schlampe mal ausspioniert und nach ihr gegoogelt. Die Hellste ist sie nicht. Sie arbeitet als Kellnerin in einer Ludwigshafener Bar. Das sagt doch alles.«

Ich nicke nur. »Ist dein Papa bei ihr? Deswegen hast du gerade sturmfrei«, schlussfolgere ich.

»Ja, bestimmt. Er hat mir gestern Abend eine Nachricht geschrieben, dass er auf Geschäftstermin ist bis heute Mittag. So ein Depp, als ob ich nicht wüsste, wo er ist. Also, sehen wir uns heute Abend?«

»Ich wünschte, ich könnte Ja sagen, Süße. Aber ich muss das spontan entscheiden. Ist das okay für dich? Plane lieber nicht mit mir, ich möchte dir den Abend nicht ruinieren.«

»So ein Quatsch, das tust du nicht. Wäre sehr schön, wenn es klappt.«

»Ich versuche es. Hast du denn ein Alternativprogramm?«

»Ich würde mich mit Sarah treffen. Wir wollten vielleicht nach Heidelberg oder in die Pfalz.«

»Das hört sich doch super an«, antworte ich und winke die Kellnerin zu mir für die Rechnung. Natalie möchte mich unbedingt einladen, aber ich bestehe darauf, dass ich das Frühstück übernehme, und sie willigt ein.

Nach dem Bezahlen verlassen wir das Café und ich verabschiede mich von ihr mit dem Versprechen, mich sofort zu melden, wenn ich mit der Arbeit fertig bin.

»Würde mich sehr freuen«, sagt sie noch und küsst mich, mit Zunge. Es ist ein sehr schöner, leidenschaftlicher Kuss, es wäre gelogen, wenn ich leugnen würde, dass ich sie nicht gerne mit ins Hotel nehmen würde. Aber es darf nicht sein, ich riskiere schon mehr, als mir vermutlich guttut. Der Versprecher war Beweis genug, dass ich nicht so kontrolliert bin, wie ich glaube. Das liegt nicht nur daran, dass ich mich geschmeichelt fühle, dass so eine junge hübsche Frau auf mich steht, sondern auch daran, dass ich ihr merkwürdigerweise vertraue und es mir leichtfällt, ihr Dinge anzuvertrauen. Zu leicht. Dinge, die sie niemals wissen darf. Das mit uns hat keine Zukunft. Es darf keine Zukunft haben.

»Ich melde mich«, wiederhole ich, löse die Umarmung und gehe in die entgegengesetzte Richtung. Nach einigen Schritten drehe ich mich um, und als wäre es Gedankenübertragung, dreht sie sich auch um. Sie lächelt und mir wird wieder so seltsam warm ums Herz, in meinem Bauch fängt es an zu kribbeln.

»Verlieb dich ja nicht«, ermahne ich mich und setze meinen Weg fort, begleitet von dem angenehmen Gefühl, das mir leise zuflüstert: *Auch für dich gibt es ein Glück.*

Schnell wische ich diese naive Regung weg und fokussiere mich auf den Grund meiner Reise: Alwin Vogel!

Den folgerichtigen Gedanken, dass Natalie in ein tiefes Loch fallen wird, wenn ihr Vater tot ist, und ich nicht mehr da sein werde, um sie zu trösten, verdränge ich. Warum muss mein Leben immer so kompliziert sein? Ich hasse Gefühle!

Inzwischen habe ich so in Gedanken den Paradeplatz erreicht und steuere auf eine Bank zu, um mich zu setzen und die Sonne zu genießen, um meine Gedanken zu sortieren und zu schauen, ob sich Alwi endlich gemeldet hat, schließlich müsste er sich so langsam von seiner Freundin losgeeist haben, dieser geile Bock.

Ich öffne die E-Mail-App, meines Androidhandys das ich natürlich anonymisiert habe. Das ist das Gute an Android, man kann viel daran den eigenen Bedürfnissen anpassen, wenn man sich auskennt und programmieren kann.

Zu meiner Freude sehe ich, dass ich eine neue Nachricht habe. Sie ist von Alwi, dem notgeilen Hengst. Neugierig öffne ich die Nachricht und lese sie:

Woher weiß ich, dass Sie mich danach in Ruhe lassen?

Gar nicht, aber das musst du auch nicht. Dich zieh ich jetzt schön genüsslich an Land, denke ich und schreibe meine Antwort.

Gar nicht! Aber seien Sie versichert, dass morgen sämtliche Fotos an den Mannheimer Morgen gemailt werden, wenn Sie bis heute um 17 Uhr nicht antworten.

Um meinen Worten Nachdruck zu verleihen, schicke ich ihm zwei weitere Fotos von ihm und seiner jungen Dirne. Ich hoffe, dass die Fotos ihm den Hals zuschnüren werden und er merkt, was für ein Chauvinist er ist. Am Ende ist er selbst schuld, warum muss er Beweisfotos von seiner Fremdfickerei machen? Jeder weiß doch, dass Handys heute leicht gehackt werden können. Es ist schon so vielen Stars passiert, dass Sexfotos im Internet geleakt wurden, dass einem das Mahnung genug sein müsste, oder? Wobei ich bei den Stars manchmal den Verdacht habe, dass sie das absichtlich machen, um ihre Karriere voranzutreiben.

Sex sells! Aber nicht bei Alwi, bei ihm heißt es: Sex kills!

Ich amüsiere mich über dieses Wortspiel und will mein Handy wegstecken, weil ich davon ausgehe, dass Alwi etwas Zeit benötigt, um die neue Nachricht zu verarbeiten. Sicherlich wird er nicht vor 16 Uhr antworten, so weit kenne ich diesen Hund schon.

Kurz bevor das Handy in meiner Hosentasche landet, sehe ich, dass ich eine neue Nachricht erhalten habe. Sie stammt nicht von Alwi, es ist jemand anders.

Hey, alles gut?

Ja, alles gut,

antworte ich. Dabei ist nichts gut. Alwi, dieser Dreckskerl, hängt zwar bereits an der Angel, aber er will seine Gegenwehr nicht aufgeben und dann muss ich auch noch mit seiner lieben, naiven und idealistischen Tochter anbändeln.

Na, so naiv ist sie eigentlich gar nicht, korrigiere ich mich. Immerhin hält sie sich alle Optionen offen, um ihren Vater zu erpressen, wenn sie muss. Das ist schon berechnend, oder? Aber Alwi hat das absolut verdient, ihr spreche ich da kein Fehlverhalten zu.

Sicher? Ich mache mir Sorgen!

Er macht sich immer Sorgen um mich, auch wenn ich ihm gesagt habe, dass er das nicht soll, dass ich mein Leben im Griff habe, aber er kann nicht aus seiner Haut.

Das musst du nicht! Ich habe alles unter Kontrolle, sonst würde ich dir Bescheid geben.

Das will ich hoffen. Du weißt, dass ich für dich da bin.

Ja,

antworte ich, weil ich weiß, dass das nicht bloß eine Floskel ist, sondern dass ich ihm blind vertrauen kann. Das von mir zu hören, ist keine Selbstverständlichkeit, weil ich generell niemandem vertraue.

Du wirst doch keinen Unfug treiben?

Nein, ganz sicher nicht. Alles gut. Ich melde mich bei dir, heute Abend. Versprochen.

Gut!

Dass er sich Sorgen um mich macht, gefällt mir nicht, schließlich bedeutet er mir viel, viel mehr, als es Natalie oder eine andere Person je tun könnten. Uns verbindet weit mehr, als mich mit anderen Personen verbindet.

Ich mache mir eine Notiz, dass ich ihn um 19 Uhr anrufen werde. Die Notiz ist zwar nicht wirklich nötig, weil ich von mir behaupten kann, ein gutes Gedächtnis zu haben, aber als Gedankenstütze ist es trotzdem sinnvoll.

Auf meinem Bildschirm erscheint eine weitere Meldung. Ich habe eine neue E-Mail bekommen. Ich öffne die E-Mail-App und zu meinem Erstaunen ist die Nachricht von Alwi. Habe ich ihn wohl doch falsch eingeschätzt. Dem alten Bock scheint die Sache auf den Nägeln zu brennen. Soll mir recht sein, das stärkt nur meine Verhandlungsposition. Wobei, eine echte Verhandlung ist es ja nicht. Er muss tun, was ich sage!

Ich lese die Nachricht.

Heute um 22 Uhr an dem von Ihnen vereinbarten Ort, aber danach will ich nie wieder etwas von Ihnen hören!!!

Die drei Ausrufungszeichen hätte er sich sparen können, ich

kann ihm versichern, dass er nie wieder etwas von mir hören wird, er wird von niemandem je wieder etwas hören, weil er heute um 22 Uhr mausetot sein wird.

> *22 Uhr! Seien Sie pünktlich und vergessen Sie das Geld nicht, danach sind Sie mich los.*

18

Wie von Thomas Krüger behauptet, trafen die beiden Lübecker Beamten Carsten Purzel in der *Nordkneipe,* wo dieser am Tresen saß und ein Glas Pils in der Hand hielt.

Mit dieser Wendung des Falles hätte Arndt niemals gerechnet, zumal sie nie auf Krüger als Zeugen gekommen wären. Sie waren wegen des Wirtes Henning Schmitt vor Ort gewesen, aber Schmitt hatte Krügers Angaben bestätigt und auch, dass es in den Wochen vor dem Mord an dem SPD-Politiker Nils Holm immer wieder zu Streitereien gekommen war.

»Moin«, machten sich Arndt und Elke bemerkbar.

»Moin«, antwortete der Wirt und beäugte die beiden kritisch. »Wollt ihr ein Bier?«

»Sind Sie Carsten Purzel?«, fragte Arndt den Gast am Tresen. Vom Aussehen her passte er zu der Beschreibung von Krüger und Schmitt. Der Mann war etwas kleiner als Arndt, um die ein Meter achtzig, etwas fülliger, hatte eine Glatze, was wohl starkem Haarausfall geschuldet war, und trug einen Vollbart. Alles in allem sah er nicht wie der typische Neonazi aus, wie man ihn sich klischeehaft vorstellte. Er hätte genauso gut SPD- oder CDU-Wähler sein können. Wenn er denn Purzel war.

»Warum?« Der Mann wirkte ruhig, er nahm einen Schluck von seinem Bier, dabei musterte er Arndt eingehend, bis sein Blick an Elke hängen blieb. Er starrte sie geradezu an.

»Wir sind von der Lübecker Kripo«, antwortete Arndt. Im selben Moment schubste der Mann ihn weg und Arndt stürzte fast über Elke. Der andere nutzte die Situation, sprang von seinem Sitz auf und lief weg.

»Lauf ihm nach«, rief Elke, die bei dem Gerangel gestolpert war.

Arndt zögerte keine Sekunde und lief los. Er sah, dass Purzel nach links lief, Richtung Promenade. Dafür, dass der Flüchtende optisch eher wie ein Müßiggänger aussah, legte er ein enormes Tempo vor, weshalb Arndt die Laufgeschwindigkeit zu erhöhen versuchte, indem er größere Schritte machte.

Inzwischen hatten sie die Strandpromenade erreicht, Purzel bog nach rechts Richtung Jachthafen ab und gefühlt kam Arndt ihm keinen Meter näher.

»Bleiben Sie stehen«, rief er ihm nach. »Wir wollen nur mit Ihnen reden.«

Doch es half nichts, der Verdächtige schien das Tempo erneut anzuziehen, der Abstand zwischen ihnen wurde größer. Da die Promenade gut besucht war, musste Arndt immer wieder Passanten ausweichen. Das ein oder andere Mal wurde er übel beschimpft.

»Das ist kein Joggingpfad, junger Mann!«, war noch eine der netteren Bemerkungen, denn als jungen Mann empfand er sich mit seinen dreiundvierzig Jahren nun wirklich nicht. Erst recht nicht in diesem Moment, denn seine Kondition machte ihm langsam zu schaffen. Er presste die Zähne zusammen und holte die letzten Reserven aus seinem Körper. Purzel durfte ihm auf keinen Fall entwischen.

Doch jetzt zeigten seine Reserven Wirkung, er verringerte den Abstand. Das gab ihm Mut, sodass er das Tempo noch einmal erhöhte. Den stechenden Schmerz, der dabei durch seinen Körper jagte, ignorierte er.

An dem Kreisel, den sie gerade erreicht hatten, machte der Flüchtende plötzlich eine Rechtsdrehung und verließ die Promenade, doch mittlerweile konnte er das Tempo nicht mehr halten, Arndt hingegen schon und der Abstand schmolz mit jeder Sekunde dahin.

Dann geschah etwas, womit er nicht gerechnet hatte. Purzel blieb einfach stehen. Als Arndt ihn erreichte, erkannte er, warum. Der kräftige Mann war völlig außer Atem. Purzel ließ sich zu Boden fallen.

Arndt gab ihm Zeit, zu Kräften zu kommen, weglaufen konnte er nicht und ihn zu verhaften war nicht möglich, weil es keinen Haftgrund gab. Nur weil sich Purzel mit Holm gestritten hatte, machte ihn das noch lange nicht zum Mörder.

Inzwischen hatte auch Elke die beiden erreicht. Sie wirkte deutlich frischer.

»Das mit der Kondition ist so eine Sache«, sagte sie. »Dabei gibt es keinen Grund, wegzulaufen, erst recht nicht, wenn Sie nichts befürchten müssen.«

»Dass ich nicht lache, ihr Bullen macht einem doch immer nur Ärger«, motzte Purzel, der zwar laut und schnell atmete, aber augenscheinlich genug Reserven hatte, sich zu beschweren.

»Stehen Sie auf«, forderte Arndt ihn auf. Es war an der Zeit, das Gespräch zu führen, weswegen sie ihn überhaupt aufgesucht hatten. Sein Mitleid mit dem NPD-Mitglied hielt sich in Grenzen.

»Ja, verdammt. Mir tut alles weh.«

»Dann hätten Sie nicht wegrennen dürfen. Aufstehen«, mahnte Arndt in schärferem Tonfall. Glaubte Purzel wirklich, dass er die Beamten mit dieser Nummer davon abhalten könnte, ihm Fragen zu stellen?

Langsam raffte sich der am Boden Liegende auf.

»Ich habe mit den Schmierereien im Asylantenheim nix zu tun.«

»Das interessiert uns nicht«, entgegnete Arndt, verstand jetzt aber, warum Purzel das Weite gesucht hatte. Mit seinem braunen Parteibuch war es wohl unvermeidlich, dass man ihn in solchen Fällen verdächtigte. Was genau im Asylantenheim geschehen war, war nebensächlich, Arndt ging es um den Mord an Holm. Sicherlich würden sich andere Polizeibeamte um den Vorfall kümmern.

»Und warum wollen Sie mich dann sprechen?« Purzel wirkte irritiert, er zog eine Grimasse, die Arndt nicht so recht deuten konnte.

»Es geht um Nils Holm.«

»Was habe ich mit diesem Dreckspack zu schaffen?«, schimpfte Purzel. Sein Kopf lief plötzlich rot an, ein Zeichen, dass er zu cholerischen Reaktionen neigte. Es erinnerte Arndt an seinen Chef Willy, dessen Kopf auch rot anlief, wenn er wütend wurde.

»Wie war Ihr Verhältnis zu ihm?«

»Mein Verhältnis zu diesem dreckigen Juden?«

»Achten Sie auf Ihre Worte«, wurde Arndt ungemütlich. Zum einen war Holm kein Jude, zum anderen war eine solche Ausdrucksweise für ihn vollkommen inakzeptabel und rassistisch, da kannte er keine Toleranz.

»Warum? Ist doch so. Dieser Dreckskerl ist dafür verantwortlich, dass die Mörder meiner Frau frei rumlaufen.«

Krüger hatte zwar angesprochen, dass Holm den Mörder von Purzels Frau verteidigt hatte, aber zu welcher Strafe dieser verurteilt worden war, hatte er nicht sagen können. Der Hass in Purzels Augen war jedoch nicht zu übersehen, Arndt traute ihm alles zu. Dieser Mann hatte noch immer nicht überwunden, dass man ihm seine Frau auf brutale Weise genommen hatte.

»Hatten Sie Streit mit ihm?«, fragte Elke.

»Ich hätte Streit mit ihm, solange ich lebe. Ich habe ihn gehasst, Sie glauben gar nicht, wie sehr. Das ist es doch, warum Sie hier sind, nicht? Ich bin nicht blöd. Ja, ich bin froh, dass dieser Dreckskerl tot ist. Er hat es verdient.«

Die Augen von Purzel schienen hervorzutreten und sein Blick nahm einen irren Ausdruck an, er erinnerte Arndt an ein Tier, das in die Ecke getrieben wurde und nun zum Äußersten bereit war. Das war seltsam, schließlich hatte es nur eine Befragung werden sollen. Noch war Purzel kein Verdächtiger, aber er verhielt sich so.

»Wo waren Sie am 10. und 11. Juni dieses Jahres?«, fragte Arndt. Er musste wissen, ob Purzel ein Alibi hatte, danach würde er entscheiden, ob er das Gespräch fortführen würde oder nicht.

»Scheiße. Ist doch alles Scheiße.« Purzel presste die Lippen zusammen, ballte seine rechte Hand zur Faust, öffnete sie dann wieder, fuhr sich mit der Hand über den Kopf und starrte Arndt an. »Ich weiß, was das wird, aber gut, scheiß drauf. Ja, ich habe diesen Dreckskerl erschossen, zufrieden? Er hat es verdient.«

19

Köln

»Hast du was gefunden?«, fragte Brandt. Er stand mit Aydin in Fischers Büro und schaute dem Kollegen aus der IT über die Schulter.

Nachdem Sie sich in der Firma von Klaus Lau einige E-Mails auf dem Rechner im Besprechungsraum angesehen hatten, stand für Brandt außer Frage, dass sie unbedingt Zugriff auf den Rechner und die Server haben mussten. Helene Mück hatte das abgelehnt, daher hatte Brandt Bender gebeten, eine richterliche Verfügung zu erwirken, worum sie sich zügig gekümmert hatte.

Nun hatten sie den Rechner und, was noch wichtiger war, den Zugriff auf Laus Daten. Da vieles über Server lief, waren die Zugangsdaten dafür noch wertvoller als der Rechner selbst, obwohl sie natürlich nur Zugriff auf die E-Mails und nicht auf den gesamten Serverinhalt bekamen, da nur dies durch die richterliche Verfügung gedeckt war.

»Leider gibt es nichts, was euch nützen könnte. Zwar sieht einiges ganz vielversprechend aus, aber ich muss prüfen, wie ernst diese Nachrichten zu nehmen sind. Politiker wie Lau bekommen unzählige Nachrichten am Tag, viele Spinner schreiben ihm, aber das meiste kann man nicht als Bedrohung sehen, auch wenn es sich manchmal so liest. Oft ist es nur Frust.«

»Ich verstehe, aber einige wünschen ihm doch tatsächlich den Tod, ich weiß nicht, ob wir da nicht ansetzen sollten«, schlug Brandt vor, der die E-Mail-Nachrichten, vor allem die mit den Todesdrohungen, nicht so locker nahm wie Fischer. Vielleicht lag es daran, dass Brandt sich gerade an jeden Strohhalm klammerte, den er fand.

»Die habe ich bereits in eine Matrix gepackt und suche jetzt nach Verknüpfungen zu den Posts in Laus privaten sozialen Profilen und in den Profilen der CDU von NRW und Köln. Wenn es dort weitere gemeinsame Muster gibt, wird es eine Rastersuche zu den Profilen der E-Mail-Absender geben, sollte das Programm da etwas ausspucken, informiere ich euch sofort. Ihr müsst mir nur etwas Zeit geben.«

»Die kriegst du«, antwortete Aydin und klopfte Fischer anerkennend auf die Schulter.

»Was machen die Verbindungsnachweise?«, erkundigte sich Brandt.

»Noch ist nichts eingetrudelt. Erst gestern habe ich noch mal beim Provider angefragt. Ich hoffe, die Tage kommt was.« Fischer wirkte kurzzeitig ein wenig bedrückt, vermutlich weil er keine guten Nachrichten hatte und ihm das leidtat, doch dafür konnte er nichts.

»Hast du überprüft, ob es irgendeine politische Verbindung zwischen Holm und Lau gibt? Haben sich beide für irgendein Thema starkgemacht und damit jemanden verärgert?«

»Da bin ich noch dran, aber bisher deutet nichts auf gemeinsame politische Aktivitäten hin.«

»Und unternehmerische? Beide waren doch selbstständig. Holm war Anwalt, vielleicht hat er Lau bei einer Sache verteidigt, die brenzlig war und nun jemanden auf den Plan gerufen hat, sich an ihm zu rächen«, sagte Aydin.

»Auch dort gibt es bisher keine Überschneidungen, was aber nicht heißt, dass es nicht doch möglich ist. Leider haben wir keinen Zugriff auf sämtliche Informationen. Daher müsst ihr meine Aussagen immer mit der nötigen Vorsicht sehen und bewerten.«

»Das tun wir«, antwortete Aydin und Brandt sah ihm an, dass er mit der Antwort genauso wenig zufrieden war wie er selbst.

»Wie schaut es mit dem Wettbewerber aus?«

»Da habe ich was. In einer Notiz, die Lau auf seinem Rechner gespeichert hat, schreibt er, dass er die Beharrlichkeit von Emanuel Schiffer, dem Unternehmensgründer, unterschätzt habe und die Sache schon bedrohliche Zustände annehme, weil Schiffer davon besessen sei, das Unternehmen zu übernehmen. Doch Lau dachte offensichtlich gar nicht daran, es zu veräußern.«

»Kannst du uns diese Notiz weiterleiten?«

»Klar«, nickte Fischer. »In fünf Minuten habt ihr sie.«

»Danke. Kannst du bitte auch überprüfen, ob Holm ein Mandat für Schiffer übernommen hat?«

»Das hatte ich vor, weil ich diese Frage geahnt habe.« Fischer schmunzelte. Erst jetzt fiel Brandt auf, dass er trotz der vielen Arbeit bester Laune war.

»Gibt es einen Grund für deine gute Laune?«

»Klar, aber das bleibt unter uns, okay?« Die Frage klang eher wie eine Aufforderung.

»Unsere Lippen sind versiegelt.«

»Nichts anderes habe ich erwartet. Heute Abend steigt in Köln eine LAN-Hackerparty.«

»Eine LAN-Hackerparty?«, wiederholte Brandt. Er wusste zwar, was LAN-Partys waren, und hatte eine ungefähre Vorstellung davon, was Hacker dort taten, aber konnte man von einer Party sprechen, wenn sich Computerfreaks irgendwo einhackten?

»Kollege Brandt ist aus einer anderen Generation. Computer sind ihm noch immer fremd, er ist eher der Freund von Schreibmaschinen.« Diese Steilvorlage konnte sich Aydin augenscheinlich unmöglich entgehen lassen. Er grinste breit.

»Witzig«, konterte Brandt und boxte seinen Kollegen freundschaftlich in die Seite.

»Hacker aus der ganzen Welt kommen nach Köln. Es fängt heute Abend um 22 Uhr an und geht die nächsten drei Tage. Zutritt gibt es nur auf Einladung. Stellt euch mal vor, fast vierhundert der weltbesten Hacker an einem Ort, alle mit ihren Rechnern und geballter Serverlandschaft und ich darf dabei sein!« Fischer hatte bei diesen Worten große Augen bekommen und strahlte bis über beide Ohren. Es war nicht zu übersehen, dass er und der Computer eine unzertrennbare Einheit waren. »Keine Sorge, meine Arbeit wird darunter nicht leiden, aber diese Einladung konnte ich unmöglich ablehnen. Das ist doch okay, oder?« Seine Stimme klang plötzlich unsicher.

»Na klar. Geh da hin. Wenn das dein Ding ist, musst du hin. Du wirst bestimmt auf interessante Typen treffen und am Ende hilft uns dein Hacker-Know-how doch immer wieder bei den Ermittlungen. Wer sind denn diese Top-Hacker, auf die sich die Community freut?«, fragte Aydin.

»Als ob dir die Namen was sagen, tu bloß nicht so. Du bist doch der typische Playstationzocker. Ach sorry, du spielst ja Pokémon Go«, revanchierte sich Brandt für Aydins kleine Spitze von vorhin.

»Na ja, einen kennt sogar ihr beide. Auf das Wiedersehen mit ihm freue ich mich am meisten.«

»Sag bloß, es ist Joe«, platzte Aydin heraus. Brandt verdrehte die Augen, denn er nahm an, dass Aydin Fischer auch gleich wegen Walsh fragen würde.

»Genau der. Das wird ein Fest, Jungs. Mit Joe an einem Hack arbeiten zu dürfen, ist mir drei schlaflose Nächte absolut wert.«

»Sehr gut. Grüß ihn von uns«, antwortete Brandt. Es wurde höchste Zeit, das Gespräch zu beenden, bevor Aydin wieder den Walsh-Groupie heraushängen ließ. »Wenn du was hast ...«

»... melde ich mich sofort«, beendete Fischer den Satz. Die beiden Beamten nickten und verließen das Büro.

»Kaffee?«, fragte Aydin.

»Warum nicht. Was meinst du, sollten wir Schiffer einen Besuch abstatten?«

»Dass er Lau gedroht hat, mag einen Verdachtshinweis liefern, aber in welcher Verbindung steht Schiffer zu dem Mord in Lübeck? Nils Holm war Anwalt und somit kein Konkurrent von Schiffer. Warum sollte er ihn ermorden lassen?«

»Das sehe ich auch so. Dann stellen wir das zurück, bis wir weitere Hinweise haben, die es notwendig machen, Schiffer doch einen Besuch abzustatten.«

»Warst du schon mal auf einer LAN-Party?«

»Nein, war ich nicht. Und es gibt auch keinen Grund, warum wir dort aufschlagen sollten. Erwartest du, dass Walsh zu so was geht? Das ist doch Joes Steckenpferd.« Sie betraten die Küche.

»Nein, darum gehts mir überhaupt nicht. Du willst mir nur wieder was in den Mund legen, was nicht der Wahrheit entspricht. Aber ich denke, dass es schon interessant sein könnte, die weltbesten Hacker mal live in Action zu erleben.«

»Du hast doch gehört, dass das nur über eine Einladung geht. Bevor du weiter so einen Käse von dir gibst, mach dich nützlich und schenk uns einen Kaffee ein.«

»Verteilt der Kollege Brandt wieder Aufgaben?«, wurden die beiden durch Alexander Rech unterbrochen, der gerade die Küche betrat.

»Nein, ich habe ihn nur gebeten, am besten drei Kaffee zu machen, da ich wusste, dass du gleich reinkommen würdest, und der gute Aydin ja nicht als Kameradenschwein dastehen soll«, witzelte Brandt. »Was gibt es Neues?«

»Wieso wusste ich, dass du diese Frage stellen würdest? Sicherlich meinst du den Fall und nicht mein persönliches Befinden«, schmunzelte Rech. »Du wirst erfreut sein. Es gibt einige Neuigkeiten.«

Brandt horchte auf, während Aydin drei Becher mit Kaffee füllte.

»Dann lass mal hören.«

»Bei den Reifenspuren handelt es sich um Standard-siebzehn-Zoll-Reifen, die auf Millionen von Fahrzeugen in Deutschland aufgezogen werden. Das Reifenprofil aber lässt darauf schließen, dass es sich entweder um ein relativ neues Fahrzeug handelt oder um einen Mietwagen.«

»Was ist mit weiteren Spuren? Gewebe, Fasern?«

»Leider gar nichts, jedenfalls nichts Verwertbares, das wir auf die Tat oder unmittelbar auf den Täter zurückführen könnten. Ich stimme mich sehr eng mit Ole von den Lübecker Kollegen ab, aber auch die haben bisher keine Spuren gefunden, die uns weiterhelfen könnten. Der Täter geht sehr vorsichtig vor, was für einen Profi spricht.«

Aydin reichte zuerst Rech einen Kaffeebecher, dann Brandt und gönnte sich selbst einen Schluck.

»Danke. Ich melde mich, sobald ich etwas habe.« Rech nickte und verließ mit dem Becher in der Hand die Küche.

»Komm, lass uns ein Brainstorming machen. Irgendetwas müssen wir bislang übersehen haben. Es muss eine Verbindung zwischen den Morden geben und genau die wird die Schwachstelle des Täters sein. Sie wird uns direkt zu ihm führen.« Das jedenfalls hoffte Brandt. Auf der anderen Seite sprachen die bisherigen Fakten gegen seine Annahme. Der erste Mord war am 11. Juni geschehen, somit fast drei Monate vor dem Kölner Mord. Das bedeutete, dass der Mörder es nicht eilig hatte und seine Taten sehr genau plante, bevor er zuschlug. Hieß das aber auch, dass es noch weitere Morde geben würde? Brandt hoffte es nicht.

So in Gedanken erreichten Aydin und er ihr Büro und traten ein.

»Lass uns mit dem Lübecker Mord anfangen, dann arbeiten wir uns zu dem Kölner vor und versuchen Verknüpfungen zu finden, die wir bisher nicht berücksichtigt haben, okay?«

»Hört sich gut an«, nickte Aydin und trank einen Schluck Kaffee, Brandt tat es ihm gleich.

Schritt für Schritt gingen sie nun alle Hinweise durch, brachten neue Notizen auf das Whiteboard und diskutierten sie, um Querverweise filtern zu können. Aber am Ende waren sie nicht viel schlauer als vorher.

»Weder Nazis, Islamisten noch ein gekränkter und gieriger Unternehmer passen in das Profil des Täters und das Tatmuster«, resümierte Brandt etwas enttäuscht.

»Bleibt nur noch der durchgeknallte Einzeltäter, der sich wahllos Politiker aussucht und sie ermordet.«

»Mag sein, aber warum lässt er sich so viel Zeit? Und wo ist die Trophäe? Die brauchen Psychopathen doch, Trophäen von ihren Opfern, um sich an die Tat zu erinnern. Ich weiß nicht. Es fehlen einfach noch zu viele Puzzleteile.«

»Bleibt nur noch die Option Auslandsgeheimdienst.«

»Daran habe ich auch gedacht. Wenn der russische Geheimdienst GRU in Berlin einen Georgier eiskalt erschießen lassen kann, ohne dass der deutsche Nachrichtendienst Kenntnis davon hat, warum sollten sie dann nicht auch deutsche Politiker ermorden lassen können? Der einzige Haken an der Sache ist: Beide Politiker haben zu keiner Zeit eine Gefahr für Russland dargestellt oder gar Russland kritisiert. Dafür waren sie zu unbedeutend.«

»Gerade deswegen. Vielleicht soll es ein Zeichen sein, dass Russland jederzeit und überall zuschlagen kann, damit Deutschland sich endlich für ein Ende der Sanktionen gegen Russland einsetzt. Das könnte doch ebenso erklären, warum das BKA so geizig mit Informationen ist. Die wollen nicht, dass wir genau das herausfinden.«

Brandt schüttelte den Kopf, sein Bauchgefühl, dem er so oft vertraute, sagte ihm, dass diese Theorie am unwahrscheinlichsten war. »Ich weiß, dass du ein Fan von Verschwörungstheorien und diesem ganzen James-Bond-Quatsch bist, aber das hier ist kein Agententhriller. Wir müssen sachlich und objektiv ermitteln. Diese Möglichkeit führt in eine Sackgasse, dafür sollten wir keine Ressourcen verschwenden.«

»Wie du meinst, aber sag später nicht, dass ich es nicht angesprochen habe.«

»Garantiert nicht, weil es nicht eintreten wird. Was noch möglich wäre, ist, dass wir es mit einer kleinen radikalen Gruppe zu tun haben, die es sich zur Aufgabe gemacht hat, Politiker zu ermorden, ohne beispielsweise durch eine Botschaft oder ein Manifest in Erscheinung zu treten. Das würde jedenfalls den hohen Grad der Professionalisierung erklären«, äußerte Brandt einen neuen Gedanken, Aydin nickte. »Gut, dann sollten wir uns darauf konzentrieren, bis wir neue Hinweise bekommen, die etwas anderes vermuten lassen.«

»Okay. Soll ich Fischer anrufen und ihn bitten, zu recherchieren, ob es im Darknet oder anderen Untergrundforen Informationen dazu gibt? Jede Gruppe hinterlässt doch Spuren.«

»Gute Idee.«

Gerade als Aydin zum Hörer greifen wollte, klingelte sein Festnetzapparat.

»Hallo, Fischer, dich wollte ich eben anrufen«, sagte Aydin, der das Gespräch auf laut gestellt hatte.

»Dann war ich wohl schneller. Ich glaube, ich habe was für euch.«

»Dann schieß los!« Brandt war gespannt.

»Es gibt doch eine Verbindung zwischen Schiffer und Holm.«

»Und welche?«, fragte Brandt. Im selben Moment beschlich ihn der Gedanke, dass es sich bei den beiden Anschlägen doch um Auftragsmorde handeln könnte.

20

Es hatte Zoe wenig Mühe gekostet, herauszufinden, wer Ali Arinc war. Ihr Vater hatte seine Telefonnummer in seinem schwarzen Notizbuch vermerkt und Zoe hatte nicht gezögert, ihn anzurufen, und Arinc zu einem Treffen überreden können.

Sie parkte vor dem Treffpunkt, einem türkischen Restaurant auf der Keupstraße, einer Geschäftsstraße in Kölns rechtsrheinischem Stadtteil Mülheim. Die Keupstraße wurde auch gerne »Kleinistanbul« genannt, weil sie über die Region hinaus als Zentrum des türkischen und kurdischen Geschäftslebens bekannt war. Ein Restaurant reihte sich an das nächste.

Zoe betrat dasjenige, in dem sie sich mit Ali Arinc verabredet hatte, und erst jetzt wurde ihr bewusst, dass sie überhaupt nicht wusste, wie dieser Ali aussah. Das Restaurant war zwar nicht gut besucht, aber jeder männliche Gast hätte Ali sein können.

Du wirst wohl jeden ansprechen müssen, dachte sie und ließ ihre Blicke durch den Raum wandern.

Rechts, etwas weiter weg von ihr, sah sie einen Mann um die fünfzig, der immer wieder zu ihr herüberschaute. Konnte das Ali sein? Auf jeden Fall wirkte er so nervös, als wartete er auf jemanden. Zoe wollte gerade auf ihn zugehen, als eine Frau an ihr vorbeilief, woraufhin der Mann aufstand und die Frau umarmte.

Das ist bestimmt nicht Ali, dachte Zoe enttäuscht. Wieder ließ sie den Blick durch den Raum wandern, aber es war hoffnungslos. Wenn sich Ali nicht bemerkbar machen würde, würde sie ihn niemals finden. Doch dann blieben ihre Augen an einem Mann hängen. Er war groß, bestimmt knapp einen

Meter neunzig, hatte breite Schultern und seine Oberarme waren dicker als Zoes Oberschenkel zusammen.

Konnte das Ali sein?

Sie schaute immer wieder zu diesem Hünen hinüber in der Hoffnung, dass er sich zu erkennen gäbe, aber das tat er nicht. Ali wusste doch, dass sie hier war, schließlich hatten sie sich verabredet und in dem ganzen Restaurant gab es keine einzige andere junge Frau mit blonden Haaren. Außerdem wusste Ali, dass sie die Tochter von Klaus Lau war. Somit hatte er ihr gegenüber einen großen Vorteil. Warum nutzte er ihn nicht?

Eine Ahnung beschlich sie, die sie lieber schnell wegwischen wollte, die sich aber nicht abschütteln ließ: Was, wenn Ali nie vorgehabt hatte, hier zu erscheinen?

Dann nahm ein anderer Gedanke Besitz von ihr, der ihr Angst machte: Was, wenn Ali tatsächlich in den Mord an ihrem Vater verwickelt war? Damit würde sich Zoe in diesem Moment selbst in Gefahr bringen, oder?

Sie zuckte zusammen und plötzlich wurde ihr kalt, aber sie weigerte sich, ihren Ängsten nachzugeben und aus dem Restaurant zu rennen. Stattdessen ging sie auf den Hünen zu.

»Hallo«, sprach sie ihn an.

»Hallo, wer bist du denn Süßes?«, lachte der Mann. Seine Blicke wanderten an Zoes Körper entlang, was ihr furchtbar unangenehm war. Sie fühlte sich wie bei einer Fleischbeschau.

»Sind Sie Ali?«

»Hasan, ist gut. Sie ist mein Gast«, hörte Zoe da jemanden hinter sich sagen. Hasans Blick ging zu Boden. Dann stand er auf und entfernte sich.

»Junge Frau, ich glaube, Sie suchen mich.« Nun stand der Mann rechts neben ihr.

»Sind Sie Ali Arinc?«

»Nehmen Sie Platz, lassen Sie uns einen Tee trinken und Baklava essen.«

»Danke«, antwortete Zoe. Sie wollte nicht unhöflich sein,

dabei wollte sie am liebsten nur schnell ihre Fragen loswerden und dann schleunigst weiterziehen. Aber ihr war nicht entgangen, wie dieser riesenhafte Hasan vor Ali gekuscht hatte. Der Mann schien Einfluss zu haben. Aber was hatte er mit dem Mord an ihrem Vater zu tun? Oder stand Ali in einer ganz anderen Beziehung zu ihrem Vater?

Zoe hoffte auf Antworten. Vorher würde sie das Restaurant jedenfalls nicht verlassen. Hasan mochte sich vor Ali ducken, aber Zoe glaubte, dass sie aus einem anderen Holz geschnitzt war.

»Sind Sie Ali Arinc?«, wiederholte Zoe ihre Frage, der Mann hatte sie zwar gebeten, Platz zu nehmen, und ihr Gefühl sagte ihr, dass er der Mann war, aber bestätigt hatte er es noch nicht.

»Sie sind sehr ungeduldig«, lächelte der Mann. Er wirkte gelassen, als könnte ihn so schnell nichts aus der Ruhe bringen. Wie alt mochte er sein? Zoe schätzte ihn auf Ende vierzig, aber sie war noch nie gut im Schätzen gewesen. Ali war ungefähr einen Meter fünfundsiebzig groß, also etwa so groß wie sie, und hatte einen deutlichen Bauchansatz. Er trug einen Vollbart und hatte volles Haar ohne eine einzige graue Strähne. Und er hatte Charisma, das bemerkte Zoe sofort.

»Bringst du uns zwei Tee und Baklava?«, bat der Mann den Kellner, der gerade an ihren Tisch getreten war. »Aber die kleinen Teegläser.«

»Ja, Ali *abi*«, nickte der Kellner und nun hatte Zoe die Gewissheit, dass es sich bei dem Mann um die Person handelte, deren Namen und Telefonnummer ihr Vater in seinem Filofax notiert hatte. »Abi« war das türkische Wort für »Bruder«, das hatte sie vor längerer Zeit einmal aufgeschnappt.

»Was haben Sie mit meinem Vater zu tun gehabt?«

»Sie sind sehr direkt«, kommentierte Ali und zog eine Zigarre aus der Innentasche seines Sakkos. »Ich hoffe, es stört Sie nicht.«

»Doch, tut es. Ist es nicht verboten, hier zu rauchen?«

Ali zündete die Zigarre an und paffte. »Nein, ist es nicht.

Sie sind hier in der Zigarrenlounge. Der Nichtraucherbereich ist auf der anderen Seite.«

Zoe zog die Augen schmal, sie war mehr als skeptisch.

»Warum sollte ich Sie anlügen? Das ist mein Laden.«

»Mir egal. Was haben Sie mit meinem Vater zu tun gehabt?«, fragte Zoe. Sie konnte diesen Mann nicht einschätzen, einerseits wirkte er wie ein Gangster, andererseits kam er eloquent und charismatisch rüber. In Gedanken ohrfeigte sie sich, dass sie eine der Grundregeln des Journalismus ignoriert hatte: Sie hatte vor ihrem Treffen nichts über ihn recherchiert.

»Mein Beileid zum Tod Ihres Vaters. Das wird für eine junge Frau wie Sie nicht leicht sein. Aber ich habe Ihren Vater gewarnt.«

»Gewarnt?«

Ali zog wieder an der Zigarre, behielt den Qualm eine Weile in der Lunge, um ihn dann nach rechts auszuatmen. »Dass Sie das sagen, beruhigt mich ungemein. Wir leben in stürmischen Zeiten, Frau Lau. Sie werden das in Ihrem jungen Alter noch nicht bemerkt haben, weil Ihr Vater sie beschützt hat. Er hat oft über Sie gesprochen. Ich behaupte, dass er Sie sehr geliebt hat. Aber welcher Vater liebt seine Tochter nicht?«

Die Worte trafen Zoe mit einer Härte, die sie nicht für möglich gehalten hätte. Sie wusste natürlich, dass ihr Vater sie geliebt hatte, daran hatte sie nie gezweifelt und seit jeher hatte sie zu ihm einen besseren Draht gehabt als zu ihrer recht kühlen Mutter. Aber das aus dem Mund eines fremden Mannes zu hören, so kurz nach dem brutalen Mord an ihrem Vater, war mehr, als sie gerade ertragen konnte.

Dennoch weigerte sie sich, ihren Tränen freien Lauf zu lassen. Sie wollte Ali gegenüber nicht schwach erscheinen, er sollte sie ernst nehmen, was vermutlich schwer genug sein würde.

Der Kellner kam mit der Bestellung und stellte alles auf den Tisch.

»Möchten Sie noch etwas anderes, Ali *abi*?«

»Haben Sie Hunger?«, fragte der an Zoe gerichtet.

»Nein, danke.« Zoe wollte nicht einmal den Tee oder dieses süße Zeug, sie wollte nur ihre Fragen loswerden.

Ali nickte und der Kellner verschwand.

»Echten türkischen Tee darf man nur in diesen kleinen Tassen trinken, alles andere ist wie das Leben der meisten: falsch.«

»Hören Sie, vielen Dank für den Tee, aber ich bin hier wegen meines Vaters. Ich muss wissen, in welcher Beziehung Sie zu ihm standen.«

Ali lachte und zog wieder an seiner Zigarre. »Für ein junges Mädchen sind Sie sehr taff.«

»Ich bin kein junges Mädchen, ich bin zwanzig und volljährig«, sagte Zoe bestimmt. So langsam wurde sie ungehalten. Vielleicht mochte Ali mit seiner Machoart bei seinesgleichen Eindruck schinden, aber sie nervte er damit auf die Dauer.

Statt zu antworten, amüsierte sich Ali noch mehr. »Sie sind tatsächlich genau so, wie es Ihr Vater immer erzählt hat, sehr temperamentvoll. Mein Rat an Sie, überlassen Sie die Suche nach dem Mörder der Polizei. Es wäre doch schade, wenn Sie so jung sterben müssten.«

»Das lassen Sie meine Sorge sein. Die Polizei hat bisher keine Hinweise. Ich kann nicht dasitzen und Däumchen drehen.«

»Es wird nicht lange dauern und Sie werden sich wünschen, dass Sie auf meine Worte gehört hätten«, blieb Ali vage und nahm sich ein Stück Baklava, danach nahm er einen Schluck aus dem kleinen Teeglas.

»Warum halten Sie mich hin? Was wollte mein Vater von Ihnen?«

Alis Blick wanderte zu ihrem Tee und dem Baklava. »Essen Sie ein Stück.«

Zoe atmete zornig aus, tat ihm aber den Gefallen. Das süße Gebäck war lecker, das konnte sie nicht leugnen, anschließend gönnte sie sich einen Schluck aus dem kleinen Teeglas.

»Zufrieden?«, fragte sie schnippisch.

»War es ein Fehler?«

»Nein, aber ich bin nicht hier, um mir den Bauch mit Tee und Baklava vollzuschlagen.«

»Ihr Vater wollte, dass wir ihn beschützen.«

»Beschützen? Sind Sie Bodyguard?«

»So etwas in der Art. Zu mir kommt man, wenn man Probleme hat, die andere nicht lösen können.«

»Wusste mein Vater, dass er in Gefahr war?«

»Ja, sonst hätte er mich nicht kontaktiert.«

»Und warum musste er sterben?«

»Weil er am Ende kalte Füße bekommen und sich gegen unseren Schutz entschieden hat.«

Zoe schluckte. Hatte Ali ihr gerade durch die Blume gesagt, dass ihr Vater noch am Leben sein könnte, wenn er Alis Schutz nicht abgelehnt hätte? Aber warum hatte ihr Vater Ali dann überhaupt kontaktiert, wenn er dessen Dienste nicht in Anspruch nehmen wollte? Das konnte doch nur bedeuten, dass ihr Vater Angst vor den Konsequenzen gehabt hatte, weil er in der Öffentlichkeit stand. Und das wiederum konnte nur bedeuten, dass Ali entweder einem Rockerclub oder einem berüchtigten Clan angehörte oder gar deren Anführer war.

Plötzlich hatte Zoe eine Idee.

»Wissen Sie, wer meinen Vater ermordet hat?«

»Nein, aber es gibt Wege, das herauszufinden.«

»Dann habe ich einen Deal für Sie und ich werde keine kalten Füße bekommen«, antwortete Zoe. Sie war fest entschlossen, selbst einen Pakt mit dem Teufel einzugehen, wenn dieser den Mörder ihres Vaters tötete.

21

Hatten sie nun tatsächlich ihren Mörder? Vieles sprach für Carsten Purzel, vor allem weil er ein eindeutiges Motiv hatte: Rache!

Arndt und Elke hatten ihn verhaftet und zum Verhör ins Lübecker Präsidium mitgenommen, wo er jetzt in einem Raum auf sie wartete.

»Warum schaust du so skeptisch?«, fragte Willy. Elke und Arndt waren zur kurzen Abstimmung in sein Büro gekommen.

»Das ist zu einfach.«

»Warum? Sei doch froh, dass wir den Mörder haben. Er hat euch gegenüber ein Geständnis abgelegt. Mal unter uns, lieber ein durchgeknallter Ehemann, der seine Frau rächen will, als irgendeine neue Untergrundorganisation wie der NSU.«

»Mag sein, aber das passt doch vorne und hinten nicht. Warum sollte Purzel den Kölner Politiker Klaus Lau ermordet haben?«, warf Arndt als Gegenargument ein.

»Bis vor Kurzem haben wir angenommen, auch der Mord an dem Frankfurter Politiker Wilfried Wolf würde in einem Zusammenhang zu dem Lübecker Mordfall stehen. Ich verstehe nicht, was du jetzt so rumeierst. Du weißt doch, wie unberechenbar Ermittlungen sind. Und deine Zweifel räumst du nur aus, wenn ihr ihn verhört. Glaubst du denn auch, dass er nicht der Täter ist?« Willys Blick wanderte zu Elke, die bisher nichts gesagt hatte.

»Möglich. Auf jeden Fall sollten wir uns mit Purzel unterhalten.«

»Das sehe ich auch so. Nimm dir ein Beispiel an Elke. Denk pragmatisch, statt immer nur zu jammern.«

»Ich jammere gar nicht, ich wollte nur meine Bedenken äußern.«

»Was sitzt du dann noch hier?« Willy schüttelte den Kopf.

Arndt und Elke standen auf. »Wir melden uns nach dem Verhör«, sagte Elke, sie verließ nach Arndt das Büro.

»Was, wenn er sein Geständnis nicht widerruft?«, insistierte Arndt erneut, als sie auf dem Flur waren.

»Warum tust du dich so schwer damit, dass er der Mörder ist? Ein stärkeres Motiv als Rache gibt es für einen Mord doch kaum.«

»Weil mein Bauchgefühl sagt, dass er es nicht ist.«

»Dann lass mal dein Bauchgefühl eine kleine Pause machen und das Gespräch abwarten.« Elke kniff Arndt in die Seite, damit er sich etwas locker machte, dann lächelte sie ihn an, und so komisch es sich anhören mochte, es half tatsächlich. Er entspannte sich ein wenig.

Sie betraten den Verhörraum, wo Purzel bereits an einem Tisch saß. Als er die beiden Beamten sah, schaute er kurz zu ihnen auf, dann senkte er den Kopf und starrte ins Leere.

»Herr Purzel, wir müssen uns über Ihr Geständnis unterhalten«, begann Elke.

»Warum? Was gibt es da noch zu reden? Ich habe das Schwein erschossen. Er hat es verdient. Wie kann man einen Mörder verteidigen?«

»Das gehört zum Beruf eines Anwalts. Wir leben in einem Rechtsstaat. Jeder Mensch hat das Recht auf eine ordentliche und faire Verteidigung«, erwiderte Arndt. Er wollte Purzel provozieren in der Hoffnung, dass ihm in der Wut etwas herausrutschte, was ihn als Mörder entlastete.

Es war schon eine komische Situation. Üblicherweise versuchte Arndt, durch Provokation und subtile Fragen Tatverdächtige zu überführen, doch diesmal wollte er einen vermeintlichen Mörder dazu bringen, sein Geständnis zu widerrufen.

»Genau das stimmt nicht mit Deutschland«, sagte Purzel.

»Wir lassen Vergewaltiger und Mörder in unser schönes Land, dann vergehen sich diese Wilden an unseren Frauen und was tun wir? Wir bestärken sie noch in ihrem Tun und sperren sie nicht weg. Die lachen sich doch kaputt über unseren Rechtsstaat. Die kennen nur die harte Hand, aber das wollt ihr Gutmenschen ja nicht verstehen. Reicht es nicht, dass eine dieser Bestien meine Frau geschändet und ermordet hat? Musste der Staat ihre Würde denn noch mit Füßen treten? Das hier ist nicht mehr mein Deutschland.«

»Können Sie uns den genauen Tatverlauf schildern?«, fragte Arndt, auf Purzels Gejammer ging er gar nicht erst ein. Einiges, was er sagte, mochte stimmen, aber vieles war einfach nur an den Haaren herbeigezogen. Arndt war Polizist und kein Politiker, er hatte einen Mord aufzuklären, selbst wenn auch er der Meinung war, dass man Straftäter härter bestrafen müsste, aber das war gerade unerheblich.

»Was gibt es da zu beschreiben? Ich habe mir eine Waffe besorgt, diesem Dreckskerl aufgelauert und ihn erschossen.«

»Wo genau haben Sie ihm denn aufgelauert?«, bohrte Arndt weiter nach. Es war nicht zu übersehen, dass Purzel nervös und unsicher wurde, er wackelte unruhig auf dem Stuhl hin und her. Sein Blick war noch immer auf die Tischplatte gerichtet.

»Ohne meinen Anwalt sage ich kein Wort mehr.«

»Herr Purzel, ich hoffe, Sie sind sich der Tragweite Ihrer Worte bewusst. Wenn Sie Ihr Geständnis nicht widerrufen, werden Sie für sehr lange Zeit im Gefängnis landen. Ihr Leben wird ruiniert sein«, unternahm nun auch Elke einen Versuch und bestärkte Arndt damit in seinem Gefühl, dass sie ebenfalls nicht mehr von Purzels Geständnis überzeugt war.

»Sie haben Ihren Mörder. Sie sollten zufrieden sein. Der Gerechtigkeit wurde Genüge getan. Mein Leben wurde an dem Tag zerstört, an dem man mir meine Frau nahm. Ich habe nichts mehr zu verlieren. Wird Zeit, dass dieser Drecksstaat mir endlich etwas zurückzahlt. Freie Kost und Logis, das ist doch nicht schlecht.« Ein Lächeln huschte über sein Gesicht, es war aber mehr als verkrampft.

So wie sich Purzel verhielt, verhielt sich kein Mörder. Hier sprach ein tief verbitterter und vom Leben enttäuschter Mann. Nur, wie konnte Arndt ihn davon überzeugen, sein Geständnis zu widerrufen?

Was, wenn er doch der Mörder ist, du aber zu stur bist, ihm sein Geständnis abzunehmen?, fragte er sich, wollte seine momentane Sichtweise aber nicht auf seine Sturheit zurückführen.

»Gut, wir glauben Ihnen. Trotzdem müssen wir den genauen Tatverlauf herleiten können und erfahren, wie Sie an die Waffe gekommen sind. Nur so kann der Staatsanwalt einen Haftbefehl ausstellen«, änderte Arndt seine Taktik. Wenn Purzel der Mörder war, sollte er das Gefühl bekommen, dass Arndt ihm glaubte. Aber er musste den Tatvorgang plausibel darlegen. Elke schaute etwas erstaunt zu ihm rüber, doch dann nickte sie kurz, sie schien zu verstehen.

Das mochte und schätzte Arndt so sehr an ihr. Elke war ungemein gut darin, seine Gedanken und Überlegungen zu lesen, zu verstehen und umzusetzen. Die nonverbale Kommunikation zwischen ihnen funktionierte hervorragend.

»Das hatte ich Ihnen doch schon gesagt. Und was ist daran nicht zu begreifen, wenn ich sage, dass ich meinen Anwalt sprechen will. Oder hat ein dreckiger Neger mehr Rechte als ich reinrassiger Deutscher?« Purzel schnaubte, er schien an seine Belastungsgrenze zu kommen.

»Herr Purzel ...«

»Anwalt! Sofort«, wurde Purzel nun laut. »Noch heute wird mein Rechtsbeistand der Presse stecken, dass ich den Mord an diesem dreckigen Anwalt begangen habe.«

Purzels Augen stachen hervor und er atmete immer lauter ein und aus.

Damit hatte Arndt nicht gerechnet. Wenn die Medien Purzel als Mörder brandmarkten und er bei seinem Geständnis bliebe, würde dem Staatsanwalt sicherlich nichts anderes übrigbleiben, als Anklage gegen ihn zu erheben.

»Es ist Ihre Entscheidung. Wenn Sie mich anschauen und sagen, dass Sie Nils Holm ermordet haben, rufe ich Ihren Anwalt und wir stellen keine Fragen mehr.«

»Ich habe diesen Dreckskerl hingerichtet«, platzte Purzel heraus. Dann sprang er von seinem Stuhl auf und schrie: »Sieg Heil! Heil Hitler!«

22

Verdammt!

Wir alle sind verdammt, die meisten wissen es nur nicht. Es hat lange gedauert, bis ich diese Wahrheit nicht nur realisiert, sondern auch gelernt habe, sie als solche zu akzeptieren und damit zu leben.

Als Kind war ich noch naiv. Ich war gerne Kind, obwohl meine Eltern arm waren, habe ich das als Kind nie wirklich gemerkt. Ich glaube, ich war glücklich, jedenfalls habe ich mir das in meiner Naivität eingebildet, und im Nachhinein war es, glaube ich, gut, dass ich das getan habe. Jeder Mensch sollte wenigstens ein paar schöne Jahre im Leben haben, bevor die Hölle über ihn hereinbricht.

Das Leben ist alles andere als fair, es gibt die, die nehmen, und die, die immer geben müssen. So ist das Leben. Irgendwie erinnert es mich an die Liebe, auch da gibt es den, der geliebt wird, und den, der liebt. Wenn du die zweite Person bist, hast du die Arschkarte gezogen, weil du immer wieder enttäuscht werden wirst.

Leben und Liebe, beides fickt dich, wenn du nicht der Ficker bist. Aber das zu verstehen, ist schwer. Seine Konsequenzen daraus zu ziehen, noch viel schwerer.

Gerade fühle ich mich überhaupt nicht gut. Zu dunkel und böse sind die Gedanken, die mich quälen, da können selbst die Nachrichten von Natalie keinen Trost spenden.

Die letzten zwei Nachrichten habe ich ignoriert. Derzeit ist es mir unmöglich, ihr etwas Schönes zu schreiben angesichts der Gemütsverfassung, in der ich bin.

Ich hasse die Welt, ich hasse das Leben und ich hasse die Menschen. Ja, ich hasse sie, das ist nicht untertrieben. Wenn es nach mir gehen würde – eine große Atombombe und das Problem wäre ein für alle Mal aus der Welt.

Wir sollten uns nichts vormachen, solange es Menschen gibt, wird die Erde keinen Frieden finden. Aber leider habe ich nicht die Macht, Atombomben zu zünden.

Klar würde die Erde eine lange Zeit atomar verseucht sein, aber das vergeht, auch wenn es Tausende Jahre dauert. Was sind für die Erde schon tausend Jahre, wenn sie bereits Milliarden auf dem Buckel hat? Es wäre wirklich die beste Lösung und die kurze Epoche der Menschheit würde zu Recht als Vogelschiss der Geschichte in die Annalen eingehen.

Ob nach uns eine bessere, eine vernünftigere Rasse über die Erde herrschen wird? Ich weiß es nicht, aber ich würde es mir für all die Lebewesen auf der Erde wünschen.

Am Ende ist das auch egal, ich bin ein Niemand und kann die Entwicklung der Menschheit nicht verändern, aber ich bin mächtig genug, um den Lebenslauf bestimmter Menschen zu ändern. Den Lebenslauf all der Personen, die auf meiner Liste stehen und die es zu töten gilt, der größeren Sache wegen.

Ich habe noch zwei Stunden, bevor ich mich mit Alwi treffe. Nervös bin ich nicht, schließlich ist er nicht die erste Person, die ich töte, und ich töte nicht aus Mordlust, sondern weil es um viel mehr geht.

Alwi ist ein dreckiger Politiker, ein schamloser Mann, der seine Frau betrügt. Das sind genug Gründe, die dafür sprechen, dass es nur gerecht ist, wenn er verreckt, ins Gras beißt. Aber es gibt noch andere Gründe, die meine Tat rechtfertigen.

Wieder leuchtet das Display meines Handys auf. Wie erwartet, ist es Natalie, ich muss sie ignorieren. Ich brauche all meine Kraft und Konzentration für Alwi.

Dabei gibt es keinen Anlass, nicht entspannt zu sein. Der Plan wird aufgehen, Alwi hat angebissen, er war nicht so störrisch wie Klaus Lau, der mir anfangs sogar noch gedroht hat, dass er mich finden und kaltstellen würde.

So ein Depp. Dachte der wirklich, dass er mir Angst einjagen könnte, wenn er einen Clanchef anheuert? Spätestens als ich ihn daran erinnert habe, dass es für mich ein Leichtes ist, die Presse darüber zu informieren, dass der Hoffnungsträger der CDU mit kriminellen arabischen Banden zusammenarbeitet, hat er gemerkt, wie unfrei er in seinen Entscheidungen ist.

Man kann eben nicht alles haben. Eine Karriere als Politiker mit reiner Weste anstreben und gleichzeitig die Nähe von Kriminellen suchen, das klappt auch für schmierige Leute wie Lau nicht. Arabische Clans haben in Deutschland keinen guten Ruf, im Gegensatz zu den Investmentbankern, die das Land durch Cum-Ex-Geschäfte um Milliarden erleichtert haben. Diese Menschen tragen Anzüge und können sich gut artikulieren, da kann man ja den Staat gerne um ein paar Milliarden bescheißen, das passt schon!

Irgendwie hat mir Lau imponiert, obwohl ich ihn abgrundtief hasse. Er war eine harte Nuss und erst mit der Entführung seiner Tochter ist es mir gelungen, ihn gefügig zu machen. Er war bereit, für seine Tochter zu sterben. Das muss man ihm anrechnen, auch wenn das seine Taten nicht ungeschehen macht. Ich war nämlich noch nie ein Freund von der Vorstellung, dass man eine schlechte Tat durch eine gute aufwiegen kann. Ich betreibe schließlich keinen Ablasshandel wie die katholische Kirche, wo man sich von seinen Sünden freikaufen kann, oder einen CO_2-Ablasshandel, wo man sein schlechtes Gewissen durch Energiezertifikate oder Spenden an Umweltorganisationen beruhigen kann.

Ich bin nur ein Mensch, der endlich Ruhe und Frieden will und der hofft, durch seine Taten die Welt etwas menschlicher zu machen.

Langsam sollte ich mich auf den Weg machen. Ich habe zwar noch genügend Zeit, aber ich will vor Alwi am verabredeten Ort sein, weil ich nichts dem Zufall überlassen möchte.

Ich gehe zum Safe meines Hotelzimmers, öffne ihn und hole meine Waffe heraus. Dann ziehe ich mich an, stecke die

Waffe in die Jackentasche, greife mir meine Sachen und verlasse das Hotelzimmer.

Es ist erstaunlich, aber mein Herz rast nicht, es schlägt ganz regelmäßig, ich spüre auch keine Schweißperlen, nichts. Es ist, als würde ich zum Supermarkt fahren, um Besorgungen zu machen.

Das war beim ersten Mord noch ganz anders, da war ich voller Selbstzweifel, ob das alles richtig war, was ich so vorhatte. Aber ich wurde eines Besseren belehrt, wobei belehrt das falsche Wort ist. Ich wurde eher daran erinnert. Ja, das ist besser. Schließlich musste ich nicht erst belehrt werden, ich habe von Anfang an daran geglaubt, dass mir nur dieses Aufräumen Freiheit geben, mich von meinen Dämonen befreien kann.

Inzwischen sitze ich im Mietwagen und fahre zu dem verabredeten Ort. Es ist ein ganz gewöhnliches Auto. Diesmal ein Golf. Der fällt nicht auf, und selbst wenn die Polizei Reifenspuren am Tatort sichert, wie wollen sie anhand dieser Spuren je den Weg zu mir zurückverfolgen?

Unmöglich!

Ich habe für alle Eventualitäten vorgesorgt, aber nicht, weil ich der Polizei auf ewig entfliehen möchte, sondern weil ich verhindern will, dass ich meine Mission abbrechen muss. Die Polizei braucht sich auch keine Sorgen zu machen, dass ich ewig mordlüstern durch Deutschland ziehen werde. Nein, nur die, die auf meiner Liste stehen. Am Ende wird die letzte Person, die durch meine Hand stirbt, meine Wenigkeit sein, und die Polizei kann den Fall zu den Akten legen. So gesehen, bin ich sogar ein Ermittlungshelfer.

Wer weiß, vielleicht schreibe ich ihnen mal einen netten Brief, dass sie sich lieber um die wirklich schlimmen Mörder und Vergewaltiger kümmern sollen, da meine Mission bald ein Ende haben wird.

Ich schmunzle, natürlich werde ich diesen Brief nicht schreiben, aber die Idee hat was.

In Gedanken spiele ich die nächsten Stunden durch, bis zu Alwis Erlösung. Falls es einen Himmel gibt, wird seine verfluchte Seele dort nicht landen. Für diesen Dreckskerl ist ein Logenplatz in der Hölle reserviert, neben den anderen Dreckskerlen.

Ich erreiche das Ziel und parke den Wagen. Dann schaue ich auf meine Uhr und fühle mich bestätigt, dass ich noch massig Zeit habe. Ich steige aus, die Waffe nehme ich in die Hand, da nicht ausgeschlossen werden kann, dass Alwi, der Schlawiner, ebenfalls früher aufschlägt und mir eine Falle stellen will. Das scheint aber nicht der Fall zu sein, jedenfalls sehe ich niemanden, den ich nicht sehen sollte.

Doch dann bemerke ich, wie eine Person auf mich zusteuert. Ich mache mich groß, die Waffe in der Hand, bereit, die Person zu erschießen, wenn sie mir dumm kommt.

Es ist ein Mann, er ist groß, größer als ich, er kommt immer näher, er scheint mich tatsächlich anzuvisieren.

Nur noch wenige Schritte trennen uns, mein Finger liegt am Abzug. Gleich werde ich dieses Schwein, wer immer es ist, abknallen. Ich vermute, dass Alwi ihn angeheuert hat, weil er zu feige ist, sich mir entgegenzustellen.

»Hallo«, sagt der Mann, er ist zwei Schritte entfernt von mir stehen geblieben.

»Hallo«, antworte ich und lasse ihn nicht aus den Augen. Er hat seine Hände auf Schulterhöhe erhoben. Das ist gut, so kann er keine Dummheiten machen. Ich sehe auch keine Waffe in seiner Hand.

»Er ist nicht da«, sagt der Mann. Sein Blick wirkt ernst, viel ernster als meiner. Dann bewegen sich meine Mundwinkel nach oben. Natürlich habe ich nicht vor, den Mann zu töten. Warum auch? Er ist mir wichtig, er ist Teil meines Plans. Aber ein bisschen Humor ist selbst in diesem Augenblick nicht verkehrt, finde ich.

»Ich weiß. Er wird keine Gefahr darstellen. Das wird ein Kinderspiel«, antworte ich.

»Gehts dir gut?«

»Ja, alles gut. Mach dir keine Sorgen.«

»Sicher? Du wirkst unkonzentriert.«

»Ganz sicher. Ich bin nur nicht so ein Langweiler wie du«, versuche ich einen Scherz zu machen. »Entspann dich. Das hier wird ein Klacks. Alwi ist ein Feigling.«

»Nimm das nicht auf die leichte Schulter. Das hast du bei Lau auch gesagt und dann musste ich die Tochter entführen.«

»Bereust du es?«

»Nein, aber wir hätten das Ganze auch anders lösen können. Ich hatte Lau lange genug beobachtet. Ich hätte ihn unzählige Male erschießen können.«

»Das war aber nicht der Plan, ich musste ihm in die Augen schauen, ich musste sehen, ob er versteht, warum er sein Leben verwirkt hat.« Den überraschten Blick von Lau werde ich nie vergessen. Er dachte wohl, dass mein Kumpel alleine am verabredeten Ort auftauchen und er derjenige sein würde, mit dem er sich einigen müsste. Als ich dann wie aus dem Nichts auftauchte und ihn aus nächster Nähe erschoss, hat er ganz schön dumm aus der Wäsche geguckt. Das war schon lustig.

»Tot ist tot«, entgegnet mein Freund.

»Nein, das solltest du besser wissen«, rüge ich ihn, schärfer als beabsichtigt.

Er nickt, weil er versteht. Die Sorge steht ihm ins Gesicht geschrieben, weil er Mitgefühl hat. Nicht mit den Mördern, sondern mit mir. Auf meinen Schultern lastet alles und er möchte mir gerne helfen. Aber das geht nur bis zu einem gewissen Grad. Es ist meine Bürde, die Hauptrolle zu spielen, allerdings eher unfreiwillig. Das Leben ließ mir keine andere Wahl.

»Ich halte es noch immer für einen Fehler, dass die Tochter am Leben ist.«

»Entspann dich. Sie ist keine Gefahr. Sie hat dich nicht gesehen. Sie war betäubt und ist erst aufgewacht, als wir schon über alle Berge waren.«

»Trotzdem. Keine Überlebenden, haben wir gesagt.«

»Ja, das stimmt. Dabei bleibt es auch. Aber das war auf die Männer bezogen, nicht auf ihre Kinder. Wir sind keine Monster. Wie können wir für uns in Anspruch nehmen, dass wir die Guten sind, dass unsere Taten einer größeren Sache dienen, wenn wir deren Kinder töten?«

Wieder nickt er. »Du hast recht, entschuldige, ich mache mir nur Sorgen. Du wirkst verändert. Etwas ist in den letzten Tagen mit dir geschehen. Etwas, was du mir verschweigst, aber ich kenne dich.«

»Genug«, werde ich direkt. Manchmal muss ich mit ihm schimpfen, damit er wieder auf Linie kommt. »Ich habe alles im Griff. Das ist nur die Müdigkeit.« Ich möchte ihm nicht erzählen, dass ich die Tochter von Alwi vögele, das würde nur unnötig Fragen aufwerfen, die ich nicht beantworten möchte.

»Wenn du meinst.« Sein Blick geht zu seiner Uhr. »Es ist so weit. Ich halte mich bereit, beim kleinsten Zweifel erschieße ich den Dreckskerl.«

»Wie besprochen. Aber es wird keinen Zwischenfall geben.« Mein Freund, meine treue Seele, atmet schwer und geht weiter auf seinen Platz, so, wie wir es besprochen haben.

Ich bleibe zurück und bereue, dass ich ihn nicht über Natalie aufgeklärt habe. In diesem Augenblick finde ich, dass er verdient hätte, es zu wissen. Schließlich sind wir weit mehr als Freunde, was uns verbindet, geht über das irdische Leben hinaus. Sollte man da nicht wirklich alles übereinander wissen?

Egal. Jetzt ist er weg und ihm nachzulaufen, wäre reichlich albern. Ich schaue mich um, aber sonst ist hier niemand. Ich sage ja, Alwi ist ein Feigling, der würde nie jemanden anheuern, um mich zu töten. Vermutlich nicht nur, weil er ein Feigling ist, sondern auch, weil er glaubt, dass man mit Geld alle Probleme lösen kann.

Aber dieses hier nicht. Es gibt Dinge, die sind wichtiger als Geld und das ist auch gut so. »… und das ist auch gut so« –

ist das nicht das Zitat eines Ex-Oberbürgermeisters, der sich damals zu seiner Homosexualität bekannte?

Egal, es gibt jetzt Wichtigeres. Meine Gelassenheit ist schon sehr merkwürdig. Ist das wirklich der Routine geschuldet oder ist es ein Anzeichen dafür, dass ich kalte Füße bekomme und Alwi nicht töten werde? Wegen Natalie?

Ich schüttele den Kopf. Nein, es ist sicher die Routine.

Es ist Zeit, zurück zum Wagen zu gehen und auf Alwi zu warten. Im Auto ist es still, sehr still. Ich mag das Gefühl, das mit der Stille einhergeht. Die Stille hat mich noch nie enttäuscht. Es gab eine Zeit, da habe ich mich oft in diese Stille verkrochen. Sie gab mir einen Ort, den ich nur für mich hatte. Ich war gerne alleine in dieser Zeit. Jedenfalls habe ich mir das eingeredet, denn es gab auch eine Zeit, in der ich gesellig war und mit der Stille nicht klarkam.

Wie das Leben so spielt. Ist das Leben nicht wie Roulette? Keiner weiß, was der morgige Tag bringen wird.

Plötzlich wird es heller. Es sind Scheinwerfer. Das kann nur Alwi sein. Der Wagen stoppt, ich erkenne, dass nur eine Person darin sitzt.

Ich steige aus. Es gibt keinen Grund, eine Maske überzuziehen. Aus verschiedenen Gründen. Der Hauptgrund ist, dass Alwi gleich sterben wird, und ich habe noch nie von einem Toten gehört, der bei der Polizei gesungen hat.

Der andere Grund ist, dass es Vertrauen vorgaukeln soll. Alwi soll mich für einen Kleinkriminellen halten, der nur am schnellen Geld interessiert ist. Mein Gesicht wird ihm Sicherheit geben, dass es zu keiner weiteren Erpressung kommen wird, schließlich könnte er ja zur Polizei gehen und eine Aussage machen, damit man mich verhaftet. Doch so weit würde es Alwi, selbst wenn ich ihn am Leben ließe, nicht kommen lassen. Zu groß wäre seine Sorge, dass seine Affäre ans Tageslicht kommt. Nicht nur seine Ehe wäre dann ruiniert, sondern auch sein Sauberimage als treuer Ehemann und fürsorglicher Politiker. Werte, für die die FDP steht, oder?

Ich warte neben meinem Auto. Ich möchte, dass Alwi aussteigt. Aber er lässt sich Zeit.

Er wird doch keine kalten Füße bekommen, so kurz vor Walhalla? Quatsch, seine Seele wird nicht nach Walhalla aufsteigen, er ist weder ein Krieger noch ein Held. Er ist ein Dreckskerl, und wenn er eine Seele hat, wird Hel ihn in Helheim erwarten.

Steig endlich aus! Langsam werde ich unruhig und Ärger steigt in mir auf. So will er mich bestimmt nicht erleben.

Mein Blick ist starr auf ihn gerichtet, ich bin hochkonzentriert, in diesem Zustand höre ich eine Stecknadel fallen. Endlich steigt der Bastard aus und ich mache gemächlich ein paar Schritte auf ihn zu.

Alwins Schritte werden schneller. In der Mitte treffen wir uns. Nur drei Schritte trennen uns.

»Haben Sie den USB-Stick?«, fragt er. Er schaut mich gar nicht richtig an, er wirkt nervös, das kann man nicht übersehen. Vermutlich hat er noch keine Erfahrung mit Erpressungen.

»Habe ich dabei«, sage ich und berühre mir der linken Hand, die wie meine rechte in Handschuhen steckt, die Außentasche meiner Jacke. Doch dort liegt nur meine Waffe, bereit, mein Werk zu vollenden. Ein blutiges, aber schönes Werk.

Herrlich, dass eine einzige Kugel so viel Macht hat.

»Haben Sie das Geld?«, frage ich. Dabei interessiert mich das Geld überhaupt nicht, es ist nur Teil der Show. Unbeirrt steuere ich auf den dritten Akt zu, auf das Finale. Auf das Warum. Sicher wird er wissen wollen, warum er sterben muss, wenn ich die Waffe auf ihn richte. Aber vorher muss ich das Schauspiel noch fortsetzen, ihm das Gefühl geben, dass ich nur ein Kleinkrimineller bin, der den schnellen Euro machen will.

»Ja, in der Tasche«, sagt er und zeigt auf die kleine Tasche, die er in der Hand hält. »Woher weiß ich, dass Sie keine Kopie von dem Inhalt auf dem USB-Stick haben?«

»Das habe ich Ihnen doch schon geschrieben, da müssen Sie mir einfach vertrauen.«

Er wirkt nicht überzeugt. Dafür, dass er so erfolgreich ist, scheint er nicht der Hellste zu sein. »Würde ich Ihnen sonst mein Gesicht zeigen? Ich brauche die Kohle, dringend. Habe da ein paar Schulden. Ganz ehrlich, das hier ist nicht wirklich mein Ding. Aber so blöd, wie Sie waren, mit Ihrem Passwort, ist es doch nicht meine Schuld, dass ich diese Chance genutzt habe. Wenn ich es nicht getan hätte, hätte es jemand anderer getan. Außerdem, warum müssen Sie Ihre Ehefrau überhaupt betrügen?«

»Geben Sie mir den USB-Stick«, sagt er. Er scheint mir gar nicht zuzuhören.

»Erst das Geld«, erwidere ich. Es ist wie ein Spiel. Wer verliert zuerst die Nerven? Ich werde das mit Sicherheit nicht sein. Ich möchte, dass er mental in die Knie geht und mir zuerst das Geld gibt. Dann werde ich die Waffe auf ihn richten und den Schlussakt einläuten.

»Das ist wirklich die einzige Kopie?«, wiederholt er seine Frage. Obwohl er mein Gesicht sieht, scheint er mir nicht zu trauen.

»Das hatten wir doch schon. Entweder Sie geben mir jetzt das Geld oder wir beenden das Ganze, dann werde ich all diese kleinen schmutzigen Bilder dem Mannheimer Morgen schicken.« Es wird Zeit, das Tempo etwas anzuziehen. Alwis Übervorsicht geht mir auf die Nerven. Natürlich könnte ich ihn auch sofort erschießen, aber wo bleibt dann der Spaß?

Wobei auch das nicht ganz der Wahrheit entspricht, hier geht es um vieles, aber nicht um Spaß. Oder doch?

»Gut, aber wenn Sie mich verarschen, finde ich Sie. Ich weiß, wie Sie aussehen.«

»Du Depp«, rutscht es mir heraus. »Genau deswegen trage ich doch keine Maske.«

Statt etwas zu sagen, nickt Alwi und öffnet endlich seine kleine Tasche.

Sobald ich das Geld sehe, werde ich die Waffe zücken und den Schlussakt einläuten.

»Jetzt gib mir diesen USB-Stick, sonst erschieße ich dich!«, brüllt Alwi plötzlich und überrascht mich mit einer Waffe in der Hand anstatt der Geldscheine.

Das hätte ich diesem kleinen Mistkerl gar nicht zugetraut.

Doch, doch! Du weißt, dass er kein guter Mensch ist. Der hätte sich nie auf einen Deal eingelassen, das wusstest du tief in deinem Herzen, aber du warst überheblich!, schimpfe ich mit mir, weil mir bewusst wird, dass ich wieder einen Fehler begangen habe.

»Wollen Sie wirklich ein Mörder sein?«, frage ich. Meine Stimme ist ruhig, noch habe ich Hoffnung, dass ich die Sache zu meinen Gunsten drehen kann. Aber ich bin auch ruhig, weil ich keine Angst vor dem Tod habe. Ich bin doch schon tot. »Wie wollen Sie das Natalie erklären?«

»Natalie? Woher kennen Sie den Namen meiner Tochter?«, fragt er erschrocken.

Ich lache. »Glauben Sie, ich würde meine Hausaufgaben nicht machen? Mensch, Alwi, für wie dämlich halten Sie mich?« Dann hebe ich die Hand und Plan B kommt zum Einsatz. Mein Freund erscheint. »Wenn Sie mich erschießen, wird mein Freund Ihre Tochter töten. Wollen Sie das wirklich?«

»Ich dachte …«

»Ich dachte«, äffe ich ihn nach und unterbreche. »Waffe runter. Sie wollen doch nicht das Blut Ihrer Tochter an Ihren Händen haben. Sie können mich erschießen, aber uns beide werden Sie nicht schaffen. Mein Freund erschießt Sie, sobald Sie mich erschossen haben.« Alwis Blick und der Lauf seiner Waffe wandern von mir zu meinem Freund. Er weiß, dass er verloren hat, aber er will es nicht wahrhaben.

»Legen Sie die Waffe weg, bevor ein Unglück passiert. Ihrer Tochter wird nichts geschehen.«

Alwin scheint mir noch immer nicht zu glauben, aber mein Freund kommt immer näher. Nur noch wenige Schritte, bis er neben mir steht, und ich weiß, dass er Alwi erschießen wird. Er steht nicht auf diese kleinen Spielchen, so wie ich es tue. Aber ich hoffe, dass Alwi zur Vernunft kommen und die Waffe senken wird. So einfach will ich ihn nicht sterben lassen.

»Legen Sie die Waffe weg.« Meine Stimme wird schärfer. »Sie haben mein Wort, dass dies hier die einzige Kopie ist. Geben Sie mir das Geld und Sie werden uns beide nie wieder zu Gesicht bekommen. Und Ihre Tochter wird nie erfahren, wie knapp sie heute Abend dem Tod von der Schippe gesprungen ist.« Mein Blick hat Alwis Gesicht klar im Visier und endlich senkt er die Waffe.

Mein Freund hält seine Waffe weiterhin auf Alwi gerichtet, er macht ein paar schnelle Schritte und entreißt ihm die Waffe. Alwi stolpert dabei und geht zu Boden.

»Wo ist der USB-Stick?«, fragt er und will wieder auf die Beine, doch ich versetze ihm einen schnellen Tritt.

»Sie bleiben unten, Sie dreckiger Bastard«, brülle ich ihn an und ziehe meine Waffe.

»Was soll das?«, wird Alwin nun selbst laut. Seine Augen sind voller Todesangst. Das finde ich sehr schön, es ist wie eine Symphonie, selbst Beethoven könnte keine schönere Komposition schreiben.

»Schnauze«, brülle ich und trete mit dem rechten Fuß gegen Alwis Bauch. Er krümmt sich vor Schmerz, aber ich trete erneut zu. Diesmal treffe ich seinen Allerwertesten. »Sie haben es verdient, zu sterben. Wollen Sie wissen, warum?«

»Was soll das? Bitte?« Alwin hat ganz offensichtlich immer noch nicht begriffen, er versucht, seinen Kopf aus der Schlinge zu ziehen.

»Es wurde Anklage gegen Sie erhoben und Sie wurden zum Tode verurteilt.« Ich trete weiter auf ihn ein, treffe jeden Körperteil. Inzwischen ist seine Gegenwehr dahin, Alwin ist nur noch ein kleines Mäuschen. Ich lache, aber nicht, weil ich gut drauf bin, sondern weil ich wütend bin. Wütend auf Alwin, wütend auf das Leben, wütend auf mich. Auf alles.

Dann schaue ich ihm direkt in die Augen und verrate ihm den Grund, warum er sterben muss. Er starrt mich an, als hätte er einen Geist gesehen, er kann nicht glauben, was er gerade gehört hat.

»Das kann nicht sein«, sagt er schwach. So schwach, dass ihn allein seine Worte verraten.

»Doch.« Dann drücke ich ab und Alwin bewegt sich nicht mehr. Er ist tot.

»Geh, ich kümmere mich um den Rest«, sagt mein Freund. Ich nicke und gehe zurück zum Wagen.

Im Auto löst sich eine Träne aus meinem Augenwinkel und wandert mein Gesicht herunter. Ich wische die Träne nicht weg, sie erreicht meine Lippen, ich schmecke Salz und ich erinnere mich, dass es nicht das erste Mal ist, dass eine Träne sich so leise aus meinem Auge gelöst hat und die Wange heruntergelaufen ist bis zu meinen Lippen.

Meine Gedanken sind weit weg, weit weg von dieser Welt. Dort ist nichts als Leere und Dunkelheit, umschlossen von Kälte und Hoffnungslosigkeit.

Eine Weile verharre ich, nur mein schneller Atem verrät, wie aufgewühlt ich bin. Ich schließe die Augen und mein Atem wird langsamer, mein Herzschlag beruhigt sich und meine Gedanken kehren aus der dunklen unwirklichen Ewigkeit zurück in das Hier und Jetzt.

Dann öffne ich die Augen und schaue in den Rückspiegel. Meine Augen sehen müde aus. Nein, sie sind müde. Aber sie sagen mir auch, dass ich jetzt nicht allein sein sollte.

Ich greife zu meinem Handy und sehe, dass mir Natalie unzählige Nachrichten geschrieben hat.

Ich öffne die Letzte.

Hast du mich vergessen?,

schreibt sie. Ein trauriger Emoji unterstreicht ihre Frage.

Nein. Wie kommst du darauf? Ich war beschäftigt,

antworte ich ihr.

Weil du gar nicht geantwortet hast,

kommt prompt ihre Reaktion. Diesmal begleitet von einem lächelnden Emoji.

Ich sagte doch, dass ich beschäftigt bin. Möchtest du dich treffen?

Ich hoffe, dass sie jetzt nicht aus Trotz schreibt, dass sie nicht könne. Die Antwort lässt nicht lange auf sich warten:

Klar, soll ich zu dir ins Hotel kommen?

Ja, in einer Stunde? Ich fahre gerade vom Kunden zurück.

Supi. Bis gleich. Freu mich!

Bis gleich. Ich freue mich auch,

antworte ich ihr. Ich bin erleichtert, dass sie nicht sauer ist und zugesagt hat, weil ich diese Nacht nicht alleine sein möchte. Zu sehr fürchte ich die Gedanken und Albträume, die nur darauf warten, mich in meiner Einsamkeit heimzusuchen. Es ist diesmal anders als bei den zwei Toten zuvor, da habe ich gut geschlafen.

Ich starte den Motor, um zurück ins Hotel zu fahren, damit ich Natalie, Alwis Tochter, dessen Blut an meinen Händen klebt, ficken kann.

23

13. September, Mannheim

Nele Blum lief gegen das Vergessen, sie lief gegen ihre Dämonen und sie lief, weil sie schlecht geschlafen hatte. Seit einigen Jahren joggte sie schon. Es half ihr, ihre Gedanken zu sortieren, und es half ihr, nicht zu vergessen, was wichtig im Leben war: sie!

Dass sie an diesem Morgen um 6 Uhr aufstehen und joggen würde, hätte sie in der vergangenen Nacht nicht für möglich gehalten. Bis 1 Uhr morgens hatte sie in einer Bar am Jungbusch mit Freunden gefeiert und sie hatte viel getrunken, viel mehr, als sie es hätte tun sollen.

»Tom würde dir wieder Vorwürfe machen«, sagte sie zu sich, als sie den Neckar entlang Richtung Museumsschiff lief. Tom Hardt war seit Kurzem ihr Partner bei der Mannheimer Kriminalpolizei und in vielen Dingen das genaue Gegenteil von ihr. Dennoch hatte sie das Gefühl, dass sie in letzter Zeit immer besser miteinander auskamen. Zu Beginn waren sie sehr oft aneinandergeraten, da Tom ihr das Gefühl vermittelt hatte, er wolle seine Meinung, Denkweise und Einstellung auf sie übertragen, was Nele überhaupt nicht recht war. Sie war eine selbstbewusste und emanzipierte Frau, die zu ihren Überzeugungen und zu ihrem unkonventionellen Leben stand. Wem das nicht passte, sollte sich nicht anmaßen, ihr Leben zu kritisieren.

Inzwischen hatte sie die Abendakademie erreicht und joggte gemächlich nach Hause. Sie wohnte im H3 Quadrat in der Nähe des Mannheimer Marktplatzes, einem Multikulti-Knotenpunkt Mannheims. Hier reihte sich ein türkisches Café und Restaurant an das nächste. Vor einem Café, das sie öfter besuchte, blieb sie stehen, da es als eines der wenigen bereits geöffnet hatte.

Auf der Terrasse standen schon Stühle und Tische bereit, vermutlich, weil auch heute ein sonniger und warmer Tag anstand wie die letzten Tage. Sie bestellte einen Kaffee und setzte sich an einen der Tische.

So langsam füllte sich der Marktplatz. Es war kurz nach 7 Uhr und da sie erst um 9 Uhr ins Präsidium musste, konnte sie sich Zeit lassen.

»Möchtest du was essen?«, fragte der Kellner, als er ihr den Kaffee brachte.

»Danke, Yusuf. Du weißt doch, ich brauche nur Kaffee.«

»Morgens sollte man wie Gott essen. Nur Kaffee, das ist doch nichts«, erwiderte Yusuf. »Trink wenigstens einen türkischen Tee.«

Nele lachte, schüttelte aber den Kopf. »Nichts geht über meinen Morgenkaffee.«

»Irgendwann habe ich dich so weit, dann wirst du mich verstehen.«

»Irgendwann«, schmunzelte Nele. Als sie den ersten Schluck Kaffee aus dem Becher nahm, wusste sie, dass es dieses Irgendwann niemals geben würde. Doch dieser Wortwechsel gehörte bei ihr und Yusuf dazu, es war ihr persönlicher Running Gag. Immerhin kannten sie sich, seit sie in die H3 Quadrate gezogen war, und das war inzwischen einige Jahre her. Trotz oder gerade wegen der hohen Ausländerdichte fühlte sich Nele hier sehr wohl.

Sie ließ ihren Blick über den Marktplatz schweifen und stellte wie so oft fest, dass sie das Gewusel der Menschen hier ungemein beruhigte, aber auch das Joggen und der Kaffee halfen ihr sehr, sich zu entspannen.

Heute war so ein Tag, an dem sie die Arbeit gerne geschwänzt hätte, sich am liebsten treiben lassen hätte. Sie hätte sich natürlich krankschreiben lassen können. Ernst Sutter, ihr Chef bei der Mannheimer Kriminalpolizei, hätte keine Fragen gestellt, so gut war ihr Verhältnis. Aber dazu würde es nie kommen, weil Nele dieses Vertrauen niemals ausnutzen würde. Selbstverständlich würde sie heute pünktlich um 9 Uhr im Präsidium erscheinen, nicht nur, weil sie eine pflichtbewusste Beamtin war, sondern auch, weil sie ihren Job mochte, selbst wenn sie manchmal mit dem Gedanken spielte, die Arbeit einfach zu schwänzen. Wer tat das nicht hin und wieder?

»Hier, geht aufs Haus«, sagte Yusuf und erschien mit zwei kleinen Teegläsern, von denen er ihr eines reichte.

»Das wäre aber nicht nötig.«

»Nur Kaffee? Das war mehr als nötig«, lachte Yusuf und nahm neben ihr Platz. »Wie gehts dir?«

»Gut, danke der Nachfrage. Wie gehts deiner Frau und den Kindern?«

»Alles gut, danke. Und du? Bist du noch immer ein einsamer Wolf?«

»Sieht so aus.«

»Du musst dich verlieben. Liebe ist der Schlüssel zum Glück. Sie fehlt dir, deswegen wachst du so früh auf und gehst laufen.«

»Vielleicht. Aber sich verlieben ist nicht so einfach.«

»Doch, ist es, man muss es nur wollen. Du hast zu viel Angst, dabei bist du Polizistin. Du bringst die ganz bösen Jungs hinter Gitter, aber vor deinen Gefühlen hast du Angst.«

»Dann stell mir doch eine deiner süßen Freundinnen vor«, schmunzelte Nele. Sie wollte auf Yusufs Anspielung nicht näher eingehen, weil es Dinge gab, die Yusuf nicht wusste und nicht wissen sollte.

»Welche Freundinnen?« Yusuf hob die Schultern. »Seit ich verheiratet bin, passt meine Frau auf, dass ich keiner fremden Frau zu nahe komme. Als ob ich je eine andere Frau als meine Pinar lieben könnte.«

»Jetzt übertreibst du aber, Pinar ist doch überhaupt nicht eifersüchtig.«

»Dir gegenüber nicht, weil du Frauen liebst. Aber wehe, eine der vielen hübschen Frauen schaut mich zu lange an. Was kann ich dafür, dass mich der liebe Allah mit so viel Schönheit gesegnet hat?« Yusuf lachte.

Was Yusufs Aussehen anbelangte, musste sie ihm recht geben, er sah wirklich gut aus, aber mit seiner Frau und ihrer Eifersucht übertrieb er. Die Wahrheit war, dass Yusuf tatsächlich nur Augen für seine Frau hatte, Nele gegenüber aber gerne den Macho gab, was sie irgendwie amüsant fand.

»Eine Frau wie Pinar bekommst du nie wieder. Verbock das nicht«, antwortete Nele und nahm einen Schluck aus dem Teeglas. Den Kaffee hatte sie schon ausgetrunken. Der Tee war gut, aber sie war einfach eine Kaffeetrinkerin.

»Das werde ich nicht. Sie und meine beiden Engel sind mein Leben. Ich würde mir das Herz herausreißen, wenn sie es bräuchten.«

Nele sagte nichts, stattdessen nahm sie noch einen Schluck aus dem kleinen Glas, aber insgeheim fragte sie sich, wie es wohl wäre, jemanden so bedingungslos zu lieben, wie Yusuf es tat. Könnte sie das überhaupt?

Sie fürchtete, nicht, dafür war sie vermutlich nicht leidenschaftlich und selbstlos genug.

Schade, huschte ein Gedanke durch ihren Kopf.

»Möchtest du nicht doch ein kleines Käsegebäck?«

»Sehr lieb von dir, aber ich muss gleich los. Die Pflicht ruft, was bekommst du?«

»Ein freundliches Dankeschön.«

»Nein, das geht nicht ...«

»Warum?«, unterbrach Yusuf sie.

»Du weißt, wie ich das meine. Was bekommst du?«

»Heute nicht. Du bist mein Gast.«

»Ich tue mir ...«

»Bitte, morgen berechne ich das Doppelte.« Yusuf grinste über beide Backen. Nele blieb nichts anderes übrig, als die Einladung anzunehmen und sich freundlich zu bedanken.

»Bis die Tage.«

»Bis dahin und denk an meine Worte. Sei bereit für die Liebe.«

Nele nickte nur, stand auf und ging zurück zu ihrer Wohnung.

Kaum war sie eingetreten, klingelte ihr Handy.

»Guten Morgen, Ernst. Was ist los?«

»Eine Leiche unweit des Wildgeheges Karlstein. Ich schicke dir die genauen Koordinaten. Fährst du bitte los, sobald du kannst? Tom macht sich auch gleich auf den Weg.«

»Mach ich«, sagte Nele und beendete das Gespräch. Damit hatte sich die kleine Hoffnung, dass heute ein ruhiger Tag werden würde, in Luft aufgelöst. Sie duschte sich schnell ab, zog sich an und fuhr los.

Als sie den Tatort erreichte, sah sie bereits unzählige Polizeifahrzeuge in der Nähe, aber auch Sanitäter waren vor Ort. Die Spurensicherung war schon bei der Arbeit, Kollegen von der Streife hatten den Bereich mit Absperrband abgeriegelt. Dass sich Schaulustige hierher verlaufen würden, war allerdings kaum wahrscheinlich. Es war ein einsamer Parkplatz, der vermutlich nur, wenn überhaupt, von Wanderern genutzt wurde.

Ein perfekter Ort, um jemanden zu töten, dachte Nele. Sicher hatte der Täter das Opfer bewusst hierhergelockt. An eine Zufallstat wollte sie nicht glauben, es sei denn, der Mörder hatte die Leiche lediglich an diesem Ort entsorgt. So oder so, für wilde Spekulationen war es noch zu früh.

»Guten Morgen, Christian«, begrüßte sie Christian Schneider, den Leiter der Spurensicherung.

»Guten Morgen, hat man dich auch so früh aus dem Bett geholt?«

»Aus dem Bett nicht, ich war schon joggen. Möchtest du vorab eine Prognose abgeben?«

»Alles sieht danach aus, dass der Mann hier ermordet wurde.«

»Hier? Sicher?«

»Ja, das Blut auf dem Boden und die Position der Leiche

deuten darauf hin. Es würde mich wundern, wenn die Leiche post mortem an diesen Ort gebracht worden wäre.«

»Das heißt, dass sich Täter und Opfer hier getroffen haben«, überlegte Nele laut.

»Sieht so aus. Bei der Leiche ...«

»Guten Morgen«, wurde Christian unterbrochen. Tom Hardt, Neles Kollege, trat zu ihnen.

»Guten Morgen«, antworteten beide.

»Bevor Sie fragen, das Opfer wurde vermutlich hier hingerichtet.«

»Verstehe. Wer hat sie gefunden?«

»Ein junger Mann. Er wird gerade medizinisch betreut.«

»Dann sollten wir uns mit ihm unterhalten«, sagte Tom, schaute kurz zu Nele und ging los, sie folgte ihm.

»Guten Morgen. Haben Sie die Leiche gefunden?«, fragte Tom.

Der junge Mann, den Nele auf Anfang zwanzig schätzte, nickte.

»Wann war das?«

»Vor einer Stunde oder so.«

»Was haben Sie so früh hier gemacht?«

»Ich jogge in der Gegend«, antwortete der Mann. Er wirkte etwas unsicher und irritiert, er verstand wohl die Frage nicht ganz.

»Joggen Sie regelmäßig an diesem Ort?«

»Ja.«

»Morgens?«

»Ja.«

»Ist Ihnen etwas Ungewöhnliches aufgefallen?«

»Was meinen Sie?«

»Na, als Sie die Leiche gefunden haben. War da noch jemand? War etwas anders als die Tage zuvor? Sie joggen doch hier regelmäßig.«

»Nein, nein«, der Mann schüttelte den Kopf. »Um die Zeit sind hier keine Menschen.«

»Und parkende Autos?«, fragte Nele, schließlich standen sie auf einem Parkplatz, da war es doch möglich, dass jemand hier seinen Wagen abgestellt hatte.

»Nein, ich war alleine hier. Gestern habe ich auch kein Auto hier gesehen. Dieser Parkplatz wird selten genutzt. Muss ich mir Sorgen machen? Ich jogge hier so gut wie jeden Tag.«

»Müssen Sie nicht. Der Täter wird diesen Ort kein zweites Mal aufsuchen«, antwortete Nele. Sie wollte dem jungen Mann die Angst nehmen und da das Opfer hier ermordet worden war, sprach viel für eine Beziehungstat oder dafür, dass sich Opfer und Täter gekannt hatten.

»Trotzdem sollten Sie vielleicht die nächsten zwei Wochen an einem anderen Ort joggen«, schlug Tom vor. »Haben wir Ihre Personalien?«

»Ja, ein Polizist von der Streife hat sie.«

»Gut. Wenn Ihnen doch noch etwas einfallen sollte, rufen Sie uns an.« Tom reichte ihm seine Visitenkarte, danach entfernten sich die beiden Beamten von dem Mann.

»Der hat nichts gesehen«, bemerkte Tom.

»Das denke ich auch. Vermutlich haben sich Opfer und Täter hier getroffen, was dafür spricht, dass sie sich kannten«, sprach Nele laut aus, was sie bisher nur gedacht hatte.

»Möglich. Warum sonst sollte das Opfer an diesen einsamen Ort kommen? Sicherlich nicht, um sich töten zu lassen. Wissen wir denn schon, wer es ist?«

»Ich bin keine fünf Minuten vor Ihnen hier gewesen.«

»Verstehe. Dann sollten wir mit Christian sprechen. Vielleicht weiß die Spurensicherung, wer das Opfer ist.«

»Ihr wollt zu mir«, hörte Nele da Christian sagen, er hatte sich ihnen unbemerkt genähert.

»Du hast gute Ohren«, entgegnete Nele. »Wisst ihr schon, wer der Tote ist?«

»Wir haben seine Geldbörse gefunden und seinen Personalausweis. Alwin Vogel heißt der Tote.«

»Der FDP-Politiker?«, fragte Nele. Es war eher eine Feststellung und sofort meldete sich eine sorgenvolle Ahnung: Hatten Sie es mit dem Politikermörder zu tun, der gerade Deutschland unsicher machte? Nele hatte von den Morden in der Presse erfahren, denn der letzte Mord in Köln hatte endgültig dafür gesorgt, dass die Medien dem Mörder bundesweit täglich ihre Beachtung schenkten.

»Genau. Aber vielleicht haben wir etwas.«

24

Köln

Zoe wusste nicht, ob sie Ali Arinc vertrauen konnte, trotzdem hatte sie ihn angeheuert. Was riskierte sie am Ende?

Die fünfzigtausend Euro, die sie ihm für den Mörder versprochen hatte, waren gut investiert, wenn es ihm tatsächlich gelänge, ihn zu schnappen. Dass sie gerade nicht flüssig war, war unerheblich. Woher hätte sie auch so viel Geld in bar nehmen sollen? Ihr Vater war zwar vermögend gewesen, aber er hatte darauf geachtet, dass seine Tochter nicht zu sehr verwöhnt wurde, dass sie den Wert des Geldes schätzen lernte. Wenn es nötig wäre, würde sie schon an das Geld herankommen, daran zweifelte sie keine Sekunde. Ihre Mutter würde es ihr geben, sie hatte einen Anspruch darauf, es war schließlich ihr Erbe.

Sie war sehr stolz auf sich, dass sie Ali hatte überzeugen können, keinen Vorschuss zu verlangen. Natürlich hatte er zunächst darauf beharrt, 25.000 Euro vorab zu kassieren, aber da war sie einfach aufgestanden und Ali hatte eingelenkt. »Gut. Ihr Mut und Ihre Entschlossenheit gefallen mir. Deal«, hatte er gesagt und sie hatten die Vereinbarung mit Handschlag besiegelt.

Zoe hatte darauf bestanden, dass Ali den Mörder lebend stellte. Sie wollte ihm in die Augen schauen, bevor sie Ali den Befehl geben würde, das miese Schwein zu erschießen.

Dass sie den Mörder tot sehen wollte, stand außer Frage, die Wut und der Hass auf ihn waren noch zu groß, als dass sie ihm die Gnade einer lebenslangen Haft gegönnt hätte.

Jetzt saß sie wieder in ihrem Zimmer und blätterte erneut in dem Filofax ihres Vaters in der Hoffnung, dass sie etwas übersehen hatte. Irgendetwas, das ihr einen Hinweis auf den Mörder geben könnte.

Ali hatte ihr erzählt, dass ihr Vater sich bedroht gefühlt, am Ende aber aus Sorge vor schlechter PR von seinem Auftrag zum Personenschutz Abstand genommen habe. Blieb die Frage, warum er nicht einen seriösen Wachschutz oder Bodyguard angeheuert hatte.

Mit Peter Walsh an seiner Seite wäre Papa bestimmt noch am Leben, dachte sie und spürte einen Kloß im Hals. Doch sie ermahnte sich, nicht wieder in dieses Muster zurückzufallen. Solche theoretischen Annahmen brachten sie nicht weiter. Sie halfen weder, dem Täter auf die Spur zu kommen, noch, ihren Vater zurückzubringen. Er war tot. Unwiderruflich. Und nichts auf der Welt würde das je ändern.

Vielleicht hat Papa geglaubt, dass die Gefahr nicht mehr bestand. Was, wenn er sich mit dem Mörder geeinigt hat? Ihm eine große Geldsumme überwiesen hat, der Täter aber noch gieriger wurde?

Plötzlich kam ihr eine Idee. Wenn ihr Vater tatsächlich Erpressungsgeld überwiesen hatte, müsste man das anhand der Kontoauszüge sehen, oder nicht? Und sie wusste, wo ihr Vater die Kontoauszüge aufbewahrte. Er war da sehr altmodisch und hatte kein Online-Banking genutzt. Die Auszüge hatte er akribisch in einem Ordner abgeheftet, der in seinem Bürozimmer in der Villa lag. Früher hatte sie sich nie dafür interessiert, aber ihr Vater hatte nie ein Geheimnis daraus gemacht, wo er welche Unterlagen aufbewahrte, weil er ihr vertraut und auf diese Weise versucht hatte, ihr Gespür für den Wert des Geldes und anderer Güter zu schärfen.

Kurze Zeit später saß sie mit dem Ordner in der Hand auf dem Bürostuhl und blätterte die Kontoauszüge durch. Leider gab es keine außergewöhnliche Überweisung oder Barabhebung.

In diesem Moment verstand sie jedoch, warum ihr Vater sich immer wieder über den Konsumrausch ihrer Mutter aufgeregt hatte, sah sie doch, wie viel Geld ihre Mutter jeden Monat für Shopping, Kosmetik und Reisen ausgab.

Wie automatisch meldete sich jetzt ein erschütternder Gedanke: Hatte er vielleicht noch andere Konten gehabt? Schwarze Konten? Noch während sie darüber nachdachte, betrat ihre Mutter das Zimmer, Zoe bemerkte ihr Eintreten zunächst nicht.

»Was machst du hier?«

Zoe zuckte zusammen.

»Erschreck mich doch nicht so.«

»Was machst du hier?«, fragte ihre Mutter erneut.

»Weißt du, ob Papa in letzter Zeit eine größere Geldsumme abgehoben hat?«

»Nein, warum sollte er?«

»Vielleicht wurde er erpresst.«

»Zoe, warum tust du das? Das ist die Arbeit der Polizei.«

»Dass ich nicht lache, was haben die denn bisher erreicht? Du hast selbst gesagt, wenn wir nicht aufpassen, werden wir noch verdächtigt. Und ich werde bestimmt nicht hier sitzen und Däumchen drehen.«

»Papa hätte nicht gewollt, dass du in seinen Angelegenheiten herumschnüffelst.« Monika Lau schüttelte den Kopf, als könnte sie nicht begreifen, warum ihre Tochter sich diese Mühe machte.

»Ich schnüffle nicht«, reagierte Zoe scharf. »Wenigstens versuche ich herauszufinden, warum Papa ermordet wurde. Du bist in dieser Hinsicht sehr gleichgültig, fast könnte man meinen, dir wäre es egal, dass Papa tot ist.«

»Zoe!« Die Stimme ihrer Mutter wurde schrill.

»Es tut mir leid«, entschuldigte sie sich sofort, sie hatte es nicht so gemeint und garantiert suchte sie keinen Streit mit ihrer Mutter. Trotzdem wollte sie sich nicht von ihren Plänen abbringen lassen. »Es muss doch eine Verbindung zwischen dem Täter und Papa geben. Wusstest du, dass Papa Leute anstellen wollte, die ihn beschützen sollten?«

»Ich möchte, dass du diese eigenständige Suche einstellst, hörst du? Du bringst dich nur in Gefahr. Papa war ein einflussreicher Politiker und ein erfolgreicher Unternehmer, da hat man Feinde und gibt sich mit Menschen ab, die gefährlich sind. Ich möchte mir keine Sorgen um dich machen müssen. Habe ich mich klar genug ausgedrückt?«

Bevor Zoe etwas erwidern konnte, verließ ihre Mutter das Büro, vermutlich, um jede weitere Diskussion zu unterbinden. Ihre Mutter wusste, wie dickköpfig ihre Tochter sein konnte.

Zoe indes war klar, dass ihre Recherchen gefährlich sein könnten, aber das war für sie kein Grund, sie einzustellen. Nicht umsonst hatte sie ein Volontariat bei einer Zeitung begonnen. Ihr ausgeprägter Gerechtigkeitssinn war schon immer ein Teil von ihr gewesen und sicherlich würde sie diesen Teil ihrer Persönlichkeit nicht für die Aufklärung des Mordes an ihrem Vater unterdrücken.

»Es muss ein schwarzes Konto geben«, murmelte Zoe, nachdem sie den kompletten Ordner mit Kontoauszügen durchgesehen hatte. Eine andere Option als Erpressung kam ihrer Einschätzung nach derzeit nicht infrage. Wäre es ein politischer Mord gewesen, wie es in den Medien derzeit behandelt wurde, hätte ihr Vater keine Gangster engagieren müssen, um sich zu schützen. Da hätte eine normale Security ausgereicht. Zwielichtige Gestalten wie Ali heuerte man doch nur an, wenn man es selbst mit zwielichtigen Gestalten zu tun hatte.

Zoe durchsuchte nun das gesamte Büro, ließ keinen Ordner und kein Fach aus. Eine Stunde später musste sie sich eingestehen, dass sie keinen Schritt weitergekommen war. Wenn es dieses ominöse schwarze Konto gab, hatte sie es nicht gefunden.

Entnervt ging sie zurück in ihr Zimmer und setzte sich an ihren Computer, um im Internet nach Informationen über ihren Vater zu suchen. Sie hatte das zwar schon getan, aber vielleicht war ihr etwas entgangen.

Sie stieß auf einen Artikel, in dem es um eine mögliche

Übernahme des Familienunternehmens durch ein anderes Unternehmen ging, die ihr Vater aber erfolgreich abgewehrt hatte. Dass die Übernahme etwas mit dem Mord an ihm zu tun haben könnte, glaubte sie nicht.

Zoe suchte weiter, stieß aber auf keine neuen Hinweise, die ihr etwas nützen konnten. Danach schaute sie sich zum wiederholten Male die sozialen Profile ihres Vaters an, einschließlich des Profils der CDU. Gerade auf Facebook gab es jede Menge Trolle, die schreckliche Dinge posteten, aber keiner der Posts gab ihr das Gefühl, dass sie es bei dem Verfasser mit einem Mörder zu tun haben könnte.

Es war schon ein komisches Gefühl, da war ihr Vater tot, aber noch immer suggerierten seine sozialen Profile, dass er am aktiven Leben teilnähme, weil niemand diese Profile deaktiviert hatte. Zoe wollte sich darum kümmern, aber sie wusste, wie kompliziert das war. Nur, wenn sie es nicht tat, würde es niemand anderer tun. Das war die Kehrseite der digitalen Welt.

»Es war ein Profi«, dachte sie laut und fühlte sich erneut darin bestärkt, dass es sich nur um eine Erpressung handeln konnte.

Dann hatte sie eine Idee. »Papas privater Laptop!«

Schnell verließ sie das Zimmer und betrat das Schlafzimmer ihrer Eltern, wo der Laptop liegen musste.

Sie behielt recht. Der Laptop lag auf der Nachtkommode und war ans Stromnetz angeschlossen. Ihre Mutter hatte ihn offensichtlich nicht angerührt.

Sie nahm den Laptop mit in ihr Zimmer und setzte sich damit auf ihr Bett, dann startete sie ihn.

»Mist! Passwort!« Sie presste die Lippen zusammen, das Passwort kannte sie nicht. Aber sie kannte ihren Vater nur zu gut. Er war kein Mensch, der sich ein kompliziertes Passwort ausdenken würde.

Der erste Versuch schlug fehl. Sie hatte ihren Namen und den ihres Vaters zusammengeschrieben versucht.

»Wie ist dein Passwort?«, überlegte Zoe und versuchte es mit dem Namen ihrer Mutter inklusive ihres Geburtstages, aber auch diese Kombination schlug fehl.

»Klar«, rief sie dann und schlug sich mit der Hand gegen die Stirn. Nun tippte sie:

Quatschmatsch.

Das System nahm das Passwort an und der Desktopbildschirm erschien. Ihre Augen wurden feucht. Dieses Wort war etwas Besonderes gewesen. Als sie noch klein war, hatte sie es immer zu ihrem Papa gesagt und für lange Zeit war es ihr gemeinsames Wort gewesen. Irgendwann, als sie die Pubertät erreicht hatte, war es in Vergessenheit geraten, für sie jedenfalls. Aber wie es schien, hatte es für ihren Vater nie an Bedeutung verloren.

Als Erstes öffnete sie Outlook, da nicht auszuschließen war, dass der Mörder sich via E-Mail bei ihm gemeldet hatte. Doch statt der E-Mails erschien eine Fehlermeldung, die Nachrichten konnten nicht geladen werden, der Benutzer solle sich an den Admin wenden.

»Deaktiviert«, vermutete Zoe enttäuscht.

Sie öffnete den Finder, um sich den Inhalt der Festplatte anzuschauen, immerhin war es möglich, dass ihr Vater irgendwelche Notizen gemacht hatte.

Eine Stunde später kam auch hier die Ernüchterung. Nichts.

Dann öffnete sie ein Browserfenster und schaute sich den Verlauf an.

»Noch ein E-Mail-Account?« Sie öffnete GMX und hatte Glück, die E-Mail-Adresse und das Passwort waren abgespeichert. Sie loggte sich ein.

»Eine ungelesene Nachricht.« Sie klickte auf die Nachricht und las sie, aber es war nur ein alter Freund, der ein erneutes Treffen anregte.

Die Nachricht war abgeschickt worden, bevor ihr Vater ermordet worden war.

Auffällig war, dass sich nur ganz wenige Nachrichten im Posteingang befanden. Archiviert waren auch keine. Vermutlich lag es daran, dass ihr Vater diesen E-Mail-Account selten genutzt hatte. Sie öffnete auch die anderen E-Mails, aber wieder kein Hinweis auf den Mörder.

So langsam bezweifelte Zoe, dass sie auf dem Laptop überhaupt etwas finden würde. Vielleicht hatte ihre Mutter doch recht damit, dass sie die Nachforschungen besser einstellen sollte.

»Nein, du lässt dich jetzt nicht entmutigen.« Sie biss die Zähne zusammen und öffnete eine Notiz, die ihr Vater auf dem Desktop abgespeichert hatte. Sie las:

Manchmal frage ich mich, warum ich das alles mache. Ich habe doch ein erfülltes Leben. Gott hat mir das größte Geschenk gemacht, das er mir machen konnte, Zoe. Ich möchte dieser Angst aber nicht nachgeben. Vielleicht löst sich alles auf, wenn ich nichts unternehme. Manchmal ist die offensichtlichste Lösung die beste. Aber ich lasse mich nicht erpressen.

Zoe scrollte herunter, aber da war kein weiterer Text.

»Verdammt. Wer hat dich erpresst?«, rief sie. Immerhin hatte sie jetzt die Bestätigung, dass ihr Vater erpresst worden war, aber von wem?

Zoe schaute, ob es noch mehr Notizen gab, aber da war nichts. Ihr Vater schien den Laptop wenig genutzt zu haben oder er hatte vieles gelöscht, um Spuren zu verwischen. Möglicherweise hatte er wichtige und sensible Inhalte im Kopf behalten.

Hatte ihr Vater unter Umständen also doch keine so reine Weste gehabt, wie er vorgab? Ein solch vorsichtiges Verhalten traf doch eher auf Menschen zu, die etwas zu verbergen hatten, oder war ihr Vater einfach nur wachsam gewesen, weil er in der Öffentlichkeit stand? Zoe wollte das Zweite glauben.

Gedankenverloren gab sie die URL des Kölner Stadtanzeigers in die Adresszeile des Browsers ein, vielleicht hatte die Presse neue Nachrichten zum Mord an ihrem Vater. Die Seite baute sich auf und sie las die Überschrift der Titelstory:

Weiterer Mord an Politiker in Mannheim!

Zoe schluckte und las den Artikel. Als sie den Namen des Toten las, verschlug es ihr den Atem.

»Alwin Vogel?« Sofort griff Zoe nach ihrem Handy. Sie kannte Alwins Tochter: *Natalie!*

Und genau die rief sie jetzt an.

25

Köln

Die Ereignisse überschlugen sich – inzwischen gab es einen dritten Mord nach demselben Muster wie in Lübeck und Köln, aber noch immer nicht die geringste Spur von dem Täter.

Das Gespräch mit Emanuel Schiffer, dem Unternehmer, der die Firma von Klaus Lau so gern übernommen hätte, hatte leider doch keine neuen Erkenntnisse gebracht, und auch sonst hatte Brandt wieder einmal das ungute Gefühl, dass sie auf der Stelle traten.

Gemeinsam mit Aydin hatte er an diesem Mittag entschieden, sich in Walters Imbiss bei einer guten Currywurst ein wenig Ablenkung zu gönnen.

»Das war so nötig«, sagte Aydin und ließ ein Stück Rindswurst in seinem Mund verschwinden. »Beste Nervennahrung.«

»Lass dir Zeit und genieß es, ich weiß, wo es noch jede Menge von diesen leckeren Würstchen gibt«, lachte Walter.

»Das kannst du Junior tausendmal sagen, der weiß halt nicht, was es heißt, ein gutes Essen wirklich auszukosten«, amüsierte sich Brandt und spießte genüsslich ein Stück Currywurst auf. »Und da wundert er sich, dass Tolga deine Würstchen auch nur verschlingt, anstatt sie zu genießen. Sein Bruder macht es ihm ja vor.«

»Hey, nichts gegen Tolga. Der darf so viel und so schnell essen, wie er will. Klar?!« Walter hob drohend den Zeigefinger und grinste. Es war kein Geheimnis, wie vernarrt er in Aydins jüngeren Bruder war. »Habt ihr eigentlich schon davon gehört? Der Mistkerl hat gestern Nacht in Mannheim zugeschlagen.«

»Wenn es derselbe Täter ist«, antwortete Brandt. »Wir haben es heute Morgen erfahren. Nachher haben wir eine Telko mit den Mannheimer Kollegen.«

»Ich sitze ja nicht wie ihr an der Quelle, aber vier Morde an Politikern – sorry, der Frankfurter hat ja gestanden, wenn ich mich nicht irre. Aber drei Morde und es soll nicht derselbe Täter sein?«

»Vermutlich nur zwei«, korrigierte Aydin und schob sich das letzte Stück Wurst in den Mund. »Eine nehme ich noch, wenn es keine Umstände macht.«

»Was für eine Frage. Glücklicher Kunde, glücklicher Walter.«

»Wie lange hast du denn für diesen Spruch geübt?«, konnte sich Brandt eine Stichelei nicht verkneifen.

»Witzig«, brummte Walter und nahm eine Rindswurst vom Grill, um sie zusammen mit einer Scheibe Toastbrot auf Aydins Teller zu legen.

»Ganz ehrlich, Walter, ich finde es gut, dass du den ganzen Plastikmist aus deiner Imbissbude verbannt hast. Dafür könntest du ruhig die Preise erhöhen. Deine Kunden wissen dein Umweltbewusstsein bestimmt zu schätzen«, sagte Aydin, während er Ketchup auf seine Wurst quetschte.

»Ich sehe vielleicht nicht so aus, aber auch ich habe verstanden, dass es so nicht weitergeht. Man kann über diese kleine Greta sagen, was man will, aber ich glaube, sie hat einen wichtigen Prozess in Gang gesetzt. Außerdem sieht das doch viel edler aus, wenn man von Porzellantellern und mit echtem Besteck isst, finde ich. Und dank meiner Spülmaschine ist das Zeug im Nu wieder sauber. Das mit den Preisen habe ich gar nicht nötig, auf Dauer spare ich sogar Kosten. Habe das mal durchgerechnet.«

»Wenn du dich da mal nicht verkalkuliert hast«, scherzte Brandt.

»Lass dich nicht ärgern. Ich finde das bewundernswert. Wäre schön, wenn noch mehr Imbisse mitziehen würden.«

»Ich will doch hoffen, dass andere Kollegen mitziehen, und

bevor Lasse mich ärgern kann, muss er erstmal lernen, ordentlich was zu essen«, konterte Walter. »Jetzt aber zurück zu eurem Fall. Warum nur zwei Morde? Ist mir etwas entgangen?«

»Die Lübecker haben einen Tatverdächtigen verhaftet, der ein Geständnis abgelegt hat. Aber unser Kollege Arndt scheint nicht so recht davon überzeugt zu sein«, erklärte Aydin.

»Genau deswegen kann es doch nur derselbe Täter gewesen sein«, beharrte Walter. »Es ist irgendjemand, der Politiker hasst. Habt ihr alle drei Fälle auf Gemeinsamkeiten überprüft?«

»Haben wir. Es gab da eine lose Verbindung zwischen dem Toten aus Lübeck, Nils Holm, und dem Kölner Klaus Lau – beziehungsweise zu einem Konkurrenten von Lau, Emanuel Schiffer. Der wollte Laus Unternehmen kaufen, aber Lau weigerte sich. Holm wiederum, der neben seiner politischen Karriere bei der SPD Fachanwalt für Straf- und Wirtschaftsrecht war, beriet Schiffer in juristischen Fragen und in diesem speziellen Fall hat er ihm von einer Übernahme abgeraten.«

»Verstehe. Das hätte mich auch stutzig gemacht. Ist er euer Hauptverdächtiger?«

»Nicht wirklich, aber bisher die beste Spur, die wir haben. Der Mord an dem Mannheimer FDP-Politiker Alwin Vogel hat diesen Anfangsverdacht leider erheblich abgeschwächt. Warum sollte Schiffer einen FDP-Politiker ermorden oder ermorden lassen? Dass drei Politiker tot sind, spricht eigentlich gegen einen Mord aus Habgier«, erklärte Brandt.

»Also hat diese Tat euch wieder zurück an den Anfang katapultiert.«

»Sieht so aus. Wir müssen es mit einem Profi zu tun haben. Er hinterlässt keine verwertbaren Spuren und muss sehr gut organisiert sein«, antwortete Aydin. »Ein Schatten.«

»Jungs, wenn ihr wollt, hört sich Onkel Walter für euch um. Euch muss ich ja nicht erklären, dass ich noch bestens vernetzt bin in der Schattenwelt.«

»Das wäre gut. Vielleicht spricht man über den Täter«, nickte Brandt.

Walter hatte sich, bevor er seine Karriere als Imbissbudenbesitzer begonnen hatte, im Kleinkriminellenmilieu bewegt. Die vielen Tattoos und Narben an seinem Körper waren Zeugen dieser Zeit. Aber das gehörte der Vergangenheit an und Brandt legte inzwischen seine Hand dafür ins Feuer, dass Walter nicht mehr mit dem Gesetz in Konflikt geraten würde.

Jedenfalls nicht, solange es nicht um seine Freunde ging. Wenn man Tolga oder Rémy, einem jungen Straßenmusiker, übel mitspielte, sah Walter rot, sein Beschützerinstinkt war einfach zu groß. Das hatte Brandt bereits zu spüren bekommen, gerade bei dem Straßenmusiker Rémy, der vor einiger Zeit unberechtigterweise Hauptverdächtiger in einem Fall gewesen war.

»Wenn man im Milieu über ihn spricht, werde ich es sehr bald erfahren, keine Sorge. Ich habe da so meine Quellen, die für mich ein Liedchen zwitschern.« Walters Grinsen wurde breit. »Noch eine Currywurst?«, fragte er Brandt.

»Warum nicht. Der Tag wird lang. Wer weiß, wann wir wieder zum Essen kommen.«

Bevor Walter etwas erwidern konnte, wurde die Tür geöffnet und zwei Personen betraten den Imbiss.

Brandt wollte seinen Augen nicht trauen. Er kannte die beiden Männer. Es waren Joe und Peter Walsh. Aydins Gesicht hellte sich merklich auf und in gewisser Weise freute sich auch Brandt, dass sie die beiden hier trafen. Immerhin hatte Walsh ihm einmal das Leben gerettet, das würde Brandt nicht vergessen. Dass sie rein zufällig hier waren, wollte er allerdings nicht glauben.

»Hallo, Jungs«, grüßte Joe und reichte den beiden Beamten und Walter die Hand.

»Wie gehts euch?«, fragte Walsh und begrüßte sie ebenfalls mit Handschlag. Er machte einen nachdenklichen Eindruck, seine Augen wirkten, als hätte er vor Kurzem etwas Schlimmes zu Gesicht bekommen. Ansonsten hatte er sich jedoch nicht verändert. Walsh war groß und durchtrainiert, seine Muskelberge waren pure Kraft, das Resultat harten Trainings und guter Ernährung. Sein dunkler Teint, sein markantes Gesicht und die schwarzen Haare verliehen seinem Aussehen etwas Exotisches. Er war Deutschamerikaner, sein amerikanischer Vater war indianischer Abstammung.

»Wenn das mal kein glücklicher Zufall ist«, machte sich Walter bemerkbar. »Jeder eine leckere Wurst?«

»Zu einer Currywurst sage ich nie nein«, lachte Joe, der rein körperlich das genaue Gegenteil von Walsh war. Er war deutlich kleiner und korpulenter, zudem dunkelhäutig und hatte eine so positive Ausstrahlung, dass er mit seiner Fröhlichkeit jeden ansteckte. Joe zählte vermutlich zu den besten Hackern der Welt, so hatte es Fischer zumindest gesagt, und dann musste das etwas heißen. Brandt fand, dass Joe viel sympathischer rüberkam als Walsh, der etwas Unnahbares an sich hatte. An diesem Tag wirkte er auch noch ein Stück distanzierter als sonst, fast sorgenvoll.

»Freut mich, dass du eine Wurst mit uns essen möchtest, Joe. Setzt euch doch. Wollt ihr was trinken?«

»Eine Cola«, antwortete Joe.

»Für mich ein Wasser«, sagte Walsh.

»Von einer Cola stirbst du schon nicht«, witzelte Joe und zeigte seine strahlend weißen Zähne.

»Fischer meinte, ihr würdet euch am Wochenende zu einer LAN-Party treffen?«, fragte Aydin. Sein Blick wanderte immer wieder zu Walsh, er wirkte in dessen Anwesenheit geradezu schüchtern, was Brandt von seinem Kollegen so nicht gewohnt war.

»Ja, ich freue mich schon darauf. Fast hätte es nicht geklappt. Das wird lustig.«

»Aber ihr seid doch nicht rein zufällig hier, oder?«, versuchte Brandt das Gespräch auf das Wesentliche zu lenken. »Wir wissen von Zoe Lau, dass sie versucht hat, euch zu kontaktieren.«

»Das stimmt«, antwortete Walsh und Brandt rechnete es ihm hoch an, dass er nicht herumdruckste. Es bestätigte das Bild, das er von ihm hatte.

»Und, helft ihr Zoe?«, fragte Aydin.

»Nein. Sie scheint sich der Gefahr nicht bewusst zu sein, in die sie sich mit ihren Fragen begibt. Ihr solltet unbedingt dafür sorgen, dass sie nicht weiter auf eigene Faust ermittelt«, erwiderte Walsh.

»Woher wisst ihr, dass sie auf eigene Faust ermittelt? Habt ihr mit ihr gesprochen?«

»Nein, das war nicht nötig. Sie ist nicht gerade diskret. Zoe hat Ali Arinc kontaktiert, damit er ihr hilft, den Mörder ihres Vaters zu finden.«

»Ali Arinc? Den Clanführer aus Mülheim?«, horchte Aydin auf. »Wie ist sie denn an den rangekommen?«

»Ihr Vater hatte Kontakt zu ihm aufgenommen, weil er seit geraumer Zeit Angst um sein Leben hatte und hoffte, das Problem mit Arincs Hilfe loszuwerden«, erklärte Walsh.

»Woher wisst ihr das alles?«, erkundigte sich Brandt. Dafür, dass Walsh und Joe der jungen Zoe nicht helfen wollten, waren sie verdammt gut informiert.

»Das war eine Kleinigkeit«, bemerkte Joe. Währenddessen reichte Walter den beiden ihre Currywürste. »Wir wollten nur wissen, worum es bei der Sache geht. Aus Sorge um Zoe, weil sie sich vielleicht in Gefahr bringt. Aber so unbeherrscht und dickköpfig sie auch wirkt, ihr Motiv ist ehrbar.«

»Und warum helft ihr ihr nicht, wenn ihr derart schnell so viele Infos gesammelt habt?«, hakte Aydin nach.

»Weil wir gerade mitten in einer Sache stecken, die weitaus gefährlicher ist als dieser Rachefeldzug. Heute geht es für mich wieder direkt nach Kiew und von dort nach Tokio«, blieb Walsh vage.

»Ein Rachefeldzug? Wie kommst du darauf?«, hinterfragte Brandt diese Andeutung. Vielleicht wusste Walsh noch mehr, dann war es wichtig, dass er dieses Wissen teilte. Scheinbar hatte sich Joe bereits irgendwo eingehackt, um ein paar Informationen zu sammeln. Worauf war er gestoßen?

»Sicherlich habt ihr auch von dem Anschlag auf den FDP-Politiker Alwin Vogel in Mannheim gehört.«

»Ja«, nickte Aydin.

»Vogels Tochter und Zoe kennen sich. Das bedeutet, Vogel und Lau kannten sich auch. Es muss eine Verbindung zwischen Nils Holm und den beiden Männern geben.«

»Die Lübecker Kollegen haben aber ein Geständnis.«

»Das haben wir auch gesehen, aber darauf würde ich nicht viel geben. Carsten Purzel ist ein zutiefst verbitterter Mann, dem man seinen kompletten Lebensinhalt genommen hat. Der kann unmöglich der Mörder gewesen sein«, äußerte sich Joe skeptisch.

»Aber sein Geständnis können der Staatsanwalt und der Richter sicherlich nicht ignorieren«, gab Brandt zu bedenken.

»Das sollen sie auch nicht, aber es verschafft euch Luft. Der Mörder wird glauben, dass ihr unterschiedliche Täter sucht, vermutlich im rechtsradikalen Milieu. Dadurch habt ihr einen Vorteil, den ihr nicht verspielen solltet.« Walsh ließ ein Stück Currywurst in seinem Mund verschwinden.

Brandt wurde das Gefühl nicht los, dass ihn irgendetwas beschäftigte.

»Dann müsste es auch eine Verbindung zwischen Holm und den beiden anderen Politikern geben«, überlegte Brandt laut. »Aber wir haben bisher keine gefunden.«

»Dann sucht weiter. Findet ihr sie, seid ihr dem Mörder einen großen Schritt näher. Ich an eurer Stelle würde alles unternehmen, damit die Presse keinen Wind davon bekommt, dass sich Zoe und Natalie, so heißt die Tochter von Vogel, kennen. Ihr müsst beide aus der Schusslinie holen. Und ihr solltet euch unbedingt mit Zoe und Natalie unterhalten. Die beiden werden euch der Lösung näher bringen.«

»Wir haben nachher mit den Mannheimer und den Lübecker Kollegen eine telefonische Schalte, dann werden wir das ansprechen«, antwortete Aydin.

»Was wisst ihr denn noch? Habt ihr einen Verdacht?«, übernahm Brandt wieder das Gespräch.

»Leider nicht, dafür reichte die Zeit für die Recherche nicht aus«, erwiderte Joe. »Ich wünschte, ich hätte mehr für euch. Und unter uns, ich habe das auch nur getan, weil ich nicht will, dass dieses junge Mädchen sich in Gefahr bringt. Ihr Ehrgeiz hat mich ziemlich beeindruckt.« Joe schob seinen leeren Teller ein Stück von sich weg.

»Möchtest du noch eine?«, fragte Walter, der bisher den Part des aufmerksamen Zuhörers übernommen hatte.

»In diesen Bauch passt locker eine zweite Currywurst«, lachte Joe. Walter nickte erfreut und legte noch ein paar Würstchen auf den Grill.

»Wenn ich ihr wäre, würde ich mir die Verbindung zwischen Klaus Lau und Alwin Vogel sehr genau anschauen und mich dann weiter vorarbeiten. Diese Verbindung ist der Schlüssel. Die Zeit arbeitet gegen euch«, ließ sich Walsh vernehmen. Sein Blick wanderte zu Brandt. Er wirkte entschlossen.

»Warum?«, fragte Aydin.

»Ich fürchte, dass es noch mehr Tote geben wird«, antwortete Walsh.

26

Mannheim

Gewissen!

Ich habe kein schlechtes Gewissen. Die Nacht mit Natalie war schön und ich muss gestehen, dass ich sehr gut geschlafen habe. Sie lag in meinen Armen. Sie bei mir zu wissen, ihre Nähe, ihr Geruch und ihre Wärme geben mir das Gefühl, angekommen zu sein, so komisch es klingen mag.

Dass ich ihren Vater getötet habe, habe ich völlig verdrängt. Sollte ich deswegen ein schlechtes Gewissen haben?

Ich denke nicht.

Ihr Vater hat es verdient, zu sterben, er war ein niederträchtiger Mensch. Über Jahre hat er seine Frau betrogen, Natalie belogen und noch viele andere schlimme Dinge getan, von denen die Welt hoffentlich bald erfährt. Wenn die Presse ihre Arbeit richtig macht.

Wie kann ich es bereuen, so einem Dreckskerl das Lebenslicht ausgeblasen zu haben? Das Einzige, was ich bereue, ist, dass ich es nicht schon viel früher getan habe. Aber da war ich noch ein anderer Mensch, voller Selbstzweifel. Diese Zeit gehört glücklicherweise der Vergangenheit an.

»Leb wohl, Alwi«, sage ich.

Während ich seinen Namen von meiner Liste streiche, muss ich einen aufkommenden Gedanken sofort unterdrücken. Vor einer Stunde habe ich Natalie nach Hause geschickt. Vermutlich hat sie gerade erfahren, dass ihr Vater ermordet wurde. Dass sie sich noch nicht bei mir gemeldet hat, wundert mich nicht, sie wird sich sicherlich die Augen ausheulen.

Ich frage mich, wer Alwis Leiche gefunden hat und ob die Polizei mein kleines Geschenk, das ich am Tatort zurückgelassen habe, entdeckt hat.

Plötzlich durchzuckt mich wieder dieser seltsame Schmerz, der mich zu den unmöglichsten Zeiten heimsucht. Nie fragt er, ob es mir gerade passt. Ich fasse an die Stelle, wo nur noch eine alte Narbe Zeuge dieses Schmerzes ist. Es ist eine sehr alte Wunde, ich war noch sehr jung, als ich damals vom Fahrrad stürzte, aber noch immer sucht mich dieser Schmerz heim, vermutlich ist es nur ein Phantomschmerz, aber er fühlt sich sehr real an.

Wie alle Menschen fürchte ich jedoch viel mehr als diese Narbe die anderen Verletzungen, die, die man nicht sieht, denn der Schmerz, der von ihnen ausgeht, ist intensiver, tiefer und quälender.

Manchmal glaube ich, dass mein ganzer Körper von solchen Narben übersät ist, aber was jammere ich. Vermutlich geht es vielen so. Wir leben in einer Zeit, in der die meisten psychische Krüppel sind, weil man von ihnen erwartet, dass sie funktionieren. Wenn sie ihre Wut und ihren Ärger hinausschreien wollen, dürfen sie es nicht, also verkrüppeln sie emotional.

Ich nehme meinen Kaffee und setze ich mich an meinen Laptop. Ich bin noch immer auf meinem Zimmer, werde aber heute auschecken, die nächste Aufgabe wartet auf mich.

Ich muss gestehen, dass ich etwas Respekt vor dieser Aufgabe habe, aber ich werde nicht kneifen, so schwer dieser Brocken auch ist.

Auf dem Bildschirm meines Laptops erscheint der Desktop und ein Programm signalisiert mir, dass es eine Veränderung gibt.

Es ist eine Überwachungssoftware, die ich geschrieben habe und die weiterhin im Backend auf den Rechnern der Männer läuft, die ich bereits getötet habe. Schließlich will ich wissen, was die Polizei weiß, es ist nicht so einfach, sich ins Polizeinetzwerk zu hacken. Mit viel Mühe würde es mir vermutlich gelingen, aber ich will es gar nicht. Wozu auch? Durch meinen aktuellen Workaround bin ich im Bilde, welche Informationen sich die Polizei von den Rechnern der Toten zieht, und das ist ausreichend, um meine Schlüsse daraus zu ziehen.

Die Nachricht, die mir das Programm anzeigt, hat allerdings nichts mit den Recherchen der Polizei zu tun. Der private Laptop von Klaus Lau wurde benutzt, und ich glaube nicht, dass er im Besitz der Polizei ist.

»Zoe.« Ich runzle die Stirn. »Verdammt, Kleines. Ich habe dein Leben verschont, warum musst du weiter herumschnüffeln?«

Als wir Zoe entführt haben, habe ich auf ihrem Handy sicherheitshalber eine Spysoftware installiert, während sie in dem Fabrikgebäude schlummerte. Ich starte die Software und sehe, wen sie alles angerufen hat. Ich kann meinen Augen nicht trauen.

»Das hast du nicht wirklich getan, oder?« Aber ich weiß, dass die Software nicht lügt. Zoe hatte tatsächlich Kontakt zu diesem Clanchef Ali Arinc. »Hast du ein Kopfgeld auf mich ausgesetzt? Dummerchen, das Geld ist futsch. Schon bald ist meine Mission beendet und ich werde tot sein.«

Ich überlege, was ich tun soll. Soll ich mich um dieses Problem kümmern oder es ignorieren? Was soll so ein junges Ding mir schon antun können?

Nein, eine potenzielle Gefahr sollte man nicht unterschätzen, das könnte in die Hose gehen. Als Greta ihre Mission für den Umweltschutz begann, hat sie auch keiner ernst genommen, weil sie ein Kind war. Heute lacht niemand mehr über sie.

Kinder können wahre Kletten sein. Aber Zoe ist zu jung, als dass ich ihr begreiflich machen könnte, dass es gut ist, dass ihr schmieriger, gieriger Politikervater ins Gras gebissen hat. Vermutlich wird das dumme Mädchen auch noch Gefühle für diesen Bastard von Vater hegen. Nein, ich muss etwas tun. Aber was?

Ich gönne mir einen Schluck aus meinem Kaffeebecher

und schließe dabei mein linkes Auge – das rechte ist von Natur aus sehr schmal. Gleichzeitig bemerke ich, wie mein Handy aufleuchtet. Eine neue Nachricht!

Sie ist von Natalie. Ich kenne den Inhalt, ohne sie gelesen zu haben, aber ich kann sie jetzt unmöglich trösten, das muss sie mit ihrer Familie ausmachen. Ich bin nicht geeignet zum Wundenheilen oder Seelentrösten.

Manchmal muss man erst durch eine harte Schule gehen, bevor man den wahren Wert des Lebens erkennt. Ich kann ein Lied davon singen und deshalb erlaube ich mir, auf Natalie den dummen Spruch zu beziehen, dass es nicht immer nur regnen wird. Natalie ist jung, es wird noch viele schöne Sonnentage für sie geben.

In dem Moment habe ich eine Idee, wie ich Zoe vielleicht doch noch zum Einlenken bringen kann. Ich öffne ein anderes Programm, das es mir ermöglicht, anonyme SMS an jedes Handy der Welt zu verschicken.

Herrlich, ich liebe die Möglichkeiten der digitalen Welt und die Hilflosigkeit, mit der die meisten Nutzer ihr gegenüberstehen. Nie war es einfacher, ein Gauner zu sein. Dabei bin ich gar kein Gauner, ich würde niemals diejenigen ausrauben oder denen schaden, die es nicht verdient haben. Wenn ich mir all die lieben Rentnerinnen und Rentner vorstelle, die mit dubiosen Anrufen abgezockt werden, blutet mir das Herz. Aber die Masche der Gangster ist so tricky, dass es schier unmöglich ist, sie zu durchschauen. Und machen wir uns nichts vor, je älter man wird, desto mehr lässt das technische Verständnis nach und man wird gleichzeitig gutmütiger. Da ich das Rentenalter jedoch nicht erreichen werde, muss ich mir wenigstens darüber keine Sorgen machen.

Schon wieder lasse ich mich durch meine Gedanken ablenken. Das Programm, über das ich die SMS verschicken werde, ist geöffnet, also tippe ich eine Nachricht ein. Ich muss nur noch die Entertaste drücken, um sie abzuschicken, doch ich zögere.

»Du übertreibst, sie ist keine Gefahr, ebenso wenig dieser Arinc«, sage ich zu mir. »Bald ist der Spuk vorbei, warum willst du ihr Angst machen?« Ich nicke, um meine eigenen Worte zu bestärken. Also beende ich das Programm. Gleichzeitig sehe ich, dass Natalie anruft. Natürlich ignoriere ich den Anruf, ich kann jetzt unmöglich mit ihr sprechen, schließlich mag ich sie. Und eine weinende Natalie würde mir in diesem Augenblick zu nahe gehen.

Statt den Anruf anzunehmen, starte ich den Google-Chrome-Browser und öffne die Seite des Mannheimer Morgen, ich möchte wissen, was die Presse über den toten Alwi schreibt. Wie ich es bereits geahnt habe, hat Alwi es auf die Titelseite geschafft.

Weiterer ermordeter Politiker!

Die Leiche des FDP-Politikers Alwin Vogel wurde heute Morgen auf einem Parkplatz in der Nähe des Wildgeheges Karlstein gefunden.

Ich lese nur den Titel und die ersten Zeilen, der restliche Inhalt interessiert mich nicht. Nachdem ein weiterer Politiker ermordet wurde, wird sich der Verdacht, dass es sich bei der Reihe um politische Morde handelt, sicher nur erhärten.

Aber aus irgendeinem Grund ändere ich meine Meinung und lese doch den gesamten Artikel, um mich bestätigt zu wissen. Die Medien glauben, dass es ein politischer Mord war. Was ja nicht ganz abwegig ist. Ich ertappe mich dabei, dass ich denen gerne einen kleinen Hinweis schreiben möchte. Vielleicht in Form eines Kommentars.

Natürlich werde ich das nicht tun, sollen sie doch spekulieren, das ist mir so was von egal. Auf der anderen Seite scheint die Presse das Geständnis dieses Neonazis Carsten Purzel zu ignorieren und auch das Geständnis des Frankfurter Täters.

Fast hat man den Eindruck, dass die Presse mich für alle vier Morde verantwortlich machen will, was albern ist.

Mit dem Frankfurter habe ich wirklich nichts zu tun. Aber warum dieser Purzel für meine Tat in den Knast wandern will, ist mir schleierhaft. Es amüsiert mich ein wenig.

Letzten Endes ist mir auch das egal, obwohl ich eigentlich finde, dass es nicht nett ist, sich mit den Federn anderer zu schmücken. Wenn das alles vorbei ist und ich sehr nett bin, werde ich Purzel später vielleicht entlasten.

Aber nur vielleicht!

Wieder klingelt mein Handy, diesmal ist es nicht Natalie. Ich nehme das Gespräch an.

»Hallo.«

»Hallo. Wann fährst du los?«

»Bald.«

»Was heißt bald?«

»Na bald, ich muss noch was für Cosmo machen«, erkläre ich. Das ist zwar nicht gelogen, aber ich könnte es auch von unterwegs erledigen. Der wahre Grund ist ein anderer: Natalie.

Während ich das Gespräch angenommen habe, habe ich gesehen, dass mir Natalie mehr als zwanzig Nachrichten geschickt hat. Die letzte war auf dem Display sichtbar:

Ich brauche dich jetzt! Bitte melde dich. Mein Leben hat sonst keinen Sinn mehr!

Diese Nachricht hat mich getroffen. Am Ende will sie mir sagen, dass sie sich das Leben nehmen will, wenn ich jetzt nicht für sie da bin. Ich frage mich, ob sie das tatsächlich tun würde oder ob sie mich nur unter Druck setzen will. Ich möchte nicht für ihren Tod verantwortlich sein, schließlich mag ich sie doch.

»Du wirst doch keine Gewissensbisse auf der Zielgeraden bekommen, oder?«, höre ich die Stimme durch den Telefonhörer.

»Nein, wo denkst du hin.« Ich schüttele den Kopf, meine Stimme hat an Schärfe gewonnen, dabei möchte ich das gar nicht. Die Schärfe soll keine Kritik an ihm transportieren, sondern eher an mir, weil ich mich gerade von meinen Gefühlen verunsichern lasse. Ich!

Es ist schon komisch, Natalie, die viel zu junge Frau, hat mehr Einfluss auf mein Gemüt, als ich es für möglich gehalten hätte. Verficktes Gewissen!

»Ich mache mir nur Sorgen um dich. Seit du in Mannheim bist, hast du dich verändert. Gestern ist mir das wieder aufgefallen. Da habe ich in deinen Augen Zweifel gesehen.«

»Quatsch. Wir halten an dem Plan fest. Es geht um so viel, das werde ich nicht versemmeln. Du musst lockerer werden.«

»Wenn du meinst.« Seine Stimme klingt nicht überzeugt. »Hast du dir Gedanken wegen Zoe gemacht?«

»Nein, warum?«

»Das weißt du genau.« Diesmal höre ich einen leichten Vorwurf in seiner Stimme. Nein, keinen Vorwurf, eher Kritik. Einen Tadel, dass ich ihn, der wie niemand sonst auf der Welt zu mir steht, narre. »Ich habe heute aus sicherer Quelle gehört, dass sie Ali Arinc getroffen hat. Er soll uns suchen und töten.«

»Ali ist keine Gefahr für uns. Der weiß doch gar nicht, mit wem er es zu tun hat. Seine Jungs sind eher für das Grobe. Wir sind zu schlau für ihn und seine Männer.«

»Wir dürfen kein Risiko eingehen so kurz vorm Ziel. Versteh doch, ich denke hier vor allem an dich.«

»Ich weiß, du denkst immer an mich«, antworte ich. Mein trockener Unterton tut mir etwas leid, der Satz muss sarkastisch geklungen haben, dabei meine ich das gar nicht so. »Arinc ist keine Gefahr.«

»Ich würde mich besser fühlen, wenn wir Zoe ausschalten. Wir beide wussten, worauf wir uns einlassen, als wir den Pakt eingingen. Nichts und niemand darf unsere Mission gefährden, das waren deine Worte, und du hast mich eindringlich gebeten, dich daran zu erinnern, wenn etwas nicht nach Plan läuft.«

»Aber bisher ist doch alles nach Plan gelaufen«, entgegne ich.

»Nein, ist es nicht. Zoe hätte nie das Fabrikgelände verlassen dürfen. Sie hätte sterben müssen. Sie ist eine Gefahr, erst recht jetzt, wo wir zurück nach Köln fahren. Arinc hat überall seine Spione. Solange Zoe lebt, leben wir mit dem Risiko.«

Ich presse die Lippen zusammen und atme hörbar Luft aus. Er hat recht. Arinc in Köln zu unterschätzen, wäre naiv. Aber der Dreckskerl auf meiner Liste lebt in Köln.

So schwer es mir fällt, die nächsten Worte zu sagen, aber sie müssen sein. »Du hast recht. Töte Zoe.«

»Sehr gut. Ich kümmere mich darum.« Zum ersten Mal wirkt seine Stimme zufrieden und entspannt.

27

Köln

»Walsh und Joe müssen an einer großen Sache dran sein, wenn sie Zoe nicht helfen.«

»Wir können froh sein, dass sich Joe überhaupt die Mühe gemacht hat zu recherchieren. Die Hinweise könnten sich als sehr nützlich erweisen. Zoe muss großen Eindruck bei ihnen hinterlassen haben«, entgegnete Brandt.

»Dabei hat sie die beiden nicht einmal persönlich gesprochen. Das zeigt, dass sie das Herz am rechten Fleck haben.«

»Das mag stimmen, es bringt uns dem Mörder aber auch nicht näher. Ich habe dir angesehen, dass du wolltest, dass sie mit uns gemeinsam ermitteln.«

»Jetzt übertreibst du. Walsh hat einfach eine Wahnsinnsaura. So stellt man sich in Filmen einen Topgeheimagenten vor.«

Brandt lachte. »Du Groupie. Komm, sonst verspäten wir uns bei der Telko.«

Beide verließen ihr Büro und gingen schnellen Schritts den Flur entlang Richtung Besprechungsraum.

»Ich bin kein Groupie, das war nur eine Feststellung.«

Brandt konnte sein Lachen nicht mehr unterdrücken. Aydin in so einer ihm unangenehmen Situation zu sehen, war zu schön, um es nicht zu genießen. »Also ich hätte dich gerne als Groupie.« Brandt klopfte seinem jüngeren Kollegen auf die Schulter.

»Witzig«, grummelte Aydin. »Jedenfalls können wir davon ausgehen, dass Schiffer nichts mit dem Mord zu tun hat. Sonst hätten Joe oder Walsh das erwähnt.«

»Davon gehe ich auch aus. Es bestätigt nur unseren Eindruck nach dem Gespräch mit ihm. Angesichts des toten Politikers aus Mannheim fällt es schwer, ihn weiterhin als Verdächtigen zu führen. Außer, es gibt eine Verbindung zwischen Vogel und ihm. Was ich mir aber kaum vorstellen kann.«

Aydin nickte und öffnete die Tür zum Besprechungsraum, die anderen Kollegen hatten bereits Platz genommen.

Beide grüßten in die Runde und setzten sich. Aydin schenkte Brandt und sich Kaffee ein. Kramer verfolgte das mit einem Schmunzeln, sagte aber nichts weiter. Dieses vielsagende Schmunzeln reichte allerdings aus, um Brandt zu reizen, weil er wusste, warum Kramer das tat.

In diesem Leben werden wir keine Freunde mehr, dachte Brandt bitter, während er den Becher in die Hand nahm und sich einen Schluck gönnte.

»Wie ich sehe, sind wir vollzählig. Heute habe ich eine kleinere Gruppe eingeladen, ich glaube, sonst wird es zu überladen. Die Mannheimer und Lübecker Kollegen habe ich ebenfalls gebeten, in kleiner Runde an der Telko teilzunehmen. Fischer, kannst du die Leitung aufbauen?«

»Bin schon drin. Die Kollegen müssten jeden Augenblick in der Telko sein.«

»Moin, Moin aus Lübeck«, hörte Brandt Willy Klausen, den Leiter der Lübecker Mordkommission sagen.

»Guten Tag aus Mannheim in die Runde. Hier spricht Ernst Sutter. Mein Team und ich sind bereit.« Brandt kannte Sutter nicht, wusste aber von Tom Hardt, den er aus Hamburger Zeiten kannte, dass Sutter ein angenehmer Chef war, dem Tom blind vertraute. Und wenn Tom das sagte, zweifelte Brandt keine Sekunde daran, dass es so war, denn er kannte Tom sehr gut, er war ein hervorragender Polizist.

»Sehr gut. Ich würde vorschlagen, dass wir eine kurze Vorstellungsrunde einlegen für die, die sich noch nicht kennen. Ernst, Willy, ist das okay für euch?«, schlug Bender vor.

Beide bestätigten und die Teilnehmenden stellten sich rasch vor. Da Bender Sutter duzte, ging Brandt davon aus, dass sie schon zuvor längeren Kontakt mit ihm gehabt hatte. Sie war keine Person, die Kollegen ohne Absprache duzen würde, und Sutter sicherlich auch nicht.

»Mein Vorschlag wäre, dass die Kollegen aus Mannheim uns updaten, da wir noch nicht so viele Informationen über den dortigen Mord haben.«

»Das können wir gerne tun. Danke nochmals für die Unterlagen aus Köln und Lübeck. Mein Team ist im Großen und Ganzen ganz gut im Bilde über die beiden Morde. Falls es Fragen gibt, werden wir sie direkt hier in der Telko stellen. Nach der Telko sende ich euch einen Bericht zu, damit wir alle denselben Stand haben. Tom, möchtest du beginnen?«

»Danke, Ernst, kann ich gerne machen«, begann Tom und Brandt hörte aufmerksam zu. Er war froh, dass ihm auch die ermittelnden Beamten in Mannheim bekannt waren, in einem vergangenen Fall hatten sie kurz Amtshilfe von Tom und seiner Kollegin Nele Blum erhalten.

Tom erzählte, was sie über den Mord wussten. Während er sprach, stellte keiner Fragen. »Leider haben wir noch nicht viel Greifbares. Die Kollegen von der Spurensicherung und der Rechtsmedizin sind dabei, alles auszuwerten. Aber die gefundene Patronenhülse und das Projektil entsprechen exakt denen, die auch bei den anderen beiden Leichen gefunden wurden. Der einzige Unterschied hier ist, dass das Opfer durch starke Tritte verletzt wurde. Soviel ich weiß, fand man bei dem Lübecker oder dem Kölner Opfer keine Anzeichen darauf. Richtig?«

»Das stimmt«, bestätigten Rech und Ole fast gleichzeitig.

»Kann das bedeuten, dass der Täter die Nerven verliert?«, fragte Schmoll.

»Sehr gut möglich. Oder aber das Opfer hat den Täter verärgert«, antwortete Kramer. »Ich werde dazu nachher in meiner Analyse Stellung nehmen.« Kramer hatte die Ellenbogen auf dem Tisch abgestützt und die Hände auf Mundhöhe aneinandergelegt.

»Davon gehen wir auch aus. Wir haben einen USB-Stick am Tatort gefunden.«

»Was ist darauf?«, fragte Aydin.

»Kompromittierende Bilder von Alwin Vogel mit einer deutlich jüngeren Frau.«

»Wir haben nachher noch ein Gespräch mit der Ehefrau. Aber alles sieht danach aus, dass Vogel eine Affäre hatte. Inwieweit diese Affäre in Verbindung zu der Tat steht, können wir derzeit nicht sagen. Ich habe darüber nichts in den Unterlagen gefunden. Hatten die anderen Opfer auch Affären?«, hörten sie Nele Blum, Toms Kollegin sagen.

»Aus unseren Recherchen geht etwas Derartiges nicht hervor«, antwortete Bender.

»Bei uns auch nicht. Wir können eine Affäre ausschließen«, ergänzte Willy.

»Mich würde das Geständnis von Carsten Purzel interessieren. Da Sie in der Telko sind, vermute ich, dass Sie nicht gänzlich überzeugt davon sind, dass er der Täter ist. Sicherlich werden Sie dazu nach unseren Ausführungen Stellung nehmen?«, übernahm Tom wieder die Gesprächsführung. Er gehörte zu den wenigen Kollegen, die nicht so ohne Weiteres zum »Arbeits-Du« übergingen. Er duzte sich nur mit wenigen, darunter Brandt und Arndt.

»Ja genau, da kommt von uns noch was«, antwortete Arndt. »Aber fahr doch bitte fort.«

»Gerne. Wenn wir nicht wüssten, dass es noch zwei Morde an Politikern gab, die aller Wahrscheinlichkeit nach mit derselben Waffe erschossen wurden, könnte man von einer Erpressungstat ausgehen. Aber Frau Blum und ich vermuten, dass der Täter den USB-Stick bewusst für uns am Tatort zurückgelassen hat.«

»Warum sollte er das getan haben? Er wird doch davon ausgehen, dass wir die Morde in Lübeck und Köln mit ihm in Verbindung bringen. Es gibt keinen Grund, Erpressung als Tatmotiv anzunehmen. Glauben Sie nicht, dass der Stick ihm einfach aus der Tasche gefallen ist?«, gab Elke zu bedenken.

»Wir vermuten, der Täter wollte, dass jeder erfährt, dass

Vogel nicht der treue Ehemann war, den er in der Öffentlichkeit gespielt hat.«

»So ist es, Herr Hardt«, antwortete Kramer. »Dem Täter geht es darum, seine Tat als etwas Menschliches erscheinen zu lassen, sie soll nachvollziehbar sein. Jemandem, der seine Frau betrogen hat, wünscht mancher etwas Schlimmes. Aber ich greife meinen Ausführungen vor. Wenn Sie bitte fortfahren möchten.« Kramers Augen leuchteten und Brandt sah ihm an, dass er es in vollen Zügen genoss, Kollegen, die ihn nicht kannten, das Gefühl zu geben, dass er ausgesprochen kompetent war und alles im Blick hatte.

»Wir haben uns im Team entschieden, den USB-Stick unter Verschluss zu halten und die Information nicht an die Öffentlichkeit zu geben. Vielleicht wird das unseren Täter ärgern und zu einer unüberlegten Reaktion veranlassen, was ich allerdings kaum glaube. Einen Versuch ist es dennoch wert«, meldete sich Nele zu Wort. »Ansonsten wars das von unserer Seite. Wir hoffen, dass wir Ihnen im Laufe der Ermittlungen weitere Hinweise liefern können.«

»Wenn das okay ist, könnte Willys Team weitermachen«, schlug Ernst Sutter vor.

»Passt«, antwortete Bender.

»Danke«, sagte Willy. »Wie ihr wisst, hat Carsten Purzel ein Geständnis abgelegt. Der Mörder seiner Frau wurde von Nils Holm verteidigt.«

»Aber ihr seid nicht überzeugt von seiner Schuld«, kommentierte Brandt, da er das aus Willys Stimme deutlich heraushörte.

»Nicht gänzlich. Vor allem Elke und Arndt nicht, die die leitenden Ermittler sind, und ich schließe mich ihrer Position an. Wollt ihr übernehmen, bitte?«

»Klar«, antwortete Arndt. »Purzel ist nach dem gewaltsamen Tod seiner Frau auf die schiefe Bahn geraten. Aber macht ihn das zu einem Mörder? Er konnte uns nicht verraten, woher er die Tatwaffe hatte und wo sie sich befindet. Er hat sich immer wieder in Widersprüchen verfangen und die Hausdurchsuchung ergab keine belastenden Hinweise. Leider beharrt er auf seiner Aussage, daher wird der Staatsanwalt Anklage erheben. Nichtsdestotrotz werden wir weiter ermitteln, egal wie unsympathisch Purzel ist.«

»Ihr tut gut daran«, antwortete Aydin. »Nach all den Hinweisen, die wir bis jetzt gehört haben, müssen wir von ein und demselben Täter in allen Fällen ausgehen.«

Brandt nickte, das mochte er an Arndt. Wie er selbst hatte Arndt als Straßenpolizist begonnen und nicht studiert, daher zeigte Arndt sich auch unkonventionellen Methoden gegenüber offen. Schließlich hätte er es sich einfach machen und den Fall zu den Akten legen können, da sie ein Geständnis hatten.

»Ich fürchte, dass wir derzeit leider auch nichts Weiteres haben. Wir sind gerade dabei, nach Verbindungen zwischen den drei Politikern zu suchen. Lutz ist da in enger Abstimmung mit Fischer dran. Es wäre schön, wenn unsere Informationsabteilung sich mit den Mannheimer Kollegen ebenfalls eng abstimmen könnte.«

»Das sollte keine Hürde sein. Lorenz ist anwesend. Kümmerst du dich bitte darum?«, hörten sie Ernst Sutter sagen.

»Klar. Ich schicke Ihnen nach der Besprechung meine Kontaktdaten«, antwortete Lorenz.

»Danke«, sagte Lutz.

»Von unserer Seite war es das vorerst. Was ist mit euch, Lasse? Habt ihr noch was?«, erkundigte sich Arndt.

»Nicht viel. Wir wissen, dass Zoe Lau und Natalie Vogel sich kennen. Woher, wissen wir nicht. Aber wir werden Zoe einen Besuch abstatten und sie fragen, das Gleiche werden Nele und Tom mit Natalie tun. Danach sollten wir uns auf dem kurzen Dienstweg weiter abstimmen.«

»Okay«, hörte Brandt einige Stimmen gleichzeitig sagen.

»Aydin und ich sind der Auffassung, dass wir nach all dem, was wir haben, den Fokus auf einen Einzeltäter legen sollten.

Falls jemand anderer Meinung ist, wäre das jetzt die Gelegenheit.« Brandt sah, wie Bender einen Blick auf ihr Handy warf, das auf dem Tisch lag und gerade aufleuchtete.

Keiner der Teilnehmenden hatte einen Einwand, sodass man beschloss, sich darauf zu konzentrieren und die Vorgehensweise nur dann anzupassen, wenn es neue Erkenntnisse gäbe, die darauf hindeuteten, dass sie es mit einer Untergrundzelle wie dem NSU zu hatten.

»Ich würde die Besprechung dann gerne beenden. Das Präsidium will mich dringend sprechen. Wenn ihr noch wichtige Punkte auf die Agenda setzen wollt, könnt ihr das gerne ohne mich tun.«

Kramer wirkte überrascht und Brandt sah ihm an, dass ihm etwas auf der Zunge lag, schließlich hatte er noch keine Gelegenheit gehabt, seine Einschätzung als Fallanalytiker loszuwerden. Da aber niemand anderer noch etwas beisteuern wollte, beendete Bender die Besprechung.

»Hast du Kramers Gesicht gesehen«, lachte Brandt, als er ihren Dienstwagen Richtung Marienburg steuerte.

»Dass du dich immer über ihn amüsieren musst.«

»Was für eine Frage. Dieser aufgeblasene Affe.«

»Hast du schon mal daran gedacht, dass er das nur tut, weil er unsicher ist?«

»Quatsch. Und mach nicht immer auf Gutmensch. Der drückt dir jedes Mal einen Spruch rein. Dass du ihn noch in Schutz nimmst, ist nicht gut.«

»Ich nehme ihn nicht in Schutz. Aber irgendwann müsst ihr diese Nickligkeiten doch mal einstellen.«

»An mir liegt es bestimmt nicht. Er fängt doch immer wieder an.«

»Na ja, manchmal provozierst du ihn auch.«

»Was soll das? Auf wessen Seite bist du?« Brandt bog in die Wolfgang-Müller-Straße ab.

»Das hat nichts mit Seite zu tun.«

»Doch, hat es. Man muss sich im Leben entscheiden.«

»Du übertreibst. Aber es wäre doch schön, wenn wir einen guten Teamspirit hätten.«

»An mir liegt es nicht.« Brandt schüttelte den Kopf und parkte den Wagen vor dem Anwesen der Laus.

»Ja, bitte«, sagte Frau Lau, als sie die Tür öffnete.

»Guten Tag, Frau Lau, dürfen wir kurz eintreten?«

»Kommen Sie bitte rein.« Sie ging vor und die beiden Beamten folgten ihr. Monika Lau wirkte abwesend, ihre Stimme klang dünn und ihre Augen wirkten verloren. Dennoch ging sie aufrecht, den Kopf erhoben. Davon, dass es ihr nicht gut ging, konnte ihr kontrollierter Gang allerdings nicht ablenken.

»Haben Sie neue Hinweise auf den Mörder?«

»Wir stecken noch in den Ermittlungen.«

Sie schwieg, doch ihr Blick verriet ihre Gedanken. Pure Verachtung!

»Und was suchen Sie dann hier?«, konnte sie sich eine spitze Bemerkung offensichtlich doch nicht verkneifen.

»Kennen Sie eine Natalie Vogel?« Nachdem Brandt und Aydin Walsh und Joe in Walters Imbiss getroffen hatten, hatte Brandt Tom angerufen und ein paar Erkundigungen über Alwin Vogel und seine Familienverhältnisse eingeholt. Viel hatte ihm Tom zu dem Zeitpunkt allerdings noch nicht sagen können.

»Nein, sagt mir nichts. Wer soll das sein?«

Mit dieser Antwort hatte Brandt nicht gerechnet. Wenn Zoe Natalie kannte, warum wusste es ihre Mutter nicht? Natalie wohnte nicht gerade um die Ecke und als Mutter sollte man doch wissen, mit wem die Tochter Kontakt hatte, oder?

»Sagt Ihnen der Name Alwin Vogel etwas? Er ist FDP-Politiker aus Mannheim und der Vater von Natalie«, fragte Aydin.

»Wurde er ermordet?« Ihr Blick war auf die Fensterfront gerichtet, als suchte sie dort draußen irgendwo Halt, weil sie mit ihrer Annahme recht hatte. Ihre Frage sagte Brandt, dass sie noch nicht darüber im Bilde war, dass Vogel ermordet worden war.

»Ja«, antwortete Aydin. »Dürfen wir uns kurz mit Zoe unterhalten?«

»Nein, dürfen Sie nicht«, reagierte Frau Lau scharf. »Zoe hat mit all dem nichts zu tun. Ich glaube, wir sind hier fertig.«

»Ich verstehe, dass Sie Ihre Tochter beschützen möchten, aber da Zoe volljährig ist, sind Sie nicht in der Position, das zu entscheiden. Bitte rufen Sie Ihre Tochter her. Ansonsten müssen wir sie ins Präsidium bitten, das werden Sie ihr sicherlich nicht antun wollen.«

»Zoe kennt keine Natalie. Sie ist meine Tochter, ich wüsste das doch«, blieb die Mutter bockig. »Bitte gehen Sie.«

»Wie Sie wollen. Aber uns bleibt keine andere Wahl, als Ihre Tochter die nächsten Tage ins Präsidium zu bitten.«

Die Mutter antwortete nicht, stattdessen drehte sie den beiden Beamten den Rücken zu.

Brandt gab Aydin ein Zeichen, dass es keinen Sinn hatte, hier auf Verständnis zu hoffen, doch in dem Moment betrat Zoe das Wohnzimmer.

»Sie wollen mit mir sprechen?«, fragte sie. Es war offensichtlich, dass sie Teile der Unterhaltung gehört hatte.

»Können wir das Gespräch in Ihrem Zimmer führen?«, fragte Brandt, ihm war Zoes giftiger Blick zu ihrer Mutter nicht entgangen. Zwischen den beiden schien dicke Luft zu herrschen, was Brandt nur recht war.

»Ja«, nickte Zoe und schaute zu ihrer Mutter. Die schüttelte nur den Kopf und verließ das Wohnzimmer in entgegengesetzter Richtung.

Die beiden Beamten folgten Zoe in ihr Zimmer.

»Was haben Sie meiner Mutter erzählt, dass sie so verärgert ist?«

»In welcher Beziehung stehen Sie zu Natalie Vogel?«, fragte Brandt und ging auf ihre Frage nicht ein. Worüber Aydin und er mit ihrer Mutter gesprochen hatten, ging sie nichts an. Im Gegensatz zu ihr wirkte Zoe sehr beherrscht.

»Warum fragen Sie?« War ihr Blick bis eben noch angriffslustig gewesen, schien sie nun etwas verunsichert. Sie fuhr sich mit der Hand übers Gesicht und schaute zur Seite. Für Brandt stand fest, dass sie log. Womöglich wusste sie bereits, dass Natalies Vater tot war.

»Natalies Vater, Alwin Vogel, wurde ermordet«, antwortete Aydin.

Brandt ließ Zoe nicht aus den Augen. Der schockierte Ausdruck in ihrem Gesicht dauerte zu lange, als dass sie es nicht gewusst haben konnte.

»Oh mein Gott, wie schrecklich! Glauben Sie, es war derselbe Mörder?«

»Das wissen wir nicht, aber es wäre denkbar, daher müssen wir wissen, in welcher Verbindung Sie zu Natalie Vogel standen oder stehen«, erklärte Aydin. Brandt war sich nicht sicher, ob sein jüngerer Partner Zoe durchschaut hatte oder sich von ihrem jugendlichen Charme blenden ließ. Er beschloss, abzuwarten, bevor er die bissigeren Fragen stellte. Vielleicht kamen sie auch mit Aydins taktvoller Art an ihr Ziel.

Zoe druckste herum. Ihr Blick war noch immer auf den Boden gerichtet, ihre rechte Hand fuhr zu ihren Augen, als wollte sie sich damit die Tränen wegwischen, aber da waren keine Tränen. So langsam verlor Brandt die Geduld.

»Ich kenne sie aus dem Internat«, sagte sie dann.

»Aus welchem Internat?«, fragte Aydin.

»Wir waren beide in Baden-Baden im Internat.«

»Kannten sich Ihre Eltern?«

»Nein, nicht wirklich.«

»Nicht wirklich?«, hakte Brandt nach. Mit so einer Antwort konnte er gar nichts anfangen.

»Wenn Eltern ihre Kinder ins Internat schicken, haben sie meistens keine Zeit für sie. Nur die wenigsten Eltern kennen sich untereinander. Meinem Vater mache ich keine Vorwürfe, er hat das Geld rangeschafft. Aber meine Mutter war lieber mit Shoppen oder ihren Freundinnen beschäftigt, als sich Gedanken über ihre Tochter zu machen«, reagierte Zoe bissig. Brandt fühlte sich darin bestätigt, dass zwischen Mutter und Tochter dicke Luft herrschte.

»Kann es nicht trotzdem sein, dass Ihr Vater und Natalies Eltern sich kannten?«

»Nein, das hätte ich gewusst. Papa kannte niemanden von den Eltern aus dem Internat. Er war nie in Baden-Baden.«

»Zoe, Ihr Vater und Natalies Vater waren beide Politiker. Ich bin schon einige Jahre Polizist und ich glaube nicht an Zufälle. Vielleicht sind Sie sich der Tragweite Ihrer Worte nicht bewusst, aber Sie wissen, dass man die Polizei nicht anlügen darf, aus welchen Gründen auch immer.«

»Ich lüge Sie nicht an«, fiel sie Brandt ins Wort. Sie verengte angriffslustig ihre Augen.

»Das möchte ich für Sie hoffen. Wenn sich herausstellt, dass sich Ihr Vater und Herr Vogel kannten und Sie uns diese Information vorenthalten haben, wird das Konsequenzen für Sie haben.«

»Was soll das? Glauben Sie, dass ich nicht möchte, dass man den Mörder findet?«, wurde Zoe laut, sie atmete schnell. »Ich weiß nicht, ob Papa und Herr Vogel sich kannten. Sind wir fertig?«

»Sie werden doch keine Dummheiten anstellen?« Brandt glaubte zu wissen, dass Zoe log, aber sie war uneinsichtig und er hatte nicht das Gefühl, dass er oder Aydin an sie herankamen. Daher hoffte er, dass Tom und Nele bei ihrem Gespräch mit Natalie mehr Glück haben würden.

»Wie bitte?« Zoe senkte ihr Gesicht leicht und schaute zu Brandt hoch.

»Sie wissen genau, was ich meine.«

»Was unterstellen Sie mir die ganze Zeit?«

»Jetzt bleiben Sie bitte sachlich«, wurde Brandt etwas lauter. Wie es schien, konnte man nicht vernünftig mit ihr reden, also würde er die Dinge deutlicher ansprechen müssen. »Wir wissen, dass Sie Ali Arinc kontaktiert haben, damit er den Mörder Ihres Vaters findet. Vermutlich ist Ihnen nicht bewusst, wie gefährlich dieser Mann ist. Kriminelle anzuheuern, um Ihren Vater zu rächen, ist so ziemlich das Dümmste, was man tun kann. Das sollten Sie sofort beenden.«

Zoe schluckte, mit so einer Reaktion hatte sie augenscheinlich nicht gerechnet. Sie brauchte ein wenig, bis sie sich gefasst hatte.

»Das stimmt nicht. Ich habe nur versucht, Peter Walsh anzuheuern. Keine Ahnung, wer Ihnen das erzählt hat, aber es ist eine Lüge.«

Sie wirkte beherrscht und ernst. Trotzdem wusste Brandt, dass das eine Lüge war, denn er vertraute Walsh. Zoe blieb noch immer uneinsichtig.

»In Ihrem eigenen Interesse müssen wir Ihnen davon abraten, Kontakt zu Arinc zu halten. Er ist gefährlich. Und zu glauben, dass Sie den Täter auf eigene Faust jagen könnten, ist geradezu leichtsinnig. Der Täter schreckt vor Mord nicht zurück, um seine Ziele zu erreichen. Dass Sie am Leben gelassen wurden, war ein großes Glück. Fordern Sie es nicht zu oft heraus«, erklärte Aydin deutlich gefasster als Brandt, der kurz davor war, Zoe klar die Meinung zu geigen. Ihre verwöhnte zickige Art konnte sie bei ihrer Mutter ausspielen, aber bestimmt nicht bei ihm.

»Wir empfehlen Ihnen noch immer, Polizeischutz in Anspruch zu nehmen«, fuhr Aydin fort. »Überdenken Sie und Ihre Mutter Ihre Entscheidung noch einmal. Dass Sie es vor einigen Tagen abgelehnt haben, bedauern wir sehr, aber Sie können weiterhin von diesem Angebot Gebrauch machen.«

Brandt verstand, worauf Aydin hinauswollte, und er fand seine Taktik nicht schlecht. Wenn Zoe den Polizeischutz endlich annehmen würde, wüssten sie wenigstens, wo sie sich aufhielte, und könnten so ein Auge auf sie haben.

»Nein, brauchen wir nicht. Unsere Meinung hat sich nicht

geändert. Sind wir endlich fertig? Ich muss los.« Ihr Blick wanderte zur Seite. Brandt folgte ihrem Blick und sah auf dem Schreibtisch ihr Handy, das vibrierte und aufleuchtete.

Ist das Zufall?, überlegte er.

»Wollen Sie nicht rangehen?«

»Nein, ist nicht wichtig«, sagte sie kurz angebunden. »Ist bestimmt nur meine dämliche Mutter, die sich wundert, warum Sie noch in meinem Zimmer sind.« Ihre Unterlippe war trotzig nach vorne geschoben, dennoch wanderte ihr Blick erneut zu ihrem Handy, das weiter vibrierte und leuchtete. Wer immer gerade anrief, schien ziemlich hartnäckig zu sein.

Brandt ließ es sich nicht nehmen und machte zwei Schritte nach rechts. Es war tatsächlich die Mutter, die anrief. Diesmal hatte Zoe nicht gelogen. Warum Monika Lau nicht einfach ins Zimmer kam, war ihm schleierhaft, aber so einiges an der Beziehung zwischen Mutter und Tochter fand er merkwürdig.

»Glauben Sie mir nicht?«, reagierte Zoe gereizt. »Ich muss jetzt los!«

An Zoe war so kein Herankommen, also blieb Brandt nichts anderes übrig, als ganz harte Geschütze aufzufahren. Die junge Frau mochte zickig und dickköpfig sein, aber würde sie auch bereit sein, für diese Allüren ins Gefängnis zu gehen?

»Wir sind fertig, wenn Sie uns endlich verraten, in welcher Beziehung Ihr Vater und Herr Vogel zueinander standen.«

»Ich sagte doch, dass ich das nicht weiß. Sie kennen sich nicht.«

»Bevor Sie auf Ihrer Aussage beharren, sollten Sie wissen, dass Mannheimer Kollegen sich gerade mit Natalie Vogel unterhalten. Wenn Natalie meinen Kollegen gegenüber aussagt, dass sich Ihre Väter kannten und dass Sie davon Kenntnis haben, können Sie sich darauf verlassen, dass wir Sie in Beugehaft nehmen werden, um eine verbindliche Aussage von Ihnen zu erzwingen und Sie vor Dummheiten zu schützen. So eine Haft kann bis zu sechs Monate dauern.« Brandt wusste, dass das so nicht ganz richtig war, aber es war für ihn das letzte

Druckmittel, das er nutzen konnte, um sie endlich zum Reden zu bringen.

Es war gut möglich, dass Natalie etwas über eine Verbindung der beiden Politiker sagen konnte, dennoch war das für ihre Ermittlungen nur hilfreich, wenn auch Zoe ihnen die Wahrheit sagte. Denn so, wie sie herumdruckste, hatte Brandt das Gefühl, dass es eine wichtige Verbindung zwischen Zoes Vater und Natalies Vater gab. Und er wurde das Gefühl nicht los, dass Zoe es ihnen nicht sagen wollte, weil sie hoffte, diese Information für ihre eigenen gefährlichen Recherchen nutzen zu können.

Zoe wirkte überrascht über die klare Ansage, sie war geradezu überrumpelt und Brandt erkannte Unsicherheit in ihren Augen. Vermutlich wog sie gerade ab, ob seine Drohung ernst zu nehmen war oder nicht, und genau dieses Zögern sagte ihm, dass er ins Wespennest gestochen hatte, dass sie sehr wohl etwas wusste.

»Wir raten Ihnen in Ihrem eigenen Interesse, uns die Wahrheit zu sagen. Wir möchten wie Sie den Mörder finden, oder wollen Sie, dass noch weitere Menschen ihr Leben lassen, weil Sie uns nicht die Wahrheit sagen? Sie müssen keine Angst haben«, unterfütterte Aydin Brandts offene Drohung mit wohlklingenden Worten, um ihr eine Brücke zu bauen.

Dass Zoe überhaupt derart herumdruckste, dass sie log und tatsächlich zu glauben schien, dass sie den Mörder ihres Vaters eher finden würde als die Polizei, war für Brandt unbegreiflich.

Zoe schaute Aydin an und sagte: »Mein Vater und Natalies Vater kannten sich, seit sie Studenten sind.«

28

Mannheim

Das kurze Telefonat im Auto mit Brandt und Aydin war gut gewesen, denn dadurch hatten Nele und Tom zusätzliche Hinweise erhalten, die ihnen bei ihrem Gespräch mit Natalie und ihrer Mutter helfen würde, falls Natalie genauso bockig reagieren würde wie Zoe.

»Und, freuen Sie sich, dass Sie wieder mit alten Bekannten ermitteln dürfen?«, fragte Nele ihren Kollegen Tom, der sie in ihrem Dienstwagen Richtung Sandhofen steuerte, wo Natalie Vogel mit ihrer Mutter wohnte.

»Sie meinen Lasse Brandt und Arndt Schumacher?«

»Ja, genau«, nickte Nele und bemühte sich sehr, ihre Mimik unter Kontrolle zu halten.

»Wollten Sie lachen?«

»Ich? Nein, warum?« Neles Grinsen wurde immer breiter.

»Ist ja gut. Ist angekommen. Wen sonst sollten Sie meinen? Ich hatte Ihnen ja von den beiden erzählt und Lasse haben Sie bereits persönlich kennengelernt. Ich finde, es ist ein großer Vorteil, dass wir in diesem überregionalen Fall gemeinsam ermitteln. Ich halte beide für sehr fähige Kriminalpolizisten und es wird die Ermittlungen deutlich vereinfachen, da wir vieles über den kleinen Dienstweg erledigen können. Ich glaube nämlich nicht, dass wir anderenfalls schon wüssten, dass Natalie und Zoe befreundet sind, ebenso wenig würden wir wissen, dass ihre Väter Studienfreunde waren.«

»Das ist jetzt aber nur eine Vermutung«, stichelte Nele, obwohl sie geneigt war, Tom recht zu geben, aber ihr war gerade eher danach, ihn etwas zu ärgern.

»Sie wissen genau, dass es mehr als eine Vermutung ist. Wenn es irgendwelche Kollegen aus einem anderen Bundesland wären, hätten wir diese Information bestimmt viel später erhalten. Über so viel Erfahrung sollten Sie verfügen, um das zu bestätigen.«

»Mag sein, aber ich bin gegen Pauschalisierungen. Ich habe schon mit Kollegen außerhalb der Polizei Mannheims zusammengearbeitet und das Zusammenwirken hat vorbildlich funktioniert.«

»Sie wissen, dass ich recht habe, aber Ihr Ego verbietet Ihnen wieder einmal, das zuzugeben.«

»Tut es gar nicht.«

»Doch«, stichelte Tom zurück. »Was ist das überhaupt für ein Kratzer?«

Nele hatte aus dem Beifahrerfenster geschaut und dabei unfreiwillig ihren Hals freigelegt.

»Nichts.«

»Nichts? Das sieht aber nach viel mehr als nichts aus. Haben Sie sich geprügelt?«

»Wie kommen Sie denn auf so einen Mist?«

»Weil das sehr nach Fingernagelkratzern aussieht.«

Nele schüttelte den Kopf, dann atmete sie geräuschvoll aus und fügte hinzu: »Na gut, es gab gestern eine kleine Meinungsverschiedenheit auf einer Party.«

»Wie wäre es mit etwas weniger Party und Alkohol? Schaden würde es Ihnen sicherlich nicht und wer weiß, vielleicht lernen Sie dann auch eine Frau kennen, die Ihnen hilft, sich zu erden.«

»Ich bin geerdet.«

»Das sieht man. Das viele Feiern und Betrinken sieht mir eher nach Flucht aus.«

»So ein Quatsch«, wurde Nele giftig. Tom verstand es, sie mit wenigen Sätzen auf die Palme zu bringen. Nur weil sie gerne feierte und dabei das eine oder andere Gläschen Wein trank, bedeutete das noch lange nicht, dass sie ein Alkoholproblem hatte oder der Realität entfliehen wollte.

Es gab durchaus Menschen, denen Toms spießiges Leben

zu langweilig war, und zu denen zählte sich Nele, aber Tom wollte das anscheinend nicht akzeptieren.

»Ihre Wut gibt mir recht.«

»Müssen Sie immer so garstig sein?«

»Seit wann sind Sie denn so feinfühlig? Wenn ich gemein zu Ihnen war, tut mir das leid. Das war nicht meine Absicht. Aber ich gehöre nun mal nicht zu den Schönrednern oder Jasagern. Ich denke, es ist wichtig, dass man zu seiner Position steht.«

»Dass ich das noch erleben darf! Sie entschuldigen sich, Wahnsinn! Diesen Tag werde ich groß in meinem Kalender markieren.« Nele lachte, denn insgeheim freute sie sich wirklich darüber, dass sich Tom bei ihr entschuldigt hatte.

»Wieder tun Sie mir unrecht. Ich bin nicht so unsensibel, wie Sie glauben, und auch keiner, der irgendjemanden gerne in die Pfanne haut. Ich bin nur direkt und ehrlich. Das müssen Sie schon auseinanderhalten können.«

»Ich arbeite daran. Das hier müsste das Haus sein«, antwortete Nele. Das Navigationsgerät hatte eben angezeigt, dass sie ihr Ziel erreicht hatten.

Sie stiegen aus und Nele ging voraus, sie war die Erste an der Tür. Nachdem sie die Klingel des großzügigen Einfamilienhauses betätigt hatte, dauerte es nicht lange, bis sie geöffnet wurde.

Ein junger Mann, laut den Unterlagen, die die Informationsbeschaffung ihnen gemailt hatte, der Sohn, empfing sie an der Tür.

»Guten Tag, Herr Vogel. Wir sind von der Mannheimer Kriminalpolizei, das ist meine Kollegin Nele Blum und mein Name ist Tom Hardt«, begann Tom mit der Vorstellung. Beide zeigten ihre Dienstausweise.

»Ich bin der Sohn. Kommen Sie doch bitte rein«, antwortete Adrian Vogel. Seine Stimme war ruhig, etwas betrübt und seine Augen waren rot unterlaufen, ein deutliches Zeichen, dass er geweint hatte.

Sie folgten ihm ins Haus bis ins Wohnzimmer, wo die Ehefrau des Toten, Mila Vogel, saß. Sie fuhr sich gerade mit einem Taschentuch übers Gesicht, da sie offensichtlich die Beamten nicht hatte hereinkommen sehen.

»Mama, die Polizei ist da«, machte sich der Sohn bemerkbar.

»Wie …?« Die Mutter wirkte irritiert, aber als sie den Besuch sah, zupfte sie ihr schwarzes Kleid zurecht, hob den Kopf und stand auf. »Guten Tag.«

»Guten Tag. Unser Beileid für den Tod Ihres Mannes«, antwortete Tom und beide reichten der Frau die Hand.

Sie nickte und schaute zu Boden, ihr Händedruck war sehr zart. Es war ihr anzusehen, dass sie mit den Tränen kämpfte. Nele wusste nicht viel über die Ehe der Vogels, aber in den Unterlagen, die Lorenz ihnen geschickt hatte, sah alles nach einer perfekten Ehe aus: zwei Kinder, ein erfolgreicher Ehemann und eine starke Frau im Hintergrund, die sich um die Erziehung der Kinder kümmerte. Doch die Fotos auf dem USB-Stick waren ein unmissverständlicher Hinweis darauf, dass Vogel nicht der treusorgende Vater und Ehemann gewesen war, den er öffentlich präsentiert und vermutlich auch gegenüber seiner Frau gespielt hatte.

Alle Männer denken doch nur mit dem Schwanz, huschte Nele ein Gedanke durch den Kopf.

»Frau Vogel, wir müssen Ihnen ein paar Fragen zu Ihrem Mann stellen. Fragen, die uns weiterhelfen können, zu verstehen, warum Ihr Mann sterben musste.«

Wieder nickte sie nur.

»Mama, soll ich dir ein Wasser holen?«, fragte Adrian.

»Ja, sei bitte so lieb.« Ihre Stimme versagte nach dem kurzen Satz, doch dann richtete sie sich auf und schaute Tom an. Ihre blauen Augen hatten etwas Stechendes.

»Wissen Sie, ob Ihr Mann in letzter Zeit Probleme hatte?«

»Probleme?«

»Hat jemand Ihren Mann bedroht?«, fragte Nele. »Wirkte

er verändert? Oft tun sich Männer schwer damit, ihren Frauen ihre Sorgen anzuvertrauen. Dennoch könnte es Ihnen doch aufgefallen sein, dass er sich anders verhielt, merkwürdig.«

»Mein Mann und ich hatten keine Geheimnisse voreinander. Wenn er Probleme gehabt hätte, hätte ich das gewusst.« Sie schaute zu Nele. »Wir hatten eine glückliche Ehe.«

Warum sie diesen letzten Satz hinzugefügt hatte, konnte Nele nicht einschätzen. Für sie hörte es sich so an, als ob die Ehe möglicherweise doch nicht so glücklich gewesen war, als ob sie sich an eine Illusion klammerte, die nicht der Wirklichkeit entsprach, was Nele in ihrem Beruf immer wieder erlebte. Vielen Menschen war die glückliche Fassade, die sie nach außen aufrecht erhielten, wichtiger als ihr eigenes Glück.

»Ihr Mann war politisch aktiv, da hat man automatisch Feinde, und er ist ein erfolgreicher Mediziner. Gab es Menschen, die ihm drohten, hat er Ihnen gegenüber etwas in der Richtung erwähnt?«, bohrte Tom weiter nach.

»Nein, ich kann mir nicht vorstellen, dass ein Geschäftspartner so etwas Feiges tun würde. Welchen Grund sollte er dafür haben? Oder ein Patient? Es kann nur dieser Politikerhasser sein, alles andere ergibt keinen Sinn. Mein Mann war ein Zufallsopfer.«

»Genau das glauben wir nicht. Sie dürfen nicht alles glauben, was die Presse schreibt«, entgegnete Nele, unterbrach sich dann aber, weil der Sohn mit einem Glas Wasser zurückkam und es seiner Mutter reichte. Sie nahm einen Schluck.

»Adrian, lässt du uns bitte alleine?«, bat die Mutter und Adrian gehorchte. Vermutlich war ihm das nur recht. »Warum glauben Sie nicht an einen Zufall? Dieser Psychopath hat schon zwei Politiker vor meinem Ehemann ermordet, er hat es einfach nur auf Politiker abgesehen.«

»Der Tatort spricht dafür, dass Ihr Ehemann an den Ort gelockt wurde. Der Täter muss mit Ihrem Mann kommuniziert haben«, erklärte Nele und ärgerte sich einmal mehr, dass sie das Handy von Vogel nicht am Tatort hatten finden können.

Auch bei den anderen Morden hatte man kein Handy der Opfer gefunden und es bestätigte somit, was Frau Vogel annahm: dass sie es auch hier mit demselben Mörder zu tun hatten, der gerade augenscheinlich wahllos Politiker ermordete.

Dennoch: Klaus Lau und Alwin Vogel waren beide in einen Hinterhalt gelockt worden und das konnte nur bedeuten, dass der Täter seine Opfer gekannt hatte. Und seit sie wussten, dass Natalie und Zoe sich kannten, erhärtete sich für Nele der Verdacht, dass sie es hier mit einem Täter zu tun hatten, der Lau und Vogel gleichermaßen kannte. Leider gab es noch keine Verbindung zwischen Nils Holm und den anderen beiden Opfern. Vielleicht hatten sie ihn aber auch einfach noch nicht gefunden. Nele hoffte, dass sie zumindest durch die Verbindung zwischen Zoe und Natalie Hinweise auf den Mörder erhalten würden.

Im Mannheimer Fall kam dem USB-Stick zudem eine Sonderrolle zu, denn bei dem Kölner Opfer war nichts gefunden worden, was den Verdacht auf eine Erpressung hätte lenken können, das sah bei Vogel anders aus. Es war allerdings gut möglich, dass das nur eine neue Masche des Täters war, um von sich abzulenken. Nele konnte das nicht abschließend einschätzen. Aber eines war durch den USB-Stick klar geworden: Der Täter wusste viel über seine Opfer, er hatte sie möglicherweise beschattet oder online Informationen über sie gesammelt. Würde das jemand tun, der seine Opfer wahllos aussuchte? Sicher war, dass sie es mit einem skrupellosen Täter zu tun hatten, der sehr gründlich und vorsichtig vorging. Ein absoluter Profi.

»Alwi hat all seine Termine auf dem Laptop festgehalten, er war da sehr gründlich«, antwortete Frau Vogel. »Wenn es Ihnen hilft, nehmen Sie ihn mit.«

»Danke, das werden wir tun«, erwiderte Tom und Nele hatte das Gefühl, dass ihm der gleiche Gedanke durch den Kopf ging wie ihr. Wenn es ein Apple-Laptop war und der Mann das Gerät mit seinem iPhone, wenn er eines besaß, synchronisierte, gab es die berechtigte Hoffnung, dass sich auf dem Laptop vielleicht sogar die Kommunikation zwischen dem Mörder und Vogel finden würde.

»Hatte Ihr Mann in letzter Zeit Streit mit jemandem?«

»Nein. Mein Mann kannte den Mörder nicht, das will ich nicht glauben. Warum er sich mit dem Täter an dem Ort getroffen hat, kann ich Ihnen nicht sagen.«

Weil er den USB-Stick wollte, wäre Nele fast herausgerutscht, aber sie konnte sich gerade noch rechtzeitig bremsen. Davon musste Mila Vogel erst einmal nichts erfahren, erst recht in ihrer Trauer nicht. Wenn es notwendig werden würde, sie über die Affäre ihres Ehemannes aufzuklären, würden sie das tun. Dass die Geliebte von Vogel in den Mord verwickelt sein könnte, hielt Nele für ausgeschlossen.

»Sagen Ihnen die Namen Nils Holm oder Klaus Lau etwas?«, fragte Tom. Wie es schien, wollte er das Gespräch zum Ende bringen. Nele vermutete, dass er sich keine weiteren Hinweise erhoffte.

»Nils Holm sagt mir nichts, aber Klaus Lau schon. Beide waren doch Politiker und wurden ermordet. Richtig?«

»Ja. Kennen Sie Klaus Lau?«

»Nur flüchtig, ich weiß, dass meine Tochter und Zoe, die Tochter von Klaus, im selben Internat waren. Warum?«

»Nach unseren Informationen kannten sich Ihr Ehemann und Herr Lau aus Studentenzeiten.«

»Davon weiß ich nichts. Ich habe meinen Mann nach seinem Studium kennengelernt. Und Herrn Lau habe ich einige Male getroffen, als ich Zoe im Internat besucht oder abgeholt habe. Glauben Sie, der Mörder war ein alter Kommilitone, der eine Rechnung offen hatte?«

»Wir stehen erst am Beginn unserer Ermittlungen«, antwortete Nele, aber Frau Vogels Annahme war nicht weithergeholt. Möglich wäre es. Die Frage war nur, warum der Täter sich so viele Jahrzehnte Zeit gelassen hatte, um sich an beiden zu rächen. Und vor allem: Wie passte Holm in diese Beziehung? Er hatte nicht wie die beiden in Köln studiert, zumindest wussten sie bis jetzt nichts davon.

Die Informationsbeschaffung musste unbedingt mehr über die Studienzeit der drei Opfer herausfinden, so schwer das auch sein mochte, denn die drei hatten zu Zeiten studiert, als das Internet noch lange nicht die Verbreitung und den Stellenwert gehabt hatte, die es heute hatte.

»Warten Sie bitte«, sagte Frau Vogel in diesem Moment und entfernte sich.

»Vermutlich holt sie den Laptop. Wir sollten uns noch mit der Tochter unterhalten.«

Nele nickte. »Und der Sohn?«

»Den können wir fragen, ob er Lau kannte, aber ich gehe davon aus, dass er keine Hinweise für uns haben wird. Wenn schon die Mutter keine Ahnung von der Verbindung zwischen Lau und Vogel hat, dann der Sohn erst recht nicht. Alwin Vogel scheint nicht über seine Studentenzeit gesprochen zu haben.«

Nele nickte, das war auch ihre Vermutung.

Frau Vogel kam mit einem Karton und dem Laptop zurück.

»Hier drin sind die Unterlagen, die mein Mann aus seiner Studienzeit aufbewahrt hat. Vielleicht hilft Ihnen das.«

»Danke, das wollen wir hoffen«, antwortete Tom und nahm die Sachen an sich.

Mit solcher Freigiebigkeit hatte Nele nicht gerechnet. Wenn Täter und Opfer sich tatsächlich aus ihrer Studentenzeit kannten, war es durchaus möglich, dass sich der Name des Täters in den Unterlagen verbarg. Aber war die Studienzeit wirklich eine heiße Spur oder nur eine weitere Sackgasse, wie sie es im Laufe von Ermittlungen so häufig erlebten?

Nele wusste es nicht. Aber sie wollte nach dem Gespräch mit der Tochter und dem Sohn auch den Lübecker und Kölner Kollegen vorschlagen, die Familien der Opfer zu fragen, ob es Unterlagen aus der Studentenzeit der Toten gebe. Vielleicht würde man Übereinstimmungen finden und dem Mörder näher kommen.

Wenn der Mörder denn Student in Köln war, meldete sich ein kritischer Gedanke.

»Frau Vogel, wir möchten uns noch kurz mit Ihrer Tochter Natalie unterhalten«, sagte Tom.

»Warum?«, entfuhr es Mila Vogel. Der Beschützerinstinkt; aber darauf konnten weder Tom noch Nele Rücksicht nehmen.

»Ihre Tochter und Zoe waren im selben Internat und befreundet«, erklärte Nele.

»Na und? Woher sollen die beiden wissen, welches kranke Schwein unsere Männer ermordet hat?«, brach es aus der Mutter heraus. Ihre Augen wurden feucht und erste Tränen liefen ihre Wangen herunter.

»Wir müssen mit Ihrer Tochter sprechen«, wurde Nele deutlich. »Natalie ist volljährig und es sollte in unser aller Interesse sein, dass wir sie jetzt sprechen.«

Nele wollte die Drohung, dass sie Natalie auch vorladen könnten, nicht offen aussprechen, aber sie hoffte, dass die Mutter verstand, dass es nicht in ihrer Macht lag, zu entscheiden, ob die Polizei sich mit ihrer Tochter unterhielt oder nicht.

Der hasserfüllte Blick, den die Mutter ihr zuwarf, entging Nele nicht. Aber das war ihr herzlich egal, sollte die Mutter sie doch für eine unsensible Beamtin halten, solange sie sich dem Gespräch ihrer Tochter mit ihnen nicht in den Weg stellte.

»Ich spreche mit ihr. Natalie geht es nicht gut«, sagte Frau Vogel schließlich leise und ging hinaus.

»Freunde werden Sie beide nicht mehr«, konnte sich Tom offensichtlich einen dummen Spruch nicht verkneifen, Nele fand das gerade überhaupt nicht angebracht.

»Müssen wir auch nicht. Ich mache nur meinen Job«, giftete sie daher zurück.

Tom lachte, vermutlich hatte er mit dieser Reaktion gerechnet, was Nele noch wütender machte, aber sie riss sich zusammen. Manchmal konnte Tom sehr kollegial und charmant sein, aber dann gab es wieder Momente, wo er den arroganten, überheblichen Macho rausließ, womit Nele gar nicht klarkam. Im Vergleich zum Beginn ihrer Zusammenarbeit hatte er sich immerhin deutlich gebessert, damals hatte Nele noch geglaubt, dass sie niemals mit ihm klarkommen würde.

»Natalie ist in ihrem Zimmer. Sie haben fünf Minuten«, sagte Frau Vogel, als sie wieder bei ihnen war. Ihr Blick wanderte zur Uhr, um ihren Worten mehr Gewicht zu verleihen. »Ich bringe Sie hin.«

»Danke«, antwortete Tom und die beiden folgten der Mutter.

»Natalie, das sind die Beamten. Sie möchten dir ein paar Fragen stellen. Das Ganze dauert nur fünf Minuten, danach gehen sie.«

Natalie sagte nichts, man sah ihr an, dass sie lange geweint hatte, ihre Wangen waren noch rot und feucht von den Tränen. Rein äußerlich war Natalie diejenige, der der Mord an Alwin Vogel am meisten zuzusetzen schien, aber auch darauf konnte Nele keine Rücksicht nehmen und Tom würde das ebenso wenig tun. Dafür war er zu sehr Profi.

»Hallo, Natalie. Das mit Ihrem Vater tut uns sehr leid. Trotzdem müssen wir Ihnen leider ein paar Fragen stellen«, begann Tom das Gespräch.

»Fünf Minuten«, sagte die Mutter und verließ das Zimmer.

»Wie soll ich Ihnen denn helfen können?« Natalie schüttelte den Kopf. Sie kämpfte noch immer mit den Tränen. »Wieso mein Papa? Er hat doch niemandem etwas getan.«

»Das möchten wir herausfinden, deshalb ist es sehr wichtig, dass Sie versuchen, sich genau zu erinnern. Jeder noch so unbedeutende Hinweis könnte uns dem Täter näher bringen.«

Natalie nickte und schluckte, dann zog sie die Nase hoch, fuhr sich über ihre langen blonden Haare und wischte sich eine Strähne aus dem Gesicht.

»Vielleicht wissen Sie es schon, der Vater von Zoe Lau wurde ebenfalls ermordet. Und wir wissen, dass Sie und Zoe im selben Internat waren und Freunde sind.«

»Und was soll das mit meinem Vater zu tun haben?«

»Ihr Vater und Zoes Vater kannten sich doch?«

»Ja, sie kennen sich, seit sie Studenten sind«, erwiderte Natalie, Nele nahm diese Angabe wohlwollend zur Kenntnis. Von Brandt hatte sie gehört, dass sich Zoe damit schwergetan hatte, zuzugeben, dass sie und Natalie sich ebenso kannten wie ihre Väter. Gut zu wissen, dass Natalie in der Hinsicht wohl deutlich gesprächiger war.

»Haben sich Ihr Vater und Zoes Vater in letzter Zeit getroffcn?«

Natalie antwortete nicht sofort, ihre Augen wurden schmal und Nele glaubte, dass sie überlegte. Sie wirkte unsicher.

»Ich glaube schon«, erklärte Natalie dann.

»Und wissen Sie wann?«, fragte Tom.

»Da muss ich ran«, sagte Natalie plötzlich. Nele registrierte, dass das Handy neben ihr auf dem Tisch aufblinkte. Augenscheinlich rief ihr Freund an, denn auf dem Display erschien als Anrufername: *Schatz.*

29

Enttäuschung!

Jeder begegnet ihr und jeder fürchtet sie. Aber Enttäuschungen gehören zum Leben wie essen, trinken, schlafen oder Sex.

Oft hört man, dass man an Enttäuschungen wachse, dass man mit Niederlagen umzugehen lerne, dass sie den Charakter formen. Das alles mag stimmen, aber ganz ehrlich, ich hätte sehr gerne auf viele Enttäuschungen in meinem Leben verzichtet. Das Blöde ist, man hat in dieser Hinsicht kaum eine Wahl, man kann sich die Dinge nicht aussuchen wie auf einer Speisekarte, von der man nur das bestellt, was man mag.

Das Leben fickt dich, und je eher man das begreift, desto eher kann man daran arbeiten, selbst der Ficker zu werden. Das ist allemal besser, als immer der Gefickte zu bleiben. Auch wenn man deshalb das ein oder andere Mal Entscheidungen treffen muss, die nicht so schön sind.

Solch eine Entscheidung steht mir gerade bevor.

Ich würde mich als jemanden beschreiben, der sich Entscheidungen stellt, auch Konfrontationen habe ich nie gescheut. Gut, das war nicht immer so. Aber die letzten Jahre mit Sicherheit, sonst wäre ich jetzt nicht der Mensch, der ich bin.

Natalie hat mir seit Stunden geschrieben und unzählige Audionachrichten gesendet. Meinen Plan, sie zu ignorieren und nach Köln zu fahren, habe ich begraben. Ich denke, es ist nur fair, wenn ich sie anrufe und das Ganze offiziell beende. Natürlich wird es sie zerreißen. Erst verliert sie ihren Vater und dann macht auch noch ihr Schatz mit ihr Schluss. Vielleicht ist das zu viel für so ein junges Herz.

Auf der anderen Seite kennen wir uns noch kaum und welche Zukunft sollte diese Beziehung haben? Ich werde bald sterben, insofern würde ich das Unvermeidliche nur hinauszögern.

Ein Teil von mir möchte, dass sie weiß, dass ich ihren Vater auf dem Gewissen habe. Dieser Teil möchte auch, dass sie erfährt, warum es sein musste. Niemand stirbt umsonst, jedenfalls ihr Vater nicht. Aber die Vernunft sagt mir, dass das ziemlich dumm wäre, weil Natalie vermutlich zur Polizei rennen und damit meinen ganzen Plan gefährden würde. Meine Vernunft sagt mir auch, dass Natalies Liebe zu mir demzufolge niemals so stark sein wird wie der Schmerz, den sie über den Verlust ihres Vaters empfindet. Deshalb können wir beide niemals eine moderne Version von Bonny und Clyde sein. Echte Romantik findet heute nur noch in Filmen und Büchern statt.

Mein Handy liegt in meiner linken Hand, ich starre es seit Minuten an. Noch fehlt der letzte Wille, den Plan, sie anzurufen, umzusetzen.

»Tu es. Du magst sie, was druckst du herum.«

Ich nicke, um meine eigenen Worte zu bestätigen, dann wähle ich die Nummer und raube mir damit jede Möglichkeit für eine tiefergehende Diskussion. Ich hätte auch meinen guten Kumpel anrufen und ihn um Rat fragen können, um meine Entscheidung zu untermauern. Habe ich aber nicht, weil ich weiß, dass er mir mit Sicherheit abraten würde, sie anzurufen.

»Hallo«, höre ich ganz schwach Natalies Stimme. Sie muss furchtbar leiden, dieses eine Wort reicht aus, dass ich Mitleid mit ihr bekomme.

Schon sehr seltsam, oder?

»Sorry, Maus. Ich hatte mein Handy nicht dabei, war beim Kunden. Ich kann nicht glauben, was geschehen ist. Sag mir bitte, dass das nur ein dummer Scherz ist.« Ich überlege nicht, was ich sage, ich sage einfach, was mir in den Sinn kommt. Vielleicht ist es nicht das Richtige, aber ein so sensibler Mensch bin ich nicht. Worte waren noch nie meine große Stärke, auch die Romantik nicht.

»Nicht schlimm«, antwortet sie und ich höre, wie sie die Nase hochzieht.

»Das mit deinem Vater tut mir sehr leid. Ich wünschte, ich könnte jetzt bei dir sein«, sage ich, weil ich glaube, dass sie das hören möchte. Sie ist so ganz anders als ich, so zerbrechlich. Eben eine richtig verwöhnte Prinzessin. Mit Entbehrungen hat sie nie klarkommen müssen und ich möchte wetten, dass dies ihr erster großer Verlust ist.

Willkommen im Leben!

»Danke, das bedeutet mir sehr viel. Warum Papa? Warum?« Wieder zieht sie die Nase hoch.

»Das kann ich dir nicht beantworten. Vielleicht hatte dein Papa Feinde. Er stand in der Öffentlichkeit.«

»Papa stand doch mit allen gut. Ja, er hat Mama betrogen, aber das macht ihn doch nicht zu einem schlechten Menschen.«

Na ja, eigentlich schon, würde ich ihr gerne antworten, aber sicherlich möchte sie das in diesem Augenblick nicht hören, sie möchte Verständnis und das soll sie bekommen. Irgendwie tut sie mir leid, ich mag sie. Das zwischen uns ist nicht allein etwas Sexuelles, es liegt auch nicht daran, dass ich mich geschmeichelt fühle, dass so ein junges hübsches Ding auf mich steht. Nein, es sind wirklich Gefühle da und vor allem mag ich ihre ungezwungene Art. Ihre Naivität hat etwas Leichtes, etwas von Freiheit. Doch in diesem Moment spüre ich nicht mehr viel davon. Es wirkt auf mich, als wäre sie in ein tiefes Loch gestürzt und würde mich bitten, ihr ein Seil hinunterzuwerfen, damit ich sie hochziehen kann.

Aber will ich das überhaupt?

Irgendwie schon.

Darf ich es?

Ich denke nicht.

Ich stecke in einer echten Zwickmühle, das habe ich so nicht erwartet. Eigentlich wollte ich gerade Schluss machen, ihr erklären, dass es keine Zukunft zwischen uns geben könne, doch jetzt merke ich, wie ich diese guten Vorsätze über Bord werfe.

Warum muss das Leben, warum müssen Gefühle alles so schwer machen?

Verdammte Gefühle! Sie ficken dich immer. Immer!

»Nein, das macht ihn nicht zu einem schlechten Menschen, Maus«, antworte ich ihr. »Du solltest dir nicht so viele Gedanken machen, die Polizei wird den Mörder schon finden und dann bekommt er seine gerechte Strafe.« Die Worte fallen mir schwer, weil ich weiß, was für ein Arschloch ihr Vater ist. Ihn jetzt post mortem zu loben, fühlt sich nicht richtig an.

»Die sind gerade hier. Aber ich wünschte mir, dass du bei mir wärst, nicht die Polizei.«

Ich werde hellhörig. Sind meine Jäger tatsächlich vor Ort? Was für ein Zufall!

Oder doch Schicksal?

»Quatsch.«

»Quatsch?«, fragt Natalie.

»Quatsch? Nein, das habe ich nicht gesagt. Ich wollte sagen, dass ich jetzt alles geben würde, um bei dir zu sein. Hatte nur einen Frosch im Hals«, korrigiere ich. Dieses dämliche Wort ist mir herausgerutscht, weil ich nicht an Schicksal glaube. So einfach mache ich mir das Leben nicht, dafür bin ich zu alt und zu erfahren.

»Können wir uns sehen, bitte?«, fleht sie und diesmal glaube ich, dass sie weint. Ich frage mich, wie viele Polizeibeamte momentan bei ihr sind und ob sie unserem Gespräch lauschen.

Dürfen die das überhaupt? Ich finde das ziemlich respektlos. Ich hätte das Zimmer aus Anstand verlassen.

»Hat die Polizei schon einen Verdacht?«, erkundige ich mich und ignoriere ihre Frage. Es kann nicht schaden, sich upzudaten. Wobei ich nicht damit rechne, dass die Beamten bereits verwertbare Hinweise haben, weil ich sehr gründlich bin. Außer dem USB-Stick dürften sie nichts haben. Ein Blick in die Online-Medien vorhin hat mir gesagt, dass die Mannheimer Kripo meinen kleinen Hinweis am Tatort nicht an die Presse weitergereicht hat. Schade!

»Ich glaube nicht, aber sie wollen wissen, warum ich mit Zoe befreundet bin«, sagt sie. Das mag ich an Natalie, wenn ich sie etwas frage, habe ich das Gefühl, dass sie brav gehorcht und antwortet.

»Wer ist Zoe?«, frage ich. Sie darf ja nicht wissen, dass ich Zoe kenne. Dass Zoe und Natalie sich kennen, ist mir allerdings neu. Bei meinen Recherchen habe ich wenig Zeit auf die Kinder verwendet, weshalb hätte ich das auch tun sollen?

»Zoe Lau. Ihr Papa wurde auch ermordet.« Jetzt höre ich sie weinen. »Wieso musste Papa sterben? Bitte komm her. Ich muss dich sehen. Bitte.«

Keine Ahnung warum, aber plötzlich scheinen bei ihr alle Dämme zu brechen.

Mit dem Auto wäre ich in zehn Minuten bei ihr und vielleicht könnte ich sogar sehen, welche Beamten mit den Ermittlungen betraut sind. Wenn ich sehr viel Glück hätte, könnte ich ein Pläuschchen mit ihnen halten und dadurch an noch mehr Informationen gelangen.

Schon lustig und gleichzeitig erregend, zu wissen, dass die Beamten mir so nahe und doch so weit entfernt sind. Wenn sie wüssten, dass ich die Tochter des Opfers ficke, was sie wohl von mir denken würden?

»Maus, nichts würde ich jetzt lieber tun. Ich habe ein ganz schlechtes Gewissen, dich alleine zu lassen. Aber mein Auftraggeber macht viel Druck. Ich muss noch zu ihm in die Firma, das System updaten …«

»Bitte«, fällt sie mir ins Wort. »Ich brauche dich.«

Jetzt sind bei ihr alle Hemmungen gefallen, sie hat sich komplett ihrem Schmerz ergeben. Ihr in diesem Moment zu sagen, dass ich unsere Minibeziehung beenden werde, bringe ich nicht übers Herz.

Mist!

Bevor ich antworte, höre ich ein Klopfen, das mir signalisiert, dass mich jemand anderer anruft. Ich weiß, wer es ist. Er will sicher wissen, ob ich schon unterwegs bin.

Und das sollte ich auch sein.

Mist!, fluche ich ein zweites Mal innerlich.

Natalie war nie geplant in meinem Leben, sie macht alles nur kompliziert.

»Maus, ich melde mich. Vielleicht schaffe ich es ja nach dem Termin.«

»Ja, bitte. Ich will heute nicht alleine bleiben. Ich kann das nicht. Lass mich nicht alleine. Ich brauche dich.«

»Okay. Sei stark. Ich muss jetzt los.« Ich beende das Gespräch und ärgere mich, weil ich selbst nicht stark genug war.

»Das hier hat keine Zukunft! Du bist zu weich, du gefährdest die ganze Mission«, schimpfe ich mit mir.

Trotzdem ist da dieses komische Gefühl in der Magengegend, als hätte ich einen schweren Stein geschluckt. Es gibt einen Teil in mir, der am liebsten zu ihr fahren würde, um sie zu trösten.

Aber wer tröstet mich? Wer hat mich je getröstet?

Nein! Natalie muss da jetzt alleine durch. Und ich muss Schluss mit ihr machen, wobei wir offiziell noch nicht mal ein Paar sind. Dafür kennen wir uns viel zu kurz. Genau deswegen ist dieser ganze Gefühlsmist auch Bullshit!

Mein Handydisplay leuchtet auf. Ich habe eine Nachricht bekommen und ich weiß, dass sie von ihm ist.

Bist du schon unterwegs?,

hat er geschrieben.

Ich fahre jetzt los. Keine Sorge. Alles läuft nach Plan,

versuche ich ihn zu beruhigen. Er antwortet nicht, was mir nur recht ist.

Keine zwanzig Minuten später befinde ich mich auf der Autobahn Richtung Köln. Mit jedem Kilometer, den ich mich von Mannheim und Natalie entferne, ist es, als würde ich auch meine Gefühle zu ihr hinter mir lassen.

Mein nächstes Ziel auszuschalten, wird nicht einfach sein, aus verschiedenen Gründen. Die kommenden Tage werde ich in Köln Recherche betreiben, obwohl ich vor vielen Monaten bereits intensiv über ihn recherchiert habe. Ich weiß alles über die Personen auf der Liste. Trotzdem informiere ich mich vor der Tat noch einmal über die Zielperson, schließlich könnte es zu Veränderungen gekommen sein, die ein Anpassen des Plans notwendig machen.

Mein Freund hat damals vorgeschlagen, dass ich Lau und dann Opfer Nummer vier töten solle, statt nach Mannheim zu fahren, um Vogel auszuschalten. Das wäre von der Planung her sicherlich auch leichter gewesen, aber aus bestimmten Gründen war es mir unmöglich. Diese Reihenfolge der Durchführung ist viel sinnvoller.

Für mich jedenfalls.

Mein Handy leuchtet auf. Natalie. Mir bleibt nichts anderes übrig, als ihre Nachricht zu ignorieren. Sie muss lernen, dass sie diesen schweren Schicksalsschlag alleine meistern muss. Ich rede mir ein, dass meine Gefühle für sie tatsächlich immer schwächer werden, je weiter ich mich von Mannheim entferne. Ob das hinhaut, werden die nächsten Tage zeigen.

Ein Ziehen in der Magengegend meldet leise Kritik an.

Ständig leuchtet mein Handy auf, es ist immer nur Natalie. Was hat sie nicht daran verstanden, als ich ihr sagte, dass ich zu tun habe und mich melde?

Eigentlich müsste ich mich geschmeichelt fühlen, dass sie mir so viel Bedeutung beimisst, aber es macht mich auch irgendwie wütend, weil ich mich unter Druck gesetzt fühle, und es sagt mir, dass Natalie ein verwöhntes Miststück ist, das glaubt, immer bekommen zu können, was es will.

»Mich bekommt niemand!«, platze ich heraus, so sehr habe

ich mich in diesen Gedanken hineingesteigert. Dabei bin ich an sich niemand, der schnell aus der Haut fährt, ich halte mich für jemanden, der sich gut unter Kontrolle hat. Meistens jedenfalls.

Wenige Kilometer trennen mich noch von Köln und ich muss zugeben, dass meine Taktik offensichtlich doch nicht aufgeht. Natalie spukt noch immer durch meine Gedanken.

Was wäre wenn?

Ich habe diese Frage nie gemocht, weil sie einem etwas Unmögliches vorgaukelt. Warum sich mit solchen Dingen quälen? Ja, in einem anderen Leben hätten Natalie und ich vielleicht glücklich sein können. Aber dieses andere Leben wird es niemals geben, deswegen fick dich, blödes Was-wäre-Wenn.

Von Weitem sehe ich den Kölner Dom. Ein beeindruckendes Bauwerk. Es ist von der Ferne aus weithin sichtbar und ich bekomme eine Ahnung davon, was für einen Eindruck dieser gewaltige Bau bei den Menschen im Mittelalter hinterlassen haben muss. Welcher einfache Bauer oder Leibeigene hätte es im Angesicht dieses Monuments gewagt, gegen die Allmacht der katholischen Kirche aufzubegehren? So gesehen kann man Martin Luther nicht genug danken, dass er die Kirche reformiert hat. Das hat zwar Millionen Menschen das Leben gekostet, aber immerhin gab es die Bibel danach auch in deutscher Sprache.

Ein Vorgang, den der Islam noch vor sich hat. Ohne Reformation kann sich vermutlich kein Glaube weiterentwickeln und man darf nicht vergessen, dass der Islam auch ein paar Hundert Jahre jünger ist als das Christentum. Die müssen noch durch die ganze Scheiße durch, durch die das Christentum im Mittelalter durch musste. Daher fürchte ich, dass es noch schlimmer mit dem Islam werden wird. Diese ganzen Islamisten und Selbstmordattentäter sind nur der Anfang.

Es gab eine Zeit, da habe ich mich mit dem Islam auseinandergesetzt, auch mit dem Judentum, und ich habe nach Antworten auf Fragen gesucht, die vermutlich nie nach Antworten verlangt haben. Doch mittlerweile bin ich ohne Glauben. Dafür hat sich etwas anderes in meinem Herzen breitgemacht. Der Hass.

Und das nicht ohne Grund.

Inzwischen bin ich in meinem Hotelzimmer im Lindner Hotel am Dom angelangt. Es ist ein typisches Vier-Sterne-Hotel, aber sehr zentral gelegen, der Hauptbahnhof ist nur ein paar Schritte entfernt, was für mich einen strategischen Vorteil bedeutet, denn so kann ich mit den Öffentlichen fahren und muss nicht immer das Auto nehmen, dadurch falle ich weniger auf.

Auf dem Display meines Handys sehe ich, dass mir Natalie dreiundfünfzig Nachrichten geschickt hat, aber seit einer halben Stunde hat sie sich nicht mehr gemeldet. Vermutlich schläft sie, was ich für sie hoffen will.

Der Schlaf hat es noch immer vermocht, uns zu bändigen. Im Positiven wie im Negativen. Das zu verstehen und zu akzeptieren, hat lange gedauert. Inzwischen bin ich ein Freund des Schlafs, meistens zumindest. Es gab Zeiten, da hatte ich große Angst vor der Begegnung mit dem Schlaf, weil er mit Bildern aufwartete, die ich fürchtete und nicht sehen wollte.

Ich packe meinen Koffer aus, nehme meinen Laptop und setze mich an den Schreibtisch, dann starte ich das Gerät, um meine E-Mails zu checken.

Cosmo hat mir geschrieben und bedankt sich, da die FDP mit meiner und seiner Arbeit sehr zufrieden sei, man werde uns bei den anderen Landesverbänden und sogar dem Bundesvorstand empfehlen. Ich schreibe ihm zurück, dass ich mich freue und auf weitere gemeinsame Aufträge hoffe.

Natürlich ist das gelogen, aber ich kann dem schönen Cosmo ja unmöglich schreiben, dass ich schon sehr bald den Freitod suchen werde.

Danach lese ich die wenigen anderen E-Mails durch und schaue, was Zoe so getrieben hat. Schließlich läuft noch immer meine kleine Spysoftware auf ihrem Handy.

Die Kleine hat Kontakt zu Natalie gesucht und sie wollen sich treffen. Sie ist ehrgeizig und gibt nicht auf, mich zu schnappen.

Irgendwie süß, denke ich, beschließe aber, diese Information nicht mit meinem sehr guten und loyalen Freund zu teilen, weil er sich wieder unnötig Sorgen machen würde. Zoe ist keine Gefahr. Ich entscheide daher auch, ihm zu sagen, dass er Zoe nicht töten darf. Sie hat mit all dem nichts zu tun und dass ich seinem Vorschlag anfangs zugestimmt habe, war dumm. Zoe wird am Leben bleiben. Basta!

Ob Natalie auf einen Dreier mit Zoe eingehen würde?, überfällt mich ein Gedanke, den ich in diesem Moment so gar nicht einordnen kann, er passt überhaupt nicht in die aktuelle Situation und beschämt mich. Aber Zoe ist hübsch und ich wäre nicht abgeneigt.

Ich fürchte, es wird nie dazu kommen, denn ein Wiedersehen mit Natalie wird es nur an meinem Grab geben, wobei sicher nicht mal das passieren wird. Ich möchte auf keinen Fall, dass irgendwelche Würmer meinen Körper zerfressen. Nein, meine Leiche soll verbrannt und dann in der Ostsee verteilt werden.

»Vom Winde verweht, sozusagen«, sage ich schmunzelnd zu mir selbst.

Ich schalte den Laptop aus, nehme meinen Rucksack, eine Kamera und meine Jacke, dann verlasse ich das Zimmer, um mein nächstes Ziel etwas genauer unter die Lupe zu nehmen. Es ist nicht weit von meinem Hotel entfernt, zu Fuß gut zehn Minuten.

Die Kamera habe ich dabei, damit die Leute glauben, dass ich eine dumme Touristin bin. Ich möchte ja nicht auffallen.

Je näher ich meinem Ziel komme, desto schneller schlägt mein Herz. Ich kann es nicht verhindern, die Erinnerungen zwingen es zu dieser Höchstleistung. Meine Handflächen werden feucht.

Du sitzt am längeren Hebel, ermahne ich mich, jetzt nicht schwach zu werden. *Er hat den Tod verdient. Du bist stark.*

Bald habe ich mein Ziel fast erreicht. Es ist ein älteres Gebäude, ich starre es regungslos an. Hier befindet sich eine Unterkunft, die Menschen in Not hilft.

Man sollte meinen, dass die Menschen, die dort arbeiten, ihr Herz am rechten Fleck haben, denn sie helfen denjenigen, denen niemand hilft. Das ist doch lobenswert, oder?

Trotzdem ist unter diesen Personen ein Mann, den ich töten werde. Ein Mann, der sich in einem Priestergewand versteckt.

30

Lübeck

»Der Staatsanwalt wird Anklage erheben«, sagte Willy. »Ein wenig Zeit kann ich euch noch verschaffen, aber danach wird das Präsidium den Fall zu den Akten legen. Was das für euch heißt, wisst ihr.«

»Ich mag Purzel nicht, aber er gehört nicht in den Knast, sondern auf die Couch beim Psychologen«, reagierte Arndt gereizt. »Die Indizien sprechen einfach gegen ihn.«

»Indizien sind nicht so stark wie ein Geständnis. Das solltest du wissen«, entgegnete Willy, aber Arndt kannte seinen Chef zu gut, um nicht zu erkennen, dass er mit der aktuellen Situation mindestens genauso unzufrieden war wie er. Aber am Ende waren auch ihm die Hände gebunden.

»Tom und Nele Blum sind vielleicht auf eine heiße Spur gestoßen. Sie durchforsten einige Unterlagen aus der Studienzeit von Alwin Vogel. Die Kölner Kollegen sind ebenfalls dabei, solche Informationen zu sammeln, ebenso wie Tim. Wenn es uns gelingt, eine Verbindung zwischen den drei Opfern herzustellen, sollten wir dem Täter einen großen Schritt näher sein.«

»Wenn er tatsächlich auf einem Rachefeldzug ist«, gab sich Willy skeptisch. »Warum wartet jemand Jahrzehnte, bevor er sich rächt?«

»Das versuchen wir doch jetzt herauszufinden.«

»Das ist gut, aber ihr solltet die anderen Hinweise nicht außer Acht lassen. Wir dürfen nicht riskieren, dass wir unsere knappen Ressourcen unüberlegt einsetzen. Ihr wisst, dass die Zeit drängt.«

»Ja«, erwiderte Elke. »Aber das ist derzeit die heißeste Spur.«

»Gut, Kinder«, nickte Willy, aber sein Gesichtsausdruck verriet, dass nichts gut war. »Meldet euch, sobald ihr etwas habt.«

»Machen wir«, antwortete Elke und Arndt nickte kurz, dann verließen sie Willys Büro. »Ich glaube, er hat wenig Hoffnung, dass wir dem Täter auf die Spur kommen.«

»Ich glaube auch. Komm, lass uns zu Tim gehen.«

Keine fünf Minuten später klopfte Arndt an Tims Bürotür und sie traten ein.

»Moin«, grüßte Elke.

»Moin. Ich kann mir schon denken, warum ihr hier seid«, sagte Tim, der auf seine beiden Computerbildschirme starrte. Manchmal hatte Arndt das Gefühl, dass Tim in seine Rechner verliebt war, bei der vielen Zeit, die er mit diesen Dingern verbrachte. Selbst nach der Arbeit beschäftigte er sich aus lauter Begeisterung mit Computern, für Arndt war das völlig unverständlich. Aber Menschen tickten nun mal unterschiedlich. Davon abgesehen, hatte Arndt ein sehr gutes Verhältnis zu Tim und dieser hatte seine Fähigkeiten schon oft unter Beweis gestellt. Er war für Arndt und die Lübecker Kripo unersetzbar.

»Hast du was?«

»Du weißt, dass du mich erst vor zwei Stunden gebeten hast, zu recherchieren?«, mahnte Tim freundlich. »Und wir haben hier in der Informationsbeschaffung noch jede Menge andere Aufgaben.«

»Ist mir bewusst«, sagte Arndt und lächelte schief, denn ihm war überhaupt nicht zum Lachen zumute. »Aber wenn es einer schafft, dann du.«

»Ich bin gerade dabei. Hatte vorhin eine Telko mit den Mannheimer und den Kölner Kollegen. Wir haben eine Matrix programmiert, um nach Mustern zu suchen.«

»Und wie lange dauert das?«

»Das weiß ich nicht. Aber rechnet nicht vor morgen mit Ergebnissen.«

»Morgen reicht. Du kennst doch Arndt, der ist schrecklich ungeduldig. Ich fürchte, dass das mit dem Alter auch nur schlimmer wird.«

»Witzig.«

»Da hat Elke allerdings nicht unrecht«, hielt Tim zu seiner Kollegin. Arndt musste ihnen insgeheim recht geben, aber zugeben wollte er das so öffentlich nicht.

Die Tür zu Tims Büro wurde geöffnet und ein Kollege aus der Informationsbeschaffung trat ein.

»Moin«, sagte er. »Vielleicht haben wir was für euch.«

31

14. September, Mannheim

»Maus, das tut mir so leid«, sagte Zoe, sie nahm Natalie in die Arme und drückte sie an sich. Natalie weinte hemmungslos.

»Warum Papa?«, schluchzte sie. »Warum?«

»Das weiß ich nicht. Aber ich finde das heraus, versprochen. Der Mörder kommt nicht ungeschoren davon.«

»Was willst du denn unternehmen? Wie sollen wir es mit so einem brutalen Mörder aufnehmen?«

»Ich habe da so meine Kontakte.«

Natalie löste die Umarmung und schaute Zoe entgeistert an. »Was meinst du?«

»Ich habe jemanden engagiert, um den Mörder zu finden. Ich werde mich bestimmt nicht auf die Polizei verlassen.«

»Spinnst du?«, wurde Natalie laut.

»Warum?«

»Weil das gefährlich ist. Willst du, dass der Mörder dich tötet? Du wurdest von ihm entführt, er weiß, wo du wohnst. Wie kannst du so ein Risiko eingehen?«

Zoe war seit einer guten Stunde in Natalies Zimmer und hatte ihr bereits einiges erzählt.

»Entspann dich, ich weiß, was ich tue. Der Detektiv soll ihn suchen, ich gehe kein Risiko ein.« Dass sie Ali Arinc und seinen Clan beauftragt hatte, konnte sie Natalie unmöglich anvertrauen, erst recht nicht nach ihrer Reaktion von eben.

Natalie und sie hätten in vielen Dingen nicht unterschiedlicher sein können. Schon zu Schulzeiten war Natalie die hübsche Prinzessin gewesen, die mehr Zeit auf ihre Körperpflege verwendet hatte als auf das Lernen, und sie hatte es immer sehr gut verstanden, ihren Vater um den Finger zu wickeln.

Auch die Jungs in ihrer Klasse waren Natalie wie ein Dackel gefolgt. Sie wusste eben, wie man andere für sich einnahm. Zoe war seit jeher eher der Kumpeltyp, dieses Tussihafte war noch nie ihr Ding.

»Ich halte das für keine gute Idee. Was, wenn der Mörder den Detektiv tötet und sich dann an dir rächt?« Natalie schüttelte den Kopf. Sie hielt ihr Handy in der Hand und immer wieder wanderte ihr Blick zum Display. Die beiden saßen nebeneinander auf ihrem Bett.

»Erwartest du einen wichtigen Anruf?«, fragte Zoe, weil dieses ständige Aufs-Handy-Schauen sie langsam nervte.

»Nein, nein«, murmelte Natalie. »Ich glaube, das wars dann.«

»Was?«

»Ich hab vor ein paar Tagen jemanden kennengelernt und irgendwie hat alles so gut gepasst. Ich habe so etwas vorher noch nie gefühlt.« Natalies Augen wurden groß, Zoe sah ihr die Schwärmerei direkt an.

»Dann klär mich doch auf. Wieso wars das?« Zoe verstand nicht ganz, hatte aber so eine Vermutung. Wahrscheinlich hatte sich Natalie in einen One-Night-Stand hineingesteigert. Dass Natalie trotz des Mordes an ihrem Vater jetzt an ihre Affäre dachte, passte irgendwie zu ihr. Sie liebte es, sich selbst in den Mittelpunkt zu stellen.

Die Freundin fing nun an zu erzählen, Zoe ließ ihr die Zeit und stellte immer mal wieder eine Frage.

»Warum kriege ich keine Antwort?«, weinte Natalie am Ende und zeigte ihr die WhatsApp-Nachrichten, die sie verschickt hatte.

»Sei mir nicht böse, aber der Altersunterschied sagt mir, dass es nur um Sex mit einer Jüngeren ging«, versuchte Zoe ihr ihre ehrliche Einschätzung freundlich klarzumachen. Unter anderen Umständen hätte sie ihr gehörig die Meinung gegeigt, aber Natalie war schon am Boden, warum hätte sie da noch auf ihr herumhacken sollen?

»Ich kann das einfach nicht glauben, da war mehr. Ich habe das gespürt, so was kann man nicht spielen.«

»Und warum gibt es dann keine Antwort auf deine Nachrichten?«

»Vielleicht, weil es dringende geschäftliche Termine gibt, vielleicht kommt mein Schatz auch mit dem Tod von Papa nicht klar.«

Schatz?, dachte Zoe. Natalie in diesem Zustand mit Fakten zu kommen, war sinnlos. Sie versuchte ihre Gefühle und ihre Hoffnung durch fadenscheinige Lügen am Leben zu erhalten.

»Deine Entscheidung, Maus. Warte einfach ein bisschen ab«, antwortete Zoe dann, obwohl sie ihr am liebsten etwas ganz anderes geraten hätte, aber sie wollte das Gespräch beenden, es ging jetzt um ganz andere Themen.

»Ja, du hast recht. Ich muss geduldiger sein. Das war schon immer meine Schwäche. Im Moment weiß ich gar nicht, wo mir der Kopf steht. Das mit Papa fühlt sich immer noch so unwirklich an. Manchmal starre ich die Tür an, weil ich hoffe, dass Papa anklopft und das Zimmer betritt.«

»Darf ich dich was fragen?«

Natalie nickte. Ihre Augen waren feucht, auf ihren Wangen zeichneten sich deutliche Spuren ihrer Tränen ab. Es war schon seltsam. Da hatte Zoe ihren Vater ebenfalls auf brutale Weise verloren, aber in diesem Augenblick hatte sie das Gefühl, dass sie Natalie trösten musste, ohne selbst den Wunsch äußern zu dürfen, dass sich jemand um ihr Seelenleben kümmerte.

»War dein Papa in letzter Zeit komisch, gestresst oder so?«

»Nein, warum?«

»Sicher? Versuch dich zu erinnern. Ich habe bei Papa auch gedacht, alles wäre okay, aber ich hatte ihn in letzter Zeit leider nicht häufig gesehen und erst nach seinem Tod habe ich erfahren, dass er in Sorge war und nach einem Personenschutz gesucht hat.«

»Echt?«

»Ja. War da vielleicht was, was deinen Vater belastete? Hat er irgendetwas erwähnt?«

Zoe schien zu überlegen, sie verengte ihre Augen zu Schlitzen und ihr Blick wanderte zum Fenster, als suchte sie in der Ferne nach Antworten.

»Papa hatte eine Affäre. Aber dass diese Frau etwas mit Papas Tod zu tun hat, kann ich mir nicht vorstellen.«

»Eine Affäre?« Das überraschte Zoe, damit hatte sie nicht gerechnet. Die wenigen Male, die sie Natalies Vater getroffen hatte, hatte der immer von seiner Ehefrau geschwärmt. Und auch ihr Vater hatte immer erzählt, was für eine tolle Ehe die Vogels führten.

Da sah man mal wieder, die meisten Menschen kochten auch nur mit Wasser. Hauptsache, der äußere Schein wurde gewahrt. Inwiefern diese Information helfen konnte, dem Mörder näherzukommen, konnte Zoe gerade nicht einschätzen.

»Du darfst das aber weder deiner Mama noch Adrian erzählen. Du darfst es niemandem erzählen, hörst du? Ich will nicht, dass Papas Ruf geschädigt wird. Glaubst du, die Schlampe hat einen Mörder auf Papa gehetzt, weil er sich von ihr trennen wollte?«

»Nein, das ergibt keinen Sinn. Das passt nicht zu dem Lübecker Anschlag und mein Papa hatte mit Sicherheit keine Affäre mit der Geliebten deines Papas.«

»Woher willst du das wissen?« Natalies Stimme gewann an Schärfe.

»Weil das Quatsch ist. Die Entfernungen sind zu groß. Lübeck – Mannheim, das sind doch schon fast 650 Kilometer. Nein, es muss etwas anderes sein. Findest du es nicht komisch, dass ausgerechnet unsere Väter ermordet wurden?«

Natalie konnte ihr nicht folgen, das konnte Zoe ihr ansehen. Es war ihr schon immer leichtgefallen, Natalies Gedanken zu lesen.

»Ich glaube, dass der Mörder unsere Väter kannte. Die beiden Tatorte sprechen dafür, dass sie extra dorthin gelockt wurden.«

»Das muss aber nicht bedeuten, dass der Mörder unsere Väter kannte. Bei deinem Vater wurdest du als Lockmittel benutzt, das hast du mir selbst erzählt.«

»Ja, das stimmt«, nickte Zoe. Sie hatte das ganz zu Beginn ihres Gespräches erwähnt. »Aber womit wurde dein Vater an den Tatort gelockt?«

»Bestimmt mit Fotos.«

»Was für Fotos?« Jetzt war es Zoe, die Natalie nicht folgen konnte.

»Na, was wäre, wenn der Mörder kompromittierende Fotos von Papa mit dieser Schlampe hatte?«

»Woher soll er die bekommen haben?«

»Von seinem Handy. Gehackt.«

Zoe überlegte, so dumm war der Gedanke nicht. Sie tippte mit dem rechten Zeigefinger gegen ihre Lippen und versuchte ein paar Gedanken im Kopf zusammenzufügen.

»Das wäre möglich. In der Presse steht, dass es ein Profi sein muss, weil er keine Spuren hinterlässt. Und genau deswegen halte ich es für mehr als wahrscheinlich, dass der Täter unsere Väter kannte.«

»Warum? Er könnte doch auch einfach nur Politiker hassen. Vielleicht ist es ein Rassist oder Terrorist? Die Welt ist doch voll von Spinnern.«

»Möglich, aber dass unsere beiden Väter die Opfer waren, spricht irgendwie dagegen. Der Täter muss einen Grund haben, dass er gerade unsere Väter ausgesucht hat. Er wird gründlich recherchiert haben. Vermutlich hat er meinen Vater zunächst durch Erpressung an den Tatort zu locken versucht, als er da nicht mitgemacht hat, hat der Täter mich entführt. Bei deinem Vater hat es mit den Fotos leichter geklappt. Und noch etwas spricht dafür, dass der Täter ein persönliches Motiv hat.«

»Welches?«

»Terroristen oder Rassisten hätten keine Zeugen am Leben gelassen. Sie hätten mich getötet. Die Polizei war doch sicherlich schon bei dir, oder?«

»Ja.«

»Was haben sie gefragt?«

Natalie erzählte, was die Polizei von ihr hatte wissen wollen.

»Findest du es nicht komisch, dass die Beamten sehr viel über die Freundschaft unserer Väter wissen wollten?« Zoe fühlte sich jetzt nicht mehr wie die Tochter, die erst vor Kurzem ihren geliebten Vater verloren hatte, sondern wie eine Journalistin, die einem großen Geheimnis auf der Spur war.

»Das ist doch ihre Aufgabe.«

»Mag sein, aber dass sie sich so sehr darauf versteifen, sagt mir, dass die mehr wissen als die Medien.« Zu gern hätte sie Mäuschen bei der Polizei gespielt, deren Informationen würden ihr sicher weiterhelfen.

»Jetzt, wo du es sagst. Mama hat den Polizisten einen Karton aus der Studienzeit von Papa mitgegeben.«

Intuitiv ballte Zoe die rechte Hand zur Faust. »Das ist kein Zufall. Die Antwort liegt in der Studienzeit unserer Väter. An was erinnerst du dich, was dir dein Vater über seine Studienzeit erzählt hat? Wir müssen alles festhalten. Erst du, dann erzähle ich alles. Vielleicht sind wir der Antwort näher als wir ahnen.«

»Willst du das wirklich? Wie es scheint, ist die Polizei dem Täter auch schon auf der Spur. Wir sollten kein Risiko eingehen.«

»Quatsch. Wenn wir eine heiße Spur haben, können wir das der Polizei erzählen, oder möchtest du, dass der Mörder deines Vaters frei herumläuft?«

»Nein!«, schoss es aus Natalie heraus.

»Dann sollten wir überlegen, wer Interesse daran haben könnte, unsere Väter tot zu sehen.«

»Wirklich viel hat Papa aber nicht aus seiner Studienzeit erzählt, jedenfalls nichts, was uns helfen könnte. Er war gerne

Student. Von durchgeknallten, psychopathischen Kommilitonen hat er nie etwas gesagt.«

Zoe nickte kaum merklich mit dem Kopf, weil sich das mit ihren Erinnerungen deckte. Ihr Vater hatte auch nichts Schlechtes über seine Studentenzeit erzählt.

»Vielleicht finden wir trotzdem etwas«, sagte Natalie. Ihr Blick wanderte wieder einmal zum Display ihres Handys. Zoe ließ es unkommentiert.

»Inwiefern?«, fragte sie stattdessen.

»Im Keller hat Papa einen Raum, wo er alle seine alten Erinnerungsstücke aufbewahrt. Er konnte sich noch nie gut von Dingen trennen.«

»Dann lass uns dort suchen.«

»Komm.« Natalie und Zoe standen vom Bett auf und verließen das Zimmer. Auf dem Weg zum Keller begegneten sie Natalies Mutter, die wie ein wandelnder Geist an beiden vorbeiging, ohne etwas zu sagen. Der Tod ihres Mannes musste ihr furchtbar zusetzen, so jedenfalls kam es Zoe vor. Dass Natalie ihrer Mutter die Affäre ihres Vaters nicht gebeichtet hatte, fand Zoe absolut vernünftig. Vermutlich hätte das die Mutter vollends aus der Bahn geworfen.

Sie betraten den Kellerraum.

»Hier bewahrt Papa seine ganzen Erinnerungsstücke auf.«

»Dann lass uns loslegen«, antwortete Zoe und öffnete den ersten Karton.

Nach einiger Zeit hatten sie die meisten Kartons, Regale, Schränke und Ordner durchsucht, aber einen Hinweis auf den Täter hatten sie nicht gefunden. Zoes anfänglicher Optimismus hatte sich mehr oder weniger in Luft aufgelöst und sie fragte sich, ob Natalie nicht recht gehabt hatte, dass es besser wäre, die Ermittlungen der Polizei zu überlassen.

»Das hat doch alles keinen Sinn«, sagte Natalie zum wiederholten Male.

»Was?«, fragte Zoe, die nur mit halbem Ohr zuhörte, da sie

gerade noch einen Karton öffnete, um dessen Inhalt zu prüfen. Natalies Vater hatte viel Wert darauf gelegt, seine Andenken aus der Vergangenheit akribisch zu sammeln.

Zoe war da ganz anders. Sie kam eher nach ihrem Vater, der, soweit sie wusste, kaum Erinnerungen aufbewahrt hatte. Dennoch würde sie das komplette Haus auf den Kopf stellen, wenn sie wieder zu Hause wäre, in der Hoffnung, doch noch einen Hinweis auf den Täter zu finden.

»Na, das hier. Was soll das bringen? Wir suchen jetzt schon ewig und haben nichts gefunden. Vielleicht ist da eben nichts.«

»Und warum wollte die Polizei dann die Unterlagen?«, entgegnete Zoe. Aufgeben kam für sie überhaupt nicht infrage.

Ein anderer Gedanke spukte plötzlich durch ihren Kopf. Ob Ali schon etwas herausgefunden hatte? Es konnte sicher nicht schaden, ihn auf dem Rückweg anzurufen. Allein, um den Druck zu erhöhen, er sollte nicht das Gefühl haben, dass er es mit einer jungen Frau zu tun hatte, die nicht genug Arsch in der Hose hatte, um die Sache durchzuziehen.

»Du bist aber nicht die Polizei«, ließ Natalie ihrem Frust freien Lauf. Ihre Gereiztheit nahm gefühlt sekündlich zu.

»Das stimmt. Trotzdem werde ich sicherlich nicht Däumchen drehen, unsere Väter wurden ermordet«, blieb Zoe unbeeindruckt. Sie kannte ihre Freundin zu gut und sie wusste, wie sie mit ihr umzugehen hatte.

Natalie starrte Zoe nur an und dann geschah es. Wie aus heiterem Himmel wurden Natalies Augen von einer Flut überrollt und sie fing an zu weinen. Es war wie eine Lawine, die über sie hereinbrach.

Zoe fühlte sich etwas überfordert, sie wusste nicht, was sie tun sollte, doch dann nahm sie Natalie ohne nachzudenken in die Arme und streichelte ihr übers Haar.

»Wir finden das Schwein, versprochen. Geh hoch aufs Zimmer, Süße. Ich mach das hier alleine.«

Natalie schniefte und zog die Nase hoch, Zoe löste die Umklammerung und Natalie wischte sich die Tränen vom Gesicht.

Statt etwas zu sagen, senkte sie den Kopf und verließ den Kellerraum.

Du musst stark sein, ermahnte sich Zoe, um nicht in dasselbe Loch wie Natalie zu fallen, weil dort ein Monster auf sie wartete, das ihr all ihre Motivation rauben würde.

Zoe widmete sich stattdessen wieder dem Karton, aber auch dort fand sie nichts, was helfen könnte, dem Täter auf die Spur zu kommen.

»Wonach suchst du eigentlich?«, fragte sie sich inzwischen leicht genervt, weil sie das Gefühl bekam, dass sie hier nur ihre Zeit verschwendete. Aber eine Alternative, wo sie suchen könnte, hatte sie auch nicht.

Sie nahm den letzten Karton aus einem der Metallregale und öffnete ihn. In dem Karton war ein weiterer Karton, den sie ebenfalls öffnete.

Ein paar lose Blätter lagen darin. Sie griff danach und bemerkte, dass es keine normalen Zettel waren, sondern Fotos. Die Personen darauf sagten ihr nichts. Schließlich nahm sie das letzte Foto heraus, das ungefähr DIN-A4-Format hatte, und schaute es sich an.

»Das ist doch Papa«, sagte sie und legte den Finger auf das Foto. Sie drehte es um. Auf der Rückseite stand ein Text, geschrieben mit Kugelschreiber.

32

16. September, Köln

»Vielleicht haben wir endlich unsere erste heiße Spur«, sagte Aydin, als Brandt ihren Dienstwagen Richtung Kölner Dom steuerte.

»Nicht zu früh freuen, es könnte auch reiner Zufall sein, dass er auf den Fotos war.«

»Das aus deinem Mund? Seit wann glaubst du an Zufälle?«, entgegnete Aydin.

»Ich glaube an Fakten, das solltest du so langsam wissen, oder bist du auf irgendeinem schrägen Trip. Rauchst du wieder Gras?«

»Witzig. Was hat das damit zu tun?«

»Also rauchst du wieder?«

»Quatsch. Du weißt doch, dass ich seit Leahs Geburt damit aufgehört habe. Aber ich finde es nicht gut, dass du Gras so schlecht machst. Seine medizinische Wirkung wurde in vielen Tests nachgewiesen. Selbst in einem Land wie Amerika ist es inzwischen legal und anerkannt.«

»Einmal Junkie, immer Junkie«, stichelte Brandt. »Du kannst wenigstens ehrlich sein, es gab Tage, da hat man dir deinen Konsum angesehen.«

»Was für Tage?«

»Na, wo du langsam und träge warst. Oder hatte das nichts mit den Joints zu tun?« Brandt lachte herzhaft auf. Es war zu einfach, Aydin aus der Reserve zu locken.

»Weißt du was, du willst mich doch nur ärgern, aber darauf reagiere ich gar nicht. Jeder soll das machen, was ihn glücklich macht. Warum immer diese Regeln und der Druck der Gesellschaft, dass man glattgebügelt sein muss wie du?«

»Ich bin nicht glattgebügelt.«

»Doch, bist du. Der perfekte Schwiegersohn – kurze blonde Haare, strahlend blaue Augen, perfekter Körper ...«, antwortete Aydin, unterbrach sich dann aber und fing ebenfalls an zu lachen. »Ich vergaß, mit fünfzig ist man ja raus aus dem Schwiegersohn-Image, da ist man eher der schicke Großvater.«

»Witzig. Ich bin noch nicht fünfzig«, reagierte Brandt etwas gereizt, da ihm diese Zahl schon Respekt einjagte.

»Jetzt weißt du, wie man sich fühlt, wenn jemand auf Kosten anderer Witze macht.«

»Ich bin ganz entspannt.«

»Klar, hat man ja gesehen.«

»Tiefenentspannt.«

»Gibs doch nur ein einziges Mal zu, dass ich dich eben hatte.«

»Hattest du nicht. Weil da nichts zu haben war.«

Aydins Lippen formten sich zu einem breiten Grinsen. Brandt schüttelte den Kopf. »Konzentrier dich lieber auf das Gespräch.«

Sie hatten das Ziel fast erreicht und Brandt parkte den Wagen.

Das Gebäude, das sie ansteuerten, wirkte von außen recht alt, vermutlich hatte es als eines der wenigen Gebäude in Köln den Zweiten Weltkrieg überstanden. Soweit Brandt wusste, war Köln damals zum größten Teil zerbombt worden und bis heute hielt sich das Gerücht, dass es pures Glück gewesen sei, dass der Kölner Dom als eines der ganz wenigen Bauwerke nicht zerstört worden war. Manch Katholik glaubte, es habe an der Macht Gottes gelegen, dass diese wunderbare Kirche unversehrt blieb, andere behaupteten, die Alliierten hätten den Kölner Dom bewusst verschont.

»Das Gebäude hier stammt aus dem vierzehnten Jahrhundert«, sagte Aydin und schaute andächtig bis zum Dachfirst hinauf.

»Vermutlich stand hier mal ein Gebäude aus dem vierzehnten Jahrhundert, aber nur ein Teil der Fassade ist noch erhalten, der Rest wird deutlich jünger sein«, entgegnete Brandt.

»Möglich. Aber ich finde es gut, dass die Kirche sich ihrer Verantwortung bewusst ist und Einrichtungen wie diese unterhält, wo man den verlorenen Seelen Hilfe bietet.«

»Himmel, bist du heute pathetisch«, bemerkte Brandt und betrat das Gebäude. Aydin folgte ihm.

»Guten Tag. Wir möchten gerne mit Herrn Karl Dübel sprechen«, sagte Brandt zu dem Mann, der am Empfang saß.

»Worum geht es denn? Wie Hilfesuchende seht ihr nicht aus«, antwortete der Mann. Sein Name war Markus, so stand es jedenfalls auf dem kleinen Namensschild, das links oben an seinem Pullover befestigt war.

»Wir sind von der Kölner Kriminalpolizei.«

»Oh. Hat einer unserer Gäste wieder Unfug angestellt?«, unterbrach Markus Brandt. »Oft ist es Verzweiflung, die sie zu Dummheiten verleitet. Ich hoffe, das lässt sich schnell klären.«

Brandt sah, wie Markus zum Hörer griff, daher nannte er ihm nicht mehr den wahren Grund ihres Besuches. Letzten Endes hatte das die Hilfskraft auch nicht zu interessieren.

»Karl wird euch gleich in Empfang nehmen.« Markus setzte ein Lächeln auf und nickte freundlich. Brandt war sich nicht sicher, ob es ein ehrliches Lächeln war oder ob die Freundlichkeit nur gespielt war.

Keine zwei Minuten später erschien Karl Dübel. Er war einen Kopf kleiner als Brandt, rundlich und ein Haarkranz schmückte sein Haupt, sein rundes Gesicht ließ ihn gutmütig erscheinen.

Sie hatten es Tim, Fischer und Lorenz zu verdanken, dass sie die Identität von Karl Dübel so schnell herausgefunden hatten.

»Guten Tag, die Herren, Markus meinte, dass einer unserer Gäste Probleme gemacht habe«, sagte Dübel. Im Gegensatz zu Markus siezte er die Beamten, was Brandt sehr recht war.

»Können wir uns irgendwo ungestört unterhalten?«, fragte Brandt.

»In meinem Besprechungszimmer. Wenn Sie mir bitte folgen wollen.«

Brandt und Aydin folgten Dübel. Obwohl das Gebäude von außen nicht besonders groß wirkte, konnte Brandt sein Erstaunen kaum verbergen, denn von innen war es deutlich geräumiger, als er es erwartet hätte.

»Stammt das Gebäude tatsächlich aus dem vierzehnten Jahrhundert?«, erkundigte sich Aydin, vermutlich, um die Stille zu durchbrechen.

»Die katholische Kirche hat es eins zu eins wiederaufgebaut. Nur ein Stück der Fassade hat den Zweiten Weltkrieg überstanden.«

Aydin nickte und Brandt blinzelte seinem Freund zu, da er genau das vermutet hatte.

Sie betraten ein Zimmer.

»Nehmen Sie doch bitte Platz. Wer hat Ihnen denn Kummer bereitet? Ich weiß, dass Sie nur Ihre Arbeit machen, aber wenn Sie wie wir die Geschichten dieser verlorenen Seelen kennen würden, wüssten Sie, warum es einige nicht schaffen, sich von der Straße zu lösen. In der Spitze betreuen wir hier bis zu fünfzig Personen. Und das ist bei Weitem nicht genug. Es gibt Tausende Obdachlose.« Dübel atmete aus. Es war ihm anzusehen, dass ihm das Ganze zusetzte. Jedenfalls glaubte Brandt nicht, dass es gespielt war.

»Ihr Kollege ist einem Missverständnis erlegen«, antwortete Brandt, es war an der Zeit, die Dinge geradezurücken.

»Ein Missverständnis? Ich verstehe nicht. Sind Sie nicht von der Polizei?« Dübel wirkte irritiert, aber noch immer lag das freundliche Lächeln auf seinem Gesicht, das einen glauben ließ, dieser Mann könnte keiner Fliege etwas zuleide tun.

»Doch, sind wir. Von der Mannheimer Kriminalpolizei«, erklärte Aydin.

»Und was ist dann der Grund Ihres Besuches?«

»Es geht um einen Mordfall, in dem wir ermitteln.«

»Mord? Wurde einer unserer Gäste ermordet?« Dübel wirkte schockiert. Er hielt seine Hand vor den Mund und setzte sich, dann bekreuzigte er sich.

»Herr Dübel, keiner Ihrer Gäste wurde ermordet. Es geht um den Mord an dem Politiker Klaus Lau. Sie haben sicherlich davon gehört. Wir ermitteln in diesem Fall«, antwortete Brandt.

»Ich habe es beiläufig mitbekommen. Schreckliche Sache. Aber was hat dieser Mord mit unserer Einrichtung der katholischen Kirche zu tun?«

»Kannten Sie Klaus Lau?«, wollte Brandt wissen. Dass sie Dübel auf einigen Fotos, auf denen auch Lau und Alwin Vogel abgebildet waren, gesehen hatten, behielt er vorerst für sich.

»Ja, von früher. Aber das ist sehr lange her. Wir haben schon lange keinen Kontakt mehr.«

Brandt nickte. Dübel hatte nicht gelogen, immerhin hätte er abstreiten können, dass er Lau überhaupt kannte. Ob er jedoch seit Längerem keinen Kontakt mehr zu ihm gehabt hatte, konnte Brandt nicht verifizieren, diese Information lag ihm nicht vor.

»Hatten Sie auch Kontakt zu Alwin Vogel?«, fragte nun Aydin.

»Nicht wirklich. Ein, zwei Mal, das muss aber eine Ewigkeit her sein. Warum fragen Sie?«

»Herr Vogel wurde auch ermordet und wir gehen davon aus, dass es eine Verbindung zwischen den zwei Morden gibt«, erklärte Brandt. Er konnte sich nicht vorstellen, dass Dübel in die Morde verwickelt war, dennoch wusste er, dass es viel zu früh war, um sich festzulegen.

»Eine Verbindung? Nehmen Sie es mir nicht übel, aber ich kann Ihnen gerade nicht folgen. Von was für einer Verbindung sprechen Sie und was hat das Ganze mit mir zu tun?«

»Das wissen wir noch nicht. Aber wir hoffen, dass Sie uns etwas über Ihre gemeinsame Zeit mit den beiden Herren erzählen können.«

»Das ist sehr lange her. Wir haben uns nur ein paar Mal getroffen. Mit Alwin sogar noch weniger. Ich wüsste nicht, wie ich Ihnen helfen kann, diese Morde aufzuklären. Ich fürchte, da sind Sie bei mir falsch.«

»Gab es damals Streit mit jemandem?«, erkundigte sich Aydin.

»Einen Streit? Glauben Sie allen Ernstes, dass jemand Alwin und Klaus wegen einer alten Fehde ermordet hat, nach so vielen Jahren? Es müssen zwanzig Jahre vergangen sein, seit ich Klaus das letzte Mal gesehen habe.«

»Wir ermitteln nur, das Glauben überlassen wir lieber Ihnen«, konnte sich Brandt eine bissige Bemerkung nicht verkneifen. Langsam hatte er das Gefühl, dass Dübel überhaupt kein Interesse daran hatte, sich einzubringen. »Versuchen Sie sich zu erinnern. Es ist mehr als wahrscheinlich, dass es damals zu einem Streit gekommen ist.«

»Nein, Sie irren sich. Das letzte Mal, dass wir uns getroffen haben, war auf der Hochzeit von …«, rutschte es Dübel heraus. Als hätte er seinen Fehler bemerkt, hielt er abrupt inne, er wirkte erschrocken, doch Brandt konnte er nichts vormachen. Etwas war auf dieser Hochzeit geschehen, warum sonst hätte Dübel sich erschrecken und den Satz unvollendet abbrechen sollen?

»Welche Hochzeit?«, fragte er daher.

Dübel antwortete nicht sofort, er wirkte plötzlich sehr nervös und schien zu überlegen. »Das ist lange her. Ich kann mich nicht so recht erinnern«, suchte er nach Ausflüchten.

»Dann lassen Sie sich Zeit«, sagte Aydin freundlich. Brandts Bemerkung wäre weniger höflich ausgefallen. Das lächelnde, friedliche Gesicht von Dübel hatte sich schlagartig geändert. Man sah ihm deutlich an, dass die beiden Beamten ihn bei einer Lüge ertappt hatten und er nicht wusste, wie er sich aus dieser Situation befreien sollte, weil er ein ganz schlechter Lügner war.

»Ich kann mich nicht mehr an die Namen erinnern. Aber

wenn Sie mir ein paar Tage Zeit geben, werde ich in unserem Archiv schauen. Ich hatte damals die Trauung vorgenommen.« Dübels Blick wanderte zum Fenster, seine rechte Hand lag auf seinem Oberschenkel und wie automatisiert tippte sein Zeigefinger unruhig auf den Hosenstoff.

»Versuchen Sie es. Immerhin erinnern Sie sich an die Hochzeit und an die beiden Politiker, die als Gäste dort waren. Da sollten Sie sich doch auch an die zwei wichtigsten Personen dieses Tages erinnern«, entgegnete Brandt mit deutlich schärferem Unterton als Aydin. Er nahm an, dass Dübel mit Druck nicht gut klarkam. Gleichzeitig meldete sich ein Gefühl, das ihm sagte, dass vermutlich auch Nils Holm, das Opfer aus Lübeck, bei der Hochzeit anwesend gewesen sein musste. Das wiederum konnte nur bedeuten, dass der Mörder auch auf der Hochzeit gewesen war.

Waren sie dem Mörder tatsächlich so nahe oder war es nur eine weitere falsche Spur, der sie folgten?

»Es tut mir leid, ich kann mich wirklich nicht an die Namen …«

»Dann denken Sie intensiver nach«, unterbrach Brandt den kleinen runden Mann, der auf seinem Platz saß wie ein Schuljunge, der bei einem Streich erwischt worden war und nun versuchte, sich herauszureden.

»Und wenn, glauben Sie denn, der Bräutigam ist der Mörder?«

»Wer hat geheiratet?« Dübel schien nicht zu verstehen, dass er mit seinen Ausflüchten und seiner sichtbaren Nervosität nur den Verdacht erhärtete, dass er etwas verbarg. Er schluckte, wischte sich die Schweißperlen von der Stirn und schaute kurz zu Aydin, den Blickkontakt zu Brandt vermied er und Brandt wusste auch warum. Er hatte Angst vor ihm.

»Kai und Jule haben geheiratet. Aber ich halte das alles für ein großes Missverständnis. Ich kann mir nicht vorstellen, dass Klaus und Alwin von einem der Gäste ermordet wurden.«

»Kennen Sie einen Nils Holm?«, fragte Brandt.

»Nein«, antwortete Dübel und wieder war es offensichtlich, dass er log.

»Was ist auf der Hochzeit geschehen?«, erhöhte Brandt den Druck. »Wir wissen, dass Nils Holm auf der Hochzeit war. Es gibt Fotos mit Ihnen.« Letzteres war zwar gelogen, aber das wusste Dübel nicht und Brandt war sicher, dass er mit seiner Vermutung richtig lag.

Dübels Blicke wanderten hin und her, als suchte er irgendwo Halt.

»Es tut mir leid.« Dübel wirkte plötzlich angeschlagen, als hätte er etwas auf dem Herzen, was er endlich loswerden wollte, nein musste.

33

20. September, Köln

WUT!

Ich trage so viel Wut in mir, auch wenn ich bisweilen hoffe, dass ich inzwischen gelernt habe, mit dieser Wut zu leben, aber ich weiß, dass sie mich niemals verlassen wird.

Das ist einerseits gut, denn sie hilft mir, mein Ziel nicht aus den Augen zu verlieren. Andererseits erlaubt mir diese Wut keine Ruhe, kein Glück.

Ich weiß nicht, wie viele Male Natalie mich in den letzten Tagen angerufen und mir geschrieben hat, aber am Ende blieb mir nichts anderes übrig, als ihre Nummer zu blockieren. Sie muss mich wirklich lieben. Mich!

Ich hätte es nie für möglich gehalten, dass man mich lieben könnte. Aber scheinbar ist es möglich. Ich weiß, dass ich ihr gegenüber nicht fair gewesen bin und dass es feige war, das Ganze mit einer WhatsApp zu beenden.

Auf der anderen Seite ist das doch heute so. Junge Menschen beenden vieles lieber mit einer WhatsApp, als sich ihrem Gegenüber zu stellen. Die Welt ist im Wandel begriffen, ob sie sich zum Guten entwickelt, darf bezweifelt werden.

Ich hätte Natalie die Sache gerne persönlich erklärt, aber die Zeit drängt und was hätte es gebracht, wenn ich eh bald sterben werde?

»Es ist gut so«, sage ich mir, um mein schlechtes Gewissen zu beruhigen.

Seit einigen Tagen hänge ich nun schon in Köln fest. Die Dinge laufen nicht so, wie ich es mir wünsche, wie wir es geplant haben.

Dieser Feigling von Priester, Karl Dübel, will sein Asyl einfach nicht verlassen.

Mein Kumpel und ich lauern ihm seit Tagen auf, aber er will scheinbar nicht nach Hause gehen, er übernachtet sogar in diesem verfluchten Gebäude.

Ich weiß, dass er dort auch einen Raum zur privaten Nutzung hat. Die katholische Kirche ist spendabel, aber warum er trotzdem nicht nach Hause geht, ist mir schleierhaft. Schließlich liegt seine großzügige Dreizimmer-Wohnung in einem schicken Neubau. Die Miete bezahlt natürlich wieder die spendable katholische Kirche.

All das weiß ich, weil ich mich gut vorbereitet habe. Nur darauf, dass er das Gebäude nicht verlässt, war ich nicht gefasst.

»Heute Abend«, mache ich mir Mut.

Könnte man ihn nicht unter einem Vorwand aus dem Gebäude locken? Aber unter welchem? Mir fällt keiner ein. Er scheint darauf zu stehen, in einem schäbigen Zimmer zu schlafen statt in seiner modernen Dreizimmer-Wohnung.

Und wieder nimmt ein Gedanke Besitz von mir, den ich so gar nicht leiden kann: Was, wenn Gott ihn schützt?

Schnell schüttele ich den Kopf. Es gibt keinen Gott und es gab auch keinen Jesus, der von den Toten auferstanden ist. Genauso wenig wie es Mohammed oder Moses gab, der das Meer geteilt hat. All das sind Lügen, die Menschen erfunden haben, um andere zu unterdrücken oder ihnen ihren Willen aufzudrücken.

Aber es gab eine Zeit, da warst du dem Glauben sehr nahe, ermahne ich mich.

»Niemals«, rufe ich und jetzt kann ich mich nicht mehr gegen die Tränen wehren, die plötzlich über mich hereinbrechen und kein Ende nehmen wollen. »Niemals«, wiederhole ich, doch meine Stimme hat deutlich an Schärfe verloren. Ich ziehe die Nase hoch und hebe den Oberkörper, als wollte ich meine Kleidung richten.

Die Unruhe, die mich den ganzen Tag schon begleitet, nervt, aber ich kann sie nicht abschütteln, weil Karl meine Pläne nicht respektiert.

»Du solltest längst tot sein, aber du bist es nicht! Warum?«

Ich kenne die Antwort. »Weil du ein Feigling bist, du versteckst dich hinter deiner Kutte. Aber deine Kutte wird dir nicht helfen, weil ich weiß, was für ein schlechter Mensch du bist.«

Ich schaue aus dem Fenster meines Hotelzimmers, der Ausblick ist nicht gerade einladend, aber wegen der schönen Umgebung habe ich das Hotel auch nicht ausgesucht. Mein Blick wandert wieder zum Laptop, ich lenke mich ab, indem ich auf irgendwelchen Webseiten surfe. Ich könnte auch einen Film oder eine Serie auf Netflix schauen, um mich auf andere Gedanken zu bringen, aber selbst danach ist mir nicht.

»Du musst raus«, beschließe ich und ziehe mich an, um mich unter die Menschen zu mischen, damit ich meine trübe Stimmung loswerden kann.

Die Vergangenheit fickt einen immer wieder, egal wie fest man davon überzeugt ist, sie abgeschüttelt zu haben.

Mein Handy vibriert, als ich die Tür öffnen will, um mein Hotelzimmer zu verlassen. Es ist mein Kumpel.

»Ja«, nehme ich das Gespräch an.

»Hallo. Wie geht es dir?«

»Gut. Ich wollte ein bisschen raus, mir die Beine vertreten.«

»Mach das. Du wirst aber keine Dummheiten anstellen, oder?«

»Nein, warum sollte ich. Ich will diesen Mistkerl endlich tot sehen.«

»Ich auch. Und ich habe mir Gedanken gemacht«, antwortet er. »Bald könnte alles vorbei sein und du bist endlich frei.«

»Was für Gedanken?«, frage ich ihn. Den zweiten Teil ignoriere ich, denn es gibt da etwas, was er nicht weiß: dass ich mich für den Freitod entschieden habe. Ich vertraue ihm zwar blind und erzähle ihm wirklich fast alles, aber dieses eine könnte ich ihm unmöglich verraten, weil er es niemals verstehen würde.

»Du solltest mir den Priester überlassen. Ich kann mich als Obdachloser in die Unterkunft schmuggeln und ihn dann abends in seinen Privatgemächern überwältigen.«

»Das kommt nicht infrage. Du weißt, wie wichtig es für mich ist, dass ich es selbst tue.«

»Ja, aber du hast doch schon drei ausgeschaltet. Du solltest dich nicht in Gefahr bringen.«

»Und dich soll ich in Gefahr bringen? Nein, du hast schon mehr getan, als ich je von einem Menschen erwarten könnte. Ich stehe tief in deiner Schuld.«

»Das tust du nicht. Sag so etwas nicht. Sei nicht immer so streng zu dir.«

»Doch«, antworte ich und mein Ton ist deutlich schärfer, als ich wollte. Aber ich fühle mich einmal mehr darin bestätigt, dass es gut war, ihm auch von der kurzen Liebesromanze mit Natalie zu erzählen. Mein Freund ist für mich über jeden Zweifel erhaben.

»Lass es mich tun, bitte.«

»Nein, aber du hast mich auf eine Idee gebracht.«

»Welche?« Sorge schwingt in seinen Worten mit.

»*Ich* könnte mich als mittellos ausgeben und es endlich hinter mich bringen.«

»Bist du verrückt? Du machst nichts ohne mich. Wer beschützt dich denn, wenn etwas schiefläuft?«

»Was soll schon schiefgehen?«, versuche ich ihm die Sorgen zu nehmen, gleichzeitig nimmt die Idee immer mehr Besitz von mir und ich ärgere mich, dass mir dieser Einfall nicht selbst gekommen ist.

»Denk nicht mal dran. Wenn ich bei der Sache mit Alwin Vogel nicht dabei gewesen wäre, hätte das böse ins Auge gehen können. Versprich mir, dass du keine Dummheiten anstellst.« Fast glaube ich, Panik aus seinen Worten herauszuhören, er macht sich ernsthaft Sorgen, dass er mir mit seiner Idee einen Floh ins Ohr gesetzt hat.

»Gut. Wir halten uns an meinen ursprünglichen Plan. Okay?«

»Okay.« Ich vernehme seine Erleichterung, er atmet aus. »Was wirst du jetzt machen?«

»Ich werde etwas spazieren gehen und hoffen, dass der Priester heute Abend endlich den Heimweg antritt.«

»Ich kann mich auf dich verlassen?«

»Klar. Du solltest niemals an meinem Wort zweifeln, sonst hätte ich dir auch nicht von Natalie erzählt.«

»Verzeih. Das war nicht meine Absicht. Ich mache mir nur Sorgen um dich. Das mit Natalie war gefährlich.«

»Warum?«

»Sie ist die Tochter von Vogel.«

»Ich hatte alles im Griff. Sie war nie eine Gefahr.« Dass ich weiß, dass Zoe bei Natalie war, habe ich ihm verschwiegen, weil er mir dann nur wieder einzureden versucht hätte, dass Zoe sterben müsse. Es war schon schwer genug, ihn davon abzuhalten, das junge Mädchen zu töten. Dabei ist mein Freund überhaupt nicht jemand, der gerne Menschen tötet. Er tut es nur, weil er mich schützen will. Aber ich bin bald tot, warum sollte ich Zoe also aus Sorge, dass sie mich entdecken könnten, oder etwa aus Rache für die Tat ihres Vaters büßen lassen? So ein Ungeheuer bin ich nicht.

Statt einer Antwort höre ich nur, wie er atmet.

»Ich muss jetzt los. Ich melde mich wegen heute Abend.«

»Mach das. Und du hast mir versprochen, dass du keine Dummheiten machst.«

»Keine Sorge. Bis später.«

»Bis später.« Wieder höre ich dieses Atmen, das mir sagt, dass er sich doch Sorgen macht.

In Momenten wie diesen frage ich mich, womit ich ihn verdient habe. Diese bedingungslose Loyalität, die er mir schenkt, ist bewundernswert. Aber es ist nicht nur die Loyalität, die ich an ihm bewundere. Seinetwegen bin ich erst das geworden, was ich bin.

Und dafür werde ich ewig in seiner Schuld stehen.

Von meinem Hotel aus ist es nur ein Katzensprung bis zur Fußgängerzone. Ich erreiche die Hohe Straße und folge der Menschenmenge. Diese Einkaufsmeile ist nicht so mein Ding, sie ist schmal und die Menschen drängen sich hier hindurch, als wären sie eine dumme Schafherde. Beim Media Markt biege ich rechts ab und komme ein paar Minuten später auf die Breite Straße, die mir schon deutlich besser gefällt. Viel weniger Fußgänger, alles wirkt weniger hektisch.

Mir ist nach einem Espresso, also betrete ich das Woyton Café, bestelle mein Getränk und nehme draußen Platz. Bei diesem schönen Wetter wäre es dämlich, drinnen zu sitzen.

Dann tue ich das, was ich meistens tue, wenn ich in einem Café sitze. Ich beobachte die Menschen. Das hilft mir immer wieder, runterzukommen, die Welt aus einem anderen Blickwinkel zu sehen. Oft frage ich mich, was die Leute wohl bewegt, die an mir vorbeigehen. Manche wirken gestresst, andere lachen und strahlen und wieder andere, zum Glück nur wenige, haben sehr traurige Augen.

Ob diese Augen Zeugnis eines beklagenswerten Schicksals sind?

Ab und an erwische ich mich bei dem Gedanken, wie mein Leben wohl verlaufen wäre, wenn ich einer dieser Fußgänger wäre. Doch solche Gedanken schüttle ich schnell wieder ab, weil ich in der Realität lebe und weiß, dass ich mein Leben, meine Vergangenheit nicht gegen etwas Schöneres eintauschen kann.

Gott hat ein anderes Leben für mich vorgesehen, denke ich und muss schmunzeln, weil ich Gott als Ausrede für mein Leben benutze. Ich! Wo ich doch gar nicht an Gott glaube.

Ich bleibe noch eine ganze Weile sitzen, obwohl ich den Espresso längst ausgetrunken habe. Neben mir haben ein Mann und eine Frau Platz genommen. Der Mann trägt ein T-Shirt, eine stylische Jeanshose und Turnschuhe. Man könnte meinen, dass er ein fortschrittlicher Mensch ist, jedenfalls seinem Aussehen nach zu urteilen, aber die Frau an seiner Seite zeigt mir, dass er hängengeblieben ist. Die Frau ist verschleiert, aber so richtig. Nicht bloß mit einem Kopftuch, nein, mit so einem Ganzkörperumhang. Ich glaube, man nennt es Niqab.

Sie wirkt eingeschüchtert, nur einmal hat sie kurz in meine Richtung geschaut, dabei konnte ich ihre Augen sehen, die nicht verschleiert sind. Sie wirken traurig und ich kann insgeheim nur den Kopf schütteln. Es kann mir doch keiner ernsthaft erklären, dass eine Frau darauf stehen würde, diesen Schleier zu tragen. Der Niqab ist für mich der beste Beweis für die Unterdrückung der Frau. Ihn mit Kultur, Religion oder Tradition zu rechtfertigen, ist eine feige Ausrede der herrschenden Männer. Die Herrschenden tun selten etwas dafür, die Unterdrückten zu befreien oder ihnen Gleichberechtigung zuzugestehen. Und diese Frau wird unterdrückt, das ist die bittere Wahrheit. Ihr Mann widert mich an und ich habe Sorge, dass mir ein dummer Spruch herausrutschen könnte, also stehe ich auf und gehe.

Und du wolltest zum muslimischen Glauben übertreten?, ich lache innerlich auf. Dabei weiß ich ja, dass die Religion nicht die Hauptursache für diese Unterdrückung ist, es sind die Männer, die den Islam schamlos ausnutzen, um ihren Machtanspruch gegenüber der Frau zu rechtfertigen, damit sie sie beherrschen können. Solche Männer sind für mich Feiglinge.

Mit Wut im Bauch folge ich der Breiten Straße, da bleibt mein Blick an einem Laden in einer Seitenstraße hängen.

»Secondhand«, sage ich zu mir und plötzlich ist er wieder da. Dieser Gedanke.

Ich überlege nicht lange und betrete den Laden. Er ist größer, als er von außen wirkt. Hier kann man für wenig Geld wirklich originelle Sachen kaufen.

Und dann finde ich, was ich suche, ich nehme die Sachen und bezahle sie. Danach gehe ich zurück ins Hotel. Ich bin fest entschlossen, es zu tun. Auch wenn ich meinem Kumpel versprochen habe, meine Idee nicht in die Tat umzusetzen – dieser Secondhandladen hat alles verändert.

»Es wäre dumm, es nicht zu tun«, sage ich zu mir, als ich mein Spiegelbild betrachte. Zufrieden nicke ich, weil ich wie eine Obdachlose aussehe.

In meiner neuen Kleidung verlasse ich mein Hotelzimmer, allerdings ohne Waffe oder Messer. Ich muss zunächst sehen, ob mich die Einrichtung überhaupt aufnimmt. Und ich muss damit rechnen, dass man mich durchsucht, daher muss ich vorsichtig sein. Doch sobald ich Zugang zu der Einrichtung habe, werde ich die Waffe holen und dann wird dieser verdammte Priester in die Hölle gejagt.

Keine zehn Minuten später befinde ich mich vor dem Gebäude, das so bedrohlich auf mich herabschaut, dabei ist es doch meine Wenigkeit, die den Tod bringt.

Vor dem Gebäude steht ein Mann, er wirkt etwas orientierungslos.

»Hey«, spreche ich ihn an. Ich gehe davon aus, dass er die Einrichtung besucht.

»Hallo«, antwortet der Mann, aber er schaut mich nicht an. Ich rieche jedoch seine unangenehme Fahne, er ist betrunken. Vermutlich ein alltäglicher Zustand. Irgendwie habe ich Verständnis dafür, weil auch ich in einer ähnlichen Situation war.

»Wohnst du hier?«

Der Mann lacht. »Bist du neu in der Stadt?«

»Ja, habe aber kein Geld für ein Hotel«, antworte ich. »Meinst du, ich komme hier unter?«

»Für ein oder zwei Nächte bestimmt. Aber die sind sehr streng.«

»Streng?«

»Ja, die nehmen keine Kanaken.«

»Ich bin deutsch und katholisch«, lache ich.

»Katholisch? Gott fickt uns jeden Tag, also sollten wir auch Gott ficken. Wenn ich du wäre, würde ich mir einen anderen Schlafplatz suchen.« Er mustert mich kritisch, als würde er mir nicht zutrauen, dass ich hier wirklich übernachten möchte. Ist meine Verkleidung vielleicht doch nicht so gut wie angenommen? Dabei habe ich mir auf dem Weg noch die Hände schmutzig gemacht, damit ich nicht zu sauber aussehe, und ich habe etwas Alkohol aus der Minibar über meine Kleidung geschüttet und meinen Mund damit gespült.

Bevor ich etwas erwidern kann, entfernt er sich. Ich spüre seine Bitterkeit und Enttäuschung, dennoch will ich lieber nicht wissen, welche Schicksalsschläge der Mann hinter sich hat, dass er zu dem geworden ist, der er ist, weil es für mich letztlich ohne Bedeutung ist. Unsere Wege werden sich nicht mehr kreuzen.

Noch einmal schaue ich mir das Gebäude an, dann trete ich ein. Bisher hatte ich es immer nur von außen betrachtet, daher mache ich mir keine Sorgen, dass meine Tarnung auffliegen könnte.

Das ist das Gute, wenn man in der Gosse gelandet ist. Da schenkt dir keiner mehr Beachtung, man fällt nicht auf.

Ich trete an den Empfangstresen, er ist schlicht, nur ein Kreuz schmückt ihn.

»Hallo«, mache ich mich bemerkbar.

»Hallo. Wie kann ich dir helfen?«, antwortet Markus. Sein Name steht auf dem Schild, das an seinem Pullover angeheftet ist.

»Ich bin neu in Köln und weiß nicht, wo ich heute Nacht oder die nächsten Nächte schlafen kann.«

Er schaut mich an. Ich kann seinen Blick nicht wirklich deuten, aber mir ist unwohl. Vielleicht hasst er ja Obdachlose, obwohl er hier arbeitet. Gut möglich, dass die Kirche ihn dazu verdonnert hat, hier zu sitzen, jedenfalls macht er auf mich nicht den Eindruck, als wäre er glücklich mit seiner Position. Irgendwie traue ich ihm zu, dass er die Menschen, die hier Hilfe suchen, misshandelt. In gewisser Weise wirkt er so auf mich.

»Was machst du in Köln?«

»Was soll jemand wie ich schon machen? Ich war vorher in Düsseldorf. Hatte da aber Probleme.«

»Probleme?«, unterbricht er mich.

»Ich wurde von meinem Schlafplatz gemobbt. Da dealen jetzt irgendwelche Neger«, erkläre ich. Die Geschichte habe ich mir auf dem Weg hierher zurechtgelegt.

»Diese Drogenplage nimmt einfach kein Ende. Das tut mir leid für dich. Aber die sind nicht handgreiflich geworden, oder?« Sein Lächeln interpretiere ich dahingehend, dass er die Kröte geschluckt hat.

»Zum Glück nicht. Aber ich glaube, die wären zu allem fähig. Kann ich heute Abend bei euch übernachten oder morgen?«

»Eigentlich schon, aber wir sind heute Abend voll. Du bist eine halbe Stunde zu spät. Morgen könnte es vielleicht klappen«, antwortet er und mir fällt es verdammt schwer, meine Enttäuschung zu verbergen.

»Das ist echt blöd, ich bin total kaputt. Wo könnte ich denn unterkommen?«, frage ich und überlege, ob Markus lügt, da der Obdachlose vor dem Gebäude behauptet hat, dass ich hier für ein, zwei Nächte unterkommen könne. Aber natürlich könnte sich der Obdachlose auch geirrt haben.

»So kurzfristig ist das schwierig. Die Stadt hat viele Gelder gestrichen, eigentlich bleibt dir nur eine kirchliche Einrichtung. Bist du Protestantin?«

»Nein, Katholikin«, antworte ich und wittere eine Fangfrage.

»Es ist sehr gut, dass du trotz aller Widrigkeiten deinen Glauben nicht verloren hast. Was man von vielen der anderen hier nicht sagen kann. Es ist so leicht, Gott für alles die Schuld zu geben, anstatt bei sich anzufangen.«

»Das stimmt.« Ich nicke ehrfürchtig und wieder spüre ich, wie er mich mustert. Am liebsten würde ich ihm dafür die Faust zwischen die Zähne schieben, weil sein Blick etwas Abwertendes, Erniedrigendes hat. Aber ich reiße mich zusammen, schließlich muss ich hier übernachten, damit ich diesem Priester das Leben auslöschen kann.

»Vielleicht habe ich doch einen Schlafplatz für dich.« Er schmunzelt, seine Augen können sich einfach nicht von mir losreißen.

Habe ich etwas im Gesicht?, möchte ich ihn fragen, aber wieder reiße ich mich zusammen.

Wer töten will, muss nett sein.

»Das wäre echt gut. Ich bin ziemlich aufgeschmissen«, versuche ich ihm meine ausweglose Situation klarzumachen.

»Wo sind deine Habseligkeiten?«, fragt er und sein Blick wirkt plötzlich irritiert, ja skeptisch.

»Die musste ich da lassen, wie gesagt, die Neger haben mich ganz schön unter Druck gesetzt. Ich bin einfach abgehauen. Ich hatte Angst um mein Leben«, erkläre ich ihm und hoffe, dass er mir glaubt.

Markus verengt die Augen, dann nickt er. »Heute könnte dein Glückstag sein. Wir haben gerade so eine Aktion laufen, um einigen verlorenen Seelen die Wiedereingliederung in die Gesellschaft zu ermöglichen. Ich habe das Gefühl, dass dein Fall nicht hoffnungslos ist.«

»Was für eine Aktion?«, frage ich und tue interessiert.

»Fünf verlorene Seelen können bei uns an einem zweimonatigen Programm teilnehmen. Ihr würdet für uns arbeiten und mit etwas Glück bekommt ihr danach eine Anstellung bei der katholischen Kirche. Bedingung ist eben, dass ihr Katholiken seid.«

»Das bin ich. Ich wäre sehr dankbar für diese Chance. Ich verspreche auch, alles zu tun, damit ich dich nicht enttäusche. Du kannst dich auf mich verlassen. Von so einer Chance träume ich schon sehr lange.«

»Du würdest wirklich alles tun?«, fragt Markus.

»Alles«, erwidere ich, denn ich glaube, dass dieses Programm der Jackpot für mich ist. Es würde sicher bedeuten, dass ich mich hier frei bewegen und bei passender Gelegenheit das miese Schwein Dübel umbringen könnte.

Markus nickt und lächelt, er scheint mit meiner Antwort

mehr als zufrieden zu sein. Ich habe ein gutes Gefühl, doch plötzlich werde ich nervös und mein Puls schnellt in die Höhe. Meine Kehle ist staubtrocken und mir wird schwarz vor Augen, aber ich reiße mich zusammen.

Karl Dübel, der Bastard, betritt die Bühne. Zum Glück schaut er mich nicht an, er ignoriert mich, was mir nur recht ist und mir dabei hilft, mich zu beruhigen. Wut überkommt mich und am liebsten möchte ich diesen Hund mit meinen eigenen Händen erwürgen.

»Karl, ich glaube, wir haben eine geeignete Kandidatin für unser Programm«, sagt Markus und zeigt auf mich.

Dübel schaut mich an, sein Blick wirkt wie versteinert. Ich weiß nicht, ob er mich erkannt hat oder ob er unter Stress steht. Doch dann entspannen sich seine Gesichtszüge.

»Seien Sie willkommen in unserem bescheidenen Heim. Wie ist Ihr Name?«, will er wissen. Obwohl Jahrzehnte vergangen sind, würde ich ihn immer wiedererkennen, trotz des Übergewichtes. Diese Augen, dieser mitfühlende Blick, der seine wahre Bosheit verbirgt, haben sich nicht verändert. Für mich ist er das Böse in Person.

Ich nenne ihm einen Fakenamen. Statt mir zu antworten, dreht er sich zu Markus.

»Kann ich dich kurz sprechen?«, sagt er zu ihm. Markus nickt und beide entfernen sich einige Schritte von mir.

Leider kann ich nicht verstehen, worüber sie reden, aber Markus' Blick wandert ein, zwei Mal zu mir. Dübel schaut kein einziges Mal her, vermutlich ist er überhaupt nicht begeistert von der Idee, mich in dieses Programm aufzunehmen. Seiner Körpersprache nach zu urteilen, ist Dübel der Dominantere von beiden. Markus nickt oft und ich kann nur hilflos zuschauen.

Es ist schon ein merkwürdiges Gefühl, da bin ich diesem widerlichen Kerl so nahe und kann meine Wut nicht in eine tödliche Tat umwandeln. Das Leben ist manchmal ein elender Bastard. Doch dann bleiben meine Augen an einem Gegenstand hängen. Es ist eine Schere, sie liegt hinter dem Tresen auf der Arbeitsplatte.

Zwei Schritte trennen mich von der Schere. Sie hat eine recht lange Klinge, ich vermute, um die fünfzehn Zentimeter. Ob das ausreicht, um diesen Dreckspriester zu töten, weiß ich nicht. Nur eines weiß ich, ich muss gezielt treffen, direkt ins Herz oder in die Halsvene. Ansonsten wars das. Ich würde in den Knast, vielleicht sogar in die Psychiatrie wandern, während dieser menschenverachtende Hund mit dem Schrecken oder einer lächerlichen Verletzung davonkommen würde.

Riskiers, stich ihm die Klinge in sein verfluchtes Herz, mache ich mir Mut und mache einen Schritt auf den Tresen zu. Mein Blick wandert zu den beiden, sie scheinen mir gar keine Aufmerksamkeit mehr zu schenken, also mache ich noch einen Schritt auf den Tresen zu, bereit, nach der Schere zu greifen, um sie diesem Satan ins Herz zu rammen.

Doch gerade als ich nach der Schere greifen will, hört das Gespräch auf und ich sehe, wie Markus mir einen Blick zuwirft. Ich hoffe, er hat meine Absicht nicht durchschaut. Ich verharre auf meiner Position, alles andere könnte verdächtig wirken. Die beiden kommen auf mich zu.

»Markus meinte, dass Sie eine gläubige Katholikin sind.«

»Das stimmt, ich bin Katholikin und versuche, so gut es geht, meinen Glauben nicht zu vergessen. Jedenfalls würde mir niemals einfallen, Gott für meine Misere verantwortlich zu machen.«

Diese Antwort scheint ihn zu überraschen, das lese ich aus seinem Gesicht, und ich möchte von mir behaupten, dass ich geübt in solchen Dingen bin.

»Das ist gut. Gott stellt uns jeden Tag auf die Probe. Nur die Schwachen sind so töricht und geben Gott für alles die Schuld. Wenn Markus von Ihren Qualitäten überzeugt ist, sollte Ihrer Teilnahme an dem Programm nichts im Wege stehen. Aber wehe, Sie enttäuschen uns.«

Ich nicke und lächle, denn ich möchte unbedingt den Eindruck erwecken, dass ich dankbar für diesen großen Vertrauensvorschuss bin. Ich weiß nicht, ob Markus ihn überzeugt hat oder meine hohlen Phrasen über Gott, am Ende ist das auch egal, was zählt, ist das Resultat.

»Ich werde Sie nicht enttäuschen. Ich weiß nicht, wie ich Ihnen je für diese Chance danken kann«, antworte ich unterwürfig, was mich geradezu anwidert. Es fällt mir immer schwerer, meine Wut im Zaum zu halten. Hoffentlich bemerkt keiner von beiden die Giftpfeile, die in meinem Innern nur darauf warten, abgefeuert zu werden. Hätte ich die Schere in der Hand, hätte ich sie ohne Zögern in sein Herz gerammt.

»Seien Sie ohne Sorge, Sie werden schon sehr bald Gelegenheit bekommen, sich dankbar zu zeigen«, antwortet er mit einem hinterhältigen Grinsen. Seine Augen werden schmal und mir wird plötzlich kalt, als hätte ich soeben Bekanntschaft mit dem Teufel gemacht.

Keine Sorge, bald wirst du tot sein. Du hast gerade deinen eigenen Henker eingeladen, denke ich, um mir Mut zu machen. Laut sage ich: »Danke. Ich werde alles tun, was Sie wollen. Versprochen.«

34

Lübeck

In den letzten Tagen war einiges in Bewegung gekommen. Erst am vergangenen Tag hatten sich die Lübecker mit den Kollegen aus Köln und Mannheim abgestimmt. Dass Alwin Vogel sich von alten Erinnerungsstücken nicht hatte trennen können, hatte ihnen in die Hände gespielt. So waren sie auf die Fotos gestoßen, auf denen Vogel und Lau zusammen mit dem Priester abgebildet waren, den die Kölner Kollegen aufgesucht hatten. Dieses Gespräch wiederum hatte ihnen einen weiteren Kontakt beschert und zu diesem fuhren Arndt und Elke jetzt.

Aus dem Beifahrerfenster war bereits das Holstentor zu sehen, sie fuhren aus dem Kreisverkehr auf die Fackenburger Allee. Es war ein sonniger Tag, der Himmel war blau und nur wenige Wolken zogen darüber hin. Das Holstentor strahlte mit der Sonne um die Wette. Die Einfahrt nach Lübeck war für Arndt die schönste Einfahrt in eine Stadt, die er kannte. Er liebte Lübeck, er mochte den Kontrast zwischen der Altstadt mit den historischen Gebäuden und dem neuen Teil mit den modernen Strukturen. Er konnte sich nicht vorstellen, woanders zu wohnen. Hier waren seine Wurzeln und er war fest entschlossen, hier auch seinen Lebensabend zu verbringen.

Da, wo andere Urlaub machen, lebe ich, war sein Motto, das er nicht ohne Stolz zum Besten gab.

»Wir müssen trotzdem berücksichtigen, dass es eine falsche Spur sein könnte«, sagte Elke.

»Das sowieso«, nickte Arndt. »Aber es wäre schon ein komischer Zufall, dass alle Opfer auf dieser Hochzeit waren. Etwas ist dort vorgefallen. Die Einzigen, die dazu noch etwas sagen können, sind der Priester Dübel, der sich an nichts erinnern will, und die anderen Hochzeitsteilnehmer, vor allem aber die Braut und der Bräutigam. Soweit sie sich noch an die Einzelheiten erinnern können.«

»Ich würde mich an alles erinnern, was auf meiner Hochzeit passiert«, antwortete Elke und warf Arndt einen kurzen, aber intensiven Blick zu. Er wusste, was das bedeutete. Elke wollte heiraten und Kinder. Ohne Ehe käme es für sie nicht infrage, Kinder in die Welt zu setzen, und Arndt dachte ähnlich, aber er hatte schon eine Ehe hinter sich und mit Sebastian hatte er auch einen Sohn. Dennoch wusste er, dass er Elke einmal heiraten würde, und es war selbstverständlich für ihn, dass er ihr einen Antrag machen würde. Aber er hatte noch nicht den richtigen Zeitpunkt gefunden.

Du traust dich nicht, meldete sich eine innere Stimme. Arndt versuchte, seine Gedanken wieder auf den Fall zu lenken.

»Dann wollen wir hoffen, dass sich die Braut noch erinnert.«

Keine fünfzehn Minuten später erreichten sie die Lübecker Straße in Bad Schwartau und parkten.

»Kruse«, las Elke den Namen auf dem Klingelschild laut vor.

»Dann solltest du wohl mal klingeln«, zog Arndt sie auf.

»Wie immer sehr charmant«, lächelte Elke und drückte auf den Knopf. Ein Summen ertönte und die Eingangstür ließ sich öffnen. Beide Beamten traten ein und nahmen die Treppe zum ersten Stock, wo sich die Wohneinheit befand.

Vor der Tür stand ein Mann. Den Informationen von Fischer zufolge musste es Kai Kruse sein. Er war etwas kleiner als Arndt, vermutlich knapp einen Meter achtzig. Er war vierundfünfzig Jahre alt und sein Bäuchlein sagte Arndt, dass er Süßem und Fettem wohl nicht abgeneigt war. Er hatte volles graues Haar, das kurz geschnitten und zu einem Rechtsscheitel frisiert war.

Kruse war komplett in Schwarz gekleidet.

»Ja, bitte?«, sagte er zu den Besuchern.

»Sind Sie Kai Kruse?«, fragte Elke. Auch wenn sie davon ausgehen konnten, dass er es war, mussten sie sich dennoch versichern.

»Der bin ich. Und wer sind Sie?« Kruses Stimme klang mitgenommen, als würde er sich nicht gut fühlen.

»Wir sind von der Lübecker Kriminalpolizei. Das ist meine Kollegin Elke Henschel und mein Name ist Arndt Schumacher.«

»Haben Sie endlich den Mörder meiner Frau?« Kruse machte große Augen und plötzlich schien er hellwach, als würde neue Energie durch seinen Körper jagen.

»Verzeihen Sie, aber davon wussten wir nichts. Das tut uns sehr leid. Wir werden bei den Kollegen im Präsidium nach dem Stand der Ermittlungen fragen«, antwortete Elke und Arndt sah ihr an, dass sie Kruses Antwort kalt erwischt hatte.

»Soviel ich weiß, ermittelt die Münchener Kripo. Meine Frau wurde letzte Woche in München ermordet. Ich hatte geglaubt, dass man die Lübecker Kripo darüber unterrichtet hätte.«

Hatte man nicht! Was Arndt aber nicht wunderte. Die Polizei war Ländersache und ein Mord in München wurde zuerst von den Kollegen vor Ort bearbeitet. Daher hatte Tim diese Information sicher auch noch nicht vorgelegen, als er Elke und Arndt Kruses Adresse gegeben hatte.

»Wir erkundigen uns. Versprochen. Leider müssen wir Sie in einer anderen Angelegenheit sprechen, dürfen wir kurz eintreten?«, fragte Arndt. Sich zwischen Tür und Angel zu unterhalten, war nicht seine Art.

»Kommen Sie bitte rein.« Kruse ging voraus, die beiden Beamten folgten ihm. Jetzt ergaben die schwarze Kleidung, die melancholische Stimme und seine schwermütigen Augen auch Sinn. Kruse war in Trauer. Ein denkbar ungünstiger Zeitpunkt, um ihn mit Fragen über seine Hochzeit zu behelligen.

Aber Arndt hatte keine andere Wahl. Sie mussten den wahren Mörder von Nils Holm finden, bevor das Gericht Carsten Purzel wegen eines Mordes hinter Gitter brachte, den er nie begangen hatte.

»Herr Kruse, wir ermitteln in dem Mordfall Nils Holm. Sagt Ihnen der Name etwas?«

»Ja. Nils und ich sind alte Freunde. Schlimme Sache.«

Ein kleiner Hoffnungsschimmer machte sich auf Arndts Gesicht breit, Kruses Reaktion bestärkte sein Gefühl, dass der Mörder in Verbindung zu dieser Hochzeit stand.

»War Nils Holm auf Ihrer Hochzeit?«

»Klar, Nils und ich kannten uns, seit wir kleine Kinder waren. In den letzten Jahren ist der Kontakt leider abgebrochen.«

»Sagen Ihnen die Namen Alwin Vogel und Klaus Lau etwas?«

»Nein, sollten sie das?«

Mit dieser Antwort hatte Arndt nicht gerechnet. Immerhin gab es ein gemeinsames Foto der beiden und der Priester hatte laut der Nachricht der Kölner ausgesagt, dass sie alle auf der Hochzeit gewesen seien.

»Versuchen Sie sich bitte zu erinnern«, bat nun Elke. »Wir wissen von dem katholischen Priester Karl Dübel, der die kirchliche Trauung vollzogen hat, dass die beiden Herren auch auf der Hochzeit waren.«

»Das mag sein, nur habe ich diese Herren nicht zur Hochzeit eingeladen, das wüsste ich aber ganz genau.«

»Haben die sich selbst eingeladen?«

»Wir haben damals in Köln-Porz geheiratet. Die Feier fand auf dem Grundstück eines Gehöftes statt, da ist es nicht auszuschließen, dass noch andere Gäste anwesend waren. Zumal meine Frau als gebürtige Kölnerin und ehrenamtlich Tätige sehr viele Freunde und Bekannte hatte. Es wäre auch möglich, dass meine Frau die Männer eingeladen hat. Es waren deutlich mehr als einhundert Personen auf der Hochzeit. An viele kann ich mich leider gar nicht erinnern. Warum fragen Sie?«

»Die beiden Männer wurden auch ermordet und sie waren wie Herr Holm politisch aktiv.«

»Und was hat das mit meiner Hochzeit zu tun?«

»Das versuchen wir herauszufinden. Wir halten es nicht für einen Zufall, dass diese drei Männer auf Ihrer Hochzeit waren. Gab es Streit bei der Feierlichkeit?«

»Streit?«

»Nun, eine Rangelei. Haben sich Gäste in die Haare bekommen?«, bohrte Arndt weiter nach. Es war Kruse deutlich anzusehen, dass er mit den Gedanken nicht wirklich bei der Sache war, was auch nicht verwunderte, hatte er doch gerade seine Ehefrau auf brutale Weise verloren. Daher hielt es Arndt nicht für ausgeschlossen, dass Kruse eine Blockade hatte und sich deswegen nicht an die beiden Politiker erinnern konnte. Aber wie sollte er diese Blockade lösen? Doch nur, indem er weiter nachbohrte, das jedenfalls hoffte Arndt.

»Können wir das Gespräch bitte zu einem anderen Zeitpunkt führen? Ich fühle mich nicht so gut.« Kruses Blick wanderte zu Elke, vermutlich weil er sich von ihr mehr Anteilnahme erhoffte als von Arndt.

»Ich kann sehr gut verstehen, wie Sie sich fühlen. Aber Ihre Erinnerungen können helfen, einen Mörder zu verhaften, der bereits drei Menschen getötet hat und wahrscheinlich vor weiteren Morden nicht zurückschrecken wird«, erklärte Elke in sehr verständnisvollem Ton. Ihre Worte waren dabei weder zu laut noch zu schnell. »Haben Sie Fotos von der Hochzeit? Das könnte uns weiterhelfen.«

»Warten Sie bitte«, antwortete Kruse und entfernte sich.

»Der Arme«, flüsterte Elke, als Kruse das Zimmer verlassen hatte.

»Mag sein, das ändert aber nichts an der Tatsache, dass wir noch immer nicht wissen, was auf der Hochzeit geschehen ist.«

»Du bist manchmal zu hart.«

»Nein, ich will nur den Mörder finden, bevor er erneut zuschlägt. Wenn wir jetzt klein beigeben, wer weiß, wann Kruse bereit ist, uns noch mal zu empfangen. Was, wenn er einen Anwalt einschaltet und die nächsten Wochen für kein Gespräch mehr zur Verfügung steht?«

»Du hast ja recht, aber trotzdem kann man etwas Mitgefühl zeigen.«

»Das habe ich.«

Kruse kam mit einem Fotoalbum zurück.

»Das sind alle Fotos, die wir noch von der Hochzeit haben«, sagte er. Unbewusst war er ins »Wir« gerutscht, obwohl seine Frau doch tot war.

Er reichte Arndt das Album und gemeinsam mit Elke schaute er sich die einzelnen Seiten mit den eingeklebten Fotos genau an.

»Dürfen wir das Album mit aufs Präsidium nehmen?«, fragte Arndt, da es ihm unmöglich war, jetzt an Ort und Stelle zu beurteilen, welche Fotos für die Ermittlungen relevant waren.

Kruse schaute skeptisch und antwortete nicht sofort, er schien zu überlegen. »Ich habe keine Kopien.«

»Haben andere Gäste Kopien der Fotos?«, fragte Arndt.

»Ja, meine Frau hat einigen Personen Abzüge geschenkt. Es haben auch andere Personen Fotos gemacht. Aber fragen Sie mich nicht, wer. Ich weiß das nicht. Ich will nur nicht, dass meine Fotos beschädigt werden.«

»Seien Sie unbesorgt, den Fotos wird nichts geschehen. Sie werden gar nicht bemerken, dass wir sie untersucht haben«, antwortete Elke nun.

»Sicher? Es wäre …« Mehr sagte Kruse nicht. Sein Blick war auf das Fotoalbum gerichtet, das Arndt noch immer aufgeschlagen in der Hand hielt. Kruse starrte auf ein Foto, das ihn selbst in jungen Jahren mit seiner Braut zeigte.

Arndt konnte sich vorstellen, was gerade in Kruses Kopf vorging. Der Schmerz musste ihn über das Erträgliche hinaus quälen. Arndt erinnerte sich an die Entführung seines Sohnes und an die Szene, als ihm ein Foto von Sebastian in die Hände gefallen war und ihn plötzlich eine nie dagewesene Angst gepackt hatte, dass er ihn nicht würde retten können.

Einen geliebten Menschen zu verlieren, war vermutlich das Schlimmste, was einem passieren konnte, aber so hart es sich anhören mochte, das Leben musste trotzdem weitergehen. Auch im Sinne der Person, die man verloren hatte, denn sie hätte sicher nicht gewollt, dass man so leidet.

»Ich verspreche es Ihnen«, sagte Elke.

»Danke«, antwortete Kruse und wischte sich mit der rechten Hand über die Augen, um die Tränen wegzuwischen, die sich gesammelt hatten. »Jule hat mir alles bedeutet. Sie wollte immer Kinder, aber ich lieber Karriere. Hätte ich bloß auf sie gehört, jetzt bin ich ganz alleine.«

Arndt gab ihm Zeit, sich zu sammeln. Er hatte noch Fragen, die er stellen musste, so unangenehm die Situation auch sein mochte. Elke hingegen erweckte den Eindruck, dass sie gehen wollte, doch diesen Gefallen konnte Arndt ihr nicht tun.

»Kannten Sie Priester Dübel bereits vor der Hochzeit?«, fragte Arndt schließlich.

»Wie bitte?« Kruse wirkte irritiert, ein deutliches Zeichen, dass er mit den Gedanken nicht bei ihnen war.

»Kannten Sie Karl Dübel schon vor der Trauung?«

»Sie meinen den Priester?«

»Genau«, antwortete Arndt. Inzwischen war er sich nicht mehr so sicher, ob Kruse wirklich abgelenkt war oder nur nicht auf diese Frage antworten wollte.

»Nur flüchtig, über meine Frau. Sie und er kannten sich aus Kindertagen. Porz, auch wenn es zu Köln gehört, ist doch irgendwie ein eigenständiges Dorf.«

»Das heißt, Sie haben keinen Kontakt mehr zu ihm?«

»Nein, warum sollte ich?«

»Vielen Dank für Ihre Zeit. Wir melden uns, sobald wir Ihnen das Album zurückgeben können«, antwortete Arndt und ging auf Kruses Frage nicht weiter ein. Wie es schien, wollte oder konnte Kruse nichts über Dübel sagen, aber Arndt war nicht entgangen, dass Kruses Stimme vorsichtig, beinahe unsicher gewirkt hatte. Es mochte aber auch der Aufgewühltheit wegen des Verlustes seiner Frau geschuldet sein, da Kruse während des ganzen Gespräches einen wenig gefestigten Eindruck gemacht hatte.

»Danke. Aber seien Sie bitte vorsichtig damit.«

»Was, wenn sich Lasse und Emre irren, was den Priester anbelangt?«, fragte Elke, als sie wieder im Auto saßen und zurück zum Präsidium fuhren.

»Ich weiß nicht, vielleicht irre ich mich, aber Kruse wirkte schon etwas unsicher, als ich ihn auf den Priester angesprochen habe.«

»Der arme Kerl ist doch komplett durch den Wind. Der Verlust seiner Frau hat ihn tief getroffen. Eben aus dem Grund möchte ich Kinder.«

Elkes Blick wanderte zu Arndt, ihre Hand berührte seine, sie schien eine Antwort von ihm zu erwarten. Doch egal, was er sagte, er konnte nur verlieren, so kam es ihm gerade vor.

»Ein weiteres Kind könnte ich mir auch sehr gut vorstellen«, antwortete er dann und sah, wie Elke ein Lächeln übers Gesicht huschte. Bisher hatte er sich noch nicht so offen zu einem weiteren Kind bereiterklärt, aber er wusste, dass es eine Zukunft mit Elke nur geben würde, wenn sie Kinder hätten. Und so komisch es klingen mochte, aber das Gespräch mit Kruse hatte bei ihm etwas in Gang gesetzt. Seine Gedanken kreisten um die eine Frage: Was, wenn er mit Elke verheiratet wäre und bei einem Einsatz ums Leben käme? Dann wäre Elke ganz allein.

Konnte er so egoistisch sein? Nein!

»Das bedeutet mir sehr viel, Schatz«, sagte sie und drückte seine Hand auf dem Lenkrad. »Wir sollten uns nicht zu viel Zeit lassen. Ich bin eh schon spät dran.« Sie schaute ihn mit diesem Blick an, bei dem Arndt ganz weich ums Herz wurde. Elke war nicht nur optisch eine atemberaubende Frau – mit ihren schlanken ein Meter fünfundsiebzig und ihren langen blonden Haaren hatte sie für ihn Modelmaße –, sie war auch menschlich seine Traumfrau. Arndt war ungestüm, manchmal laut, er ging mit dem Kopf durch die Wand, aber Elke gelang es immer wieder, ihn einzufangen, ihn zu beruhigen.

Mit achtunddreißig Jahren hatte Elke in der Tat nicht mehr das Alter, das man gemeinhin als perfekt für eine Schwangerschaft bezeichnete, aber glücklicherweise konnten Frauen heute auch um die vierzig ohne Probleme Mutter werden.

Ich muss ihr einen Antrag machen, huschte Arndt ein Gedanke durch den Kopf. Es war schon erstaunlich, welche Gedanken das Gespräch mit Kruse bei ihm ausgelöst hatte.

»Du bist noch jung und knackig. Heute kann man auch mit über vierzig noch Mama werden«, versuchte Arndt ihr deshalb schelmisch die Sorgen zu nehmen.

Bevor Elke etwas erwidern konnte, klingelte sein Handy, er nahm das Gespräch über die Freisprechanlage an.

»Moin, Lasse«, grüßte Arndt, denn er hatte am Display gesehen, wer anrief.

»Moin. Ist Elke auch bei dir? Neben mir sitzt Emre.«

»Bin ich. Seid gegrüßt, Jungs. Ihr wollt sicher wissen, wie unser Gespräch mit Kruse war, oder?«

»Seid ihr schon zurück? Ihr hattet doch gesagt, dass ihr ihn heute aufsuchen wolltet.«

»Wir sind gerade auf dem Weg ins Präsidium. Wir haben das Fotoalbum von der Hochzeit«, antwortete Arndt.

»Sehr gut. Vielleicht findet ihr weitere Hinweise. Falls ihr Unterstützung braucht, gebt uns Bescheid.«

»Machen wir. Ich gehe eh davon aus, dass sich Tim und Lutz austauschen werden.«

»Das denke ich auch. Habt ihr Kruse nach Dübel gefragt?«

»Das haben wir. Leider ohne Erfolg. Kruse kennt den Priester kaum, er war mit seiner Ehefrau befreundet.«

»War?«

»Die Ehefrau wurde vor Kurzem in München ermordet«,

erklärte Arndt und hörte ein Ausatmen. Mit dieser Antwort hatten die beiden Kölner Kollegen sicher nicht gerechnet.

Im Folgenden brachten sie sich gegenseitig auf den neuesten Stand ihrer Ermittlungen und vereinbarten, dass sie sich beieinander melden würden, sobald es notwendig wäre.

Kurz darauf parkte Arndt und sie betraten das Präsidium, um sogleich zu Tim zu gehen.

Der saß wie immer an seinem Rechner und tippte etwas in die Tastatur.

»Moin«, sagte Arndt.

»Moin! Habt ihr mir was mitgebracht?«, fragte Tim. Sein Blick ging zum Fotoalbum.

»Richtig erkannt«, schmunzelte Arndt. »Wir sollten die Fotos untersuchen, es sind die von der Hochzeit der Kruses.«

»Sollten wir hinkriegen. Ich kann die Fotos einscannen und dann schauen wir sie uns auf dem Rechner an, da habe ich mehr Möglichkeiten.«

»Gute Idee. Dauert das lange?«

»Nein. Das geht schnell.« Tim stand auf und trat an einen Schrank. Mit seinen gerade mal ein Meter sechzig war er gut einen Kopf kleiner als Arndt. Aber was Tim an Körpergröße fehlte, machte er mit seinem Wissen mehr als wett.

Er kam mit einem Gerät, das wie ein Scanner aus dem Supermarkt aussah, zurück. Arndt reichte ihm das Album und Tim fuhr mit dem Scanner über die Seiten.

»Das Ding ist top. In einer Sekunde hat es eine ganze Seite erfasst. Dann kommen die Daten über eine W-LAN Verbindung direkt auf den Rechner und werden von einer Software umformatiert. Das Resultat sind hochauflösende Fotos.«

»Wahnsinn. Was die Technik alles möglich macht«, nickte Elke begeistert.

»Das wars. Die Fotos müssten jetzt auf dem Rechner sein.« Tim legte den Scanner beiseite und nahm am Computer Platz. Arndt und Elke nahmen sich je einen Stuhl und setzten sich so, dass Tim in der Mitte saß.

Und tatsächlich, die Fotos erschienen auf dem Bildschirm.

»Kannst du eigentlich diese Fotos mit anderen Fotos abgleichen?«

»Klar, du meinst Gesichtserkennung, oder? Solange wir sie in der Datenbank haben, klappt das. Aber auf Datenbanken außerhalb unseres Systems haben wir leider keinen Zugriff. Ich gebe euch Bescheid, wenn sich ein Match ergibt. Was suchen wir denn auf den Fotos?«

»Irgendetwas, was uns helfen könnte, zu verstehen, ob die Hochzeit in Zusammenhang mit den Morden steht«, erklärte Arndt. Was genau diesen Zusammenhang aufzeigen sollte, konnte er allerdings auch nicht sagen, dennoch hatte er so ein Gefühl, eine Ahnung, die er aber nicht aussprechen wollte.

Konzentriert gingen sie ein Foto nach dem anderen durch. Nichts deutete auf etwas hin, was ihnen bei den Ermittlungen helfen könnte. Auf einigen Fotos sah man die drei toten Politiker zusammen. Sie lachten und schienen sich prächtig zu amüsieren. Auch schien ein hoher Alkoholpegel zu herrschen, jedenfalls hielten die Männer auf jedem Foto ein alkoholisches Getränk in der Hand.

»Stopp«, rief Elke plötzlich.

»Was ist los?«, fragte Arndt.

»Kannst du das Foto fixieren und noch die Fotos davor zeigen, ohne dass dieses verloren geht?«

»Klar.« Tim bewegte den Mauszeiger und zog das Foto aus dem Fenster heraus, es öffnete sich ein neues Fenster auf dem Bildschirm, wo Tim das Foto positionierte.

»Sehr gut, danke. Und jetzt noch mal zurück«, bat Elke und Tim öffnete langsam ein Foto nach dem anderen, diesmal aber rückwärts, sodass die Fotos erschienen, die sie bereits angeschaut hatten.

»Was hast du gesehen?«, wiederholte Arndt, er konnte nicht nachvollziehen, was Elke vorhatte.

»Gleich«, sagte sie, gefolgt von einem: »Das ist es. Tim, kannst du beide Fotos nebeneinanderstellen?«

»Sollte eine Kleinigkeit sein«, lächelte Tim und ein paar Mausklicks später waren beide Fotos nebeneinander auf dem Bildschirm zu sehen. Jetzt sah Arndt es auch.

»Kannst du auf das Gesicht von Alwin Vogel zoomen?«, bat er. Er musste ganz sichergehen, dass es sich nicht um eine optische Täuschung handelte.

»Hast du es also auch gesehen.«

»Ja.«

Tim zoomte ran. Obwohl zwischen dem Foto und der Gegenwart mehr als zwanzig Jahre vergangen waren, hätte man Alwin Vogel auch erkannt, ohne vorher ein Foto aus der damaligen Zeit gesehen zu haben. Er hatte sich kaum verändert, außer, dass sein Gesicht im Laufe der Zeit faltenreicher geworden war. Schon damals hatte er halblange braune Haare gehabt und seine Haut war sonnengebräunt.

Ohne ihn zu kennen, wusste man bei seinem Anblick sofort, dass er ein Mann war, der sehr von sich überzeugt zu sein schien. Aber nicht seine äußere Erscheinung hatte Arndts Aufmerksamkeit auf sich gezogen, sondern ein blauer Fleck oberhalb der rechten Wange.

»Dieser Fleck ist auf dem Foto davor nicht zu sehen«, sagte Elke. »Das kann nur bedeuten, dass sich Alwin Vogel mit jemandem geprügelt hat.«

»Glaubst du, dieser Jemand ist unser Mörder?«

»Möglich. Nur zu dumm, dass sich Kruse an keine Schlägerei erinnert.«

»Kruse nicht, aber bestimmt diese Person auf dem Foto«, entgegnete Arndt und zeigte auf den Mann, der auf beiden Fotos neben den drei Politikern zu sehen war und die einzige Person war, die noch lebte: Karl Dübel, der Priester!

35

21. September, Köln

Die letzten Tage hatte Zoe mit Recherchen verbracht, und wie es schien, war sie dank der Fotos, die sie im Keller von Natalies Eltern gefunden hatte, auf eine vermutlich heiße Spur gestoßen. Auf einem der Fotos waren alle drei toten Politiker und eine weitere Person abgelichtet.

Zwei von ihnen hatte sie sofort erkannt: ihren und Natalies Vater. Die anderen hatte sie mühselig recherchiert. Dank ihres Zugangs zum Archiv der Zeitung, für die sie arbeitete, war ihr auch das am Ende gelungen. Die anderen beiden waren der tote Politiker aus Lübeck sowie der Priester Karl Dübel.

Vor allem der blaue Fleck oberhalb der rechten Wange von Alwin Vogel hatte Zoes Aufmerksamkeit auf sich gezogen. Er wirkte zu frisch, um alt zu sein, und das konnte nur bedeuten, dass Alwin sich geschlagen hatte oder verletzt worden war. War es zum Streit gekommen und hatte das etwas damit zu tun, dass ihr Vater ermordet worden war?

Zoe konnte das nicht einschätzen, aber sie wusste, dass sie unbedingt mit dem Priester sprechen musste. Glücklicherweise arbeitete er noch immer in Köln und sie hatte die Anschrift herausgefunden, wo er sich gerade befand, in einer katholischen Unterkunft, die sich vor allem um Obdachlose kümmerte.

Ihr Handy vibrierte. Sie sah aufs Display. »Nicht Natalie«, sagte sie und presste die Lippen zusammen.

Die Freundin war seit einigen Tagen komplett neben der Spur, aber nicht, weil der Verlust ihres Vaters sie so schmerzte, sondern weil ihre Flamme per WhatsApp-Nachricht mit ihr Schluss gemacht hatte. Und das wollte sie nicht akzeptieren.

»Wir lieben uns. Es ist etwas ganz Besonderes. Irgendetwas

muss geschehen sein, das ergibt alles keinen Sinn«, hatte sie zigmal in ungefähr gleichem Wortlaut gesagt. Irgendwann hatte Zoe das Gespräch beendet, aber Natalie hatte sie immer wieder angerufen und sie mit Nachrichten bombardiert. Aber auch diesen Anruf ignorierte Zoe und überlegte kurz, ob sie Natalies Nummer blockieren sollte, entschied sich aber dagegen. So herzlos wollte sie dann doch nicht sein.

Heute war zwar Samstag, aber das sollte sie nicht davon abhalten, die Einrichtung aufzusuchen, denn sicherlich hatten Priester andere Arbeitszeiten als gewöhnliche Angestellte.

»Wozu brauche ich überhaupt diesen Ali Arinc?«, überlegte sie laut. Bisher hatte er sich nicht gemeldet und somit nichts zu den Ermittlungen, wer für den Tod ihres Vaters verantwortlich war, beigetragen. »Ohne Ergebnisse kein Geld.«

Keine Stunde später befand sie sich vor der Obdachlosenunterkunft und schaute auf die Außenfassade, die sehr alt wirkte. Das Gebäude sah nicht besonders einladend aus, dabei hatte sie auch keinen Luxustempel erwartet. Dennoch strahlte das Gebäude keine Wärme aus, nichts, was Gäste willkommen hieß. Sie wusste, dass ihre Gedanken etwas über das Ziel hinausschossen, aber der erste Eindruck blieb, sie konnte ihn nicht abschütteln. Ebenso wenig das mulmige Gefühl, das sie überkam, als sie das Gebäude betrat.

»Hallo«, sagte sie, als sie am Empfang stand.

»Hallo. Was suchst du denn hier?«, fragte eine junge Frau, die hinter dem Empfang arbeitete. Auf ihrem Namensschild stand: Luise.

»Ich wollte zu Karl Dübel.«

»Und warum? Kennt ihr euch?«

»Nein. Ich studiere an der Uni Köln und schreibe gerade eine Hausarbeit über die sozialen Einrichtungen der katholischen Kirche, da wurde mir Herr Dübel als Ansprechpartner genannt.«

»Oh, das klingt spannend. Ich studiere auch an der Uni.

Ehrlich gesagt, weiß ich gar nicht, ob Karl heute überhaupt arbeitet. Aber ich mach mich schlau für dich, wenn du kurz wartest. Wie heißt du denn?«

»Danke. Ich heiße Zoe.«

Luise machte einen sehr freundlichen Eindruck und unter anderen Umständen hätte sich Zoe sogar vorstellen können, mit ihr einen Kaffee trinken zu gehen, um sie besser kennenzulernen. Aber für neue Freundschaften hatte sie gerade keinen Kopf.

Ihren Nachnamen hatte sie absichtlich nicht genannt. Da der Priester mit ihrem Vater auf einem Foto abgelichtet war, war es naheliegend, dass sich die beiden kannten, und damit hätte sie riskiert, dass Dübel den wahren Grund ihres Besuches erführe und womöglich für ein Gespräch nicht zur Verfügung stünde. Auf jeden Fall war sie erleichtert, dass Luise nicht weiter nachgebohrt hatte. Die Lüge mit der Hausarbeit hatte sie sich auf dem Weg zur Obdachloseneinrichtung überlegt.

Während sie wartete, liefen immer wieder Personen an ihr vorbei, die augenscheinlich hier wohnten. Sie hatte von solchen Einrichtungen, die Obdachlosen für kurze Zeit eine Unterkunft boten, bereits gehört, und in diesem Moment wurde ihr wieder bewusst, wie privilegiert sie war. Sie hatte sich ihr Leben lang nie Sorgen um Geld gemacht und sie wusste, dass sie das auch niemals würde tun müssen. Sie würde genug Geld erben und sie war ehrgeizig genug, um Karriere zu machen und ihr eigenes Geld zu verdienen. Aber wer konnte heute schon sagen, was das Schicksal morgen für ihn bereithielt? Zoe machte die Vorstellung Angst, dass sie irgendwann abrutschen und auf der Straße leben müsste. Schnell wischte sie diesen schrecklichen Gedanken beiseite.

Da kam auch schon Luise wieder zurück.

»Du hast Glück. Karl hat heute zwar frei, aber er ist in seinem privaten Bereich und würde für ein kurzes Interview zur Verfügung stehen.«

»Das ist sehr nett von ihm. Danke.«

»Kein Ding. Ich bring dich zu ihm.«

Zoe folgte Luise und erst jetzt bekam sie ein Gefühl dafür, wie groß dieses Gebäude tatsächlich war.

»Von außen sieht es viel kleiner aus.«

»Das sagen alle«, lachte Luise.

Sie bogen von dem Flur auf einen anderen Flur ab und Zoe sah aus dem Augenwinkel eine Person.

»Was ist los?«, fragte Luise, die wahrscheinlich bemerkt hatte, dass Zoe wirkte, als hätte sie ein Gespenst gesehen.

»Nichts, ich dachte, ich hätte jemanden gesehen, den ich kenne. Aber das muss ein Irrtum sein«, antwortete Zoe. Sie konnte einfach nicht glauben, was ihre Augen ihr eben gezeigt hatten: Natalies Flamme!

Sie hatte sich zwar schnell noch einmal umgedreht, aber da war die Person schon nicht mehr zu sehen gewesen. Natalie hatte ihr ein paar Fotos von ihrer Flamme gezeigt, die sie heimlich aufgenommen hatte. Dass diese Person jedoch ausgerechnet in einer Obdachlosenunterkunft leben sollte, hielt Zoe für unmöglich.

Manchmal spielten einem die Sinne auch einen Streich, gerade wenn man wie Zoe eine schwere Phase durchmachte.

Luise klopfte an eine Tür und trat in ein Zimmer, gefolgt von Zoe.

»Karl, das ist Zoe.«

»Super. Du kannst uns jetzt alleine lassen«, sagte Karl und kam auf Zoe zu.

»Wenn was ist, du weißt ja, wo du mich findest«, antwortete Luise und drehte sich zu Zoe. »Viel Erfolg.« Danach verließ sie den Raum.

»Hallo. Freut mich, deine Bekanntschaft zu machen. Ich hoffe, es ist für dich okay, wenn wir uns duzen?«

»Klar«, sagte Zoe und erwiderte den Handschlag.

»Wunderbar. Ich finde es gut, wenn sich Studenten für die sozialen Einrichtungen der katholischen Kirche interessieren.

Setz dich doch bitte. Möchtest du etwas trinken?«, fragte Dübel. Er wirkte sehr freundlich und Zoe hatte sofort ein gutes Gefühl bei ihm. Seine Stimme klang beruhigend und überhaupt nicht überheblich, sondern eher so, als wäre er jemand, der für jeden ein offenes Ohr hatte.

Es wunderte sie nicht, dass Dübel Priester war und in einer sozialen Einrichtung arbeitete, jedenfalls nahm sie ihm ab, dass er jemand war, dem das Wohl anderer am Herzen lag, obwohl sie ihn gerade erst kennengelernt hatte.

Oder er weiß, was man hören will, meldete sich ein kritischer Gedanke.

»Nein, danke«, antwortete Zoe und nahm ihm gegenüber Platz.

»Sicher? Kein Wasser oder ein Espresso?«

»Sehr freundlich. Aber ich bin nicht durstig.«

»Wenn doch, sag Bescheid. Ich hoffe, es stört dich nicht, wenn ich etwas trinke. Ich versuche zwar, gegen diese Zuckersucht anzukämpfen, aber ich fürchte, das ist hoffnungslos.« Dübel lachte und schaute dabei auf seinen Bauch. Dann nahm er eine kleine Colaflasche vom Tisch und öffnete sie mit dem Flaschenöffner, der neben den Getränken lag. »Was genau ist denn das Thema deiner Hausarbeit?«, fragte er und schlug das rechte Bein über das linke, was etwas komisch aussah, denn er war nicht der Schlankste und, wie es aussah, auch nicht der Gelenkigste.

Kurz überlegte Zoe, ob sie ihm reinen Wein einschenken oder ihre Fassade noch etwas aufrecht halten sollte.

»Ich muss Ihnen …«, begann sie.

»Wir hatten uns doch aufs Du geeinigt«, unterbrach Dübel sie, gleichzeitig gönnte er sich einen Schluck Cola. Er hielt die Flasche weiterhin in der Hand und machte den Eindruck, als würde ihn so schnell nichts aus der Ruhe bringen. Ein Mann, der mit sich im Reinen war.

»Stimmt. Ist noch etwas ungewohnt für mich«, gestand Zoe. »Ich muss dir leider etwas gestehen.«

»Und das wäre?« Dübel wirkte überrascht, aber sein Ton war noch immer freundlich und er nahm einen weiteren Schluck aus der Flasche, die inzwischen fast leer war, da Dübel in großen Schlucken trank.

»Ich schreibe keine Hausarbeit.«

»Und warum willst du mich dann sprechen?«

Zoe schwieg, sie öffnete ihre Handtasche und kramte ein Foto heraus. Dann zeigte sie es Dübel.

»Auf dem Foto sind drei Politiker zu sehen, einer von ihnen ist mein Vater. Er wurde wie die anderen ermordet. Neben den drei Politikern sind auch Sie auf dem Foto. Ich frage mich, warum Alwin Vogel damals geschlagen wurde.«

Dübel antwortete nicht. Das Blut war ihm aus dem Gesicht gewichen und er schien zu keiner Reaktion fähig. Zoe sah Angst in seinen Augen.

36

Überraschungen!

Ich bin kein Freund von Überraschungen, war ich noch nie. Ich plane gerne, was ich als Nächstes tun werde, und möchte immer darüber im Bilde sein, was in meiner Umgebung geschieht. Meine kleine Affäre mit Natalie war eine schöne Abwechslung, aber im Nachhinein betrachtet, war sie ein Fehler, auch wenn sie noch ab und an in meinen Gedanken herumspukt.

Das eben war eine dieser Überraschungen, die ich weder gebrauchen noch leiden kann. Ich bin mir sehr sicher, dass ich eben fast Zoe Lau in die Arme gelaufen wäre, wenn ich sie nur eine Sekunde später erkannt hätte.

Was sucht sie hier? Ich frage mich, ob es ihr tatsächlich gelungen ist, dem Geheimnis auf die Spur zu kommen. Auf ihrem Handy, in das ich per Hackerzugriff Einsicht habe, konnte ich keine Hinweise finden, die mir verraten hätten, wie nah sie dem Geheimnis ist. Um das herauszufinden, gibt es nur einen Weg. Ich muss zu Luise. Schließlich wird Zoe ihr ihr Anliegen vorgetragen haben. Alternativ könnte ich auch versuchen, an der Tür zu Dübels Privatzimmer zu lauschen, aber das ist mir doch etwas zu heikel.

Auf dem Weg zum Empfang blicke ich mich immer wieder um aus Sorge, dass Zoe plötzlich vor mir stehen könnte. Dabei müsste ich mir eigentlich keine Sorgen machen, denn sie hat keine Ahnung, wie ich aussehe. Als wir sie entführt haben, war sie betäubt. Sie kann unmöglich wissen, wie ich aussehe. Andererseits ist sie hier und könnte also doch wissen, wer ich bin, denn ich habe einen Fehler gemacht: Natalie.

Es wäre absolut denkbar, dass Natalie ihr erzählt hat, wer ich bin. Dem Bewegungsprofil ihres Handys nach zu urteilen, auf das ich jederzeit über meinen Laptop Zugriff habe, war Zoe bei Natalie, und sicher wäre es möglich, dass Natalie ihr ein Foto von mir gezeigt hat, da ich weiß, dass Natalie mich heimlich fotografiert hat. Ich fand das irgendwie süß und habe deswegen nichts gesagt. Welch dummer Fehler!

Nun muss ich vorsichtig sein, auch wenn es möglicherweise unbegründet ist. Aber wie heißt es so schön: Vorsicht ist die Mutter der Porzellankiste.

Das Letzte, was ich jetzt gebrauchen kann, ist, dass diese verwöhnte Göre meine Tarnung auffliegen lässt. Ich könnte natürlich die Einrichtung verlassen und meinen ursprünglichen Plan verfolgen, aber das möchte ich vermeiden. So nah wie jetzt werde ich Dübel so schnell nicht wieder kommen und ich bin fest entschlossen, ihn heute Abend zu töten.

Inzwischen bin ich im Empfangsbereich der Einrichtung angelangt.

»Hallo«, grüße ich Luise.

»Hallo. Was kann ich für dich tun?«, fragt sie.

»Nichts, alles gut. Hast du eine neue Kollegin?«

»Das wäre mir neu. Wen meinst du denn?«

»Du bist doch mit einer hübschen Blondine in Herrn Dübels Privatzimmer rein«, antworte ich und hoffe, dass Luise keinen Verdacht schöpft. Ich habe sie heute erst kennengelernt und einen positiven Eindruck von ihr. Sie wirkt freundlich und naiv, auf jeden Fall nicht misstrauisch oder indiskret, das könnte ich gerade gar nicht gebrauchen.

»Ach, du meinst Zoe. Sie ist Studentin und recherchiert für eine Hausarbeit, die sie schreibt.«

»Verstehe. Schön, dass sich Studenten mit uns Leuten von der Straße beschäftigen«, antworte ich und überlege, wie ich diese Auskunft zu werten habe. Schließlich weiß ich, dass Zoe nicht studiert, sondern ein Praktikum bei einer Zeitung absolviert. Und das heißt, dass sie Luise angelogen hat. Aber warum?

»Alles gut?«, fragt Luise, ihr ist anscheinend nicht entgangen, dass ich kurzzeitig in Gedanken versunken bin.

»Ja, bin nur etwas müde.«

»Schlecht geschlafen?«

»Ich durfte gestern noch nicht hier übernachten, weil nichts frei war, und du willst nicht wissen, wo ich geschlafen habe.«

Luise presste die Lippen zusammen. »Ab jetzt kann es nur besser werden. Karl meinte, dass du in unserem Programm aufgenommen wurdest. Das freut mich total für dich. Wenn du das durchziehst, steht dir die Welt offen, du wirst schon sehen.« Luise schenkt mir ihr Sonntagslächeln und ich muss gestehen, dass ich ihre Naivität in gewisser Weise bewundere. Dass sie mir nur etwas vorspielt und nett sein will, glaube ich nicht. Sie ist, wie sie ist. Und hässlich ist sie auch nicht.

Sicherlich eine Frau, die ich gerne vernaschen würde, aber ich habe große Zweifel, dass sie sich auf jemanden wie mich einlassen würde, muss sie doch annehmen, dass ich obdachlos, eine Versagerin bin. Ihr Aussehen, ihre Kleidung, einfach alles an ihr sagt mir, dass sie jemanden sucht, der ihr etwas bieten kann.

Am Ende ist dieser Gedanke völlig bedeutungslos, nach Natalie möchte ich nicht schon wieder eine Affäre starten.

Wofür auch?

Schon bald werde ich tot sein, soll ich da vorher noch einer das Herz brechen?

»Weißt du, ob Herr Dübel heute sehr beschäftigt ist?«, erkundige ich mich.

»Warum?«

»Ich würde gerne später ein Gespräch mit ihm führen, wegen dem allen hier. Das ist alles so neu für mich und ich möchte keine Fehler machen.«

»Das kann ich verstehen. Aber mach dir nicht so viele Gedanken, Karl ist sehr nett. Er wird dich unterstützen, wo immer er kann. Dass er dich in das Programm aufgenommen hat, ist Beweis genug, dass er an dich glaubt.«

»Das freut mich, danke. Aber irgendwie setzt mich das Ganze unter Druck, es wäre gut, noch mal mit ihm zu reden.«

»Er hat heute eigentlich frei und normalerweise nutzt er diese Zeit, um in seinem Privatzimmer zu meditieren und die Bibel zu studieren, aber ich kann ihn gerne fragen, ob er eine halbe Stunde für dich hat.«

»Nein, nein. Der Gute soll sich seine Zeit nehmen. Ich kann auch die Tage mit ihm sprechen.«

»Sicher?«

»Ja, ich dachte, er hätte Sprechstunde.«

»Die ist wieder am Dienstag, wobei er das auch nicht so eng sieht. Manchmal habe ich das Gefühl, dass er sich vor lauter Nächstenliebe selbst vernachlässigt.«

»Das ist auch nicht gut«, sage ich und in mir fängt es an zu brodeln. Dass Luise diesen Mistkerl derart über den grünen Klee lobt, nervt mich gewaltig, da ich weiß, wer er in Wirklichkeit ist. Der Teufel!

»Du hast recht.«

»Wir sehen uns«, sage ich und verabschiede mich, da ich erfahren habe, was es zu erfahren gibt.

Der Priester wird also aller Voraussicht nach sein Zimmer heute nicht verlassen, das gibt mir jede Menge Zeit, meinen Plan auszuführen. Ich beschließe, zurück ins Hotel zu gehen, um die Waffe zu holen, damit ich das Ganze noch heute beenden kann. Vor dem Hotel sehe ich jemanden, den ich eigentlich gerade nicht sehen möchte.

»Hallo«, sage ich zu meinem Kumpel.

»Hallo«, sagt er. »Ich habe mir Gedanken gemacht. Wir müssen reden.«

»Nicht hier. Komm.«

Wir gehen auf mein Zimmer. Mir fällt auf, dass er eine Tüte in der Hand hält. Ich kann mir denken, worüber er mit mir sprechen möchte, aber meine Entscheidung steht und das muss er respektieren.

»Hör zu, wir haben das gestern Abend schon durchgekaut. Ich verstehe deine Sorgen, aber das ist der leichteste Weg. Dübel ist heute den ganzen Tag alleine in seinem Privatzimmer und ich habe Zugang dazu. Ich suche ihn unter einem Vorwand auf und erschieße ihn. So einfach.«

»Der Teufel liegt im Detail. Was, wenn du nervös wirst, was, wenn du ihn verfehlst oder Dübel nicht in seinem Zimmer ist und dein Plan auffliegt? Wir haben die Sache zusammen durchgezogen und wir sollten sie zusammen beenden.«

»Nein«, werde ich laut. »Ich werde sie beenden. Es ist meine Rache, nicht deine.« Ich sehe, dass ihn mein letzter Satz hart trifft, mit so einer Reaktion hat er wohl nicht gerechnet. So hart er aussehen mag, so weich ist er letztlich. Vor allem, was mich anbelangt. »Ich habe dir viel zu verdanken. Du hast mich aus diesem tiefen Loch geholt und mir Hoffnung gegeben. Ohne dich hätte ich das alles hier niemals gemacht, ich wäre an dem Schmerz kaputtgegangen. Das werde ich dir nie vergessen und es war mir eine große Ehre, diesen Weg mit dir gegangen zu sein. Aber bitte gestatte mir, diese letzten Meter alleine zu gehen.«

Er antwortet nicht, er reibt sich die Stirn. Seine Augen sind voller Sorge.

»Lass mich wenigstens mitkommen«, sagt, nein flüstert er beinahe. Dabei schaut er mich besorgt an.

»Sind da Kleider drin?«

»Ja, die habe ich heute Morgen einem Obdachlosen abgekauft. Der hat sich zwar gewundert, warum ich ihm einhundert Euro geboten habe, aber er kann ja nicht ahnen, dass ich am Ende den größeren Nutzen von dem Handel habe.« Er kramt ein T-Shirt und eine Hose aus der Tüte, vermutlich sind auch Schuhe noch darin. Wie ich ihn kenne, hat er einen Obdachlosen angesprochen, der seine Maße hat. In Köln leider kein Problem, so jemanden zu finden. Elend gibt es auch in den reichsten Städten der Welt. Der Reichtum ist ohnehin ungerecht verteilt, nur will niemand etwas dagegen tun. Marktwirtschaft nennt sich das dann.

»Es könnte verdächtig wirken, wenn du da plötzlich auftauchst.«

»Warum sollte es? Wir müssen ja nicht zusammen rein. Ich bin ein Penner, der dringend eine Unterkunft für die Nacht sucht. Bisschen Dreck unter die Fingernägel, ein paar Schlucke Bier und jeder wird mir das glauben.«

Ich atme ein und aus. Ich bewundere diesen selbstlosen Mann. Dass er so loyal zu mir steht und seine Ansprüche immer hintanstellt, ist bewundernswert. Das habe ich nicht verdient.

»Wenn etwas schiefläuft, sitzen wir in der Falle ...«

»Genau deswegen muss ich dabei sein, willst du das denn nicht verstehen?«

Ärger huscht über mein Gesicht, mit diesem Satz habe ich mir keinen Gefallen getan, aber nun ist er in der Welt und ich kann mir eine neue Strategie ausdenken, um ihn dennoch von seinem Willen abzuhalten.

»Das meinte ich nicht. Aber wenn ich auffliege und gefasst werde, musst du den Priester töten, deswegen darfst du nicht mit.«

»Dazu wird es nicht kommen, wenn ich dabei bin. Ich stehe Schmiere vor der Tür. Es kann nichts passieren. Sieh endlich ein, dass mein Plan perfekt ist.«

Ich drücke Luft in meine linke Backe und lasse sie dann wie mit einem Maschinengewehr aus meinem Mund herausschießen. Das mache ich ab und an, wenn ich über etwas nachdenke.

»Gut, aber du wartest vor der Tür. Du kommst nicht rein, egal was geschieht.«

»Egal was geschieht? Was, wenn er dich überwältigt?«

»Dann vereinbaren wir ein Kennwort. ›Damian‹, wenn ich diesen Namen sage, kommst du rein, vorher nicht. Und noch eins. Ich werde einen Schalldämpfer benutzen, damit niemand etwas hören kann. Nachdem ich ihn getötet habe, klopfe ich dreimal an die Tür. Sobald du das hörst, verlässt du sofort das Gebäude. Du kommst nicht in das Zimmer. Es ist wichtig, dass wir getrennt das Gebäude verlassen. Hast du das verstanden?«

Er nickt und nun lächelt er, weil er mit meiner Antwort zufrieden ist. Ich bin auch zufrieden, weil wir so beide unseren Willen bekommen.

Was er nicht weiß, ist, dass ich nicht nur den Priester in seinem Privatzimmer töten werde, sondern auch mir das Leben nehmen werde. Damit endet dann meine Geschichte.

Ich hoffe, er macht keine Dummheiten und läuft wirklich weg.

»Wäre es nicht besser, wenn ich ihn wegschaffe?«

»Nein, keine Diskussion. Ich bin dir mehr entgegengekommen, als ich es mit meinem Gewissen vereinbaren kann«, drohe ich.

»Ist ja gut. Ich verlasse das Gebäude.«

»Kann ich mich darauf verlassen? Gib mir dein Ehrenwort.«

Mein Kumpel zögert, weil ich weiß, dass er sich an sein Ehrenwort halten wird. Er gehört zu den Menschen, denen ihr Wort noch etwas bedeutet.

Das ist leider etwas, was in der heutigen Zeit immer mehr in Vergessenheit gerät. Die Leute erzählen dir was vom Pferd, jeder lügt, will aber ein Ehrenmann sein. Die Gesellschaft ist voll von Heuchlern.

»Du hast mein Wort.«

»Danke. Du solltest jetzt gehen. Luise hat heute Schicht, sie wird dir einen Schlafplatz geben, heute ist die Situation entspannt. Sie ist sehr nett. Ich komme in zwei Stunden.«

»Gut«, nickt er. Dann schaut er mich seltsam an, sagt aber nichts und verlässt das Zimmer. Dennoch beschleicht mich ein komisches Gefühl: Abschied.

Ich fühle mich seltsam, als würde eine Leere von mir Besitz ergreifen, mein Handeln und mich selbst infrage stellen. Ich sehe graue, nein, tiefschwarze Wolken aufziehen und mir wird schwindelig.

Ich lege mich aufs Bett. Solche Anfälle bekomme ich ab und an, sie kommen wie aus dem Nichts, ich kann sie nicht kontrollieren, aber sie gehen wieder, wenn ich mich hinlege, die Augen schließe und versuche, an etwas Positives zu denken.

Doch diesmal ist es anders. Selbst als ich auf dem Bett liege, die Augen schließe und versuche, meine Gedanken auf etwas Schönes zu lenken, verschwinden sie nicht. Die Wolken werden immer dichter, sie kommen immer näher an mich heran. In den Wolken blitzt und donnert es. Ich bekomme keine Luft. Meine Hände, meine Stirn, mein ganzer Körper fangen an zu schwitzen.

Ich habe Angst, große Angst.

Dann öffne ich die Augen und will nicht glauben, was sie mir zeigen.

Ich bin auf einer Wiese und es ist das Jahr 1999, genauer gesagt der 20.6.1999. Der Tag, an dem die Hölle über mich hereinbrach.

37

»Dübel hat gelogen«, sagte Brandt. Zusammen mit Aydin, Fischer und Bender saß er im Besprechungsraum. Fischer hatte eine Telko zu den Mannheimer und den Lübecker Kollegen aufgebaut.

»Vielleicht weil er nicht will, dass er in etwas hineingerissen wird«, antwortete Nele Blum.

»Immerhin ist er Priester und ganz Deutschland spricht über den Politikermörder. Gut möglich, dass er Angst um den Ruf der katholischen Kirche hat«, ergänzte Tom Hardt.

»Du machst wohl Witze. Dieser pädophile Verein hat doch seinen Ruf längst ruiniert«, kommentierte Arndt Schumacher den Satz mit einer bösen Spitze.

»Arndt, das hilft uns jetzt nicht weiter«, ermahnte ihn Willy, sein Chef.

»Doch, ich glaube, Dübel hat Dreck am Stecken. Dem ist das Image seiner Kirche scheißegal. Lasse und Emre meinten doch, dass er während des Gespräches etwas seltsam war.«

»Wir werden ihn nachher noch einmal aufsuchen und ihn mit dem Foto konfrontieren. Danke für die digitale Kopie«, meldete sich Brandt wieder zu Wort. »Er hat sich jedenfalls nicht aus der Schusslinie genommen. Wenn er von nichts wusste, frage ich mich, warum er sich in dem Gespräch uns gegenüber so verhalten hat.«

»Leider wurde das Foto vermutlich von der toten Ehefrau geschossen. Somit können wir sie nicht mehr fragen«, übernahm Willy die Gesprächsführung. »Kai Kruse kann sich weder an das Foto noch daran erinnern, dass es einen Streit oder eine Auseinandersetzung auf der Hochzeit gegeben hat. Allerdings war er an dem Tag auch mit der Bewirtung seiner

Familie und Freunde mehr als genug beschäftigt. So jedenfalls seine Aussage. Ich würde vorschlagen, wir warten das Gespräch mit Dübel ab. Danach überlegen wir alle gemeinsam, ob es Sinn macht, weitere Gäste der Hochzeit aufzusuchen und zu befragen. Kristina, Ernst, ist das auch in eurem Sinne?«

Beide bestätigten Willys Vorschlag.

»Gibt es sonst noch etwas, was wir jetzt klären sollten?«, fügte Ernst Sutter hinzu.

»Leider nicht. Die Verbindungsnachweise der vermissten Handys haben nichts gebracht. Entweder hat der Täter über ein anderes Medium wie WhatsApp mit den Opfern Kontakt gehabt oder über IP-Telefonie und verschlüsselte, sich selbst löschende E-Mails, die nicht in den Verbindungsnachweisen des Providers erscheinen. Inzwischen haben wir auch fast neunzig Prozent der Inhalte aus den sozialen Medien ausgewertet, immer noch keine heiße Spur. Ebenso wenig haben die Auswertungen der privaten Laptops der Opfer etwas ergeben. Wir aus der Informationsbeschaffung sind der Meinung, dass wir es mit jemandem zu tun haben, der sich ausgezeichnet mit IT auskennt und dieses Wissen für seine Taten nutzt. Ich stehe mit den Mannheimer und den Lübecker Kollegen in sehr engem Austausch«, antwortete Fischer.

»Danke«, nickte Bender. »Ich würde vorschlagen, wir schließen uns nach dem Gespräch mit dem Priester alle noch einmal kurz.«

Willy und Ernst stimmten zu und damit beendete Bender die Besprechung.

»Meldet euch sofort, wenn ihr zurück seid«, sagte sie dann und schaute dabei vor allem Brandt an.

»Das hatten wir eh vor«, schmunzelte Brandt.

»Wenn dem nur immer so wäre.« Sie wirkte ernst, dann stand sie auf und verließ den Besprechungsraum, gefolgt von den anderen.

Brandt und Aydin gingen zu ihrem Dienstwagen.

»Wollen wir hoffen, dass er redet«, durchbrach Aydin die Stille im Auto.

»Das wird er, keine Sorge. Wenn er etwas weiß, quetschen wir das zur Not aus ihm heraus, auch wenn das bedeutet, dass wir ihn mit aufs Präsidium nehmen müssen.«

»Wenn er etwas mit den Morden zu tun hat, könnte das bedeuten, dass es purer Zufall war, dass die anderen drei Opfer Politiker waren und er somit auch in Gefahr ist«, gab Aydin zu bedenken.

»Möglich. Oder er steckt mit dem Täter unter einer Decke. Wir wissen nicht mit Sicherheit, wer das Foto geschossen hat.«

»Kruse glaubt, seine Frau.«

»Glauben ist nicht wissen, das solltest du allmählich erkannt haben.«

»Meinst du, der Mörder hat das Foto geschossen? Warum sollte er das getan haben? Wir gehen doch davon aus, dass an dem Tag etwas Dramatisches geschehen ist. Etwas, was dazu führte, dass der Mörder sich erst zwanzig Jahre später rächt. Warum sollte er dann dieses Foto machen?«

»Warum nicht?«, entgegnete Brandt. Im Laufe der Jahre als Kriminalpolizist hatte er schon die unmöglichsten Dinge erlebt.

»Na ja, ich stelle mir gerade vor, der Mörder wird, bevor er das Foto macht, übelst zusammengeschlagen, er wehrt sich, daher der blaue Fleck unter dem Auge von Vogel. Und dann geht er zurück auf die Hochzeit, um ein Foto von seinen Peinigern zu machen? Ist das dein Ernst? So langsam macht sich doch das Alter bei dir bemerkbar, aber wie gut, dass du mich und meinen scharfen Verstand hast.«

»Das einzig Scharfe an dir ist deine vorlaute Klappe«, entgegnete Brandt, aber in Gedanken gab er Aydin recht, das alles klang schon unwahrscheinlich, dennoch konnte man es nicht gänzlich ausschließen.

»Und wieder so ein Tiefschlag, weil du keine Argumente hast.«

»Das hat nichts mit Argumenten zu tun, sondern mit Fakten.«

»Gib doch wenigstens ein Mal zu, dass deine Theorie zu sehr an den Haaren herbeigezogen ist.«

»Wenn wir mit Dübel gesprochen und neue Erkenntnisse gewonnen haben, die meiner Theorie widersprechen, kannst du sicher sein, dass ich kein Problem damit habe, sie neu zu bewerten.«

»Wahrscheinlich hast du bis dahin längst vergessen, was du überhaupt gesagt hast.«

So in ihre Diskussion vertieft, erreichten sie ihr Ziel. Brandt parkte das Auto am Straßenrand, beide stiegen aus und betraten das Gebäude.

»Guten Tag«, grüßte Brandt die junge Frau am Empfang.

»Hallo, wie kann ich Ihnen helfen?«, fragte sie.

»Wir sind von der Kölner Kriminalpolizei und möchten uns kurz mit Karl Dübel unterhalten.«

»Karl scheint heute ein gefragter Mann zu sein«, lachte sie. Ihr Name war Luise, wie Brandt ihrem Namensschild entnahm.

»Wer wollte ihn denn noch sprechen?« Brandt hatte das Gefühl, dass Luise recht gesprächig war.

»Eine junge Studentin. Um was geht es denn?«

»Das würden wir gerne mit ihm selbst besprechen. Er kennt uns bereits.«

»Gut, ich frag ihn mal. Er hat heute eigentlich seinen freien Tag.«

Luise griff zum Hörer und wählte eine Kurzwahlnummer. »Komisch, er geht nicht ran. Vielleicht schwirrt er irgendwo im Gebäude rum. Wenn Sie etwas Zeit haben, kann ich nach ihm suchen.«

»Das wäre sehr freundlich«, antwortete Aydin und lächelte sie für Brandts Geschmack einen Moment zu lange auf seine charmante Art an. Es sah ein bisschen so aus, als würde er mit ihr flirten.

»Das mache ich gerne.« Luise entfernte sich von ihrem Platz.

»Du kannst das Flirten einfach nicht lassen«, zog Brandt seinen Kollegen auf.

»So ein Quatsch. Ich bin nur freundlich.«

»Sie hier!«, entfuhr es da Brandt überrascht, er hatte Zoe Lau gesehen. Die junge Frau wirkte erschrocken, als hätte sie einen Geist gesehen, aber nicht, weil sie die Beamten entdeckt hatte, es musste einen anderen Grund haben.

38

Für einen Moment fühlte sich Zoe, als hätte man ihr den Boden unter den Füßen weggerissen.

Das kann nicht sein, versuchte sie sich einzureden.

Hatte sie eben tatsächlich das Tattoo gesehen, von dem sie geträumt hatte und von dem sie glaubte, dass es zu dem Mann gehörte, der sie entführt hatte? Das Bild hatte sich jedenfalls unwiderruflich in ihr Gedächtnis eingebrannt. Aber warum sollte der Entführer sich in einer Obdachloseneinrichtung aufhalten? Das ergab überhaupt keinen Sinn. Oder doch?

Nein, das war vollkommen unlogisch. Es konnte nur ein Missverständnis sein. Wirklich gesehen hatte sie den Täter ja nicht, auch nicht sein Tattoo. Sie hatte nur davon geträumt.

»Frau Lau, dürfen wir Sie kurz sprechen?«, wurde sie aus ihren Gedanken aufgeschreckt. Als sie sich umdrehte, sah sie die beiden Polizeibeamten.

»Ich muss leider gehen«, sagte sie reflexartig. Das Letzte, was sie jetzt wollte, war ein Gespräch mit den beiden, vor allem dieser Brandt würde ihr garantiert irgendwelche Vorwürfe machen oder sie belehren wollen.

»Die zwei Minuten haben Sie«, sagte er in seiner gewohnt arroganten Art. Sein jüngerer Partner wirkte ein wenig hilflos neben ihm.

»Was wollen Sie denn?« Zoe wollte eigentlich nur nach Hause. Obwohl sie sich etwas gefasst hatte, fühlte sie sich dennoch seltsam schwach auf den Beinen.

»Was machen Sie hier?«

»Nichts.«

»Nichts? Hören Sie auf, uns für dumm zu verkaufen. Wir hatten Sie doch ermahnt, nicht eigenständig zu ermitteln.«

»Das tue ich gar nicht. Ich wollte ...«, suchte Zoe nach einer Ausrede, aber es wollte ihr keine einfallen.

»Was wollten Sie hier?«

»Mich ehrenamtlich engagieren«, schoss es dann unüberlegt aus ihrem Mund.

»Hey! Und, hast du genug für deine Hausarbeit erfahren?«, machte sich Luise in diesem Moment bemerkbar, sie war wie aus dem Nichts bei ihnen erschienen, so jedenfalls kam es Zoe vor.

»Hausarbeit? Ist das die Studentin, von der Sie gesprochen haben?«, kam Brandt ihr mit einer Antwort zuvor.

»Ja, warum?«

»Frau Lau, wir müssen uns unterhalten. Luise, könnten Sie uns bitte zwei Minuten alleine lassen?«

Luise nickte und verschwand schnellen Schrittes. Zoe sah ihr an, dass ihr das Ganze sehr unangenehm war.

Warum kann sie nicht den Mund halten?, dachte Zoe verärgert. Sie hatte das Gefühl, dass sie den Beamten gegenüber mit dem Rücken zur Wand stand.

»Sie scheinen noch immer nicht begreifen zu wollen, in welche Gefahr Sie sich bringen, wenn Sie auf eigene Faust ermitteln«, schimpfte Brandt. »Und jetzt verraten Sie uns, was Sie hier zu suchen hatten.«

Zoe verzog den Mund und überlegte, ob sie weiter lügen oder den Beamten reinen Wein einschenken sollte.

»Okay, ich wollte mit dem Priester reden«, beschloss sie dann, mit der Wahrheit herauszurücken.

»Und warum?«

»Weil ich mir Informationen erhofft habe, warum sonst?« Sie schüttelte leicht gereizt den Kopf.

»Wie kommen Sie darauf, dass Herr Dübel Informationen über den Mord an Ihrem Vater haben könnte?«

»Warum sind Sie denn hier?«, giftete Zoe zurück. Diese unfreundliche und hochmütige Art von Brandt brachte sie immer mehr auf und es fiel ihr schwer, das zu verbergen. Dennoch wusste sie, dass sie sich zusammenreißen musste. Brandt machte jedenfalls nicht den Eindruck, als würde er lockerlassen oder sich von ihren Worten beeindrucken lassen.

»Wir sind Polizeibeamte und Sie verraten uns jetzt, was Sie mit Herrn Dübel besprochen haben.«

»Nichts.«

»Frau Lau, Sie scheinen noch immer nicht zu wissen, welche Möglichkeiten wir haben. Wir können Sie mit aufs Präsidium nehmen und die ganze Nacht dortbehalten. Möchten Sie das?«

»Warum haben Sie eigentlich den Kollegen dabei, wenn nur Sie dauernd meckern?«, platzte Zoe heraus. Brandt schien mit diesem emotionalen Ausbruch nicht gerechnet zu haben, er wirkte überrascht.

»Frau Lau, mein Kollege und ich wollen Ihnen doch nur helfen. Bitte beantworten Sie seine Fragen«, antwortete dann Aydin, aber Zoe sah, wie Brandts Augen funkelten, ihm schien ein böser Spruch auf der Zunge zu liegen.

»Sie können ja doch reden«, konnte sich Zoe dennoch einen Seitenhieb nicht verkneifen. »Und bevor Sie wieder motzen«, fuhr Zoe fort und hob abwehrend die Hände, »ich habe nur ein Foto gefunden, auf dem der Priester mit meinem Vater und den anderen beiden Opfern abgebildet war. Deswegen war ich hier.« Sie hatte beschlossen, ihre Gegenwehr einzustellen, es brachte nichts.

»Und wie hat Dübel reagiert?«, fragte Brandt nun wieder.

»Gar nicht. Er konnte sich nicht mehr daran erinnern, weil seitdem zu viel Zeit vergangen ist.«

»Und seine Reaktion? War er überrascht?«

»Ja, ich hatte das Gefühl, er sieht ein Gespenst.«

»Danke. Sie können gehen, aber bitte unterlassen Sie jede weitere Ermittlung auf eigene Faust, sonst müssen wir zu drastischeren Methoden greifen.«

»Wenn Sie meinen«, antwortete Zoe und verließ das Gebäude, ohne auf eine Antwort der Polizisten zu warten.

»Die können mir drohen, wie sie wollen, aber das wird

mich nicht davon abhalten, den Mörder meines Vaters zu suchen«, sagte Zoe halblaut, als sie draußen war. Sie fühlte sich mehr denn je bestärkt darin, dass Dübel etwas mit dem Mord an ihrem Vater zu tun hatte, warum sonst sollte die Polizei ihn aufsuchen?

»Den kriege ich schon zum Reden«, sagte sie zu sich und plötzlich hatte sie eine Idee. Sie nahm ihr Handy aus der Tasche, um Ali Arinc anzurufen, damit der Dübel entführte. Jemand wie Arinc würde schon wissen, wie man Dübel zum Sprechen brachte. Es war Zeit, die Daumenschrauben fester zu ziehen. Niemand sollte ihren Willen unterschätzen, weder die Polizei noch dieser Priester. Sie war kein naives dummes Mädchen.

Doch in dem Moment, als sie Alis Nummer wählen wollte, stoppte sie. »Mist«, rutschte es ihr heraus.

Plötzlich war alles klar. Der Obdachlose mit dem Tattoo *war* der Entführer. Das Tattoo aus ihrem Traum war eine Erinnerung, es war real. Und sie wusste, warum der Entführer hier war. Er hatte sich als Obdachloser getarnt, um den Priester zu töten.

Zoe lief zurück in das Gebäude.

39

»Die Kleine hat echt Mumm«, sagte Brandt, nachdem Zoe das Gebäude verlassen hatte. »Trotzdem müssen wir was unternehmen. Ich möchte nicht verantworten, dass wir irgendwann ihre Leiche identifizieren müssen.«

Aydin nickte nur.

Kurz darauf kam Luise zurück.

»Und, konnten Sie Herrn Dübel finden?«

»Ja, leider fühlt er sich nicht gut. Er möchte nicht gestört werden.«

»Verstehe. Er wird sicherlich in seinem Privatzimmer sein, richtig?«

»Genau. Wenn Sie mir Ihre Nummer geben, organisiere ich einen Termin für ein Gespräch.«

»Luise, das ist sehr freundlich von Ihnen, aber es führt kein Weg daran vorbei, dass wir jetzt mit Herrn Dübel sprechen. Wir ermitteln in einem Mordfall, da können wir keine Rücksicht auf das Befinden von Herrn Dübel nehmen«, wurde Brandt nun etwas deutlicher. Luises erschrockener Gesichtsausdruck entging ihm nicht. Sie schien mit so klaren Worten nicht gerechnet zu haben. »Wo befindet sich das private Zimmer von Herrn Dübel?«

»Ich weiß nicht, ob das eine gute Idee ist.«

»Das hat nichts mit einer guten Idee zu tun. Wo finden wir das Zimmer?«

Luise schluckte und Brandt wusste, dass ihr Widerstand gebrochen war. Sie erklärte ihnen den Weg.

»Danke.«

Beide Beamten gingen schnell durch die Flure bis zu seinem Zimmer und nach kurzem Anklopfen traten sie ein.

»Was soll das?«, sagte Dübel unfreundlich. »Ich hatte doch gesagt, dass ich heute niemanden sprechen möchte.«

»Herr Dübel, es ist an der Zeit, dass wir ein ernstes Wort miteinander reden«, entgegnete Brandt, er ließ sich von Dübels abweisender Art nicht beeindrucken.

»Ich sagte doch, dass ich nichts weiß. Ich verstehe das alles nicht. Warum soll eine Hochzeit, die zwanzig Jahre zurückliegt, etwas mit den Morden an Politikern zu tun haben?«

»Was können Sie über dieses Foto sagen?«, fragte Aydin und reichte Dübel das Foto, auf dem er mit den drei toten Politikern zu sehen war.

»Worauf wollen Sie hinaus? Ich bin auf dem Foto zu sehen. Ja und? Das hat doch nichts zu bedeuten.«

»Schauen Sie es sich genau an. Erkennen Sie die drei anderen Männer?«

»Keine Ahnung. Nein.«

»Sie lügen und das sollten Sie schleunigst sein lassen, sonst führen wir das Gespräch auf dem Präsidium weiter. Bei unserem letzten Gespräch haben Sie uns erzählt, dass Sie Nils Holm nicht kennen würden. Auf dem Foto sieht man Sie aber mit Herrn Holm, sehr vertraut. Die anderen beiden Herren sind Klaus Lau und Alwin Vogel. Alle drei wurden ermordet. Bevor Sie wieder mit einer Lüge reagieren, überlegen Sie sich Ihre Antwort ganz genau. Man muss kein Hellseher sein, um darauf zu kommen, wer das nächste Opfer sein wird.«

»Wollen Sie mir sagen, dass mich jemand ermorden will?« Dübel wirkte erschrocken und Brandt war gewillt, ihm zu glauben, dass es nicht gespielt war. Aber konnte Dübel wirklich so naiv sein und meinen, dass er nicht in Gefahr war? Er wusste doch von den drei toten Politikern. Oder war er geschockt, weil er etwas mit den Morden zu tun hatte? Brandt würde die Wahrheit ergründen.

»Davon müssen wir ausgehen. In Ihrem eigenen Interesse sollten Sie uns deshalb erzählen, was auf der Hochzeit vorgefallen ist. Wir müssen herausfinden, wer Sie ermorden will.«

»Das ist doch lächerlich. Da ist nichts passiert. Ein Wahnsinniger, der Politiker hasst, hat die Morde begangen, das hat rein gar nichts mit der Hochzeit zu tun. Sie sind auf dem Holzweg«, entgegnete Dübel. Er schien sich wieder gefasst zu haben.

»Und was hat es mit dem blauen Fleck von Alwin Vogel auf sich? Das sieht nicht danach aus, als ob nichts gewesen wäre«, antwortete Aydin und reichte Dübel ein weiteres Foto. »Auf diesem Foto, das ebenfalls auf der Hochzeit aufgenommen wurde, sieht man den Fleck nämlich nicht.«

»Ich weiß es nicht«, wurde Dübel laut. »Sie jagen Gespenster.«

Brandt hatte sofort registriert, dass er sich das Foto nicht einmal angeschaut hatte. Ein eindeutiges Indiz dafür, dass er log.

»Wie lange wollen wir dieses Spiel noch spielen?«, drohte Brandt. »Es ist an diesem Tag etwas vorgefallen. Etwas, was vermutlich dazu geführt hat, dass ein Psychopath sich auf einem persönlichen Rachefeldzug befindet. Wir sind gerade dabei, alle Zeugen zu kontaktieren, und seien Sie sicher, einer von ihnen wird sich daran erinnern. Dann werden wir Ihnen gegenüber garantiert nicht mehr so freundlich auftreten.«

»Wenn Sie Ihre Freunde schützen wollen, weil Ihr Gewissen das von Ihnen verlangt, sollten Sie sich von dieser Verpflichtung entbunden fühlen. Ihre Freunde sind tot«, ergänzte Aydin. Vermutlich nahm Aydin an, dass Dübel schwieg, weil er Priester war.

»Freunde? Wir waren nie Freunde«, murmelte Dübel. Er wirkte angeschlagen und nachdenklich und je mehr er sich weigerte, mit der Wahrheit herauszurücken, desto verdächtiger machte er sich.

»Helfen Sie uns bitte und erzählen Sie uns, was an diesem Tag geschehen ist. Wo die Verletzung an der Wange von Alwin Vogel herrührt«, bat Aydin, der sich betont mitfühlender gab als Brandt. Diese Good-cop-bad-cop-Geschichte funktionierte mit ihm hervorragend, weil sie ihre Rollen nicht spielen mussten. Aydin war einfach der Verständnisvollere und Empathischere von ihnen.

»Wir haben zu viel getrunken, viel zu viel …«, begann Dübel. Brandt war geneigt, zu glauben, dass sie ihn endlich so weit hatten. »Nach der Trauung wollte ich nach Hause, aber Jule, die Braut, bat mich, bei der Feier dabei zu bleiben. Ich kenne sie, seit wir Kinder sind. Wie hätte ich ihr diese Bitte abschlagen können?« Dübel setzte sich, während die beiden Beamten noch standen. Dann rieb er sich mit der rechten Hand über die Stirn. »Manchmal sollte man auf sein Bauchgefühl hören.«

Wieder hielt er inne. Aydin warf Brandt einen Blick zu und er wusste, was sein jüngerer Partner dachte. Dübel würde endlich auspacken, sie durften ihn jetzt nicht unterbrechen.

»Ich bin doch Priester geworden, weil ich den Menschen helfen und ihnen den Glauben näherbringen wollte. Die Menschheit wird immer kälter, egoistischer und ich dachte, das Wort Gottes könnte Wärme spenden. Was für ein naiver Idiot ich war. Ein Mensch bleibt ein Mensch, egal welche Robe er trägt.«

Seine Augen wurden feucht und erste Tränen flossen seine linke Wange herunter. Er wischte sie weg. Dann schaute er zu Brandt, schließlich zu Aydin und wieder zu Brandt.

»Sie können das vermutlich nicht verstehen, aber der da, der schon. Er ist noch nicht verdorben.«

Fast wäre Brandt eine Bemerkung herausgerutscht, aber er konnte sich gerade noch bremsen. Obwohl er sich nicht für jemanden hielt, der jedes Wort auf die Goldwaage legte oder sich schnell angegriffen fühlte, kratzte dieser Satz schon an seinem Ego, denn er fand, dass er selbst auch das Herz am rechten Fleck trug. Schließlich war er zur Polizei gegangen, weil er dem naiven Glauben erlegen war, dass er die Welt als Polizist ein Stück besser, sicherer machen könnte. Dass er den kleinen, aber feinen Unterschied zwischen Recht und Unrecht schützen würde. Bestimmt war er nicht so empathisch und nachsichtig wie Aydin, aber machte ihn das gleich zu einem schlechteren Menschen? Wenn einer seiner Freunde, wie Aydin oder Walter, seiner Hilfe bedürften, würde er sie ohne zu zögern und bedingungslos unterstützen.

»Stört es Sie, wenn ich etwas trinke?«, fragte Dübel und schaute zu Brandt. »Mein Hals ist so trocken.«

»Nein, trinken Sie ruhig.«

Brandt hoffte, dass Dübel hier nicht bloß eine Show abzog, um Zeit zu schinden oder sich eine Geschichte auszudenken.

Der Priester nahm eine kleine Cola-Flasche, öffnete sie und trank den Inhalt in einem Zug aus.

»Das war nötig.« Er wischte sich mit der Hand über die Lippen, dann schloss er die Augen. »Das alles liegt so lange zurück. Ich hatte gehofft, dass die Zeit die Erinnerungen tilgen würde. Als könnte die Zeit wirklich irgendetwas löschen.«

Wieder fuhr er sich mit der rechten Hand über die Lippen. Seine Augen wirkten seltsam geweitet, als hätte er sich mental zurück in die Vergangenheit begeben, als wäre er gerade an dem Ort des Geschehens. Dennoch verlor Brandt so langsam die Geduld mit ihm. Bisher hatte Dübel nur irgendwelche nebulösen Andeutungen gemacht, es wurde Zeit, dass er zum Wesentlichen kam.

»Soweit ich mich zurückerinnere, war die Hochzeit schön. Ich wusste, dass an dem Tag zwei Menschen zueinanderfanden, deren Liebe für immer Bestand haben würde. Kai und Jule waren füreinander bestimmt. Gott hatte sie füreinander bestimmt, davon war und bin ich noch immer überzeugt. Ich muss Jule unbedingt wieder kontaktieren und sie fragen, wie ihr Leben in den letzten Jahren verlaufen ist. Manchmal schäme ich mich für meinen Berufsstand. Ich glaube, ich bin kein guter Priester.«

Dübel atmete hörbar ein und aus und Brandt überlegte kurz, ob er ihm verraten sollte, dass Jule Kruse Opfer eines brutalen Mordes geworden war. Vielleicht half das, dass Dübel endlich mit der Wahrheit herausrückte, weil seine Gewissensbisse damit größer würden, doch er entschied sich vorerst dagegen.

»Das weitaus Beschämendere ist, dass mein Berufsstand voll von schwarzen Schafen ist. Es tut mir so leid um all die, die ihr Leben wirklich Gott gewidmet haben, die ihr Zölibat ernstnehmen und all ihre Energie dort hineinsetzen, die Welt ein Stück besser, gerechter zu machen. Ich habe diesen Anspruch an dem Tag der Hochzeit verloren. Verloren, weil ich weggeschaut habe, das Offensichtliche weder sehen, noch akzeptieren wollte.«

Dübel hielt wieder inne. Sein Blick wanderte zum Tisch, dann zum Fenster. Das Tageslicht von draußen erhellte den Raum nur spärlich. Es war ein bescheidenes Zimmer, zumindest befand sich nichts darin, was darauf schließen ließ, dass hier jemand wohnte, dem Luxus wichtig war.

»Wobei haben Sie weggeschaut?«, fragte Brandt. Es war eine für seinen Geschmack zu große Pause eingetreten und er wollte das Gespräch allmählich in die richtige Richtung lenken und straffen.

»Als es geschah. Die Jungs und ich haben uns etwas von den Hochzeitsgästen entfernt. Wir haben Fußball auf der Wiese gespielt ...«

In diesem Moment wurde plötzlich die Tür aufgerissen und Zoe stürmte ins Zimmer. Sie lief zu Brandt und rief hektisch: »Er ist hier.«

»Wer?«

»Der Mörder von Papa.«

40

NARBEN!

Narben, so viele Narben.

Narben, die man nicht sieht.

Narben, die noch immer schmerzen.

Narben, die niemals verschwinden werden.

So sehr ich mir wünsche, dass es nicht so wäre, so sehr ich mich bemüht habe, zu vergessen, sie bleiben da. Obwohl ich versucht habe, der Hoffnung, dem Leben eine zweite, dritte und vierte Chance zu geben, weiß ich, wie aussichtslos meine Situation ist, weil ich immer ein Opfer bleiben werde. Ein Opfer meiner Vergangenheit.

Es ist eine Lüge, zu glauben, ich wäre über den Berg, ich wäre ein besserer Mensch geworden. Nein, ich bin noch immer dieselbe Person, deren Leben vor zwanzig Jahren ausgelöscht wurde, auf eine solch brutale Weise, die kein Mensch verdient. Ich war noch ein Kind. Ein Kind voller Hoffnung und Freude am Leben, auch wenn mir das Leben nicht die besten Voraussetzungen mit auf den Weg gegeben hatte, mochte ich mein Leben.

Bis zu diesem Tag!

Ich weiß nicht, wie andere Menschen mit derartigen Schicksalsschlägen fertig werden. Vielleicht bin ich nie die starke Person gewesen, für die man mich hielt oder für die ich mich selbst gerne halten würde, jedenfalls hatte ich vorhin wieder einen Flashback. Wie aus dem Nichts war die Erinnerung da und ich wurde wie in einer Zeitmaschine an den Ort dieses schrecklichen Ereignisses gebeamt.

Mein Körper hat geschwitzt und gezittert, ich war machtlos dagegen und musste alles erneut erleben, all diesen Schmerz.

Selbst als es vorbei war, bin ich noch minutenlang regungslos auf dem Bett liegengeblieben, bis ich ruhiger wurde.

Am liebsten würde ich mich abduschen, weil ich mich so schmutzig und wertlos fühle, aber das werde ich nicht tun. Mit Absicht. Immerhin bin ich eine Obdachlose und Obdachlose müffeln, sie riechen nicht nach Seife oder Parfüm.

Einen Moment lang starre ich noch an die Decke, bis sich ein Gedanke in meinem Kopf formt, ein innerer Drang. Ich kann keine Sekunde länger im Zimmer bleiben, ich muss zurück zur Obdachloseneinrichtung, um diesen verdammten Priester zu töten, damit ich endlich meinen Frieden habe. Obwohl ich ja eigentlich noch warten müsste, aber wofür?

Ich stehe von meinem Bett auf, gehe zum Safe, öffne ihn und nehme die Waffe heraus. Sie ist geladen.

»Noch zwei Mal«, sage ich, als ich die Waffe in den Hosenbund stecke und den dreckigen, löchrigen Pullover darüber fallen lasse. Dann betrachte ich mich im Spiegel und nicke zufrieden. Man erkennt nicht, dass ich eine Waffe bei mir trage. Mein restlicher Anblick gefällt mir nicht. Ich sehe müde aus, meine Augen strahlen eine Melancholie aus, die annehmen lässt, ich wäre depressiv. Meine Haut wirkt blass, dabei bin ich eher der gebräunte Typ.

Meine Gedanken schweifen ab, zu Natalie. Ich ertappe mich bei dem naiven Gedankenspiel, wie mein Leben verlaufen würde, wenn ich dieser Liebe eine Chance gegeben hätte. Natalie kommt aus einem guten Elternhaus, wenn wir geheiratet hätten, hätte ich vermutlich finanziell ausgesorgt.

Heiraten? Die Vorstellung bringt mich unweigerlich zum Schmunzeln. Öfter als ich mir eingestehen will, bin ich mir selbst ein Rätsel.

Ich packe ein paar Sachen, die ich gestern Abend gekauft habe, in eine Tüte. Markus hat mir dreißig Euro gegeben, damit ich ein paar Kleider und Hygieneartikel kaufen kann.

»Damit du siehst, dass es der Kirche ernst ist, dass du ein neues, ein besseres Leben beginnen kannst«, hat er gesagt, dabei hat er gelacht und mich berührt, für meinen Geschmack etwas zu lange. Ich glaube, Markus ist ein notgeiler Kirchenmensch, der die ausweglose Situation der Obdachlosen ausnutzt. Ich möchte mir gar nicht vorstellen, an wem er sich schon alles vergangen hat, und am liebsten hätte ich ihm die Faust zwischen die Zähne geschoben, aber ich habe mich beherrscht, für die größere Sache, so groß der Ekel und die Wut auch waren.

Wenn ich es nicht besser wüsste, würde ich tatsächlich glauben, dass ich obdachlos bin. Meine Kleidung, mein Aussehen und der müde Blick sind sehr authentisch. Meine Augen spiegeln mein Seelenleben.

Bevor die Schwermut mich wieder überkommt, setze ich mich an den Laptop. Da heute vermutlich der Tag ist, an dem ich sterben werde, muss ich ein paar Vorbereitungen treffen.

Endlich bin ich fertig. Jetzt ist Zeit für die Rache!

Ich verlasse das Hotel und gehe zur Obdachloseneinrichtung.

So in Gedanken renne ich kurz vor dem Ziel fast einen jungen Mann um.

»Sorry«, sage ich und greife nach seiner Hand. Noch rechtzeitig, bevor er stürzen kann.

»Nicht schlimm. Hauptsache, meiner Gitarre ist nichts passiert«, antwortet der junge Mann, der deutlich kleiner ist als ich, mit einer so sanftmütigen Stimme, dass es mir noch mehr leidtut, dass ich ihn umgerannt habe.

»Bist du Musiker?«, frage ich und schaue ihn an. Er hat etwas Friedliches an sich, gleichzeitig wirken seine Augen traurig und dennoch voller Güte. Mir ist seltsam zumute. Etwas löst der junge Mann in mir aus, das ich nicht erklären kann. Es ist ein angenehmes Gefühl.

»Musik ist mein Leben«, antwortet er. Ich sehe ihn aufmerksam an. Habe ich vorhin noch geglaubt, dass meine Augen melancholisch aussehen, bekomme ich jetzt fast Mitleid mit ihm. Es ist eigenartig, aber es wirkt, als würde er die Last der Welt auf seinen Schultern tragen, das meine ich in seinen Augen zu erkennen.

»Was ist das?«, frage ich und deute auf eine Narbe, die oberhalb seiner Schulter unter dem durch den Sturz verrutschten T-Shirt zu sehen ist. Vermutlich läuft sie den ganzen Rücken herunter.

»Eine Erinnerung daran, dass nicht alle Menschen mit ihrem Herzen sehen.« Er schaut mich an. Seine Augen wirken wie ein Wahrheitsserum, als würde er tief in mein Inneres schauen. »Du verstehst mich.« Er lächelt.

Ich bin zu keiner Regung fähig, doch dann berührt er meine Schulter und sagt: »So unglaublich es klingen mag, aber die Liebe ist für jeden Menschen da, auch für Menschen wie dich und mich. Wir dürfen nur nie aufhören, an sie zu glauben, so ausweglos alles manchmal auch scheinen mag.«

Noch immer kann ich mich nicht bewegen. Wer ist dieser junge Straßenmusiker, dass er es mit diesen wenigen Worten schafft, mich komplett aus der Bahn zu werfen, dass ich mich wie ein Schulmädchen fühle, das am liebsten vor lauter Verzweiflung in Tränen ausbrechen möchte?

»Wer bist du?«, bringe ich hervor.

»Nur ein Straßenmusiker, der nicht glauben mag, dass die Welt bloß noch schlecht ist. Pass auf dich auf. Und vertraue der Liebe mehr als der Wut. Wir alle tragen Narben, mit denen wir leben müssen. Ich sehe deine Narben.«

Narben?, denke ich und muss schlucken.

Dann geht er.

Ich weiß nicht, was eben geschehen ist. Als ich mich wieder gefasst habe, drehe ich mich um und will ihm etwas hinterherrufen, will seinen Namen wissen, aber ich sehe ihn nicht mehr.

Habe ich mir das gerade alles eingebildet? Werde ich langsam verrückt? Ich will es nicht ausschließen.

»Warten Sie«, spreche ich einen Mann an, der an mir vorbeigeht, um das Gebäude zu betreten.

»Was ist los?«, fragt mich der Obdachlose. Er scheint betrunken zu sein.

»Hast du hier vorhin einen jungen Straßenmusiker gesehen?«

»Meinst du den mit der Gitarre?«

»Ja, genau.«

»Der hat vorhin auf der Domplatte gespielt. Ich mag ein Alkoholiker sein und nicht viel von Musik verstehen, aber glaub mir, nie habe ich einer schöneren Stimme gelauscht. War er hier?«

»Ja, aber er ist wieder weg.«

»Schade, ich hätte mich zu gerne bei ihm für seine Musik bedankt.« Der Mann wartet meine Antwort nicht ab und betritt das Gebäude. Etwas irritiert und sprachlos bleibe ich zurück.

Wie soll ich dieses Erlebnis bloß einschätzen? War das eine Botschaft des Schicksals, dass ich mein Vorhaben abblasen und Natalie kontaktieren soll, damit wir ein Paar werden? Gibt es wirklich Hoffnung, für eine verlorene Seele wie mich?

NEIN!

Ich betrete das Gebäude.

»Hallo«, grüßt mich Luise in ihrer gewohnt charmant naiven Art.

»Hallo. Ich bin wieder zurück«, sage ich freundlich, aber meine Gedanken wollen einfach nicht von diesem jungen Straßenmusiker weichen, dessen Worte mir plötzlich schwer wie Blei, gleichzeitig aber leicht wie eine Feder vorkommen. Ich kann es nicht erklären, so ein Gefühl hatte ich noch nie.

Fast möchte ich weinen und Luise die Wahrheit über mich verraten. Was für ein Fehler das wäre, ist mir glücklicherweise sofort bewusst.

»Schön. Dein Zimmer ist bezugsfertig. Du bist schon sehr privilegiert.«

»Inwiefern?«, frage ich und überlege, ob Luise weiß, was

sie da sagt. Menschen, die diese Einrichtung aufsuchen, sind alles, aber sicherlich nicht privilegiert.

»Na, du bist in diesem Programm und hast dein eigenes Zimmer. Was meinst du, was viele der Leute, die hier übernachten, dafür geben würden.«

Ich antworte nicht darauf, weil es mein Bild von Luise nur bestätigt, sie ist zu blauäugig. Ich glaube eher, dass die meisten hier gar kein anderes Leben mehr leben können. Sie sind nur noch wandelnde, leere Hüllen, Zombies. Aber die Gesellschaft meint, sie retten zu müssen. Vielleicht sollte man sie einmal fragen, ob sie überhaupt gerettet werden wollen.

Trotzdem nicke ich zufrieden. Nicht wegen Luise, sondern weil ich langsam wieder Herr meiner Sinne werde, der Einfluss der Worte des Straßenmusikers nimmt ab.

»Ist die Studentin noch bei Herrn Dübel?«

»Nein, aber hier geht es gerade drunter und drüber.«

»Wieso?«, hake ich nach und erkenne erst jetzt, dass Luise tatsächlich durch den Wind ist. Was kann nur vorgefallen sein, dass sie derart neben der Spur ist? Ich weiß nicht warum, aber plötzlich mache ich mir Sorgen, dabei hat sie nicht einmal erwähnt, warum sie so nervös wirkt.

»Die Polizei war hier und wollte mit Karl sprechen, oder besser gesagt, hat mit ihm gesprochen …«

»Die Polizei? Was möchte die denn von einem so ehrenwerten Mann wie unserem Priester?«

»Das weiß ich nicht. Das ging halt drunter und drüber und dann kam auch noch die Studentin wie von der Tarantel gestochen reingelaufen. Am Ende sind alle mit den beiden Beamten weggefahren.«

»Alle?« Ich verstehe gerade gar nichts mehr, aber was sie sagt, verunsichert mich zutiefst. Wird mein gesamter Plan jetzt nach hinten losgehen?

»Ja, die beiden Polizisten, die Studentin, Karl und noch einer.«

»Einer?«

»Andreas, der hat sich erst heute hier gemeldet, er suchte einen Schlafplatz. Der wurde in Handschellen abgeführt! Ich weiß gar nicht, ob ich dir das sagen darf.«

»Alles gut, Luise. Ich schweige wie ein Grab. Wie sah denn dieser Andreas aus?«, frage ich und versuche, sie mit sanfter Stimme zu beruhigen, dabei wird meine Sorge immer größer und Panik macht sich breit, aber ich weiß, dass ich ruhig bleiben muss. Noch ist es denkbar, dass Andreas nicht mein Kumpel ist. Wie dumm von mir, dass ich ihn nicht gefragt habe, unter welchem Namen er sich Zugang zur Obdachloseneinrichtung verschaffen wollte.

»Groß, etwas kräftiger und am rechten Arm hat er einige Tattoos.«

»Verstehe. Weißt du denn, warum man ihn verhaftet hat?«, bohre ich weiter nach. Mein Herz rast, weil ich nun die Bestätigung habe, dass es mein guter, loyaler Freund ist, den man verhaftet hat. Ob er versucht hat, den Priester zu töten? Ich hoffe nicht, das wäre gegen die Abmachung, aber warum sonst sollte man ihn verhaftet haben?

»Leider nicht, ich war ja die ganze Zeit hier. Karl meinte nur, ich solle mir keine Sorgen machen, er wäre bald wieder zurück.«

»Verstehe«, nicke ich, aber in Wirklichkeit verstehe ich gar nichts, doch dann, fällt der Groschen.

Zoe!

Sie muss etwas herausgefunden haben. Die Verbindung zwischen meinem Freund und diesem verdammten Priester. Die Polizei muss ebenfalls etwas wissen, warum sonst sollten Zoe und die Bullen hier sein? Ob Zoe ihnen einen Tipp gegeben hat? Ob sie sich doch an Einzelheiten der Entführung erinnert, weil die Betäubung nicht so gewirkt hat, wie erhofft? Hätte ich Zoe also doch töten sollen, wie mein Kumpel es vorgeschlagen, nein gefordert hat?

Nein! Ich töte keine Unschuldigen. Meine Rache, meine Morde sind moralisch gerechtfertigt.

Auge um Auge!

»Vielleicht sollte ich zur Polizei gehen wegen Herrn Dübel. Ich melde mich bei dir, sobald ich mehr weiß. Halt du hier die Stellung und zu keinem ein Wort.«

»Mach ich. Das ist sehr lieb von dir. Glaubst du, Karl ist in Schwierigkeiten?«

»Nein, warum sollte er? Bestimmt ist alles ein Missverständnis. Und dass ich helfe, ist doch selbstverständlich. Das ist das Mindeste, was ich tun kann. Herr Dübel hat mir immerhin ein neues, ein besseres Leben in Aussicht gestellt.«

Luise ringt sich ein verkrampftes Lächeln ab. Ich verlasse das Gebäude und eile zur Tiefgarage, wo ich mein Auto geparkt habe.

Danach fahre ich zum Kölner Polizeipräsidium nach Kalk.

Am liebsten würde ich das Gebäude stürmen, aber das wäre sehr töricht. Mir bleibt nichts anderes übrig, als zu warten, bis mein Kumpel oder der Priester das Präsidium verlassen.

Die Waffe ist in meiner Hand, geladen und entsichert.

41

»Glaubst du, das ist unser Mann?«, fragte Aydin. Er war mit Brandt auf dem Weg zum Verhörraum.

»Das wäre gut – in unser aller Interesse.«

»Seit wann redest du denn so hochgestochen?«

»Was ist daran denn hochgestochen?« Brandt schüttelte den Kopf. Im Gegensatz zu Kramer war er ja wohl kein Mensch, der besonders gewählt sprach oder viele Fremdwörter benutzte, um andere damit zu beeindrucken oder sich von der Masse abzuheben. Er sah sich als durchschnittlichen Menschen und an dieser Einstellung wollte er auch nichts ändern. Natürlich hatte er ein paar Macken und Ansichten, die mancher vielleicht nicht so toll fand, aber damit konnte er sehr gut leben.

Sie betraten den Verhörraum. Der Verdächtige saß hinter einem Tisch. Ein Beamter beaufsichtigte ihn, verließ aber das Zimmer, als die Kommissare eintraten.

»Guten Tag. Wir haben Ihnen Kaffee mitgebracht«, sagte Aydin und reichte dem Mann einen Becher.

»Danke«, antwortete der und nahm ihn entgegen.

»Möchten Sie Milch und Zucker?«

»Nein, passt schon.«

Dafür, dass sie den Mann eben verhaftet hatten, wirkte er seltsam freundlich und ruhig, als hätten sie sich zu einer Tasse Kaffee verabredet.

Brandt und Aydin hatten ebenfalls ihre Becher in der Hand und nahmen ihm gegenüber Platz.

»Herr Stauch, bevor wir das Gespräch beginnen, ein paar Hinweise. Unsere Unterhaltung wird aufgezeichnet.«

»Ich habe nichts zu verbergen«, antwortete Stauch und

gönnte sich einen Schluck Kaffee. »In welcher Angelegenheit genau werde ich denn verdächtigt?«

»Sie werden verdächtigt, Zoe Lau entführt sowie die Politiker Nils Holm, Klaus Lau und Alwin Vogel ermordet zu haben«, erklärte Aydin.

Stauch hörte aufmerksam zu, Brandt versuchte, seine Körpersprache zu lesen, aber ihr Gegenüber war noch immer sehr ruhig, als könnten die Anschuldigungen ihm nichts anhaben.

War er vielleicht unschuldig oder nur sehr abgebrüht? Brandt traute ihm Letzteres ohne Weiteres zu, immerhin hatte er drei Menschenleben auf dem Gewissen, da musste man schon mehr als abgebrüht sein.

»Ich glaube, es handelt sich hier um ein großes Missverständnis.«

»Dann klären Sie uns doch bitte auf. Vor allem würde uns interessieren, warum Sie sich mit falscher Identität Zutritt zur Obdachloseneinrichtung verschafft haben«, entgegnete Brandt, zwar noch in freundlichem Ton, dennoch mit Nachdruck.

»Ich bin Künstler. Ich lebe seit dreißig Jahren mehr oder weniger auf der Straße. Wenn es gut läuft, habe ich auch mal eine feste Unterkunft, aber dieses Jahr war nicht so dolle.«

»Unter falscher Identität?«, beharrte Brandt.

»Mehr oder weniger. Kaum jemand auf der Straße verrät seinen echten Namen, viele wollen ihn auch gar nicht mehr wissen, weil er sie an ein Leben erinnert, das ihnen nicht mehr gehört.«

»Was für ein Künstler sind Sie denn?«, fragte Aydin.

»Ich mache Pantomime, man kann mich auch als Clown buchen.«

»Und das reicht nicht, um eine Wohnung zu mieten?«

»Leider nicht immer, ich hatte ja eben ausgeführt, dass dieses Jahr ein sehr schweres Jahr war. Vermieter wollen nun mal solvente Mieter, ohne Gehaltsnachweis bekommen Sie heute nirgends mehr eine bezahlbare Wohnung. Der Markt ist hart umkämpft. Aber ich will nicht jammern. Wie kommen Sie darauf, dass ich ein Mörder bin? Mein Leben lang habe ich versucht, Menschen, vor allem Kinder, glücklich zu machen. Ich trage keinen Hass in meinem Herzen, lassen Sie sich nicht von meinen Tattoos täuschen.«

»Und warum haben Sie dann diese bezeichnenden Tattoos?«, fragte Brandt. Der Verdächtige hatte sich Totenköpfe, Teufel und andere nicht wirklich friedliche Symbole auf den Arm tätowieren lassen.

»Jugendsünden. Ich war orientierungslos. Meine Eltern sind früh gestorben und ich habe lernen müssen, alleine zurechtzukommen. Leider leben wir in einer Welt, in der das Äußere mehr zählt als das Innere. Menschen werden danach beurteilt, wie sie aussehen, was sie verdienen und welche Herkunft sie haben. Straßenkünstler wie ich haben keine Stimme. Es ist für alle ein Leichtes, gerade mich als Mörder auszuwählen.«

Brandt musste an Walter denken. Der Imbissbudenbesitzer hatte eine ähnliche Statur, war ebenfalls mit Tattoos übersät und wenn man ihn nicht kannte, konnte man meinen, es wäre besser, ihm nachts nicht über den Weg zu laufen. Dabei war er der herzlichste und selbstloseste Mensch, den Brandt kannte.

War dieser Straßenkünstler auch so jemand? Brandt wusste es nicht, aber Zoe hatte sich an sein Tattoo erinnert. Das war mehr als nur ein geringer Verdacht. Aber sie hatten an den Tatorten keine Spuren oder Hinweise gefunden, die Stauch belasteten, bisher hatten sie nur die Aussage von Zoe, und Brandt wusste, dass dies allein nicht ausreichen würde, um den Mann zu verhaften. Bevor sie Stauch verhört hatten, hatten er und Aydin sich bei Fischer noch einmal die Kameraaufzeichnung vom Wohnhaus der Laus angeschaut, aber was man dort erkannte, reichte nicht, um darauf zu schließen, dass die Person auf der Aufzeichnung Stauch war.

»Wissen Sie, was ich glaube?«, beschloss Brandt, etwas zu riskieren. Er wusste, dass dieses Manöver nicht ohne Risiko war, weil vieles von dem, was er sagen wollte, nur eine Annahme war, aber ihm blieb keine andere Wahl. »Sie waren nicht zufällig in dieser Einrichtung. Karl Dübel, der Priester, und die drei Politiker haben Sie vor zwanzig Jahren auf einer Hochzeit in Köln Porz schwer misshandelt. Vermutlich in alkoholisiertem Zustand. Bis heute haben Sie dieses Trauma nicht überwunden und irgendwann haben Sie entschieden, sich dafür zu rächen.«

»Hören Sie, ich verstehe, dass Sie nur Ihre Arbeit machen, aber glauben Sie im Ernst, dass ich mich so einfach hätte verhaften lassen, wenn ich Dreck am Stecken hätte? Ich hätte weglaufen können. Und warum sollte ich in einer Obdachlosenunterkunft Unterschlupf suchen, wo man mich eher finden kann als unter irgendeiner Brücke, das ist doch viel zu gefährlich. Hätte ich nicht eher dem Priester irgendwo aufgelauert?« Der Straßenkünstler war noch immer sehr ruhig, seine Miene hatte nichts Verräterisches.

Aydin nickte. Brandt wusste nicht, ob das ein Reflex war oder ob sein Kollege ihm zustimmte. Was Stauch sagte, klang auf jeden Fall plausibel. Als Zoe in Dübels Zimmer hereingeplatzt war und erzählt hatte, dass ihr Entführer sich in der Einrichtung befinde, waren sie sofort mit ihr hinausgelaufen und hatten Stauch kurz darauf in der Nähe des Empfangs gesehen. In dem Moment hätte dieser weglaufen können, er hatte es aber nicht getan. Er war stehengeblieben und hatte sich ohne Gegenwehr verhaften lassen. Handelte so jemand, der drei Menschenleben auf dem Gewissen hatte und gerade aufflog? Brandt war unsicher. Momentan hielt er beides für möglich. Vielleicht taten sie Stauch unrecht, vielleicht verstand er es aber auch nur hervorragend, ihnen etwas vorzuspielen.

Nach dem Gespräch mit Stauch würden sie ohnehin noch einmal mit Zoe und Dübel sprechen. Der Priester hatte sich auf dem Weg zum Präsidium ungewöhnlich ruhig verhalten, was Brandt nicht entgangen war. Zoe war in ihrem eigenen Auto hinterhergefahren. Beide warteten jetzt getrennt in zwei Räumen auf das Gespräch mit den beiden Beamten.

Plötzlich hatte Brandt eine Idee und er ärgerte sich, warum er nicht schon vorher darauf gekommen war.

»Waren Sie vor zwanzig Jahren auf besagter Hochzeit von Kai und Jule Kruse in Köln Porz?«

»Nein, warum sollte ich?«, antwortete Stauch, ohne zu zögern, aber diesmal glaubte Brandt, etwas gesehen zu haben. Sein linkes Augenlid hatte für den Bruchteil einer Sekunde gezittert.

»Komm«, sagte er zu Aydin und dann wieder an Stauch gewandt: »Wir müssen Sie noch eine Weile hierbehalten. Wenn Sie etwas zu essen oder zu trinken möchten, teilen Sie es bitte unserem Kollegen mit, der kümmert sich um alles.«

Draußen bat Brandt den Kollegen, der vor der Tür wartete, weiter bei dem Verdächtigen zu bleiben.

»Was ist los?«, fragte ein sichtlich irritierter Aydin auf dem Gang.

»Was wärst du ohne mich?«, zwinkerte Brandt ihm zu. »Er sagt doch, dass er als Clown oder Pantomime arbeitet. Was, wenn er damals für die Hochzeit gebucht wurde?«

»Also glaubst du, er hat die Politiker auf dem Gewissen?«

»Ich weiß es nicht. Er behauptet ja, nicht da gewesen zu sein. Wenn wir aber auf den Fotos einen Clown oder Pantomimen finden, wissen wir, dass er lügt.«

Aydin nickte. »Manchmal bist du gut.«

»Manchmal? Immer!«

Sie eilten zu Fischer und baten ihn, die vorhandenen Fotos von der Hochzeit zu durchsuchen. Der machte sich gleich an die Arbeit und versprach, sich zu melden, sobald er ein Ergebnis hätte. Danach gingen sie in den Raum, in dem Zoe wartete.

»Wieso muss ich hier rumsitzen? Ich will nach Hause«, empfing sie die beiden Beamten sichtlich genervt.

»Augenscheinlich ist Ihnen der Ernst der Lage noch immer nicht bewusst. Aufgrund Ihrer Aussage haben wir einen Mann verhaftet, den wir verdächtigen, drei Männer ermordet zu haben.«

»Und was hat das damit zu tun, dass man mich hier so lange festhält?«

»Frau Lau, werden Sie unter Eid aussagen, dass der Mann, den wir verhaftet haben, auch wirklich die Person ist, die Sie entführt hat?«, fragte Aydin.

»Ich habe das Tattoo erkannt.«

»Nur das Tattoo?«

»Das reicht doch?«

»Das reicht nicht. Haben Sie es tatsächlich erkannt und sind Sie sicher, dass er der Täter ist? Ihre Aussage kann darüber entscheiden, ob ein Unschuldiger ins Gefängnis wandert oder nicht.«

»Ich wurde betäubt und der Entführer war vermummt, aber an dieses Tattoo erinnere ich mich.«

»Gut, Sie können nach Hause gehen. Aber Sie sollten in der nächsten Zeit keine Reisen unternehmen, es ist sehr gut möglich, dass wir bald wieder auf Sie zurückkommen. Und keine eigenständigen Ermittlungen mehr, sonst müssen wir Maßnahmen ergreifen, die sicherlich nicht in Ihrem Sinne sind.«

»Nur wegen meiner Hilfe haben Sie überhaupt den Mörder meines Vaters gefunden. Das ist mein Verdienst«, wurde Zoe laut und stand auf. Sie wartete gar nicht erst eine Reaktion der Beamten ab, ehe sie den Raum verließ.

»Das reicht nicht«, sagte Aydin. »Was ist mit Zoe? Sollen wir sie aufhalten?«

»Ich weiß. Wir müssen auf Fischer hoffen. Komm, vielleicht kriegen wir aus dem Priester noch was heraus. Lass sie gehen. Wir haben jetzt andere Sorgen.«

Aydin nickte und sie gingen in den Nebenraum, wo der Priester wartete.

»Hallo«, grüßte Aydin.

»Hallo. Ich hoffe, Sie können mich endlich aufklären. Ich weiß gerade gar nicht mehr, was genau geschehen ist. Haben wir aus Versehen einem Mörder Unterschlupf geboten?«

Dübel wirkte verunsichert und nervös, seine Blicke wanderten zwischen Brandt und Aydin hin und her.

»Sagt Ihnen der Name Josef Stauch etwas?«, fragte Brandt, während er gegenüber von Dübel Platz nahm.

»Nein, sollte er? Heißt der Mann, den Sie gefangen haben, so?«

»Ja, versuchen Sie sich bitte zu erinnern.«

»Tut mir leid, aber woher soll ich ihn kennen?«

»Können Sie nachvollziehen, ob auf der Hochzeit ein Clown oder ein Pantomime beschäftigt war?«, fragte Brandt.

»Nein, ich glaube nicht. Wollen Sie mir nicht endlich verraten, was hier los ist?«

»Wir halten es für keinen Zufall, dass die drei ermordeten Männer und Sie auf der Hochzeit waren.«

»Ich? Verdächtigen Sie mich etwa?« Dübel machte große Augen, sein Mund schien wie ausgetrocknet zu sein, er schluckte immer wieder.

»Nein das tun wir nicht. Aber nur Sie können uns erzählen, was an diesem Tag passiert ist, dass zwanzig Jahre später drei Menschen deshalb sterben mussten. Dass dieser Mann sich Zugang zu Ihrer Einrichtung verschafft hat, halte ich nicht für Zufall. Es sollte in Ihrem Sinne sein, endlich mit der Wahrheit herauszurücken.«

»Welche Wahrheit? Ich kenne diesen Mann nicht. Und ich weiß auch nicht, was Sie mir da unterstellen. Ich war als Priester und Freund der Braut auf der Hochzeit. Ja, ich habe getrunken, wie jeder andere auch, und mit dem einen oder anderen bin ich auch auf den Fotos zu sehen. Aber das bedeutet gar nichts. Vermutlich ist der Obdachlose unschuldig. Soweit ich es in dem Durcheinander mitbekommen habe, wurde er verhaftet, weil die Tochter eines der Opfer ihn identifiziert hat. Wenn Sie mich fragen, ist diese junge Frau schwer traumatisiert. Sie hat mich unter falscher Identität aufgesucht, das sagt doch mehr als genug über sie aus. Sie sollten ihre Aussage hinterfragen.«

»Keine Sorge, wir ermitteln gründlich. Versuchen Sie bitte, sich zu erinnern, ob nicht doch ein Clown oder ein ähnlicher Künstler auf der Hochzeit aufgetreten ist.«

»Ich kann mich an keinen Clown oder sonst was erinnern, nur an eine Band. Warum fragen Sie nicht Kai oder Jule Kruse?«, wurde Dübel nun laut. »Kann ich jetzt gehen? Heute ist mein freier Tag und ich würde gerne etwas in der Bibel lesen. Außerdem möchte ich meinen Anwalt einschalten.«

»Sie können gehen, aber Sie sollten die nächsten Tage erreichbar sein, wir werden sicherlich auf Sie zukommen. Und in Ihrem eigenen Interesse rate ich Ihnen, Ihre Aussage zu überdenken«, antwortete Brandt. Er sah keine Veranlassung, Dübel weiter hierzubehalten, da er nicht davon ausging, dass der Priester seine Aussage ändern würde, er rechnete aber fest damit, dass er seinen Anwalt einschalten würde und dann würde er erst recht nichts mehr sagen.

»Danke«, nickte Dübel. »Glauben Sie mir, ich habe diesen Mann noch nie gesehen. Ich weiß nicht, was Zoe Lau mit Ihrer Aussage erreichen will, aber seien Sie skeptisch. Nicht, dass ein Unschuldiger wegen der Falschaussage einer verwirrten jungen Frau ins Gefängnis muss.«

»Wir sind sehr gründlich in unserer Recherche«, stellte Brandt klar, so eine Aussage wollte er nicht unkommentiert lassen.

Kaum hatte Dübel den Raum verlassen, klingelte Brandts Handy.

»Fischer, hast du was?«, fragte er.

»Ja«, antwortete Fischer.

42

Mensch!

Was bedeutet es, ein Mensch zu sein? Diese Frage stelle ich mir oft. Bis heute finde ich keine Antwort darauf, jedenfalls keine, die mich wirklich zufriedenstellt.

Jemand sagte mir einmal, Menschlichkeit sei das, was das Menschsein ausmacht. Ist das tatsächlich so?

Ich fürchte eher, Gewalt, andere beherrschen zu wollen und Egoismus sind der wahre Kern des Menschseins. Ich wünschte, ich würde mich irren, aber man muss nur in die Tagespresse schauen. Überall Krieg und viel zu oft sind es nur einige wenige Menschen, die einer sehr großen Zahl diktieren, was sie zu tun haben. Sie morden, vertreiben andere, bereichern sich und lügen, wo sie nur können. Aber wehe, die Kassiererin wagt es, ein Brötchen zu klauen, weil sie hungrig ist, dann ist sie nicht nur ihren Job los, sondern bekommt auch noch eine Anzeige und muss fürchten, nie wieder eine Arbeit zu bekommen. Das alles erinnert mich an Les Misérables von Victor Hugo, wo der arme Jean Valjean wegen des Diebstahls eines Brotes für neunzehn Jahre ins Zuchthaus wandert.

Die Welt hat sich seitdem kaum verändert, weil die Mehrheit lieber jammert und kuscht, als sich gegen diese wenigen zu erheben und sie für ihre Fehler bezahlen zu lassen.

Die Menschheit braucht eine echte Revolution. Aber ich fürchte, dafür fehlt es an Köpfen, die bereit sind, diese Revolution anzuführen. Es wird sich nie etwas ändern, egal wie gebildet oder technisch fortgeschritten die Menschheit ist. Einige wenige werden immer über die vielen anderen herrschen.

Keine Ahnung, warum ich gerade so tiefschürfende Gedanken habe. Vielleicht, weil ich es nicht ertrage, hier zu warten. Ich weiß nicht, was in diesem Moment im Präsidium passiert. Was mit meinem Kumpel ist. Am liebsten würde ich einfach reingehen und mich als Mitarbeiterin der Obdachloseneinrichtung ausgeben, um an Informationen zu gelangen.

»Tu es«, fordere ich mich auf, während ich noch immer reglos im Auto sitze, den Blick starr auf das Gebäude des Kölner Polizeipräsidiums gerichtet.

Das Wichtigste für mich ist, dass mein Kumpel nicht ins Gefängnis muss. Hoffentlich hat er nicht die Dummheit begangen und die Taten gestanden, um mich zu schützen. Das würde ich ihm niemals verzeihen, weil wir eine andere Abmachung hatten und er mir versprochen hat, sich an die Abmachung zu halten, egal was passiert.

Diese Ungewissheit zerrt dennoch an meinen Nerven. Ich kann nicht anders, ich steige aus. Wie angewurzelt verharre ich neben dem Auto und stiere auf das Gebäude, als würde sich darin die Ausgeburt der Hölle befinden und nur ich könnte sie besiegen. Aber mir fehlt der Mut.

»Geh los. Frag nach. Was soll schon passieren?«, spreche ich mir Mut zu und mache die ersten Schritte Richtung Polizeidirektion.

Ein Auto rast an mir vorbei, ich erkenne die Fahrerin, aber sie hat mich garantiert nicht gesehen. Es ist Zoe.

Keine Ahnung warum, aber das erleichtert mich. Womöglich ist doch alles nicht so schlimm, wie ich es mir ausmale.

Nur noch dreißig Meter trennen mich vom Eingang, aber seit ich Zoe gesehen habe, hat sich meine Situation geändert. Was, wenn mein Besuch Verdacht erregt? Ich glaube es zwar nicht, schließlich wird die Polizei glauben, ich wäre wegen des Priesters bei ihnen. Aber was, wenn mein Kumpel doch gesungen hat? Dann würde ich direkt in eine Falle laufen.

Niemals! Er hat nicht gesungen. Aber vielleicht sollte ich dennoch kein Risiko eingehen und ein wenig im Auto warten. Unschlüssig bleibe ich stehen.

Da fällt mir noch etwas anderes ein. Was, wenn die Polizei mich am Eingang nach Waffen durchsucht? Die Waffe steckt in meinem Hosenbund. Wie soll ich denen erklären, dass ich eine Waffe bei mir trage? Ich sollte sie zumindest im Auto lassen, wenn ich das Gebäude betreten will.

Also gehe ich zurück zum Wagen und öffne die Tür, um die Waffe ins Handschuhfach zu legen, doch dann bemerke ich etwas.

Nicht etwas, *jemanden.*

Den Priester.

Mein Herz rast und meine Hand wird plötzlich feucht, auch meine Stirn und mein Rücken. Der Priester biegt ab, sicherlich will er zur U-Bahn-Haltestelle Kalk Post.

»Jetzt oder nie«, flüstere ich mir zu, nehme die Waffe wieder an mich und eile schnellen Schrittes hinter ihm her. Die Waffe habe ich erneut entsichert.

»Hallo«, mache ich mich bemerkbar. Er bleibt stehen.

»Hallo, was machen Sie denn hier?«, fragt er mich sichtlich überrascht.

»Wir haben uns Sorgen gemacht. Luise hat mir erzählt, dass Sie und noch jemand verhaftet worden seien, da bin ich sofort hergekommen.«

»Das ist sehr lieb von Ihnen, aber Luise hat das falsch aufgefasst. Ich wurde nicht verhaftet, ich wurde als Zeuge verhört.«

»Als Zeuge? Hat der andere, den man verhaftet hat, Mist gebaut?«, frage ich. Die Waffe steckt in meinem Hosenbund und ich spüre förmlich, wie sie mit den Füßen stampft, wie ein wilder Stier, der in die Freiheit entlassen werden möchte, um seine Wut herauszubrüllen und alles zu vernichten, was sich ihm in den Weg stellt.

»Machen Sie sich keine Gedanken. Alles ist gut. Wir sollten zurück und uns über Ihr Projekt unterhalten.«

Er lächelt, dann will er mir mit der Hand über die Arme streicheln, aber ich mache einen Schritt zurück. Er wirkt erstaunt. Ich schaue mich unauffällig um, niemand außer uns ist da.

Wenn nicht jetzt, wann dann?

»Sie erkennen mich nicht, oder?«, frage ich.

»Erkennen?« Er wirkt irritiert, als verstünde er meine Frage nicht.

»Aber ich kenne Sie und Ihre Freunde. Ich habe Sie nicht vergessen.«

»Was reden Sie da? Haben Sie getrunken oder Drogen genommen?«

»Nein, ich war nie klarer im Kopf«, antworte ich. Dass ich furchtbar nervös bin, darf er nicht bemerken. Obwohl ich inzwischen schon drei Menschen verdient in die Hölle geschickt habe, fühlt es sich an, als wäre das hier mein erster Mord. Vielleicht liegt es an diesem dämlichen Amt, das er bekleidet. Aber gerade dieses Amt ist es, was mich noch wütender auf ihn macht, und es ist der Grund, warum er als Letzter sterben muss.

»Was immer es ist, hier ist nicht der Ort für eine Diskussion, lassen Sie uns das zu Hause besprechen.«

»Zu Hause?«, platzt es aus mir heraus. Ich könnte nie da zu Hause sein, wo dieser Mann lebt, dort ist es kalt, dunkel und abgrundtief böse. »Sie erinnern sich wirklich nicht an mich, oder?«

»Nein, wer sind Sie?«

Die Erinnerungen brechen dermaßen heftig und unkontrolliert über mich herein, dass ich Mühe habe, meine Tränen zu verbergen.

»Es war der 20. Juni 1999 …«, beginne ich meine Geschichte zu erzählen, die mein ganzes Leben verändert hat.

Plötzlich bin ich wieder da, an diesem verhassten Ort. Ich habe eine Freundin besucht, wir haben im Wald gespielt. Sie fährt mit dem Fahrrad nach Hause, ich bleibe zurück, weil das Wetter zu schön ist, um nach Hause zu fahren.

Ich lasse mein Fahrrad stehen und spiele weiter im Wald. Ich kenne ihn sehr gut, ich spiele oft hier. Ich möchte zum Bach gehen, ich liebe Bäche und das Wasser schmeckt so herrlich erfrischend. Gerade bei dieser Hitze das Beste, was man tun kann.

Da höre ich Geräusche, aber ich denke mir nichts dabei, im Wald hört man doch andauernd Geräusche.

Aber diese Geräusche sind anders, ich bin zu jung, um das zu verstehen. Wäre ich doch bloß mit meiner Freundin nach Hause gefahren.

Plötzlich stehen vier Männer vor mir.

»Die vier Männer, das waren die drei Schweine, die ich getötet habe, und Sie!«, brülle ich den Priester an. Dann zücke ich die Waffe. »Ich war fünfzehn, ein Kind!«

»*Sie* sind das?«, schießt es aus seinem Mund, er ist erschrocken und ich sehe in seinen Augen, dass er mich endlich erkannt hat. »Sie verstehen das ganz falsch.«

»Ich verstehe gar nichts falsch. Sie haben mich geschändet, Sie und die anderen. Wieder und wieder.«

»Wir waren betrunken. Tun Sie nichts, was Ihnen hinterher leidtun könnte. Ich bin ein Priester.«

»Ja, und Sie hätten mich beschützen müssen«, werde ich laut. Die Wut ist unerträglich, aber noch unerträglicher ist der Schmerz, der mich überrollt wie eine Dampflok. Der Priester war der Schlimmste von allen, er hat mich nicht nur vergewaltigt, sondern sich auch noch aufs Widerlichste darüber lustig gemacht. »*Wehr dich nicht, du Göre. Es ist Gottes Wille. Gott will, dass ich dich ficke*«, hat er geschrien. Wortwörtlich!

»Ich war betrunken, bitte, Sie müssen das verstehen.« Sein Blick ist auf den Lauf der Waffe gerichtet.

»Gehen Sie auf die Knie und bitten Sie um Absolution«, brülle ich ihn an.

Er geht auf die Knie.

»Es tut mir unendlich leid, Sie müssen mir glauben. Ich

wollte das nicht, die anderen haben mich gedrängt, ich glaube, da waren Drogen im Spiel. Ich habe doch mein Leben Gott und der Liebe verpflichtet.«

Jetzt weint er. Ich glaube ihm kein Wort. Er war es, der mich zuerst geschändet hat, dann hat er die anderen aufgefordert und zum Schluss hat er mich noch einmal vergewaltigt. »*Gott liebt dich, mein Kind. Wenn du auch nur ein Wort zu jemandem sagst, wirst du in der Hölle landen. Keiner wird dir glauben. Man wird dich einsperren und nie wieder freilassen. Priester sind heilig. Du bist nur ein dummes verstörtes Kind. Niemand wird dir glauben*«, hat er mich verhöhnt, bevor sie abgezogen sind, lachend, als wäre nichts geschehen.

Ich habe mich schmutzig gefühlt, als wäre ich schuldig. Seine Worte haben mich eingeschüchtert und ihr Ziel nicht verfehlt, und so habe ich dieses dunkle Geheimnis niemandem anvertraut. Fast niemandem.

Die Welt wird von Männern regiert, von boshaften Männern wie diesem Priester, doch das hat heute ein Ende.

»Die Hölle wartet auf Sie«, sage ich, als ich den Lauf der Waffe gegen die Stirn des Teufels drücke.

43

Herr Stauch, auf einigen Fotos von der Hochzeit ist ein Clown abgebildet. Wir gehen davon aus, dass Sie dieser Clown sind. Wollen Sie nicht endlich mit der Wahrheit herausrücken?«, fragte Aydin, als er und Brandt wieder im Verhörraum waren.

Fischer hatte ganze Arbeit geleistet, er hatte die Clownfotos gefunden und war jetzt dabei, sie dahingehend zu überprüfen, ob die Person darauf tatsächlich Josef Stauch war.

»Sie werden das niemals verstehen«, flüsterte Stauch, er wirkte nachdenklich, als ahnte er, dass er sich nicht mehr herausreden konnte.

»Wollen Sie uns nicht verraten, was an diesem Tag wirklich vorgefallen ist?«, fragte nun Brandt.

Doch bevor Stauch antworten konnte, gab es einen lauten Knall, als hätte jemand geschossen.

»Nadine«, entfuhr es Stauch. Angst lag in seinen Augen, sie waren weit aufgerissen.

»Du wartest hier«, sagte Brandt an Aydin gerichtet und lief hinaus. Was immer draußen geschehen war, es stand in direkter Verbindung zu Stauch und somit zu den drei Politikermorden. Aus dem Augenwinkel sah er, dass Aydin nicht auf ihn gehört hatte und mit ihm zusammen aus dem Präsidium rannte.

»Ein Team«, rief er, als er zu Brandt aufgeschlossen hatte.

Nur wenige Meter entfernt sah Brandt, was geschehen war. Eine Frau hatte den Priester erschossen, er lag auf dem Boden und eine große Blutlache auf Kopfhöhe ließ keinen Zweifel daran, dass er tot war.

»Keine Bewegung«, rief Brandt, er richtete seine Waffe auf die Frau. »Waffe runter.«

Die Frau war groß, fast so groß wie Brandt, und schlank. Er schätzte sie auf Mitte dreißig. Sie schaute zu ihm und lächelte.

»Legen Sie bitte die Waffe herunter. Lassen Sie uns reden«, sagte Aydin und machte einen Schritt auf die Frau zu, sehr zum Missfallen von Brandt. Immerhin hatte sie noch die Waffe in der Hand und soeben hatte sie bereits einen Priester erschossen, was hinderte sie also daran, auch Aydin zu erschießen? Er und Brandt trugen keine Schutzweste.

»Ich wollte nicht schweigen wie die vielen anderen Opfer«, sagte die Frau.

»Sind Sie Nadine?«, fragte Aydin.

»Das war ich. Nun bin ich Damian!«, antwortete sie und Brandt hatte Gewissheit, dass der Clown und diese Frau sich kannten, vermutlich waren sie Komplizen und jetzt glaubte Brandt auch zu wissen, warum die vier Männer hatten sterben müssen. Nicht der Clown hatte sich gerächt, sondern Nadine. Aller Wahrscheinlichkeit nach hatten die Männer sie vergewaltigt.

»Bitte, Nadine, legen Sie die Waffe weg. Lassen Sie uns in Ruhe über alles reden«, versuchte Aydin weiter zu ihr durchzudringen. »Das wäre auch im Sinne von Josef Stauch.«

»Josef hat mit all dem hier nichts zu tun. Er ist ein Engel. Glauben Sie nicht, was er sagt. Ich allein bin für die Morde an den drei Politikern verantwortlich, ebenso wie an dem hier. Sie haben es verdient, alle vier. Sie haben ihr Leben an dem Tag verwirkt, an dem sie mir meins nahmen. Josef hat mit alldem nichts zu tun. Es war meine alleinige Entscheidung.«

»Wir können das alles zu Protokoll nehmen, wenn Sie die Waffe auf den Boden legen und mit uns ins Präsidium gehen«, antwortete Brandt, er trat neben Aydin und drängte sich dann mit einer raschen Bewegung vor ihn.

*

»Ich gehe nirgends hin«, antworte ich dem Polizisten. Ich sehe ihm an, dass er sich Gedanken macht, und ich weiß auch, warum er sich vor seinen jüngeren Kollegen gestellt hat. Zwischen den beiden herrscht eine tiefe Verbundenheit. Er will seinen Kollegen schützen, das imponiert mir.

Dabei muss er sich keine Sorgen machen, ich werde weder ihm noch seinem Kollegen etwas antun. Mein Werk ist vollendet. Meine einzige Sorge ist, dass Josef wegen meiner Taten ins Gefängnis wandert. Dabei habe ich auch für diesen Fall vorgesorgt. Bereits gestern Abend habe ich einige E-Mails geschrieben, die morgen an ein paar Zeitungen verschickt werden. Zudem habe ich vorhin ein Startprogramm laufen lassen, das den gesamten Inhalt von meinem Laptop, meinem Handy und Josefs Handy löschen wird, wenn ich es in zwei Stunden nicht deaktiviere, und ich habe eine SMS an Josef verfasst, die morgen durch ein automatisiertes Programm verschickt werden wird, mit folgendem Inhalt:

Du bist mein Licht. Du musst weiterleben. Für mich!

Ich hoffe, dass er die Botschaft versteht, dass er sich nicht selbst belastet und unbescholten weiterlebt. Die Medien werden mein Geständnis veröffentlichen, die beiden Polizisten haben mein Geständnis und wenn Josef dichthält und nicht gesteht, dass er Mitwisser oder Mittäter war, warum sollte man ihn dann verhaften?

Er hätte es nicht verdient, schließlich hat er mir an dem Tag damals das Leben gerettet und mir in den Jahren, die folgten, geholfen, überhaupt wieder etwas wie ein Leben führen zu dürfen.

Das Leben ist kompliziert, in Momenten wie diesen wird mit bewusst, wie sehr. Etwas in mir sagt, dass ich von meinem Plan abrücken soll, dass ich gestehen und für meine Taten geradestehen soll, aber ein dämonischer Teil in mir sagt, dass das unmöglich ist. Ich habe kein Verbrechen begangen, für das ich ins Gefängnis gehöre, für das ich eine Schuld eingestehen müsste.

Diese Männer waren bereits zum Tode verurteilt, als sie entschieden, ein junges Mädchen aufs Schändlichste zu missbrauchen. Wie kann ich für diese Tat eine Schuld eingestehen? Ich bin das Opfer, das darf man nicht vergessen. Aber wir leben in einer Welt, die von Männern dominiert wird, in der Männer die Regeln aufstellen. Regeln, die es ihnen erlauben, Frauen zu unterdrücken und zu vergewaltigen. Irgendwo habe ich gelesen, dass jede dritte Frau im Laufe ihres Lebens sexuelle oder körperliche Gewalt erfahren hat, ohne dass die Peiniger je eine Strafe zu befürchten hatten.

Aber diesmal haben vier Männer ihr Urteil erhalten, und es konnte nur die Todesstrafe sein.

»Bitte, Nadine, legen Sie die Waffe weg. Ich kann Ihren Schmerz verstehen«, versucht der jüngere Beamte zu mir durchzudringen, aber meine Entscheidung steht längst fest.

»Ich allein trage die Schuld an den Morden. Ich habe diese Männer alleine getötet. Alles andere ist eine reine Lüge«, wiederhole ich meine Aussage. »Sagen Sie Josef, dass ich für jeden Tag dankbar bin, den ich bei ihm sein durfte. Er ist ein Engel und ich bin endlich frei, aber er muss auch frei sein. Sagen Sie ihm das, versprechen Sie mir das.« Ich schaue den jungen Polizisten eindringlich an, weil er den empathischeren, nachgiebigeren Eindruck macht.

Nun muss ich doch weinen, aber vor Freude, weil plötzlich ein Gefühl der Wärme durch meinen Körper jagt, das ich mit Worten nicht erklären kann.

»Das werde ich, aber legen Sie bitte die Waffe weg«, bittet mich der junge Polizist.

Mein Blick wandert zum Himmel, es ist ein schöner, sonniger Tag. Irgendwo höre ich Vögel zwitschern.

Ein schöner Tag zum Sterben, denke ich.

Ich richte die Waffe auf mich und drücke ab.

44

23. September, Köln

Zoe hatte den Zeitungsartikel gelesen und Wut packte sie, gleichzeitig große Enttäuschung und Angst.

»Papa ein Vergewaltiger?«, fragte sie sich und wischte sich die Tränen vom Gesicht.

Sie wollte nicht glauben, dass Natalies Vater, der andere Politiker aus Lübeck, der Priester und ihr Vater ein junges Mädchen vergewaltigt hatten. Aber der Artikel, den sie eben zu Ende gelesen hatte, klang glaubwürdig.

»Warum sonst hätte sich Nadine ebenfalls umbringen sollen?«, überlegte sie weiter. Die Täterin war nicht untergetaucht, sie hatte sich das Leben genommen.

Wieder wischte sie sich mit der Hand übers Gesicht. Ihr Vater, den sie geliebt hatte, der sie wie eine Prinzessin behandelt hatte, war ein Monster gewesen, nichts anderes!

Konnte ein Mensch so ein Unrecht jemals mit einer oder vielen guten Taten aufwiegen?

Zoe glaubte nicht daran.

Jetzt ergab auch das Verhalten dieses Priesters Sinn. Als sie ihn mit dem Foto konfrontiert hatte, war er plötzlich nicht mehr so nett gewesen, sein Verhalten hatte befremdlich gewirkt und er hatte sich angeblich an nichts mehr erinnern können.

»Sie lügt! Sie ist eine eiskalte Mörderin, die Lügen verbreitet«, platzte sie heraus, aber ihr Herz sagte ihr etwas anderes. Es sagte, dass es für Nadine Scheffel keinen Grund gab, zu lügen. Dass alle Männer, die sie getötet hatte, auf der Hochzeit gewesen waren. Und Zeugen, die ebenfalls dort gewesen waren, hatten der Presse verraten, dass sie sich daran erinnerten, wie die vier miteinander gefeiert hatten und zunehmend betrunken waren. Einer wollte sich daran erinnern, dass sie Richtung Wald gegangen seien und herumgeblödelt hätten.

In ihrem Abschiedsbrief an die Zeitung hatte Nadine geschrieben, dass sie im Wald auf die vier stark alkoholisierten Männer gestoßen sei. Einem habe sie ein blaues Auge verpasst, als sie sich wehrte, aber sie war zu schwach und zu ängstlich gewesen, weil sie noch ein Kind war.

Warum hätte sie sich das alles ausdenken sollen? Warum sonst hätte sie ausgerechnet diese vier Männer töten sollen?

Ihr Vater, den sie abgöttisch liebte, war ein Vergewaltiger, das war die bittere Wahrheit. Und je früher sie sich das eingestand, desto eher würde sie das Ganze verarbeiten können.

Ihre Mutter tat sich noch schwerer mit der Situation. Sie wollte von all dem nichts hören. Sie war einfach abgereist, zu Freunden nach Marbella.

Im Fliehen war ihre Mutter schon immer gut gewesen, Zoe aber nicht. Sie war ein Mensch, der sich der Situation und der Wahrheit stellte.

Immer?

Meistens jedenfalls. Und auch diesmal würde sie es tun, selbst wenn es eine Zeit dauern würde, bis sie das ganze Ausmaß begriffe.

Inzwischen glaubte sie auch zu wissen, welche Rolle dieser Obdachlose gespielt hatte, den sie in der Einrichtung wiedererkannt hatte, dessen Identität die Polizei aber nicht preisgegeben hatte.

In Nadines Abschiedsbrief stand, dass Zoes Vater nicht zu seiner Tat und der Verantwortung habe stehen wollen und dass sie daher seine Tochter habe entführen müssen, dass sie der Tochter aber niemals hätte Schaden zufügen wollen.

Vermutlich hatte der Mann, der Nadine geholfen hatte, sie nur betäubt und entführt, damit ihr Vater zu dem vereinbarten Treffpunkt kam, wo er getötet worden war. Diese Tatsache sagte ihr, dass ihr Vater sie geliebt hatte, so sehr, dass er bereit gewesen war, sein Leben für sie herzugeben. Schließlich hatte er wissen müssen, dass er damit seinen eigenen Tod besiegelte.

Machte das ihren Vater daher nicht doch zu einem guten Menschen?

Zoe wusste es nicht. Sie wusste gar nichts mehr. Aber je länger sie darüber nachdachte, desto weniger wütend wurde sie. Desto weniger hasste sie Nadine, den Mann, der ihr geholfen hatte, und irgendwie auch ihren Vater.

Jeder hatte seine eigene, radikale Art, mit Schmerz umzugehen.

Nach allem, was sie erlebt hatte, wurde ihr Wunsch, Journalistin zu werden, nur stärker. Sie wollte sich für die Gerechtigkeit und für die Wahrheit einsetzen, und wie könnte sie das besser, als wenn sie Journalistin werden würde?

»Ich werde nicht daran zerbrechen, sondern stärker werden«, sagte sie mit fester Stimme und setzte sich an ihren Laptop, um für ihren nächsten Artikel zu recherchieren.

Die Zukunft gehörte ihr und sie würde sie sich von niemandem kaputt machen lassen. Dieser Gedanke brachte Hoffnung, und das war alles, was sie gerade brauchte.

45

Baden-Baden

Josef hatte Köln verlassen. Jetzt war er in Baden-Baden, in der Fußgängerzone dieser mondänen Stadt, und gönnte sich eine Pause. Seine fünfzehnminütige Darstellung als Pantomime war auf großes Interesse gestoßen. Immerhin hatte er knapp dreißig Euro eingenommen. Heute schien ein guter Tag zu sein.

Die Sonne schien, die Menschen waren spendabel und würdigten seinen Auftritt. Dennoch war sein Herz schwer. Vielleicht lag es daran, dass er gerade in seiner Rolle aufblühte.

In Gedanken war er bei Nadine und bei der Polizei. Als er den Schuss gehört hatte, hatte er hinausrennen wollen, aber er war gefangen in dem kleinen dunklen Raum. Diese Hilflosigkeit hatte ihn schier in den Wahnsinn getrieben, weil er das Schlimmste befürchtete, und als die beiden Beamten zurückkehrten und ihm sagten, dass Nadine tot sei, da war ihm, als hätte ihm jemand den Boden unter den Füßen weggerissen. Er taumelte, er war fast taub vor Schmerz und er wollte alles erzählen, nur damit dieser Schmerz endlich aufhörte. Doch da sagte dieser Aydin, dass er für ihn eine Nachricht von Nadine habe:

Er ist ein Engel und ich bin endlich frei, aber er muss auch frei sein!

Da wusste er, dass er der Polizei nicht die Wahrheit erzählen durfte, nicht sagen durfte, welche Rolle er bei der Sache gespielt hatte. Dabei hätte er zu gerne alles erklärt, er hatte sein Herz ausschütten wollen. Was er getan hatte, hatte er getan, weil er sich Nadine nicht nur verbunden, sondern sich auch für sie verantwortlich gefühlt hatte. Seit diesem schrecklichen Tag waren sie nicht nur die besten Freunde, er war sogar so etwas wie ein Vaterersatz für sie gewesen.

Immer wieder suchten ihn die schrecklichen Bilder heim, wie er sie im Wald gefunden hatte, blutüberströmt, von blauen Flecken übersät, nur noch zerrissene Kleidung am Leib und weinend. Er hatte mit ihr zur Polizei gehen wollen, aber sie wollte nicht, sie sagte, sie wäre gestürzt und dann war sie weggelaufen.

Tagelang hatte er schlecht geschlafen, sich Vorwürfe gemacht, warum er nicht strenger mit ihr gewesen war, weil er geahnt hatte, was ihr geschehen war.

Ein paar Jahre später hatte er sie wiedergesehen. Sie hatte am Straßenrand gesessen, zugedröhnt mit Alkohol und Drogen. Er hatte sie bei sich aufgenommen, ihr geholfen, von den Drogen wegzukommen, ihre Dämonen zu besiegen und wieder zurück ins Leben zu finden.

Nadine hatte studiert, eine Anstellung gefunden und sich dann selbstständig gemacht, weil sie sehr gut mit Computern umgehen konnte. Und er hatte die Hoffnung gehabt, dass sie den Schmerz überwinden würde, dass ihre Albträume weniger werden würden. Sie hatte ihn gebeten, bei ihr einzuziehen, aber er lehnte ab. Er war mit Leib und Seele Straßenkünstler, dennoch blieb er in ihrer Nähe. Sie trafen sich oft.

So sehr sich Nadine aber auch gefangen haben mochte, den dunklen Makel, den Tag, an dem man sie brutal missbraucht hatte, hatte sie nicht vergessen können. Er war wie ein Krebsgeschwür, das sie seit Jahren in sich trug und das sie endlich loswerden musste.

So war die Idee entstanden, diejenigen dafür büßen zu lassen, die ihr das angetan hatten. Er hatte keine Sekunde gezögert und ihr sofort seine Hilfe angeboten. Erst hatte sie sich davor gescheut, doch dann hatte sie zugesagt, allerdings unter der Voraussetzung, dass er ihre Entscheidungen nicht infrage stellen würde, egal welche.

Josef hatte zugestimmt, da er gehofft hatte, dass sie danach endlich ihren Frieden finden würde. Damit, dass sie sich das Leben nehmen würde, hätte er nie gerechnet.

Welch ein Irrtum!

Nachdem die Polizei ihn entlassen hatte, weil die Beweise für eine Verhaftung nicht ausreichten und er die ganze Zeit geschwiegen hatte, hatte er mit dem Gedanken gespielt, sich ebenfalls das Leben zu nehmen, doch dann hatte er eine SMS bekommen:

Du bist mein Licht. Du musst weiterleben. Für mich!

Es war Nadines letzter Wille und er hatte ihr versprochen, ihr gegenüber loyal zu sein und ihre Entscheidungen zu respektieren, komme, was wolle. Wie hätte er sich da das Leben nehmen können?

Also lebte er, um ihretwillen, und würde ihre Geschichte erzählen, versteckt in seinen Auftritten als Pantomime.

46

Ein paar Tage später in Köln

»Ich kann sie verstehen«, sagte Walter und reichte Brandt seine Currywurst.

»Ich nicht. Wo kommen wir denn hin, wenn jeder Selbstjustiz ausübt?« Brandt schüttelte den Kopf. Bevor er seinen Gedanken weiter ausführen konnte, klingelte sein Handy. Er nahm das Gespräch an und schaltete auf laut.

»Hallo, Arndt. Aydin und ich sind gerade bei Walter.«

»Moin, Moin, ihr beiden. Moin, Walter, Elke ist auch bei mir.«

Elke grüßte in die Runde. Dann klopfte es erneut in der Leitung und Brandt sah, dass Tom Hardt anrief.

»Ist es okay für euch, wenn ich Tom mit in die Schalte hole?«

»Klar«, erwiderte Arndt.

»Wenn Lasse das mal hinkriegt«, lachte Aydin, aber Brandt gelang es, schließlich war es kein Hexenwerk, eine Konferenzschaltung zu aktivieren.

»Hallo, Tom. Arndt und Elke sind ebenfalls in der Leitung. Aydin und ich sind gerade bei einem sehr guten Freund, bei Walter.«

»Ach, der Mann mit den leckersten Würstchen in Köln?«, sagte Tom. »Nele ist bei mir.«

»Die leckersten Würstchen, so ist es. Und Sie sind herzlich eingeladen, sich davon zu überzeugen«, meldete sich Walter zu Wort.

Die gegenseitige Begrüßung fiel nach Brandts Geschmack etwas chaotisch aus, aber dann hatten sie es endlich hinter sich gebracht und konnten zum eigentlichen Zweck des Gespräches kommen.

»Jetzt, wo wir alle am Telefon sind, und obwohl wir gestern in der gemeinsamen Besprechung den Fall bereits abgeschlossen haben, von Frau Blum und mir noch einmal einen großen Dank für die hervorragende Zusammenarbeit«, sagte Tom.

»Auch wenn wir Josef Stauch leider keine Mittäterschaft haben nachweisen können, finde ich, dass wir alle stolz auf unsere Ermittlungsarbeit sein dürfen«, ergänzte Nele. »Vor allem vor dem Hintergrund, wie kompliziert länderübergreifende Ermittlungen in der Regel sind.«

»Das sehe ich auch so. Es ist natürlich sehr schade, dass wir Nadine Scheffel nicht davon haben abhalten können, sich das Leben zu nehmen«, erwiderte Brandt.

»Ihr hättet nichts dagegen tun können. Laut ihrem Abschiedsbrief, den sie den Medien geschickt hat, hatte sie genau das geplant«, stellte Arndt fest. »Irgendwie tut sie mir leid.«

»Sie tut dir leid?«, fragte Brandt erstaunt.

»Na, immerhin wurde sie als Fünfzehnjährige aufs Übelste missbraucht. Ich kann mir vorstellen, was in ihr vorging. Ihr erinnert euch an die Entführung meines Sohnes Sebastian vor einigen Jahren. Auch wenn ein Polizist das nicht sagen sollte, aber ich wäre sehr weit gegangen, um meinen Jungen zu befreien. Viel weiter, als wir es dürfen.«

»Ich verstehe dich«, antwortete Tom. Seine Stimme klang nachdenklich und Brandt ahnte, woran Tom dachte. Vor einigen Monaten war Toms Frau auf brutale Weise ermordet worden und bis heute fehlte vom Täter jede Spur. So wie Brandt seinen alten Kollegen aus Hamburger Zeiten einschätzte, würde er ebenfalls weit über das hinausgehen, was rechtlich erlaubt war, um seine Frau zu rächen, obwohl er einer der ehrenwertesten Polizisten war, die er kannte.

In diesem Moment wurde Brandt wieder einmal bewusst, dass Polizisten natürlich auch nur Menschen waren und die waren vor Emotionen nicht gefeit, dennoch hoffte er, dass keiner seiner Freunde je das Gesetz über Gebühr strapazieren würde, weil er nicht wusste, ob er sie in jedem Fall bedingungslos decken würde. Er war nicht zur Polizei gegangen, um Verbrechen zu decken, sondern um sie aufzuklären.

»Eigentlich rufen wir wegen etwas ganz anderem an«, erklärte nun Arndt.

»Und das wäre?«

»Elke, möchtest du es ihnen erzählen?«

»Arndt und ich werden heiraten«, antwortete Elke. Ihre Stimme klang glücklich und Brandt konnte sich sehr gut vorstellen, wie sie gerade übers ganze Gesicht strahlte.

»Herzlichen Glückwunsch«, sagten alle beinahe synchron.

»Wir möchten euch alle zu unserer Hochzeit einladen. Den genauen Termin geben wir euch noch bekannt.«

»Sehr gern. Vielen lieben Dank«, sagte Brandt als Erster, bevor die anderen etwas ähnlich Freundliches beisteuerten.

Nachdem sie sich noch über ein paar andere Dinge ausgetauscht hatten, beendete Brandt die Telefonkonferenz.

»Endlich heiraten die beiden. Das freut mich sehr«, sagte Aydin. »Ich könnte übrigens noch eine Rindswurst vertragen.«

»Wenn ich deinen Bauch so ansehe, bestimmt noch ein paar mehr«, zog Brandt seinen Kollegen auf. Solche Steilvorlagen konnte er nicht ungenutzt lassen.

»Was für ein Bauch? Aydin hat doch abgenommen. Ich sehe keinen Bauch«, sprang Walter ihm bei und legte ein paar Würstchen auf den Grill.

»So ist es. Ich habe fast sieben Kilo abgenommen.«

»Wers glaubt«, schmunzelte Brandt und streckte die Hand nach Aydins Bauch aus, doch der drehte sich weg. Dabei wusste er, dass Aydin tatsächlich abgenommen hatte und sein Bauch deutlich kleiner war, obwohl Aydin nie wirklich dick gewesen war, aber er ließ sich nun mal so wunderbar ärgern und das tat Brandt zu gerne.

»Habe ich das eigentlich richtig verstanden, dass dieser Josef Stauch auch an der Tat beteiligt war? In den Zeitungen stand nichts darüber.«

»So scheint es. Die Zeitungen haben nur das Geständnis

von Nadine Scheffel abgedruckt. Wir hatten Stauch in Gewahrsam, aber dank Aydin hat er geschwiegen, statt auszupacken. Dabei war er so kurz davor.«

»Wieso dank mir?« Aydin schüttelte den Kopf.

»Wenn du ihm nicht erzählt hättest, worum Scheffel dich gebeten hat, hätte er gesungen. In der Nachricht war eine versteckte Botschaft.«

»Das weißt du doch gar nicht. Ja, er war auf der Hochzeit, aber als Clown. Und er hat Nadine entdeckt und sich um sie gekümmert, nur hat sie ihm nicht anvertraut, warum sie so weinte und so zugerichtet war. Er konnte nichts machen. Trotzdem kreuzten sich ihre Wege immer wieder. Macht ihn das nun zu einem Mörder oder Mittäter?«

»Die Wahrscheinlichkeit ist nicht gering«, blieb Brandt bei seiner Haltung.

»Also hätte ich mein Wort brechen und ihren letzten Willen nicht erfüllen sollen?«

»Lass dich nicht ärgern. Du hast richtig gehandelt«, sagte Walter.

»Wie kannst du das denn beurteilen, du warst doch gar nicht dabei.«

»Er hat versprochen, den letzten Willen einer Sterbenden zu erfüllen, und das hat er getan. Wie kannst du ihn dafür kritisieren? Und dass Stauch ebenso Schuld hat, ist doch pure Spekulation. Soweit ich es aus ihrem Abschiedsbrief herausgelesen habe, wurde sie von einem Straßenkünstler gerettet. Ihre Wege haben sich zunächst getrennt, sich dann aber immer wieder gekreuzt. Sie hat es offensichtlich diesem Clown zu verdanken gehabt, dass sie an der Schmach nicht zerbrochen ist. Sie beschreibt ihn als Engel, als einen sehr guten und loyalen Freund. Dieser Mann kann ja nur Stauch sein.«

»Das mag sein. Ich sehe schon, gegen euch beide habe ich keine Chance. Am Ende ist es eh egal. Wir werden ihm kaum etwas nachweisen können. Weder auf dem Laptop noch auf dem Handy der Toten finden sich verwertbare Daten. Fischer geht davon aus, dass ein automatisiertes Programm sämtliche Inhalte gelöscht hat. Sie schien sehr bewandert zu sein in Hackersoftware und IT. Aber es wird noch Wochen dauern, bis wir alle Informationen beisammenhaben. Das ist dann allerdings Aufgabe des Staatsanwaltes, der Spurensicherung und der Abteilung von Fischer. Für uns ist der Fall gelöst und abgeschlossen, es wird keine weiteren Morde mehr geben. Du solltest übrigens mal die Currywurst vom Grill nehmen, bevor sie verbrennt.«

»Sag doch einfach, dass du eine möchtest«, lachte Walter, nahm die Currywurst vom Grill und schnitt sie in kleine Stücke. Brandt reichte ihm seinen Teller und Walter richtete die Currywurst mit seiner Spezialsoße und Toastbrot darauf an.

Brandt ließ sogleich ein Stück der heißen Currywurst in seinem Mund verschwinden und wie immer war die Geschmacksexplosion unbeschreiblich. Es war unerklärlich, aber Walters Currywurst wurde nie langweilig. Nachdenklich spießte er das nächste Stück auf und schob es durch die würzige Soße.

Tief in seinem Herzen tat Nadine Scheffel ihm leid, was ihr widerfahren war, wünschte er niemandem. Dennoch wurmte es ihn, dass sie Stauch keine Mittäterschaft hatten nachweisen können. Aber Zoes Aussage und die Tatsache, dass er auf der Hochzeit dabei gewesen war, waren einfach nicht ausreichend. Zumal Zoe gegenüber dem Staatsanwalt ausgesagt hatte, dass sie nicht zu hundert Prozent versichern könne, dass er der Entführer gewesen sei, weil sie sich nur an das Tattoo erinnere.

Aber so waren Ermittlungen und damit musste man als Polizist leben können, nicht jeder Fall konnte zur vollen Zufriedenheit aufgeklärt werden.

»Glaubt ihr, Elke und Arndt würden es gut finden, wenn ich auf ihrer Hochzeit ein paar meiner weltberühmten Würstchen spendiere? Ich könnte den Grillmaster machen.«

»Klar, warum nicht«, antwortete Aydin. »Ich kenne mindestens einen jungen Mann, der ausflippen würde, wenn du das machst.«

»Tolga! Dieser kleine Schatz hat eben Geschmack.« Walter richtete sich auf und seine Augen funkelten, er war in Aydins kleinen Bruder vernarrt und es machte ihn sehr glücklich, wenn Tolga eine Wurst nach der anderen bei ihm verdrückte. »Habt ihr heute eigentlich schon den Kölner Stadtanzeiger gelesen?«

»Ich dachte, du liest nur den Express?«, witzelte Brandt und steckte sich ein weiteres Stück Currywurst in den Mund. Danach gönnte er sich einen Schluck Pils aus der Flasche. Bis heute war es ihm nicht gelungen, Kölsch zu mögen. Er würde wohl immer ein Pils-Trinker bleiben.

»Ehrlich gesagt nicht. Was steht denn so Interessantes drin? Und hör nicht auf Brandt, der ist nur glücklich, wenn er seine dummen Scherze machen kann«, sagte Aydin.

»Ich bin da sehr entspannt. Das prallt alles an mir ab. Aber zurück zu dem Artikel. Man hat einen weltweiten Skandal um Organhandel aufgedeckt. Ein Whistleblower und ein privates Ermittlungsteam haben wohl dazu beigetragen, dass die Hintermänner aus Japan, China, Indien und der Ukraine gefasst wurden. Jugendlichen aus Indien, der Ukraine und China wurden Organe entnommen, um sie im Westen und Japan für teures Geld zu verkaufen.«

»Kranke Welt, in der wir leben«, Aydin schnaubte angewidert. »Wenn du arm, sehr arm bist, bist du diesen gierigen Geldmachern doch hoffnungslos ausgeliefert. Die in ihrem feinen Zwirn glauben, dass sie was Besseres wären. Da wird mir nur schlecht.«

»Du hast das doch nicht ohne Hintergedanken erwähnt, oder?«, fragte Brandt, da er noch etwas anderes hinter Walters Erzählung vermutete.

»Erinnert ihr euch an das Gespräch mit Joe und Walsh? Er hat doch gesagt, dass er nach Kiew und Tokio müsse. Haltet ihr das für einen Zufall?«

»Walsh?« Aydin machte große Augen. »Verdammt, ich muss den Artikel lesen. Aber du hast recht, an solche Zufälle glaube ich nicht.«

Brandt nickte nur, er hielt das auch für möglich, zumal Walsh jemand war, der sich tatsächlich für die Interessen der Schwächsten und für die Gerechtigkeit einsetzte, dennoch wollte er nicht in Aydins Lobhudelei einstimmen.

In Momenten wie diesen wurde ihm schmerzlich bewusst, was für ein gutes Leben er und seine Freunde hatten. Wie gut sie im Westen lebten und dass man sich das ab und an streng vor Augen führen musste, statt immer nur zu jammern.

Brandts Blick wanderte zu Walter, weil der plötzlich wie erstarrt auf die Eingangstür starrte.

Ein junger Mann mit Gitarre betrat den Imbiss und er lächelte, als er zu ihnen trat.

– ENDE –

Anmerkungen des Autors

Wie immer an dieser Stelle möchte ich mich dafür bedanken, dass Sie sich für mein Buch entschieden haben und Ihre kostbare Zeit damit verbracht haben, es zu lesen. Ich hoffe, dass Ihre Erwartungen erfüllt wurden und das Buch Ihnen einige spannende und aufwühlende, vielleicht sogar nachdenkliche Stunden bereitet hat, denn ich möchte mit meinen Büchern nicht nur unterhalten, sondern auch zum Nachdenken, Innehalten und Reflektieren anregen.

In diesem Roman geht es vorrangig um zwei Themen: um den Missbrauch von Frauen und um Selbstjustiz.

Bevor ich zu dem Missbrauch in dieser Geschichte komme, ein paar Worte zur Selbstjustiz. Ich als Autor lehne Selbstjustiz strikt ab. Wir leben in einem Rechtsstaat und da ist es Aufgabe der Polizei, dass Verbrecher geschnappt werden, und Aufgabe des Staatsanwalts und der Gerichte, dass diese Verbrecher zur Verantwortung gezogen werden. Aber ein Krimi/Thriller lebt von der Spannung und natürlich auch von der Übertreibung. Daher ist es mir sehr wichtig, dass Sie verstehen, dass das, was in der Geschichte passiert, sich nicht mit dem deckt, was ich für richtig halte. Diese Geschichte ist Fiktion und als solche sollte sie auch verstanden werden, ungeachtet der Tatsache, dass ich versuche, meine Geschichten so real wie möglich zu gestalten.

Daher ist der Hass, den Nadine auf Politiker empfindet, nicht gleichzeitig auf die Haltung des Autors gegenüber Politikern zu übertragen. Wobei ich gestehen muss, dass ich mir in letzter Zeit ernsthaft die Frage stelle, ob wir überhaupt noch Politiker brauchen, solange viele von ihnen den Eindruck erwecken, als wären sie mehr an ihrem eigenen Wohl als an dem Wohl der Menschen und des Landes interessiert. Aber das ist ein anderes Thema und irgendwann werde ich darüber auch ein Buch schreiben.

Nadines Hass auf Politiker ist, wenn man tief in ihre Seele blickt, nicht der Hass auf Politiker per se, sondern vielmehr der Hass auf die Männer, die sie missbraucht haben.

Noch immer wird das Thema Missbrauch, trotz der **#metoo**-Debatte, für mein Dafürhalten in der Politik und der Öffentlichkeit zu zögerlich behandelt. Vor geraumer Zeit hatte ich einen Post auf Facebook dazu veröffentlich, woraufhin sich einige meiner Leserinnen bei mir gemeldet und ihre Erfahrungen geschildert haben. Die meisten von denen, die missbraucht wurden, haben Jahrzehnte gebraucht, bevor sie den Missbrauch angezeigt haben. Einige von ihnen haben größte Scham empfunden und sich selbst für das verantwortlich gemacht, was ihnen angetan wurde. Und es hat dritte Personen (wie zum Beispiel Psychologen) gebraucht, damit sie sich öffnen konnten.

Das Thema ist sehr kontrovers und nicht wenige meiner Leserinnen und Leser kritisieren gerne, dass sie nicht verstehen können, warum die Missbrauchsopfer nicht früher zur Polizei gegangen sind oder sich der Familie und Freunden anvertraut haben. Oft sind es aber gerade Familienmitglieder, die diesen Missbrauch begehen.

Ich finde diese Haltung naiv und teile das den Betreffenden auch mit. Ein Missbrauch findet nicht nur auf körperlicher, sondern auch auf seelischer Ebene statt. Seien Sie froh, wenn Ihnen so etwas Schlimmes nicht widerfahren ist, aber bitte unterlassen Sie es, Missbrauchsopfer zu kritisieren. Wann sich jemand öffnet, einer anderen Person vom Missbrauch erzählt oder eine Anzeige erstattet, ist allein die Sache des Opfers.

Natürlich wäre es vernünftig, sofort nach dem Missbrauch zur Polizei zu gehen und sich Familie und Freunden anzuvertrauen, gerade um dem Täter schnellstmöglich das Handwerk zu legen. Aber ich kann verstehen, wie schwer dieser Schritt manchmal sein kann. Dennoch möchte ich an alle, die es betrifft, appellieren: Versuchen sie es. Sie werden sich danach besser fühlen. Wenn Sie es nicht können, kann Ihnen das aber auch niemand vorwerfen. So wie Nadine es in dieser Geschichte nicht konnte, weil sie noch jung war und vor allem der Priester ihr solch eine Angst eingejagt und sie psychisch so klein gemacht hat, dass sie die Schuld bei sich suchte.

Ein kurze Googlesuche mit den Stichworten:

Pädophilie katholische Kirche

liefert fast 55.000 Ergebnisse (wobei man bei den Ergebnissen der Googlesuche natürlich differenzieren muss). Viele der missbrauchten Kinder, von denen hier berichtet wird, haben Jahrzehnte gebraucht, bevor sie sich getraut haben, damit an die Öffentlichkeit zu gehen. Vor diesem Hintergrund muss man verstehen, warum Nadine so viele Jahre benötigt hat, um den Entschluss zu fassen, zu handeln. Im Gegensatz zu den meisten anderen hat sie sich allerdings nicht an die Polizei gewandt, sondern entschieden, sich persönlich zu rächen. Ohne diesen Entschluss wäre ihre Geschichte nie geschrieben worden.

Aber genug der Worte über Nadine und ihre Motivation. Sicherlich ist meinen Stammleserinnen und -lesern aufgefallen, dass einige Figuren aus meinen anderen Büchern den Weg in die Geschichte gefunden haben, wie das Frankfurter Ermittlerteam und Peter Walsh sowie sein bester Freund Joe.

Diese Idee habe ich mir als Weihnachtsgeschenk für Sie ausgedacht und ich hoffe, dass es Ihnen gefallen hat. Seien Sie versichert, Peter Walsh und Joe werden wir ganz sicher noch in weiteren Geschichten begegnen.

Ich mag Helden und gerade in der heutigen Zeit kann es nicht genug Helden wie Peter Walsh geben. Wenn Sie die Figur noch nicht kennen, empfehle ich Ihnen meine Peter-Walsh-Bücher, die alle auf Amazon erhältlich sind. Am besten, Sie beginnen mit Peter Walsh I–IV (einem Sammelband) oder Täuschung.

Nun aber genug der Werbung. Natürlich hoffe ich, dass Ihnen auch die Zusammenarbeit der drei Teams aus Köln, Lübeck und Mannheim gefallen hat. Vermutlich werden sie in naher Zukunft erneut gemeinsam ermitteln. Alle Neuigkeiten dazu erfahren Sie auf meiner Autorenseite bei Facebook.

Das war es dann von mir – allerdings nicht ganz.

Sicherlich fragen Sie sich, wer der Straßenmusiker ist, der Nadine so tief beeindruckt hat und der am Schluss in Walters Imbiss kam. Einige von Ihnen mögen an Rémy denken, einen besonderen Straßenmusiker, der mit seiner wunderbaren Stimme und seiner Warmherzigkeit, die er, obwohl ihm das Leben übel mitgespielt hat, allen Menschen gegenüber zeigt, das Herz vieler meiner Leser berührt hat.

Ob er es war, überlasse ich Ihrer Fantasie, auch wenn das vielleicht etwas gemein von mir ist. Aber ich finde, wenn man auf alle Fragen im Leben eine Antwort erhielte, wäre das Leben schnell langweilig. Und das wollen wir doch alle nicht.

In diesem Sinne Ihnen alles Gute und bis zum nächsten Buch.

Ihr *Salim Güler*

Über den Autor

Salim Güler, aufgewachsen in Norddeutschland, studierte in Köln Wirtschaftswissenschaften und promovierte an der TU-Chemnitz.

Schon als Schüler begann er mit dem Schreiben von selbsterfundenen Geschichten und diese Leidenschaft ließ ihn bis heute nicht los.

In seinen Romanen finden sich immer wieder gesellschaftlich aktuelle Themen, die er geschickt in eine fiktive und hochspannende Geschichte einzubetten versteht.

Seine Bücher sind regelmäßig in der BILD-Bestsellerliste zu finden.

Güler ist sehr am Austausch mit seinen Leserinnen und Lesern interessiert und freut sich daher über jeden Kontakt, entweder über Facebook oder über seine Homepage.

www.salim-gueler.de

https://www.facebook.com/salim.gueler.autor

Elke Bergsma

Meeresklagen

Nach einem Containerunglück auf der Nordsee wird an der Knock bei Emden die Fracht angeschwemmt – mit einem einzelnen, ganz offensichtlich zu einem Leichnam gehörenden Arm. Erste Spuren führen Büttner und Hasenkrug in den Krummhörner Küstenort Loquard sowie zu einem jüngst aus einer Papenburger Werft überführten Kreuzfahrtschiff. Doch dann stellt sich heraus, dass es sich bei dem Opfer um einen als vermisst gemeldeten höheren Ministerialbeamten handelt.

Taschenbuch, 280 Seiten, € 11,90 [D]
ISBN 978-3-96357-112-1